U0090853

古典文獻研究輯刊

九 編

曾永義 主編

第 11 冊

金聖嘆評點活動研究
——擬結構主義的重構與解構

曾守仁 著

國家圖書館出版品預行編目資料

金聖嘆評點活動研究——擬結構主義的重構與解構／曾守仁
著 — 初版 — 新北市：花木蘭文化出版社，2014〔民103〕
目 4+248 面；19×26 公分
（古典文學研究輯刊　九編：第 11 冊）
ISBN：978-986-322-543-0（精裝）
1.（清）金聖嘆 2.學術思想 3.文學評論
820.8　　　　　　　　　　　　　　　　　　103000753

ISBN-978-986-322-543-0

古典文學研究輯刊
九　編　第十一冊　　　　　　　ISBN：978-986-322-543-0

金聖嘆評點活動研究
——擬結構主義的重構與解構

作　　者　曾守仁
主　　編　曾永義
總 編 輯　杜潔祥
副總編輯　楊嘉樂
編　　輯　許郁翎
出　　版　花木蘭文化出版社
社　　長　高小娟
聯絡地址　235 新北市中和區中安街七二號十三樓
　　　　　電話：02-2923-1455／傳眞：02-2923-1452
網　　址　http://www.huamulan.tw 信箱 hml 810518@gmail.com
印　　刷　普羅文化出版廣告事業
初　　版　2014 年 3 月
定　　價　九編 27 冊（精裝）新台幣 48,000 元

金聖嘆評點活動研究
——擬結構主義的重構與解構

曾守仁　著

作者簡介

曾守仁，臺灣大學中國文學博士，現任國立暨南國際大學中國語文學系助理教授，輔仁大學中文系兼任助理教授。主要研究領域包括宋、明、清詩學與文學理論。期刊、專書論文包含：竟陵派、錢謙益、王夫之、錢澄之研究論文數篇；《金聖嘆評點活動研究——擬結構主義的重構與解構》，暨南國際大學碩士論文，1998 年，黃錦樹、高大威指導；《王夫之詩學理論重構：思文／幽明／天人之際的儒門詩教觀》，臺灣大學博士論文，2008 年，鄭毓瑜指導。

提　要

　　本論文主要討論明末清初之際的文評家金聖嘆，藉著描繪出他窮其一生之力所評點的才子書圖像，深究一個傳統文人如何調動／轉化自身閱讀資源，形成一套閱讀技術，以接受其時新興的小說文體；並解讀其審美趣味，以及在這被他視為畢生志業裡，所衝決、碰觸的文學建制與疆界的問題。

　　在論文中首先對金聖嘆所承繼的閱讀意識作一考察，因有對歷來文學讀解學作一回顧，以澄清整個為文學立法之思潮，其內部精神其實挾帶著對文章製作認知的逐漸深化——無論是技術的，還是境界的；其二，將「評點」視為一種特殊的表述形式加以考究——亦即此等散見於字裏行間的評註，如何成就一種多層次之文學意見的表達工具。

　　在詮釋金聖嘆閱讀理論的部份，大抵援用結構主義來解釋對象所使用之特殊語言，並進一步追問此閱讀意識所為何來，因之歸結為「對偶」原則的審美趣味。此一審美意識不斷的在其中發生作用：它是跨文類的，於詩歌、敘事文皆然；它是深層的，處於意識基底；它是對稱的，屬於古典美學；它也是唯一的，必然不證自明，使得評點者語氣顯得無可商議的霸氣。

　　對象既明，其邊界也自浮現，後續的討論基調也由重構、客觀，轉為批評的批評，在作者——文本——讀者的框架裡，描述其閱讀理論的視域以及限度，並論述在實際批評之際隱伏於其中的「危機」——將讀者主動積極的閱讀建構包裹於作者中心論的曲折與扞格。

　　最後，試圖將金聖嘆之閱讀理論延伸至其他的作品，探討其作為一般詩學的效力為何，進一步指明金聖嘆在文學史上的地位。

目

次

第一章　緒　論

滿紙荒唐言，一把辛酸淚。都云作者癡，誰解其中味。

——曹雪芹，《紅樓夢》第一回。

一、文學的讀解

（一）

故說詩者，不以文害辭，不以辭害志。以意逆志，是為得之。如以辭而已矣，〈雲漢〉之詩曰：「周餘黎民，靡有孑遺。」信斯言也，是周無遺民也。〔註1〕

孟子的意思大約是這樣說的，如果你真的認為周人死了一個都不剩，就是以文害辭，那便是落入理解的迷障了，其實原作者之意，只不過是要多強調一點周人所受的苦楚，凸顯其在這場災難裡犧牲之慘重。

觀此，以意逆志裡是有契約、充滿條件的，何以必須是如此，為什麼一定是這樣？在如此、這樣的理由裡，規範了一套雙方都必須遵守的遊戲規則，這樣的規則實則透出不尋常的訊息；為什麼〈雲漢〉所說不是「周人死了一個都不剩」之意，而另有所指——這彷彿作者領我們至文辭所在之地，卻又同時虛幻出另一層言外之意，對此，閱讀者卻又似乎不表示意外，並且每一個閱讀者都宣稱他見到了。

所言者是此，所指者若彼，其疆域一直是不明朗的。《漢書·藝文志》：

〔註1〕 《孟子·萬章》，見朱熹《四書章句集注》（臺北：大安出版社，1996 年 11 月），頁 428。

傳曰：「不歌而誦謂之賦，登高能賦可以爲大夫。」言感物造耑，材
知深美，可與圖事，故可以爲列大夫也。古者諸侯卿大夫交接鄰國，
以微言相感，當揖讓之時，必稱詩以諭其志，蓋以別賢不肖而觀盛
衰焉。故孔子曰：「不學詩，無以言」也。〔註2〕

摘句，並割裂它與上下文脈絡以挪爲己用，這無疑是極爲霸道的舉動。但是
當這種方式本身就是一種通行的規範，也附帶有身分地位的評價象徵時，所
有的規範被表面上的自然巧妙的包裝起來，這也是一場彼此心知肚明的特技
表演，儘管走在鋼索上的人是這般漫不經心的毫不在乎。

人們表達自己，卻以一種迂迴至極的方式說話，他不在乎，因爲對方聽
得懂。

準此，當我們見著此言，或也不必太訝異：

其文約，其辭微，其志潔，其行廉，其稱文小而其指極大，舉類邇
而見義遠。〔註3〕

作者以極少的言辭卻打開了閱讀的視界，在小大／邇遠的對照裡，文字幻化
出另一個眞實的空間；不知太史公是否從屈原身上眞正見識了文字的力量，
抑或是他之有見於此，也是惺惺惜惺惺之意。

孟子謂萬章曰：「一鄉之善士，斯友一鄉之善士；一國之善士，斯友
一國之善士；天下之善士，斯友天下之善士。以友天下之善士爲未
足，又尚論古之人。頌其詩；讀其書，不知其人可乎！是以論其世
也。是尚友也。」〔註4〕

「知人論世」一語留給後世的是無限想像空間。此被知之人在昔，欲感知者
在今，人類以一有限個體無法跨越此時空阻礙，就出現理解上的困難，此基
調自孟子此說開始便已經確定。是以，何以要「論世」，無非是藉此越渡這今
昔永恆的隔閡，廓清對象的眞實原貌。只是，論世以知人其方法本身的預設
即無可窮盡——解者永遠無法——完全還原對象的生平大小巨細之事，因
之，究其根柢，雖有知人論世以照顧「實」的一面，不至於使詮解耽溺於虛
幻空想，實際上則仍是詮解者一心認定，而無關所掌握之「論世」材料詳贍
與否。

〔註2〕 班固：《漢書》（北京：中華書局，1997年9月），頁451。
〔註3〕 司馬遷：《史記》，三家注本（臺北：七略出版社，1991年9月三版），頁1004。
〔註4〕 《四書章句集注》，頁452。

（二）

談理解，則不可避免要注意到閱讀的對象——文本，以及文本所具有之實質意涵。

> 文之爲德也大矣，與天地並生者何哉？夫玄黃色雜，方圓體分，日月疊璧，以垂麗天之象；山川煥綺，以鋪地理之形；此蓋道之文也。仰觀吐曜，俯察含章，高卑定位，故兩儀既生矣。惟人參之，性靈所鍾，是謂三才，爲五行之秀，實天地之心，心生而言立，言立而文明，自然之道也。傍及萬品，動植皆文：龍鳳以藻繪呈瑞，虎豹以炳蔚凝姿；雲霞雕色，有踰畫工之妙；草木賁華，無待錦匠之奇；夫豈外飾，蓋自然耳。至於林籟結響，調如竽瑟；泉石激韻，和若球鍠；故形立則章成矣，聲發則文生矣。夫以無識之物，鬱然有彩，有心之器，其無文歟！〔註5〕

劉勰此篇將文章製作與文采對焦，並干合倘恍幽渺無生無始之道爲之立說，顯是突出形式一面，使之成爲文章本而具有之屬性。他處，劉勰更以《孝經》喪言不文爲例〔註6〕，指出「文」其實才是常道（故知君子常言，未嘗質也）。將文采與虎豹之斑爛色彩，雲霞之繽紛五彩對舉，隱喻人工製作與天地成色，二者終極歸趨皆是有類無心之自然，一種不帶斧鑿痕跡之美感意趣。易言之，文章之炳煥又上升至道的境界了。

既帶有如此的意識，對文章成篇之考究亦屬必然。〈史傳〉篇尚針對各史籍體例上的蕪雜與作史者立場漂移，由之所導致不同程度的缺失加以針砭；而〈諸子〉裡已不能固守這些策論述法言治的義理範疇，約十有六、七已經是在談文辭練句的正詭，或博喻環譬之虛誇，作爲這些修辭好壞優劣的評騭。〔註7〕劉勰此舉明白意指文本完全是另一個世界，其中有許多複雜規則，作書者雖有主觀意願（志），卻仍需通過客觀技術層面的操作，〈總術〉篇言：「執術馭篇，似善弈之窮數，棄術任心，如博塞之邀遇。」申言若不能駕取造文之術，則空有造文之情而不能予以適當「控引」，想要「制勝文苑」，終究是

〔註5〕 〈原道〉篇，引自范文瀾《文心雕龍注》（臺北：臺灣開明書店，1993 年 5 月，台 17 版），卷一。

〔註6〕 見〈情采〉篇，前引書卷七。

〔註7〕 柳宗元：「參之穀梁氏以厲其氣，參之孟荀以暢其文，參之莊老以肆其端，參之國語以博其趣，參之離騷以致其幽，參之太史公以著其潔。」語見〈答韋中立書〉。此語所提及之各書就已經完全是行文上的考量，而無論對象性質了。

一場機會渺茫的賭局。觀諸鎔裁、聲律、章句、麗辭、誇飾、鍊字等,無一不是對文章技巧面的講求;雖有定勢、情采從不同方面與之制衡,但畢竟歷來未有在形式面張皇若是,大談「才之能通,必資曉術」,非「圓鑑區域、大判條例」不能有美文之作。

不過,凡批評(criticism),不能脫後設觀照,這便將已然存在之態,以諸般分析逐解成合於不同美學規範的律法,成為創作時必須遵循的準則,這些文術、文法原為一知性反省進路下的產物〔註 8〕,它儘可以將文章條分解之,確言鑿鑿指出其所服膺的美學規律,卻永不能得知創作者是否果然是對此亦步亦趨,還是不煩繩削而律合。〔註 9〕

這種現象於釋經學上屢見不鮮,如鄭玄推〈毛序〉「王道衰、禮義廢、政教失、國異政、家殊俗,而變風、變雅作矣。」之意,於〈詩譜序〉言:「文武之德,光熙前緒,以集大命於厥身,遂為天下父母,使民有政有居。其時《詩》,『風』有〈周南〉、〈召南〉;『雅』有〈鹿鳴〉、〈文王〉之屬。及成王、周公致太平,制禮作樂,而有『頌』聲興焉,盛之至也。本之由此風雅而來,故皆錄之,謂之《詩》之『正經』。後王更稍陵遲,懿王始受譖,亨齊哀公;夷身失禮之後,邶不尊賢。自是而下,厲也、幽也,政教尤衰,周室大壞。〈十月之交〉、〈民勞〉、〈板〉、〈蕩〉,勃爾俱作,眾國紛然,刺怨相尋。五霸之末,上無天子,下無方伯,善者誰賞,惡者誰罰,紀綱絕矣。故孔子錄懿王、夷王時詩,訖於陳靈公淫亂之事,謂之變風、變雅。」〔註 10〕

質言之,鄭玄在此所作的就是分析、歸納的工作:西周文、武、成三王之世政治清明安定,故有一片昇平安和之音,但是由周懿王以降至東周衰世之際,政教不興,人民飽受兵燹,彼時詩作便多刺怨之聲,造成變風、變雅大行其道。按鄭玄所持之理其實就是詩歌反映論,言之倒是也頗為合理,能夠解釋這些經過歸納之後的現象;不過,類似這種後起的解釋卻永遠必須被質疑,或進而被推翻,屬於正風裡的〈周南〉〈召南〉其中顯然有東周時候

〔註 8〕 李維禎:「文章之道,有才有法,無法何文,無才何法,法前人作之,後人述焉。」見〈太函集序〉,《大泌山房集》收入《四庫全書存目叢書》(臺北:莊嚴出版社,1997 年 6 月)集部 v.150,卷十一,頁 526。有才者(前人)立法,後人祖述其法而作之,原也為極自然的想法,不過,「法」的出現,卻未必是有才者有意識的操作,而為後人批評反省之際所歸結出的創作條例。

〔註 9〕 換言之,這些對形式層面的感知,進而歸納出的判準,就要回過頭來形成對創作上的一種要求了。

〔註 10〕 鄭玄〈詩譜序〉,《十三經》注疏本有錄。

的作品，而位於變風的〈豳風〉則作於成王之際，鄭玄不免被譏爲自亂其例。〔註11〕其實，這說明了我們所看到的詮釋，或是詮釋條例，都是一個框架，而往往有逸脫出其範圍之外，所不能容納之待解釋現象，因之，更完善的解釋系統總是可以繼續期待的。〔註12〕

論文說法也是相同反省進路下的產物，這些術法都擁有一定程度上的解釋效力，客觀的分析作品，指出其字句運度之巧、篇章結體之妙，看來言之十分有理，但是其致命處就是無法在創作時有任何的絕對保證。因爲，即使能夠將這些技巧一一做到，能否稱得上是佳作還很難說；不過要爲公認的佳作尋其所以爲佳作的理由，似乎較爲容易。此一往一來而總有一互不相及之處，所以還有待後世繼續發展下去。不過文術的分析由於是牽涉了客觀形式的體解，既然意識到文本有其藝術規律，至此也已無法回頭，尤其中國這個詩的國度，詩歌形式層面是相當講究的，這更帶出一片繼起對詩作客觀層面的分析之作。

（三）

接下來要面對的就是一個十分龐蕪的課題了。江西詩派之重法素爲人所熟知，法就是規矩繩墨，這與歷來論詩的吟詠情性的主張不能沒有衝突，而就如同上述所言，詩歌的形式格律又是最嚴格的，一者是對形式的高度自覺下而轉趨日益精細的講究；一者「感物吟志、莫非自然」，對這抒情自我的應物斯感眞實意動要求，又始終存在，遂使得二者產生緊張關係，宋詩的創作與詩論的反省，大抵就在此展開。

本來就整個對「文」的認識而言，注意到其形式結構並加以深究，對文章製作的「開闔首尾、經緯錯綜」〔註13〕等要求，在劉勰之後繼續得到深化，原也是十分自然之事；但就詩歌一面而言卻始終極爲喧囂，此內容／形式問題隨著詩歌律化終於浮上檯面。這其中嚴羽之《滄浪詩話》無疑是極有代表

〔註11〕參考葉國良、夏常樸、李隆獻合編之《經學通論》（臺北縣：空中大學出版，1996 年 1 月），頁 153～157。

〔註12〕同樣的，杜預的「春秋五例」也是一種試圖涵括「春秋筆法」的釋經條例，至於其詮釋效力同樣可以被質疑，參錢鍾書先生的討論，見《管錐篇》（臺北：書林出版社，1990 年 8 月）冊一，頁 161～164。

〔註13〕「有人焉見夫漢以前之文，疑於無法，而以爲果無法也，於是率然而出之……盡去自古以來開闔首尾經緯錯綜之法，而別爲一種臃腫佶澀浮蕩之文。」唐順之〈董中峰侍郎文集序〉，引自郭紹虞編：《中國歷代文論選》（臺北：華正書局，1991 年 3 月），頁 290。

性的：

> 夫詩有別材，非關書也；詩有別趣，非關理也。然非多讀書，多窮
> 理，則不能極其至。所謂不涉理路，不落言筌者，上也。詩者，吟
> 詠情性也。盛唐諸人惟在興趣，羚羊掛角，無跡可求。故其妙處透
> 徹玲瓏，不可湊泊，如空中之音，相中之色，水中之月，鏡中之象，
> 言有盡而意無窮。近代諸公乃作奇特解會，遂以文字爲詩，以才學
> 爲詩，以議論爲詩。夫豈不工，終非古人之詩也。蓋於一唱三歎之
> 音，有所歉焉。〔註14〕

據葉嘉瑩先生的解釋，嚴羽的「興趣說」則全是直承鍾嶸而來，亦即是十分
典型的強調作詩者心中的一份興發感動的情意〔註15〕，所以他才說「非關補
假，皆由直尋」，又說「夫詩有別材，非關書也；詩有別趣，非關理也。」頗
類以削去法刪去書、理的部份，而直指詩人內心的自然感發。

　　除此之外，〈詩辨〉裡有一句話是極爲要緊的：

> 故予不自量度，輒定詩之宗旨，且借禪以爲喻，推原漢魏……。

嚴羽自言，他之所作這一切，則完全因爲「詩」的緣故。「輒定詩之宗旨」，
說明了他認爲必須符合某種標準的才算是詩，也因爲如此，方不得不「以禪
喻詩」。既如此，嚴羽所採用的表達方式就非常值得我們深思了，顯然，因
爲這個談論對象的關係，解說者不得不借用一種禪語，用類比／指涉的方式
來逼近他心中那個無可言說的詩語本質。易言之，詩歌其實是無可名狀的，
當詮釋者（或作詩者後設反省時）試圖掌握時，就如同「空中之音，相中之
色，水中之月，鏡中之象」之不可湊泊，因爲它是「言有盡而意無窮」，稍
一想掌握，它便又馬上溜走了。

　　因此我們可以由兩方面來理解嚴羽的意思，一是在論創作時，他主張詩
人直尋，不假外求的自然興發；二是他也碰觸了所謂詩語的本質問題，那是
一個包容有朦朧複義而難以用言辭確指的言辭組合，它本身雖然還是文字型
態，卻又極度的偏離我們所可能熟悉的任何語境——後者，就開始涉及我們
所關心的詮釋問題了。

　　《滄浪詩話》不乏示人以作詩途徑，如：「對句好可得，結句好難得，發

〔註14〕嚴羽著，郭紹虞校釋：《滄浪詩話‧詩辨》（臺北：里仁書局，1987 年），頁 26。

〔註15〕葉嘉瑩：《王國維及其文學批評》（臺北：桂冠圖書公司，1992 年 4 月），頁
　　　　347～350。

句好尤難得。」、「押韻不必有出處，用字不必拘來歷」、「下字貴響，造語貴圓」等〔註16〕，皆是落於實際的指點按語，恐難以全面涵括，不免落了言筌；不過詩話開章就言：「先須熟讀《楚辭》，朝夕諷詠以爲之本；及讀〈古詩十九首〉，樂府四篇，李陵蘇武漢魏五言皆須熟讀，即以李杜二集枕藉觀之，如今人之治經，然後博取盛唐名家，醞釀胸中，久之自然悟入。」〔註17〕顯是他更爲看重的；這種說法約也與黃庭堅說法相去不遠，大抵以提昇自己學問識見爲首要，強調無意爲文，才能成爲一透骨通徹的眞正詩人。

黃山谷是一個對文字極爲敏感的詩家，這可以由他所提出所謂「奪胎換骨」之法得知：

> 詩意無窮而人才有限，以有限人才追無窮之意，雖少陵、淵明不得工也。不易其意而造其語，謂之換骨法；窺入其意而形容之，謂之奪胎法。〔註18〕

同樣是文字所堆砌的詩句，但何以有好壞分別？其差別就在於詩句所表現出的「意」有高下之分。也就是說黃山谷所理解的詩，其重點不在詩語的第一層字面意義，而在於詩語所傳達出的意境上。山谷有識於此，所謂的奪胎換骨就是鎖定了已經由詩人所造出之「意」，試圖以另外的字辭設計，還原／達到原有的詩意（境界）。這不能不說是一極聰明的快速養成法，山谷深知文字只是詩的憑藉，要緊的是詩語所幻化出的那個難以言傳之境，所以他乾脆倒果爲因，先將前人所造之意境保留，再設法安放以不同的文字。

說起來這仍是鍊字、琢句的工夫——雖然其中隱含了山谷個人對詩歌的積極認識——所以後人認爲江西詩派重雕琢，也不是全然誤解，山谷後來也不甚熱衷此道，因爲不脫前人之意而加以另造新語，這畢竟還是落了下乘，他終究要走向無有拘執的「活法」——如滄浪所言一般，強調由積學自然悟入。〔註19〕

〔註16〕嚴羽《滄浪詩話・詩法》。

〔註17〕嚴羽《滄浪詩話・詩辨》，前引書，頁1。

〔註18〕釋德洪《冷齋夜話》引山谷之言，見《四庫全書》（臺北：商務書局，1983年），v.863，頁243。

〔註19〕〈答洪駒父書〉：「自作語最難，老杜作詩，退之作文，無一字無來處，蓋後人讀書少，故謂韓、杜自此語耳。古之能爲文章者，眞能陶冶萬物，取古人之陳言，入於翰墨，如靈丹一粒，點鐵成金也。」《文集》卷十九。從這裡已經可以看出山谷持論已不再同說「奪胎換骨」一般了，「點鐵成金」意味著新創，胸中之學識適足以幫助詩人眞正的融洽貫通，而能融化古語自出新句。

借雅克布遜（Roman Jakobson）著名的語言交流模式〔註20〕，嘗試著將意思表達得更清楚：

語境（指稱功能）

信息 Message（詩歌功能 Poetic）

說話者 ——————————————————————— 受話者

（表情功能）　　　　　接觸（交際功能）　　　　（意動功能）

語碼 Code（元語言功能 Metalingual）

　　將閱讀視爲作者對讀者的說話，尤其當他是以「詩語言」來述說。什麼是詩歌功能（Poetic）？據雅克布遜的說法「以話語本身爲依歸，投注於話語本身者」爲詩歌特性，他並進一步界定，「詩歌功能就是把對應原則從選擇軸心上反射到組合軸心」，在此「對等」原則成爲組合語句的規定因素。換言之，透過內部隱含的對等原則，詩語言跨越了表面已經出現的字句組合，暗含著平行對照的張力，而始終隱蔽的指向聯想軸的其他字詞，使得詩意開始模稜朦朧。〔註21〕

　　這樣看來，我們實可以就此對創作做出更好的描述，詩人作詩之際，他從事的是一個組合字句歷時性舉動，不過幾乎同時，他也要考慮到底要使用哪一個字詞以準確的傳達心中意念，這便是對一群可能是同義的詞做出選擇。

　　什麼又是「元語言功能」（Metalingual）呢，他解釋道，當收話人不明白對方傳達的訊息，雙方就會展開彼此是否使用著相同信碼的檢查，如「我不清楚你的意思」，確保話語不會被誤解。雅克布遜又說：「有人可能會提出異議，比如說元語言在形成順序時也運用對應單位，如把同義詞組合成句以肯定相等（如：母馬就是雌馬）。」隨後他續提出說明：「詩歌與元語言截然相反：元語言是利用順序構成等式，詩歌是利用等式構成順序。」〔註22〕

〔註20〕引自雅克布遜〈語言學與詩學〉一文，收入波利亞可夫編，佟景韓譯：《結構──符號學文藝學──方法論體系和論爭》（北京：文化藝術出版社，1994年7月），頁172～211。

〔註21〕參見鄭樹森：〈選擇／組合：類同性／接連性──雅可愼和語言的兩軸〉，《幼獅月刊》（第四十八卷，第一期，1978年），頁60～61。以及雅克布遜〈語言學與詩學〉一文。

〔註22〕見雅克布遜〈語言學與詩學〉，前引書，頁183。黑體字部份爲筆者所加，後除另行作註外，凡屬此類則不再註明。

讓我們這樣思考雅克布遜的意思，當後設語言發動時，同義詞彼此組合構成等式，意在說解，而詩歌功能則是利用對等原理所構成的兩個字詞的並置，意在創造。前者關心彼此的語碼（Code）是否一致；後者則在創造字詞更大的訊息量（Message）。

回到我們所安排的閱讀活動的框架上，「元語言功能」其實就頗類閱讀者對詩語言的解析活動，詮釋者不斷的追問「這首詩是什麼意思」，「這首詩到底在說什麼」？不斷的辨認他與詩語之間的語碼規則是否一致，期待能破譯（decode）詩句。

黃庭堅的「奪胎換骨」法，透出他想經由對詩語文字的有意改變，試圖保留住原詩所有的意境，這是一個能掌握彼此運用的符碼之後，所精心設計且大膽的智性活動，其操作基礎建築在元語言之上，並力求往詩歌功能趨近；而嚴羽所以提出「以禪喻詩」，卻顯得更為小心謹慎——或毋寧說他比早期的山谷更對詩歌本質有清楚的認知，當嚴羽試圖告訴我們詩歌是什麼的時候（後設語言），面對詩歌的複義、朦朧之惝恍不能確指（不可湊泊），他所使用的語言也開始變形，逼得他非使用禪語來迫近他所要描述的對象不可，最後他說：「如空中之音，相中之色，水中之月，鏡中之象。」簡直妙語空空，因為詩是無法固著的。

這一對詩語的本質探索，實牽涉整個時代的對形式覺知，他們都發現語言文字自有其內在不可深測的世界，尤其是詩——詩語既是一般的文字組合，卻又在最大的程度上背離了自己所由出的語境，因此，他們一方面感到詩歌世界深不可測的無以名狀，而甚為謙卑；一方面因為對形式認知的深化，又認為詩語是可以摹造的，透過安字、宅詞的考察，甚至是抉發言—意之間的互動關係，則有助於進一步對之掌握。此二者並行之下，就出現對字句的講究日益尖刻，欲自出新意而如火如荼的鍛字鍊句〔註 23〕；一方面又強調積學，希冀透過超驗的頓悟，對詩人的生命力有一本質上的飛躍提昇，以期脫離較形下的文字操作。於是，「法」並沒有在此消失，它與詩歌雖稍微有些碰撞，但是在宋人力圖融合下，法被以辯證程序包裹於一對「晚節漸於詩律細」

〔註23〕楊載：「詩要苦思，詩之不工，只是不精思耳。不思而作，雖多亦奚以為？古人苦心終身，日鍊月鍛，不曰『語不驚人死不休』，則曰『一生精力盡於詩』。今人未嘗學詩，往往便稱能詩，詩豈不學而能哉？」《詩法家數》，引自何文煥編訂：《歷代詩話》（臺北：藝文印書館，1983 年 6 月）。

與「不煩繩削自合」〔註24〕的永遠期待之中。

在宋朝一片對詩的知性思考下，創作者本身也是反省者，他反省著唐人所遺下之龐大詩作遺產，對形式的挖掘繼續展開，此後設態度尤以表現在他們追問「詩是什麼」，並繼而由此展開討論「該如何作詩」的努力上。「法」的提出既是代表他們探索解釋上的初步歸類，也是對形式感知意識的繼續深化；「活法」則代表了詩語本質與形式上的衝突，故加以因應而起的辯證開展。再接下來的明代，就要追問詩到底可不可解，進一步要詮釋這朦朧的詩語了。

（四）

法的知覺以及深化造成對一唱三歎詩語的某種程度斲傷，活法的辯證融合可說就是在此背景下被提出；不過就如同前文所述，篇章的肌理結構屬於客觀存在層面，既然已經意識及此，就如何也不能取消，只有一直深化下去，故「法」的地位日形重要，也逐漸席捲一切。在活法的概念下，法不僅沒有消失，反而日益鞏固，不僅將原來強調主體情性的興會納入，還造成初入手學習之時，必須面對一大堆「注意事項」，不免處處縛手縛腳，反而成為最艱難與難以跨越的階段。另外，拗律現象的出現也非常值得注意，方回於《瀛奎律髓》裡首出「拗字類」一門，拗字便是不合律的現象，原來應該是避之唯恐不及的，方回卻說：

> 拗字詩……老杜七言律一百五十九首，而此體凡十九出，不止句中
> 拗一字，往往神出鬼沒，雖拗字甚多，而骨骼愈峻峭。〔註25〕

反而有大加稱賞之意。形式的束縛看來被打破了，因為類似「出格」的被允許，則形式並非一絕對拘執的繩墨。但，這樣的論述裡也隱藏著危機，這一點在《環溪詩話》裡就已將此現象凸顯出來：

> 杜詩以律而差拗，於律之中，又有律焉，此體惟山谷能之，然詩纔
> 拗則健而多奇，入律則弱而難古。〔註26〕

〔註24〕法以「活法」名之，就某個層面看，其籠罩性不免更大，法更是無所不包了。呂本中所言：「規矩備具，而出於規矩之外」，或劉克莊：「有定法而無定法，無定法而有定法，知是者，則可與語活法矣。」（〈江湖詩派小序〉）換言之，在頓悟脫離法之前，就必然受到拘執。而且，所謂的「活法」是否真的突破，而沒有繼續停留在概念上，還很難說。

〔註25〕方回《瀛奎律髓》卷廿五「拗字類」，見《叢書集成續編》（上海：上海書店出版社，1994年），v.146，頁217。

〔註26〕吳沆著《環溪詩話》（臺北：廣文書局，1971年）。

「律中又有律焉」,當拗字再被當作法來講究之際,我們再度看到形式本身可容納的自我調整,既然拗字可以救轉,連「出格」都已收入己內,成為創作上的另一種規範,其範疇至此更是如天羅地網而無所不包了。此意在王士禎《律詩定體》中敘述更詳,頗有後出轉精之勢,證明其已經無所不在,並具有絕對的權威了。

詩的複義以及其不可狀,使得嚴羽以禪喻詩並強調積學而自然悟入,前者傳達出詩是不能以一般語言去把握的,後者既強調學,即昭示著詩是可以分析的——若強分之,一者指出詩的本質;一者則點明詩的形式。謝榛的說法與滄浪甚為相似:

> 詩有可解,不可解,不必解,若水月鏡花,勿泥其迹可也。〔註27〕

這可解與不可解之間,拖帶出的就是論者對詩語的認識與反省,用隱晦、遮撥的語言來趨近詩語的朦朧。不過,對於創作技巧的歸納也沒有停頓下來,詩話又云:「詩文以氣格為主,繁簡勿論。或以用字簡約為古,未達權變。善用助語字,若孔鸞之尾,不可少也,太白深得此法。」〔註28〕此型態與嚴羽一方面在〈詩辨〉以禪喻詩,一方面又有〈詩法〉的指點,是同一思考型態下的產物。

王世貞云:

> 近竊窺公之用兵而稍有悟於文。夫文出於法而入於意,其精微之極,
> 不法而法,有意無意,乃為妙耳。〔註29〕

此語極可注意,王世貞此言所指出的「不法而法」,雖看似在解脫法的拘執,事實上卻隱涵著閱讀者一知性的分析活動——當閱讀者後設的去求其文法之際,卻發現對象如此渾然天成,已經略去法的斧鑿痕跡。因之,此語其實已經暗渡陳倉,將法的極致與自然物相提並論,此時的人工製造物,已經可以與劉勰所謂「龍鳳藻繪、虎豹炳蔚、雲霞雕色、草木賁華」天然造化同相並舉,法的講究在此已然更上一層,其完備程度到達史無前例的高度。

無獨有偶的,此意在唐順之身上也看到了:

> 漢以前之文,未嘗無法,而未嘗有法,法寓於無法之中,故其為法
> 也,密而不可窺。唐與近代之文,不能無法,而能毫釐不失乎法,

〔註27〕謝榛《四溟詩話》,引自丁福保輯:《歷代詩話續編》(臺北:木鐸出版社,1988年7月),頁1137。

〔註28〕前引書,頁1138。

〔註29〕王世貞《弇州山人四部稿》v.12,頁5840。

> 以有法爲法，故其爲法也嚴而不可犯。密則疑於無所謂法，嚴則疑
> 於有法而可窺，然而文之必有法，出乎自然而不可易者，則不容異
> 也。且夫不能有法，而何以議於無法？〔註30〕

既然「法寓於無法之中」，其意畢竟還是有法，只是這是一種更爲高妙之法，
它不露行跡，在行文之中反覆出現（密），又能夠巧妙的將自己掩藏起來。而
法的地位也因此不可動搖：「文之必有法，出乎自然而不可易者，則不容異也。」
法果是不可移易，自也無能加以非議了。

> 文必有法式，然後中諧音度。如方圓之於規矩，古人用之，非自作
> 之，實天生之也。今人法式古人，非法式古人也，實物之自則也……
> 而一二輕俊，恃其才辯，假舍筏登岸之說，扇破前美，稍稍聞見便
> 橫肆譏評，高下古今。〔註31〕

李夢陽的談法也是將法上綱。此處的爭議固然是牽涉主張學古與否，但是問
題焦點則不在「古」上，李夢陽的堅持還須落在有法／無法上來瞭解，學不
學古是第二序的，法之不可被質疑方是第一序位。其所言之法，因此不再是
拘泥、有限，法是原始本有，故不是工具、也不會殘餘「痕跡」，是以他最後
還要破除舍筏登岸之說，因爲此意又不免將「法」看得太輕了。

可注意的是，王世貞在論詩時，還曾經說：「李于鱗言唐人詩句當以『秦
時明月漢時關』壓卷，余始不信，以少伯集中有極工妙者。既而思之，若落
意解，當別有所取。若以有意無意可解不可解間求之，不免此詩第一耳。」
〔註32〕顯然他在談詩的時候，還因爲顧及詩語特性，沒有遽以法來涵括一
切，可是他在談及文的時候，卻全然不是了。不過，法的周密性既已在「文」
上發展完備〔註33〕，則前述與詩曾經發生的衝撞，既然法的一方已經發生
變化，則二者勢須重新定位。

隨著對體製形式的感悟日深，試圖歸納創作經驗的腳步從未停歇；而若
將法視爲一種具有效力的解釋條例，若已在之法不能解釋後起創作作品之各
樣面貌，由於法的先在被肯認，整個爲詩文立法的活動則試圖將此納入解釋

〔註30〕唐順之〈董中峰侍郎文集序〉，前引書，頁290。

〔註31〕李夢陽〈答周子書〉，見《空同集》（臺北：偉文圖書出版公司，1976年5月），
　　　　卷六十一，頁1747～1748。

〔註32〕《藝苑巵言》卷四，《歷代詩話續編》本，頁1008。

〔註33〕此題應作專文討論，本章因概論性質而勢所不及，不過第二章裡針對評點的
　　　　發展作論述時，也會從另外的角度觀照此點。

範疇，造成法的講究也就越趨完備，法的地位似已無能將之動搖。

二、文評家金聖嘆

（一）

金聖嘆言：

> 詩如何可限字句？詩者，人之心頭忽然之一聲耳。不問婦人孺子，
> 晨朝夜半，莫不有之。今有新生之孩，其目未之能眴也，其拳未之
> 能舒也，而手支足曲，口中啞然。弟熟識之，此固詩也。天下未有
> 不動於心而其口有聲者也。天下未有已動於心，而其口無聲者也。
> 動於心聲於口未之詩，故子夏曰：「在心爲志，發言爲詩。」〔註34〕

金聖嘆予人的印象一向是桀傲不馴徹底叛逆的，就此理解下對照前引他論詩
之語，彼此也頗相合——想來絕對是一徹頭徹尾的強調情感表現，詩人觸物
而動，詩語不假外求自然奔洩而出；況且，持論中又將此興發感動之意類比
於初生之赤子，其意欲凸顯其情感之自然與本眞可明。

不過此解釋框架一旦置入我們之前所廓清立法狂潮的時代背景，則似有
些扞格，於是我們不免要繼續細察其言說。其實稍加留意金聖嘆之詩論，許
多現象非常有趣，他總是縮合兩種乍見下不同的調性，先是說：

> 詩非異物，只是人人心頭舌尖所萬不獲已必欲說出之一句說話耳。

此句仍然謹守性靈疆域，豈知下句所接實頗令人玩味：

> 儒者則又生平爛讀之萬卷，因而與之裁之成章，潤之成文者也。夫
> 詩之有章有文也，此固儒者之所矜以爲能也，若其原本，不過只是
> 人人心頭舌尖萬不獲已，而必欲說出之一句說話，則固非儒者之所

〔註34〕〈魚庭聞貫〉「與許青嶼之漸條」。金雍集纂，列於《貫華堂選批唐才子詩》
卷首，頁39～40。《金聖嘆全集》（以下簡稱《全集》）冊四。金聖嘆批點之製
作爲本論文所討論之主要對象，是以需略點瑣語於此。金聖嘆傳世之文集頗
豐，但篇帙散亂，版本亦不一；且喜今人已有將之匯集成冊，並施以標點的
整理工作。本文所採即《金聖嘆全集》全四冊（臺北：長安出版社，1986年
9月）。後文以「全集」簡稱。此爲台版印行，原爲江蘇古籍出版社於1985
年出版。或由於重新排印且化簡爲繁體之故，小部份文字有誤——凡有此類
手民誤植而又需微引之處，後文將一一註明。另，爲求行文簡潔與更切合本
文之論述重心，對所稱引之書名亦稍作調整。如：《貫華堂第五才子書水滸傳》
改（簡）稱《金批水滸》、《貫華堂第六才子書西廂記》稱《金批西廂》、《唱
經堂杜詩解》稱《金批杜詩》，以此突出金聖嘆的批評身分。其餘著作之名則
不做更動，並在微引時註明所在《全集》之冊次。

得矜爲獨能也。〔註35〕

換言之，只是有「心頭舌尖所萬不獲已必欲說出之一句」仍然是不夠的，下句所強調的「與之裁之成章，潤之成文」，則爲此情意所能面世之必要條件，缺此，則只能停留於心中情意鬱勃之澎湃，而不能成爲有章有文的眞摯詩句。這樣的談詩，已經巧妙的將形式與內容二者溝通，既有對詩人心中眞實情意的要求，又兼及字句呈現時所必要的論文說法。這樣的聯結觸目可見：

> 詩非異物，只是一句眞話……弟見世人說到眞話，即開口無不鬱勃注射者，轉口無不自尋出脫，自生變換者。此不論英靈與懵懂，但是說到眞話，即天然有此能事……。〔註36〕

對詩法的講求已經緊密的與詩人心中意動之情聯繫，所以一旦「說到眞話」，底下所言：「開口無不鬱勃注射者，轉口無不自尋出脫」，就是要求一種形式的呈現。這個由內至外傳輸的過程則是「天然有此能事」，看來不能有所一絲一毫之遺漏，因之，這個承載情意的體製何以有如此之可能，就需要再加以考察了。

聯繫前文而綜言之，整個立法的風潮並沒有就此消失，只是這其中可能的衝撞頡頏被隱密的化解，其解決的途徑就是讓法繼續無限上綱，一直到它被鍛鍊得更爲精緻，而可以無所不括。這是一個迥異於宋人技進於道的辯證思考，法的完備已經使它足以侵入形上領域，因此，一方面金聖嘆以自我情意標榜，一方面又建構著乍見下與之完全不協調的嚴密律法，聲稱詩人於此不能有任何的逾越。〔註37〕

法的深化就與形式脫不了關係，尤其金聖嘆所言之：「夫詩之有章有文

〔註35〕〈魚庭聞貫〉「與家伯長文昌條」，頁39。

〔註36〕〈魚庭聞貫〉「與顧掌丸條」，頁39。

〔註37〕劉若愚：「雖然金聖嘆是一個實際批評家，很注意技巧的細節，可是他的基本文學概念，是表現的，甚至是原始主義概念。」《中國文學理論》（臺北：聯經出版社，1993年11月），頁166。又說：「金聖嘆所暗示的是：眞摯的情感足以使任何人成爲詩人，而不需得助於天才或技巧——此一理論與他所認爲的才子作品所做的實際批評，頗不一致。」（同書，頁170。）沒有將此「矛盾」放在一個辯證的模式裡思考，不免產生如是誤解，故而將此視爲矛盾。（事實上，一般持論者總認爲這二者一定是衝突的。）金聖嘆的認識論並沒有斷裂，他的持論也一直與他的實際批點互相呼應，他既談眞摯的情感，一方面又要求隨之而起的充要條件，一種對技巧的極致掌握，以至於可以完美的承載、表現詩人心中那股不得不然的情愫。當時談法的意識甚爲高張，金聖嘆很難自外於此。

也，此固儒者之所矜以爲能也。」此句實是透露出他個人對整個詩語的認識：詩是一種特殊的語言結構，所以需要「裁」；詩又是一種充滿著「文采」的文辭，而這些顯然無法是僅止於「心頭之一聲」，因爲很可能不乏許多感情豐富的人，但卻不能保證皆可——發言爲詩；因此所有的講究、關注，就不免要投注於這個形式的領域了。此句另一個訊息是，儒者、或說作者／文人，他們的專才就是在形式領域裡得心應手之人（儒者之所矜以爲能），此說固然需要深究〔註 38〕，不過，金聖嘆所對焦之處，也是始終如一，他對形式的再三致意，一如之前我們所論述的，這個對文章體製的深刻體會，必然造成閱讀者對整個詩語創作的瞭解成一相對提高的態勢，至此，金聖嘆所要打破的就是這「可解與不可解之間」的朦朧了。

（二）

　　夫綴文者情動而辭發，觀文者披文以入情，沿波討源，雖幽必顯。世遠莫見其面，覘文則見其心。豈成篇之足深，患識照之淺耳。夫志在山水，琴表其情，況形之筆端，理將匿焉？故心之照理，譬目之照形，目瞭則形無不分，心敏則理無不達。〔註39〕

劉勰設計〈知音〉一文，並未以「拈花會心」之途探索作者心志的原鄉，〈知音〉由默會感知轉向了閱讀者對作者文辭字句的貼切掌握。篇中所談的六觀，分明是如何客觀批評作品的意涵，不管這是否與心靈交會感知有著相同效力，對形式有強烈領受的劉勰，在此爲它們劃上了等號。〔註 40〕「沿波討源，雖幽必顯」，此處的「源」，顯然意指的是「情動而辭發」的作者之「情」。「世遠莫見其面，覘文則見其心」——知音，是彼此最終的歸宿，而知音之難求則不免就是永遠的鄉愁。《呂氏春秋》記載鍾子期既死，伯牙終身不再鼓琴；知音的死亡是否也隱喻著此等無礙交融的理想只存在於烏托之邦裡。

　　另，「夫綴文者情動而辭發，觀文者披文以入情」一句，各自以文本爲其交集，則傳達、也預示了「文本」的重要地位，此場域既是創作—閱讀彼此的交心，更可能始終是作者—讀者之間的障礙，因爲填塞於文本裡的是一直有待解讀的語言符號。

〔註 38〕意指往形式一邊的偏峙。
〔註 39〕見〈知音〉篇。
〔註 40〕參顏崑陽〈文心雕龍「知音」觀念析論〉，收入《六朝文學觀念叢論》（臺北：正中書局，1993 年），與蔡英俊〈知音探源〉，收入《中國文學批評第一集》（臺北：學生書局，1992 年 8 月）。

　　文本恰恰是文評家金聖嘆一生志業的起點，卻也不妨成為其所馳騁的最大疆域。他著眼於幾本被時人棄之為小道的書籍，叵耐這些書話說得特別精彩——這當然是作者有意的操弄——以致於他不得不時時停下來，注意到這些與日常語言極為不同的表達方式。扭曲的、跳接的、變形的、突兀的符號向他招手，金聖嘆驚喜的駐足於這些反常又合理的文字，並深深為此而著迷，而他又是一個自負經史百家無所不窺的閱讀者，面對這些看似陌生的說話技巧，他反覆思量，試圖調動著體內所有儲備的文學能力加以辨認，最後他宣稱：這些長期不被重視的小道，其實隱涵了對傳統經書的創造繼承，並且在敘述技巧上恐怕是略勝一籌的。

　　閱讀起初就像陌生的叢林探險，深入任一處而時有所得，即使每遇熟悉的路徑，都甚至發現不同的景致。稍後漸漸的這一切不再陌生如是，金聖嘆已經逐漸踏勘出一條自己熟極而流的路徑，他開始像個老練的嚮導，辨認著各處的記號，最後他則遊走在字裏行間，並跨過線性的閱讀限制，忽前忽後，瞻左慮右，在文本裡他已經可以無入而不自得。雖然縱情於文字國度裡，在熟極之餘雖不免要追問這創作者原始的意圖，因為，文本裡這個擅長說話的「我」〔註41〕這樣如是近乎特技的表演，委實令人不可思議；他繼續深入文字符號的原鄉，在那兒，他試圖分辨大霧裡蒼白的作者圖像。但昔人已遠，留給他的只有眼前陳跡，是以有時他不免要覺得——這一切製作都要比作者真實身分來得更為真實。

　　至於最後他終於有沒有動手改建，這一直是個謎。

（三）

　　既然認為可以精確的掌握詩語的構造，金聖嘆便開始對這歷來通行的說法發難了：

> 弟自幼最苦冬烘先生輩輩相傳「詩妙處正在可解不可解之間」之一
> 語。弟親見世間之英絕奇偉大人先生，皆未嘗肯作此語。〔註42〕

原來對「可解不可解之間」的持論意指詩語的不可譯性，蓋詩的本質總是向自身言辭以外的場域偏離，而難以日常言說——捕捉；金聖嘆的質疑顯然並沒有與之對焦，他所措意的是形式層面，關乎詩語本身如何建構的問題，這得力於歷來對「法」的探討實已累積至一定成熟度，而逐漸成為一顛撲不破

〔註41〕於小說、傳奇裡為敘事者；在詩裡則為抒情的自我。
〔註42〕〈魚庭聞貫〉「與任昇之」條，頁41。

的眞理。

> 故夫唐之律詩，非獨一時之佳搆也，是固千聖之絕唱也，吐言盡意
> 之金科也，觀文成化之玉牒也。其欲至於八句也，甚欲其綱領之昭
> 暢也；其不得過於八句也，預坊其蕪穢之塡廁也。其四句之前開也，
> 情之自然成文，一二如獻歲發春，而三四如孟夏滔滔也；其四句之
> 後合也，文之終依於情，五六如涼秋轉杓，而七八如玄冬肅肅也。
> 故後之人如欲豫悅以舒氣，此可以當歌矣；如欲愴快以疏悲，此可
> 以當書矣……《三百》猶先爲詩而後就刪，唐律乃先就刪而後爲詩
> 者也。〔註43〕

律詩的整個形式面的構築對金聖嘆來說，已經不止是一意義的承載體，其八
句四組的緊密接合語分工，在最大的可能裡，迫使得每一個詩人在命意吐辭
之際，能與形式相互揉合，創造出內容—形式的最佳演出。令人意外的是，
在詩歌國度裡被極度張揚的，並非歷來所看重的內在詩人情志心魂，而恰恰
是這最精巧、完美的似屬於外在形式設計，甚至經過這一套形式之後，沒有
一句一字會詭於聖人之道，猶勝於聖人筆削之前的《詩經》，眞正是「不煩繩
削而自合」。

　金聖嘆說：「詩非無端漫作，必是胸前特地有一緣故，當時欲忍更忍不
住，……」，但形式的極致處，帶領著詩人的思考，任一人不免都要隨之起舞，
是以他接下去說：「……於是而不自覺衝口直吐出來，即今之一二起句是也。
但其衝口直吐出來之時，必要借一發端，或指現景，或引故事，或竟直敘，
或先空嘆。」至此，詩人這胸前不得不然的感性情意，已經被形式要求他以
理性加以思索安排，金聖嘆續說：「當其作勢振落之際，法更不得不先費去十
數來字，而於是其胸前所有特地之一緣故，乃竟只存得三四字矣。因而緊承
三四，快與疏說……」〔註 44〕所謂「『法』不得不……」，規定著詩人要如何
說，以及怎麼說，這是一套完美的美典，因之也是無可質疑的規範，形式在
此無窮放大，詩人必須在尊重這套規律下謹愼的將心中之意化爲詩中之詞。

　既然詩人之意受到形式的帶領，當讀者試圖加以回溯時，他所探勘的也
自然不能略過這套準繩，透過此，可以觀察作者情意如何的在形式裡的流動
聚合，準確的掌握詩人如何在尊重這套體製下將心中之意與之折衝揉合。於

〔註43〕〈貫華堂選批唐才子詩序〉，《全集》冊四，頁 34。
〔註44〕以上引文皆見〈魚庭聞貫〉「答沈丈人永令條」，頁 49～50。

是，這看似變形、不相接續的詩句，其實不過是一表面現象，實際上隱藏在詩句裡的是完整的詩人「心頭之一聲」。

> 讀古人書者，於斷處知其續，於續知其斷，則金針度人矣。〔註45〕

詩人情意必然是完整的，所以有若斷若續的現象，則是因為詩人因應整個形式做出有意的調整，換言之，從形式裡我們自然可以發現其所以如此的理由，藉此還原詩人隱伏在詩語之下的情意，對照其與形式的折衝，自然能夠掌握作詩的訣竅。

> 泛觀全文幾如滿屋散錢，無可收拾，不但作者手忙，且令讀者目眩。
>
> 然孔子曰：「辭達而已矣。」此句為作詩文總訣。夫「達」者，非明白曉暢之謂，如衢之諸路悉通者曰達，水道之彼此引注者亦曰達。
> 〔註46〕

孔子之意原是對文質的談論，金聖嘆取之而有一巧妙的轉換，以「達」，象徵著詩人情意的四通八達、相互挹引，讀者或只見詩意縱橫無方、神變之極，看似跳接若斷，事實上作者情意一直是固著的，所有的變化不過是因應於形式上的撥弄，是以其中仍有一理路可尋；又說：

> 看詩全要在筆尖頭上追出當時神理來。〔註47〕

金聖嘆要從詩裡還原的，就是作者這運筆時的神理，而他所賴以分析的工具，自是這套對形式的體認。正因為詩語裡的每一句、每一字面目，都經過形式的洗禮，藉著它，金聖嘆可以觀察作者心志最細微的顫動。

於是這可解與不可解之間的說法，就有些不同了；原來對朦朧詩語的不能確指，並且暗示「一唱三嘆」方為詩語之最高境界，是為「不可解」之立論緣由；而金聖嘆在此所謂「可解」，已轉變為經由形式的橋樑，成為對詩人心志準確無誤的追摹；換言之，二者其實各自指涉了不同的範疇，也各自指明了自己的義界；詩語的複義的其實仍然無法確指（不可解）〔註48〕，金聖嘆所能確指的（可解）其實是透過形式，可以反溯詩人創作時的心志活

〔註45〕《唱經堂古詩解》，《全集》冊四，頁737。
〔註46〕《唱經堂古詩解》，頁752。
〔註47〕《唱經堂杜詩解》，《全集》冊四，頁532。
〔註48〕當然就金聖嘆的立場而言，詩語等於詩人將心中之情加上形式的鎔鑄（夫詩之有章有文也，此固儒者之所矜以為能也，若其原本，不過只是人人心頭舌尖萬不獲已，而必欲說出一句說話。），詩語業已不再朦朧，只需掌握他所以如此表達的方式，就可以還原出詩人原始的情意。

動。〔註49〕

（四）

　　金聖嘆曾手批《孟子》前四章，稍引第一章數語，以觀察金聖嘆的詮解理路：

> 孟子見梁惠王。不是梁王要見孟子，是孟子自見梁王，正是一肚皮仁義可以致於王道，連夜要發揮出來，全不顧他抱玉自薦之嫌。王曰，「叟！不是尊敬孟子之詞，亦不是奚落孟子之詞，乃是反借梁王口中，寫出一肚皮仁義人此時已是晚年。不遠千里而來，亦將有以利吾國乎？」孟子對曰，「王！王開口先呼「叟」，孟子開口亦先呼「王」，應對之禮也。何必曰利？亦有仁義而已矣。」接口便截住他「利」字，然後輕輕換出自己胸中「仁義」字，下另開兩節詳辨之。
>
> 〔註50〕

顯然他是將每一字每一句都視爲作者有意的設計，也因此字詞背後都是代表良工苦心的安排，閱讀就必須──將之還原。首句「孟子見梁惠王」只有六字，但由二人名諱排列順序先後，其中便有深意；另外文中梁王呼「叟」、孟子稱「王」，雖然看似平實記錄，背後卻也各自蘊涵複雜的情意。另外，梁惠王「亦將有以利吾國乎？」的提問，與孟子「亦有仁義而已矣」的回答，金聖嘆著眼於：作者何以連用兩「亦」字？兩字隔句遙遙相對，形式的特殊（對仗）提醒讀者駐足，因爲作者藉此傳達出更爲複雜的意涵，他繼續分析道：

> 看梁王口中有一個「亦」字，孟子口中連忙也下一個「亦」字，眞

〔註49〕黃景進先生曾經撰〈詩之妙可解？不可解？〉專文討論此一議題。文中對於持詩可解說的金聖嘆也作了分析：「由於八股文分析法與傳統評點的結合，使他具有細密分析的能力，除了能分析作品本身文法結構外，更能進一步分析出此文法結構與作者情感的內在關係。」見《中國文學批評第一集》，頁36。事實上整個閱讀意識的深化（評點基本上就是讀者閱讀活動的記錄）與對文本結構的感知是息息相關的，八比只是其中一個環節而已；近體詩的格律本身就是一形式的產物，自唐朝整個律定完成之後，文人士子莫不在這方寸之間展露胸中變化無方之才氣，所以在此大背景之下，金聖嘆所掌握的無非就是此業已完熟的表述方式，並由此追索詩人心志與之相摩相盪，在如此精煉的形式下，每一個出現的字都被認爲其來有自，都是詩人有意的形式撥弄用以被讀者所感知，所以眞正的問題在黃先生所論的「文法結構與作者情感的內在關係」上，當解詩者經由文本結構所還原出來的苦心孤詣，與嚴羽所持「一唱三嘆」的詩語本質已經有莫大的差異，前者有一大部分仍不脫作者對形式的設計與掌握，而很難再涉及其他範疇（諸如意象、多義性等）。

〔註50〕《釋孟子四章》，《全集》冊三，頁689。

是眼明手疾。蓋梁王「利吾國」三字，全是連日耳中無數游談人說得火熱語。今日忽地多承這叟下顧，少不得也是這副說話，故不知不覺，口中便溜出這一字來。孟子聞之，卻是吃驚：奈何把我放到這一隊裏去！我得得千里遠來，若認我如此，我又那好說話？遂疾忙於仁義字上也下他一個「亦」字。只此一個字，早把自己直接在堯、舜、禹、湯、文、武、周公、孔子之後也。看他耳朵裏，箭鋒直射進去，舌尖上，箭鋒直射出來，是何等精靈，何等氣魄！後來經生，只解於「利」字、「仁義」字，赤頸力爭，卻全不覷見此二個字。〔註51〕

金聖嘆指責解者全不注意此二「亦」字，他自己就由此挖掘出梁王與孟子二人心思的複雜活動。梁王所以下這亦字，意味著也把孟子當作是一般的遊說之客看待；此意不免讓孟子十分吃驚，顯然與自己所持的主張大為扞格，所以趕忙也用一個亦字，以上承梁王之意，並且就此巧妙的接上自己的話頭。

這樣的解經方式不要說一般經生，多半歷來大儒多半不免也要搖頭嘆息。不過，金聖嘆倒不是隨口硬拗，而是句句貼緊文本脈絡而來，全然是有跡可循，這種縝密的閱讀型態固然與英美新批評（The new criticism）極為類似，尤以與字質研究（textual study）差相彷彿〔註52〕，但追究其閱讀詮釋的理路，就甚為不同了。前文我們談到，有明一代已經甚為高張的文本意識，文人莫不對字詞的搭造、章段的呼應、篇章的結體有更為深刻的體會，並且後設的為之歸納為許多的為文條例（法），聲稱創作之際不能逾此。此著眼於文本方域之內的有一絕對的邏輯組織架構，這是與新批評所提出的作品本體論主張有所重疊之處，並因此皆有細讀（close reading）強調與實踐。

但是，同樣的強調形式分析，金聖嘆屢屢再三致意的，卻是將這一切視為作者有意的操控，例如他對兩「亦」字的解析，則全然在照顧人物瞬間流轉的意念，而且我們應該再追問此處何以能如此詮釋；這時不難發現則必然有詮釋者一先備知識的調動：梁王是嗜利的、孟子好義的、或說詮釋者已然對整個戰國遊說風氣有一先在的瞭解。換言之，整個對形式的感知已充分與「知人論世」結合，並佐以「以意逆志」的手法，將所有的詮解經由文義的說解朝向解析作者層層掩蓋的心意。為什麼說是「層層掩蓋」呢？因為，作

〔註51〕註同前。
〔註52〕陳萬益、康來新皆有此語，詳下章。

者從不直說、明說，他用了另一種方式來言說（小說、詩歌都是一種特殊的形式表達），也因此隱藏了自己原始的意圖，因此這就需要詮釋者對字詞有透入肌理的掌握，方能沁入心脾進入作者難以捉摸的精神世界。〔註53〕

「以意逆志」與新批評之「感應謬誤」（affective fallacy）說甚爲衝突，而「知人論世」更是被主張「意圖謬誤」（intentional fallacy）棄爲敝屣；二者實承自不同的淵源。當我們追蹤金聖嘆的詮釋理路，在看似甚爲疏放通脫、大膽創新的文字裡，他其實已經自覺的將歷來幾個不同系統〔註54〕的讀解理論作了一完整的統合，成爲他評點時無所不往的利器。〔註55〕

三、研究範疇與研究取向

（一）歷來研究面向回顧

歷來論者不乏對金聖嘆的研究，其呈現的型態約可略分爲以下二種：一者，以金聖嘆爲主要研究範疇，並掇拾其分見於各處之文學評論，還原對象一完整的理論系統；二者，則著眼於一更大的論題，其中並涉及對金聖嘆的討論。〔註56〕

〔註53〕關於此點原因則甚爲複雜，並且有一大半恐怕還是取決詮釋者主觀的投射（因爲是以意逆志），例如，金聖嘆就常常認爲杜甫將吐不吐、委委屈屈、曲曲折折的詩語，就是反映了他忠君愛國的偉大情懷以及溫柔敦厚的仁者性格，故不忍就此明說直道。（參見〈登兗州城樓〉批語）

〔註54〕此意在劉勰身上已初見端倪，觀劉勰設「六觀」用以達到「觀文者披文以入情」，欲「覘文則見其心」，就是此等意思，見《文心雕龍·知音》。金聖嘆更是結合文本理論與知人論世的手法充分加以以意逆志，將文本裡形式的展現視爲作者意圖的暗示，遂將形式批評轉換成對作者的「默會感知」，劉勰〈知音〉空白的環節，遂被金聖嘆以此等方式補足。

〔註55〕關於知人論世與以意逆志交互疊用的詮釋技術也非金聖嘆首創，事實上仇兆鰲之註杜詩、甚至後起浦起龍（《讀杜心解》）皆以此等方式所進行的操作。這些所謂的「箋釋」，以其形式觀之，看似客觀的註釋，其實背後也隱涵著註釋者固有之一套詮釋理念；參見顏崑陽：《李商隱詩歌箋釋方法論》（臺北：學生書局，1991年3月）。若與金聖嘆的讀解觀之，則他們皆是對文本背後那個抒情的自我十分著迷，所有的詮釋也不免要往此擺動，因之，金聖嘆的閱讀方式就一個更大讀解背景下，我們不難見到與之類似的操作，而可以相互印證。當然，他本身對形式的感知又造成其獨特的詮釋進路，文本理論與閱讀意識的深化本也是緊密聯繫，而且亦有其發展脈絡，當以上匯聚於金聖嘆身上時，也就是他評點事業的開始。

〔註56〕對文學意見以評點形式呈現，容或有不同看法（胡適、張健、樂蘅軍所持就幾乎是反面的意見），本文在第二章與第三章第一節都分別就「形式」面的考

　　另，觀察其互異之研究進路，又可歸結出幾種論述取向：佔最大多數的
莫過於針對金聖嘆的「小說評點」，施之以現行先備之小說概念，以廓清研究
對象所使用的名詞義界，掂量處於明末清初之際的金聖嘆其批評實踐所觸及
之小說理論與文學概念。又有借西方文藝理論來建構、分析者，而因應於金
聖嘆的評點性格，其中之大宗為敘事學的引用，除重建歷史真實之外，更嘗
試建立中國所特有之敘事概念與脈絡體系；於八、九○年代讀者反應論盛行之
際，亦有援引接受理論為工具，重新說明了文評家與作者的合作關係與親密
程度，以及文評家對作品之干預，如何的影響了之後的閱讀者，在作者—文
本—讀者的架構內展開論述。

　　第一類的研究進路能夠照顧文學—美學面向，進入金聖嘆所觸及的小說
／文學本質問題逕行討論，缺憾是往往使研究對象流於印證自己已知的（成
熟）小說概念，金聖嘆固暴得大名，卻僅能充分指出其較為素樸的初步認知，
承認其認識清晰度不及現代。從一個十分概括的說法，忽略各篇獨特細節部
份來看，其實皆離不開陳萬益先生所開出的範疇，其論述深度大抵也隨著研
究者本身對小說所持的概念深淺有所升降；即使針對的是金聖嘆的詩學解
析，卻也不脫相同模式的操作方式，終究是將小說的關注轉移至詩歌評點而
已。此等論文多以「小說理論」為名，分情節、人物、語言，旁及小說認識
論（創作、虛構性）等，平面展開論述，實頗有以己意籠罩對象之嫌，且觀
研究者所掌握的分析概念，其實多半與西方小說有關，已不能目為「純中國
式」的研究了。〔註57〕

　　在接引西方理論方面：漢學家浦安迪的研究令人一新耳目，不過由於論
題之故，彼致力於本身對「奇書」文本的詮釋讀解，並未能針對批評而批評，
而有對金聖嘆作完整討論。援引敘事學以分析金聖嘆者，在操作過程中就容
易忽略理論詮釋效力之外的嫁接問題，如中國與西方不同之敘事發展與認識
等，以致困於分析工具本身的性質，中國許多固有的問題面向就未能充分意
識。〔註58〕另，單德興先生曾分析過評點的特殊性格，並從美學反應的角度，

　　　察作出回應。
〔註57〕這裡所牽扯的並非西方理論於中國古典文學恰當與否的問題，而是研究者能
　　　否對自己的先備知識有一透徹的瞭解與反思。
〔註58〕王靖宇先生對《左傳》的討論就是以敘事學方法的操作，另方面他也注意到
　　　歷史進入敘述後所不能免的敘事成份，亦能有所啓發，見《中國早期敘事文
　　　論集》（臺北：中研院文哲所籌備處，1999 年 4 月）。

後設式的審視了這一套表述形式的效力，以及在實際閱讀裡，灌注有文學意見的「評點本」（The commentary-carrying edition）如何成為新型的多音對話，也開發出不同於以往的詮釋視野，需要思考的是在接受理論之外的遺漏，應該需要有所補足。

（二）本文研究進路

1. 結構主義概述

羅蘭・巴特（Roland Barthes）說：「任何結構主義活動的目的，不論其是自省的或是詩學的，都在於重新建構一種『對象』，以便在重建之中表現這種對象發揮作用的規律（即各種『功能』）。」〔註59〕這種由操作者本身所感受結構方式的操作，扼要描述了結構主義之本質思維，藉此也讓我們得以在最寬泛的範疇裡準確掌握其語言學、人類學、文學的不同面向。

結構主義（Structuralism）顧名思義是在發掘人文現象的深層結構，由之所興起的一股學術思潮。事實上，這種思維取徑（approach）遠非任一人的新創，當我們對事物進行觀察之際，腦中不可能是一純然的素樸空白，而總是藉著已知（概念、邏輯）來印證、解讀未知的事物；就某方面看來，我們往往是以經驗性的歸納所得，以之進行演繹性的分析探究。因之，人文現象不免與這思維法則有密切的關係，縱使於紛雜表面上並不能一眼看出。結構主義初起所對峙的就是經驗主義（Empiricism），將人從狹隘的經驗領域中解放出來，而以一種嶄新思維面對人類對外物的感知本質。〔註60〕

結構主義分析的基本概念離不開索緒爾（Ferdinand de Saussure）在《普通語言學教程》裡所提到的幾個概念，諸如：言語／語言，共時性／歷時性，能指／所指，符號的任意性與彼此之差異性，符號之間的橫向組合關係（syntagmatic relationship）與縱向聚合關係（paradigmatic relationship）；於此已不乏諸多譯介，茲不再贅述。〔註61〕雅克布遜一般被視為結構語言學家，

〔註59〕巴特：〈結構主義活動〉，懷宇譯：《羅蘭巴特隨筆選》（天津：百花洲文藝出版社，1996年4月），頁293。

〔註60〕關於結構主義的譯介，請參見鄭樹森〈結構主義與中國文學研究〉；周英雄〈結構、語言與文學〉，以上二文收入周英雄：《結構主義與中國文學》（臺北：東大圖書公司，1992年8月再版）一書；張漢良〈結構主義對話錄〉收入氏著《比較文學理論與實踐》（臺北：東大圖書公司，1986年2月），頁383～389；以及佛克馬、蟻布思合著：《二十世紀文學理論》（臺北：書林出版社，1995年7月），第三章〈法國結構主義、批評、敘事學與作品分析〉。

〔註61〕高名凱中譯：《普通語言學教程》（北京：商務印書館，1996年4月）。另強納

不僅修正了索緒爾的部份概念，並將語言分析的方式應用到文學上來，使得一向不能確指、被譏諷爲不夠科學的文學，通過語言學而確立其理論基礎，從而也開拓了文學的研究深度。〔註62〕由雅克布遜與李維史陀（Lévi-Strauss）合作分析波特萊爾（Baudelaire）的詩〈貓〉一事，我們可以準確理解語言學—結構—詩學的關係：朦朧、複義之詩語下潛藏著語法、韻律、特定詞語的擇用等複雜操作，就是這些構成了一首十四行詩；易言之，這些深藏於表面下的語言層次之組合，就是結構主義最感興趣的深層結構。

　　結構人類學大師李維史陀在那本略帶詩意口吻的《憂鬱的熱帶》〔註63〕一書裡，這麼提到：「當你忽然發現在一個隱蔽的縫隙兩邊，居然生出兩種不同種屬的綠色植物，靠得非常之近，而每一種都選擇了最適合自己的土壤；或者是，可以同時在岩石上面發現兩個菊石遺痕，看到它們微妙不對稱的迴紋，這些迴紋以它們自己的方式證明兩個化石之間存在著長達幾萬年的時間距離，在這個時候，時間與空間合而爲一。」（頁60）兩個菊石代表著不同年代的持續與堆疊，歷時性的差異在共時性的同一中被探知也被化解；這對李維史陀而言，不啻是一種「意義」的啓示——在每一處初看下無秩序的混亂狀態裡，由對深沈隱沒的反溯，尋繹其理性的條理，其中閃耀著探索者知性的愉悅與光芒。

　　從表面雜亂無章的文化現象董理出頭緒，李維史陀取法於語言學甚多：語言學裡的語音現象與語法的建立歸納模式，同樣適用於神話分析，從而發現初民的心智運思的邏輯，這種借用也可理解李維史陀不喜歡英國經驗主義，而總是把結構的概念表現在更爲抽象的哲學思維上，試圖建構出事物彼此之關聯，使得其操作不能止於一人一事的個別澄清，亦頗有演繹的意味。早期的研究認爲神話是調和人類生活基本矛盾的一種願望表現（如：「伊底帕斯」反映了企圖逃避人是由土地所生，以及這種企圖之不可行所產生之矛盾。），六〇年代之後，不再著眼於單個的神話故事分析，轉而援用言語—語言的模式，重新考慮整體人類更爲龐大的心靈系統，通過不同地區神話系統

　　　　森‧卡勒（Jonathan Culler）撰文全面介紹索緒爾的語言學理論，見《索緒爾》（臺北：桂冠圖書公司，1992年1月）。

〔註62〕參看：周英雄〈結構、語言與文學〉一文，前引書頁33～51。古添洪：《記號詩學》（臺北：東大圖書公司，1984年7月），第三章〈雅克慎的記號詩學〉，頁79～113。

〔註63〕王志明中譯：《憂鬱的熱帶》（臺北：聯經出版社，1998年4月）。

具有形式上內在的類似性，來說明文化現象的秩序性實際上也是人類理性的創造。至此，對神話的大量的蒐羅便不可或缺，然後對這些材料再進行處理。長久以來我們就發現不同神話之間的相似性，李維史陀更認為相似性只是其中一種類型，而對立則是另一種類型——顯然，神話的分析勢必走上一種層層收攝的路線，任一神話都帶有彼此相關的聯繫，而可以收束至更大的「神話叢」內。

這種操作的原型大致還是不脫李維史陀在《結構人類學》〔註 64〕內所舉的例子，由歷時與共時複合的掌握管絃樂譜樂曲進行與和聲對位的編排方式，與由撲克牌花色與問卜者自身的種種特點（年齡、身份、外貌……等。）相互比對，進而加以破譯其卜算之規則。〔註 65〕李維史陀的結論或許真的如許多評論者所言大多是不「可信」的，但就理論模式的操作與隨之而來的思考啟發卻是相當「可愛」的〔註 66〕；結構人總在重建對象時發現「新的東西」，李維史陀所為正是這新東西所綻放出的人文光芒，用巴特的話說：「結構的人與古希臘人毫無區別：他也傾聽文化的自然性，並且在文化中不停的感受正在堅持不懈地創造意義的一部龐大機器即人類的顫動。」〔註 67〕

當作為一種方法的結構主義應用至文學上來，最直接的啟示便是將文學視為一獨立不假外求的系統，托多洛夫就在那篇名為〈詩學〉的文章裡，開宗明義的宣稱結構主義詩學的取向在於：「不是要揭示個別作品的涵義，而是要認識制約作品產生的那些規律性。」〔註 68〕這種談法，基本上也與李維史陀解析〈貓〉詩的企圖並無二致；文學既被視作一個「大系統」，則任一作品不過是這個系統任一可能的實現方式之一。質言之，結構主義詩學的目的就是要建立一個文學本文的結構和功能的理論——「確定文學可能性整個光譜的理論，在這種理論中，實際文學作品所佔的地位是個別的事例……因此作品應當被投射於一個與它本身不同的『另外的』什麼上……這個『什

〔註 64〕謝維揚、俞宣孟中譯：《結構人類學》（上海：上海譯文出版社，1995 年）。

〔註 65〕既然是一種歸納的推算，又要考慮互為動態的變因，不難理解李維史陀之必然推出帶有函數向量數學公式的研究結論。

〔註 66〕對李維史陀人類學方面的析論請參見約翰・斯特羅克（John Sturrock）編、渠東等譯：《結構主義以來》（瀋陽：遼寧教育出版社，1998 年 3 月）。內由人類學家丹・斯皮爾伯（Dan Sperber）撰文的評述。

〔註 67〕見巴特〈結構主義活動〉一文。

〔註 68〕托多洛夫〈詩學〉，收入波利亞可夫編，佟景韓譯：《結構——符號學文藝學——方法論體系和論爭》（北京：文化藝術出版社，1994 年 7 月），頁 36。

麼』⋯⋯是文學本文本身的結構。」（托多洛夫語）

在此目的下，文學何以成為文學的呼聲重新被喚起，結構詩學將焦點投射在「文學性」（literary，使一部作品成其為文學作品的特性）上，就此點看來，即使與英美新批評一般被譏為對作品外緣因素缺乏關注，不過，其遠祖毋寧應捨此而追溯至俄國形式主義者的淵源；再者，由於俄國形式主義者在建構自己理論之際，實在都有以下的傾向：一種頗類由作家的角度來分析作品之進路，其操作型態就如什克洛夫斯基所言：「在文學理論中我從事的是其內部規律的研究。如以工廠生產來類比的話，則我關心的不是世界棉布市場的形勢⋯⋯而是棉紗的標號及其紡織方法。」〔註 69〕；又如艾辛鮑姆在分析果戈理〈外套〉時所言：「文學作品中沒有一句話可以是作家情感的『折射』，它總是構造與手法。」。〔註 70〕

對形式關注的一致性已明，從建立文學本身系統伊始，結構的方法甚至可擴及對整個文化系統的結構分析，不過，讓我們將焦點轉向其中的一個分支——續談以結構主義方法研究小說，所建立起的結構主義敘事學（Narratology）。由於這仍是屬於「內部」的研究，其目的就在闡明到底是什麼不可或缺的因子在一部敘事作品中發揮著作用？其中普洛普（Prop）對一百則民間故事的分析可以視為一經典的操作。後來研究成果則更把此發揚光大：有格雷瑪斯（A.J. Greimas）布瑞蒙（Claude Bremond）繼形式主義而對情節鋪展延續所得之後出轉精的研究；熱奈特（Gérard Genette）對小說時間、視角、敘事者的研究；甚至如托多洛夫的文類分析，探討不同文類本身所蘊涵的形式動力等。〔註 71〕

〔註 69〕 什克洛夫斯基：《散文理論》（南昌：百花洲文藝出版社，1994 年 10 月），〈前言〉，頁 3。

〔註 70〕 轉引自托多洛夫：《批評的批評》（臺北：桂冠圖書公司，1997 年 9 月），第一章〈詩的語言〉，頁 6。

〔註 71〕 參見羅伯特・休斯（Robert Scholes）著、劉豫譯：《文學結構主義》（臺北：桂冠圖書公司，1992 年 5 月）；高辛勇：《形名學與敘事理論——結構主義的小說分析法》（臺北，聯經出版社，1987 年 11 月）。第三章〈結構主義與敘事理論〉，頁 117～230。以及張漢良〈唐傳奇「南陽士人」的結構分析〉，收入氏著：《比較文學與實踐》（臺北：東大圖書，1986 年 2 月），頁 215～254。另外羅蘭巴特〈敘事作品結構分析導論〉一文也概括論述了本文前述的幾個重要論點。此文之中譯，收入《美學文藝學方法論》（北京：文化藝術出版社，1985 年 10 月），頁 532～561。

2. 結構主義與金聖嘆的評點活動

　　第一章在進行背景分析時，我們已經隱約碰觸了這個問題，尤其是金聖嘆所繼承之文本意識，使他保持著對形式敏銳的感知，以及他總是著眼於形式的分析，企圖以之解釋一切現象。這與俄國形式主義（Russian Formalism）者主張在精神上有若干疊合：

　　　　藝術的手法就是使事物奇特化的方法，是使形式變得模糊、增加感
　　　　覺的困難和時間的手法，因為藝術中的感覺行為本身就是目的，應
　　　　該延長；藝術是一種體驗事物的製作的方法，而「製作」成功的東
　　　　西對藝術來說是無關重要的。〔註72〕

詩人以一種不同於日常語言的方式說話，閱讀者所充分留心的就是這個使他錯愕的反常語，它特意干擾不假思索的閱讀，轉而逼使讀者注意這個出自於作者在形式上的有意撥弄，所造成的延遲感知。整個焦點鎖住這個「手法」，而整個藝術也被定位在一種特殊技法的製作—完成，其出語則幾乎與金聖嘆並無二致。

　　這是一個有趣的平行現象，雖然各自發展出現的脈絡必然互異，但他們所關注的焦點，以及對文學本質的思索，卻實在是一極為要緊且嚴肅的課題。而什克洛夫斯基將小說的敘述結構視為對「故事」的陌生化手段，同樣為金聖嘆所察知，金聖嘆震懾於敘事文體的多層次多角度的話語鉤連，使他致力要揭出作者加工處理程序，因為在他閱讀之際，每一篇小說或傳奇，都不斷的釋放如是訊息：它始終是關於自身的，敘述自我這一切是如何被搭造而成的。

　　因之，以結構主義敘事學關照金聖嘆對小說、戲曲多層次的感知，探究他一再申明的章法、句法、字法，並置之於不同文類對結果加以檢驗，就是一不可或缺的研究法了。〔註73〕再者對於作品的讀解，金聖嘆也總將之視為一當下完滿俱足的存在物，進而展開共時面的切割分析，確立出其成份中的最小單位，最後逐行分析單位之間如何相互牽制／生成，在部份—全體的觀照下，從而建立其中彼此關係規律。

　　這更是頗類結構主義的操作方式，我們雖不能遽以結構主義者之名強加

〔註72〕什克洛夫斯基〈藝術作為手法〉，蔡鴻賓譯，收入托多洛夫編：《俄蘇形式主義論文選》（北京：中國社會科學出版社，1989年3月），頁65。
〔註73〕也包含形式主義者早期對這方面的探討，如什克洛夫斯基、普洛普（Propp）等。

於金聖嘆身上，但至少在此處可以將金聖嘆的評點活動視爲一「類結構主義」的重構活動。〔註74〕

（三）論文架構

「文學是一種允許人們以任何方式講述任何事情的建制」〔註75〕，此語對文學之肯認甚爲宏闊，文學幾乎是一沒有疆界的場域；不過此一無邊際的肯認與給予，並不能停止對界限的繼續探索，因爲始終有禁忌──之於創作與讀解雙方都是；也或許文學天生反骨，其宿命就是要不斷探勘，無視乎已有多少遺產的承繼。而同時作爲文學本質之一的虛構，又往往解消它開始講述時的嚴肅性，一切可以變得毫無重量如泡沫般消逝。

文學是一個集合名詞，因此很難充分確指；這也是一個能夠自我調節的有機體，它立時因應時代、內、外不同的話語挑戰，隨時準備改變自己並加之消化吸納；同時他也持續生成，其面貌總是有待繼續建構。試圖在此廣袤的場域裡擇定研究對象，若非具有某種抗拒複製的特質，則似涓滴入流，很快爲建制所淹沒；但文學的對象又是需要重新讀解的，創作總是召喚著閱讀，進而重新解釋，因此每一個議題似乎都等待再次的碰觸；在此張弛消長之動態反省意識下，本論文鎖定文評家金聖嘆──藉著描繪出他一生所評點的才子書圖像，深究一個傳統文人如何調動／轉化自身閱讀資源，以接受新興的小說文體，並解讀其審美趣味，以及在這畢生志業裡所衝決、碰觸的文學建制與疆界的問題。

第一章裡首先回顧歷來關於詮釋的幾個面向，首揭孟子之知人論世與以意逆志，指出其中所蘊涵的「留白」，以此造成後世論者對之持續的引申與抉發；另外，由劉勰《文心雕龍》所開啓的文本意識也隱然成形，並在時序進入宋、明以後，隨著科舉的設置，進一步得到深化。本文將鎖定後者觀察其與詩語的衝撞，以及在宋、明兩代的不同融合，並據此回唧知人論世與以意逆志，最後歸結到金聖嘆身上。本章可視爲對研究對象之內在詮釋理路的廓清，爲討論金聖嘆之前作一清楚的定位。

〔註74〕金聖嘆的閱讀當然不能全等於結構主義的分析活動，況且評點活動裡也尚有許多是此一理論所不能涵蓋的部份，爲有避免削足適履之憾，恐不能對理論過分拘執。

〔註75〕〈訪談：稱作文學的奇怪建制〉德希達（Jacques Derrida）訪談錄，趙興國等譯：《文學行動》（北京：中國社會科學出版社，1998年3月），頁3。

　　由於金聖嘆大部分的著作皆以評點型態面世，是以考察這一種表述方式所由來，以及它所擔負的功能爲第二章論述之基調。評點作爲一種閱讀活動，其始出現於文本頁扉天地空白之處，似先天上就要求閱讀者發聲，填補這空白區域，因此，讀者是評點活動裡的重心，因之，我們也不得不將目光焦點移向讀者的參與，甚至是主動積極的閱讀建構，觀察他們如何藉由評點形式參加了閱讀的盛宴，以及在這期間作者—讀者之間雙方的互動與位移。

　　另外，評點成爲公開發行刊本，也是必須加以深究的現象；文學場域裡，交錯有不同層面話語的喧囂，也使得每一件號稱是文學的作品，其背後／內部都有不可思議的量變與質變；是以我們亦需考慮整個時代以及文學市場的現實，勾勒出商業因素如何與文藝作品的高度互動，指明文學活動與哪些場域息息相關，或受到程度不等支配，以作爲整個文本分析之背景框架。〔註76〕

　　框架的建立有助於帶著反省的意識開始探討金聖嘆的閱讀理論，第三章裡首將先踟躕金批，立足歷史語境爬梳其多場次的文本對話，掇拾其散落於各處的評點文字，並綜理其分跨不同文類的讀解，試圖還原／建構其個人化語言，據以重構金聖嘆的閱讀理論。其中因應金聖嘆的閱讀意識及其大抵走向，將借用結構主義理論作一廓清／說明的工作。

　　第一部分將就金聖嘆意識所及之作品特性：結構本身的整體性、完整自足性，以及各單位間相互呼應、聯繫的生成關係爲解析重點；其二，以敘事理論探明他對敘事文的多層次具體感知，指出金聖嘆所歸結出作者行文之際的「文法」，其實已經碰觸當代敘事理論之敘事者、情節鋪展、敘事觀點等本質問題，並不能單視之以是八股的餘毒。最後，我們將綜理金聖嘆之批評活動，剖明在他閱讀意識深層結構裡的審美因子，指出此一終極的審美趣味並非憑空而造，乃出自傳統詩文訓練，而又能有所調整與轉化所致，而掌握此一審美因素又是如何的讓他出入文本之間無入而不自得，甚至衝破了文類的界限。

　　第四章，我們將把金聖嘆的閱讀活動置入作者—文本—讀者的框架裡思考，指明其閱讀理論之基礎與預設。首先考察他心目中理想的作者圖像，以及其所應具有的特質，並分別以《水滸》、《西廂》、杜詩加以印證；其二，由文本著眼，指明「文」的義界，再據以檢視在不同性質文類裡，「文」如何展現，以及其可能的最大範疇何在，還原當時他對於小說本質的思考與掌

〔註76〕以致於沒有所謂「純」文學的東西。

握，試圖理解其閱讀理論中的許多基礎性問題。

作者、文本的意義既明，續將焦點轉向作爲讀者的金聖嘆身上，第五章探討他在執定如是的閱讀理論下，讀者活動將以何種型態進行，達致何等的閱讀任務？並且在實際批評之際考察讀者—文本—作者三方所形成的高度互動：金聖嘆由《水滸》、《西廂》、「杜詩」，一面批閱，一面一步步向作者趨近，意圖一筆筆勾勒（還原）出隱藏在字裏行間的作者圖像，所有的詮釋，無一不指向作者內心深處最隱密的心志活動，語言文字在此彷彿是一透明體，沒有距離、也產生不了兩個主體之間的隔閡。在符號的世界裏，作者將以何種面目現身，金聖嘆執定以爲真的心解最終能否超越時空，就如同他自詡的知音鍾子期一般析毫辨髮，準確還原作者內心情志；抑或，字裏行間的評點成爲另一種書寫慾望的隱密形式，文評家在此暢快的敘述，痛快的書寫——作爲讀者的金聖嘆，最終是殷迦登所指的「空白填補」，亦或是巴特所稱的「文本歡愉」，還是始終是一場對作者意圖之「危險的增補」（supplement）。

我們不可避免的要拔高自身，介入他與作者的親密言談，傾聽他四下無人時的彷徨低語，或攫住他偶有小小的失言；從一理論的高處來檢視這一場對話，指出其詮釋的成就與邊界。

第六章，也就是本文的結論，將分成四個層面來檢視金聖嘆的閱讀理論。首由「空白」的填補開始，我們將指出金聖嘆是如何自覺的填補並創造空白，易言之，彼所屢言之「虛」，其中隱涵著文評家隱匿的寫作慾望，從而也象徵評點一門實蘊有反客爲主的讀者精神；再者，檢視歷史中的金聖嘆面貌，由接受的觀點考察各個時代下金聖嘆的被凸顯不同詮釋角度，也爲本文的研究進行後設的反思；其次，借艾科（Umberto Eco）所提出的「過度詮釋」（overinterpretation）概念，反省「適當」的文本詮釋是否有所可能，並與金聖嘆的文本詮釋對照並觀。

最後，將由三個角度反省金聖嘆的閱讀成績，其一，指出其「類結構主義式」文本重構的閱讀方式，由之所建立起的敘事學系統，開發至何等的程度，以及對作品內在結構的抉發，是批評家的美學期待，抑或是作品客觀的實有，或二者界線爲何？其二，將金聖嘆讀法上升至「一般詩學」的高度時，其解釋的效力廣度以及理論本身所蘊涵的問題爲何？其三，分析金聖嘆如何由傳統詩文汲取營養，以成就他對小說這一新興文體的掌握與開發，並指出其評點活動在文學史上的意義。

　　作為物質型態的符號一直是有幸的，因為它可以有無數次的機會，等待著下一個造訪者友善的敲門；無奈，它也是有待的，因為作為鉛字的存在是沒有靈魂的。人召喚符號，企圖固定它、確定它，殊不知符號不從作者筆尖溜走，它卻靜謐的等待讀者的解放。

第二章 作爲一種表述形式的評點

故知禮樂之情者能作，識禮樂之文者能述。作者之謂聖，述者之
謂明；明聖者，述作之謂也。

——《禮記·樂記》

在進入以金聖嘆爲中心的文學論題之前，我們實有必要對他所使用的表
述系統作一考察。當一個故事的講述開始，作爲聽眾的我們，不但在聽這個
故事說了什麼，同時也在分辨這個故事怎麼說；換言之，作爲一種表述方式
的評點活動，其所以能被採用，必然也有其不可爲之取代的功能在焉，而緊
密的與使用者的意圖緊緊纏繞。

第一節 評點之功能性探究

一、概　述

評點，又有批點之稱，其意約指評點者（閱讀者）附著於文本正文字句
之內的圈點抹畫與注疏按語，後者即爲「評」，前者則爲「點」之謂。這也是
歷來論者追索評點起源的兩條路線：

> 評點之書，其源亦始鍾氏《詩品》，劉氏《文心》。然彼則有評無點；
> 且自出心裁，發揮道妙；又且離詩與文，而別自爲書，信哉其能成
> 一家言矣。〔註1〕

〔註1〕　〔清〕章學誠：《校讎通義》，葉瑛校注本（臺北：里仁書局，1984 年 9 月），

由章氏追溯《詩品》、《文心雕龍》爲評點之始祖，且特意指出其二書「有評無點」的體製上尙未周備，顯然章學誠以截至其時爲止的通行評點形式爲參照的架構，而作出究其原始考鏡源流的工作。捉摸其意，所謂的「評」則有評騭論述之意；只是，這樣的結論似不甚周備，因爲就中國歷來的表述系統而言，筆記、序跋、詩話，也都可以負擔章氏所指出的這項功能。易言之，評點作唯一個較爲後起的表達方式，若照章學誠此說，則就非有必要出現之理由了。〔註2〕

　　至於出現於文本上的圈點塗抹，《提要》中也有所論述：

> 宋人讀書，於切要處率以筆抹，故《朱子語類》論讀書法云：先以某色筆抹出，再以某色筆抹出。呂祖謙《古文關鍵》、樓昉《迁齋評註古文》亦皆用抹，其明例也。謝枋得《文章軌範》、方回《瀛奎律髓》、羅椅《放翁詩選》始稍稍具圈點，是盛於南宋末矣。〔註3〕

看來，「點」的出現其實甚爲自然（切要處率以筆抹），這與讀書人的閱讀習慣關係密切，是一種記號性質，取其警示、提點的功效，而據《提要》的說法，遲至南宋之時，讀書加上圈點的作法已然大爲盛行。與紀昀約爲同時的袁枚也提到這樣的方式：

> 古人無圈點，方望溪先生以爲有之則筋節處易於省覽。按唐人劉守愚〈文塚銘〉云有朱墨圍者，疑即圈點之濫觴。姑從之。〔註4〕

不論是以色筆或朱墨的塗抹，不外乎標出一篇之警策，袁枚以此追溯至唐朝，雖然這其中亦帶有臆測成份；不過觀其以朱墨畫圈的方法，也與後世無甚差別，此讀書人順手而爲，實爲自然不過之事。

　　顯然，在「評點」的活動裡，「點」之形式容或更加繁複，其精神甚爲一致；而「評」的意趣則已有極大的不同。如近人葉朗所述：

　　　頁958。

〔註2〕評點極盛於明、清兩代，其時詩話體仍然存在，而讀書人何以不直接採用詩話「資閒談」的表述方式，而非「評點」不可——這其實已經間接指明評點所負擔的功能了。

〔註3〕《四庫全書總目提要》（臺北：藝文印書館，1997年9月）見經部第卅七卷，「四庫類存目」，《蘇評孟子》二卷，頁759。按《提要》此處在申辨《蘇評孟子》一書從書中的圈點形式（有大圈、有小圈、有連圈、有重圈、有三角圈。）看來，此書並非眞出於北宋的製作。

〔註4〕見袁枚：《小倉山房文集》〈凡例〉，收入王英志主編《袁枚全集》（蘇州：江蘇古籍出版社，1993年9月）。

小說評點的體例一般是這樣：開頭有個〈序〉。序之後有〈讀法〉，帶點總綱性質……然後在每一回的回前或回後有總評……在每一回當中又有眉批、夾批或旁批……此外，評點者還在一些他認爲最重要或最精彩的句子旁邊加上圈點，以便引起讀者的注意。〔註5〕

「點」的警目的功能，自不必限於文評家之使用；而「評」卻已更趨精細，這自然代表各部所擔負之的不同的功能。〔註6〕就葉朗所提到的這幾種評點分化愈趨細緻的幾種形式而言，點的比例只佔其中一小部份了。由是，我們現在所稱呼的「評點」一詞，就幾乎是專指明萬曆以後的這段時間，「評」已然發展得最爲完備的形式，至於「點」，則在「評」的光芒掩蓋下，或也聊備一格了。〔註7〕

二、經書注疏、詩話與評點：功能性分析

評點有一極重要特徵，便是它與文本相互依存的關係。不過，僅指出此點則尚未全備，二者之間尚有明顯的主從關係。正文不僅先於評點文字而出，本身亦是一獨立的完整存在體；評點可就不同了，作品不待評點而生，且當評點失去所依附的評點對象時，就如同一篇前後失序，意義無法貫串的漫語一般；然而可注意的是，評點文字儘管處於一「有待」的位置，當它進入作品後，則也可算是某種型態的入侵，至少對原署名的作者產生重大的影響。

〔註5〕 葉朗：《中國小說美學》（臺北：里仁書局，1994 年 11 月），頁 15。篇名號參現行學術規範校改之。

〔註6〕 單德興：「這些文評出現的形式多爲（全書或各章回的）序或跋、眉批、行間夾批、雙行夾批，呈現出傳統的中國文評家的詮釋策略。一般說來，書前序和回前序的討論，由於出現在敘事正文之前，嘗試引導讀者處理文本的方向或方式，使他們依照文評家所理解和指定的方向來進行閱讀。眉批經常與敘事的結構與特定事項的分析有關。夾批則多集中於標明、評估作者的技巧，解說一個用法或表達方式，甚或品評一句、一詞、一字的好處。回後跋則承上啓下，總結前回或前數回的意旨和重點，並爲下回或下數回預作準備，甚至討論到全書的重大結構及起承轉合。書後跋主要就全書的主旨及結構加以總結。」見〈試論小說評點與美學反應理論〉一文，《中外文學》（1991 年 8 月第二十卷第三期），頁 74。

〔註7〕 就功能輕重來說，「點」最容易被淘汰，甚至有只保留下「評」而略去「點」的印刷。《四庫提要》：「此本（按，指《古文關鍵》）爲明嘉靖中所刊，前有鄭鳳翔序，又別一本所刻旁有鉤抹之處而評論則同。考陳振孫謂其標抹註釋以教初學，則原本實有標抹，此本蓋刊版之時，不知宋人讀書於要處多以筆抹，不似今人之圈點以爲無用而刪之矣。」集部，總集類二，頁 3895。

章學誠就已意識及此：

> 且如《史記》百三十篇，正史已登於錄矣。明茅坤、歸有光輩，復
> 加點識批評，是所重不再百三十篇，而在點識批評矣，豈可復歸於
> 正史類乎？謝枋得之《檀弓》，蘇洵之《孟子》，孫鑛之《毛詩》，豈
> 可復歸經部乎？凡若此者，皆是論文之末流，品藻之下乘，豈復有
> 通經習史之意乎？編書至此，不必更問經史部次，子集偏全，約略
> 篇章，附於文史評之下，庶乎論辨流別之義耳。〔註8〕

「論文之末流，品藻之下乘」是牽動著個人主觀評價，固可先不論。但章氏
在試圖為這些經過評點的作品分類歸位之時，就發生了困難，後經考慮，他
建議將這些全部歸於「文史評」之下。這意味著一經評點之後，原來只有作
者署名的作品發生了微妙的變化，「是所重不再百三十篇，而在點識批評矣」，
文本重心反轉至評點文字之上，在某個程度上已然朝著文評家的精神氣象趨
近，充滿著個人色彩，是以不管被評點的對象是經、史、子、集任一種，當
它成於文評家之手，所展現出的閱讀圖像已然大有不同；質言之，作品既不
待文評而生，評點家所能侵入的則是只能作品的「解釋權」部份，所以既經
評點，只能歸於詩文評（文史評）一類。

（一）經書注疏

是以這就逼出了評點其內在精神所在：

> 書尚評點，以能通作者之意，開覽者之心也。得則如著毛點睛，畢
> 露神采；失則如批頰塗面，污辱本來，非可苟而已也。今於一部之
> 旨趣，一回之警策，一句一字之精神，無不拈出，使人知此為稗家
> 史筆，有關於世道，有益於文章，與向來坊刻，夐乎不同。如按曲
> 譜而中節，針銅人而中穴，筆頭有舌有眼，使人可見可聞，斯評點
> 所最貴者耳。〔註9〕

評點目的在於「以能通作者之意，開覽者之心」，因此，評點者本身就自居於
一個「述者」的位置，意在「發明」作者之初心，拈出作品之旨趣。由此處
的論述，我們便能深體何以新興評點文字與傳統注疏之學，在其精神（內）

〔註8〕同註1所引書，頁959。
〔註9〕見《〈出像評點忠義水滸全傳〉發凡》一文，引自《水滸傳會評本》（北京：
　　　　北京大學出版社，1981年12月），頁31。此文原為袁無涯刻印（1614）的百
　　　　廿回本，署李贄評點。學者簡稱「袁本水滸」。

與型態（外）上都有若干的相似、疊合之處；這實在是因爲彼二者都自覺到自己所從事的工作之特殊性質——踵躡作者、傳述其意。不過，評點的型態雖然極神似於經書之義疏，但是由章學誠批駁謝枋得的《檀弓批點》或歸有光的《批註史記》看來，則此二書之不能列入經、史，顯示評點獨具之特徵，顯然在某方面走得又要比傳統注疏之學更遠。

二者型態上的近似，尤以雙方都是緊附著所要解釋的對象，在所承之文句下進行註釋或疏解的閱讀行動。但是，何以二者皆採用此型態的呈現方式？我們不妨由此開始討論起。

此種在兩漢時稱爲章句訓詁之學，至魏晉時一脈相承而全面發展的義疏之學，還都是以名物地理註解、音讀反切與解釋經文字義等等方式並行，其用意都在鬯曉文脈、發明經義。究其閱讀行動之原始，不外乎可歸於進行詮釋（interpretation）、注疏（commentary）二類爲其精神所在；後者，在作品之語言層面作內在疏通，以求意義之明白暢通；前者則力圖賦予作品除字裏行間外的另一層指涉義，而頗有重塑之意味。〔註10〕

以〈小星〉一詩爲例：

　　嘒彼小星，三五在東，肅肅宵征，夙夜在公，寔命不同。嘒彼小星，

　　維參與昂，肅肅宵征，抱衾與裯，寔命不猶。

題下就有〈毛序〉：「小星，惠及下也。夫人無妒忌之行，惠及賤妾，進御於君，知其命有貴賤，能盡其心矣。」爲整首詩的主旨作出說明，又有〈鄭箋〉：「以色曰妒，以行曰忌。命，謂禮命貴賤。」〔註11〕補充字義，使得意義更爲確指。

但毛公與鄭玄都認爲小星一詞即是賤妾之謂，也就是說，作詩者此處是以隱喻的手法，以「微不足道」之意（本質上的），連結了眾無名之星與身分低下的妾婦，並以後者取代原來之字面義。此雖是字義訓詁，實已經進行意義詮釋。接著，整首詩便朝著此一被指明的方向運動——詩裡雖只談到這些妾婦進御於君之事，但是這也同時傳達出另一個訊息：這樣的行爲是由於元配的寬宏大量，而予以特別的准許（默許）；而夫人既有此情操，則這些身分低劣的妾婦，也能體會各人所銜天命之不同（知其命有貴賤），而無非分之想。

〔註10〕　參考高辛勇先生對托多洛夫（Tzvetan Todorov）之閱讀概念的分析，見氏著《形名學與敘事理論》（臺北，聯經出版社，1987 年 11 月），頁 192～195。

〔註11〕　〔漢〕毛亨傳、〔漢〕鄭玄箋、〔唐〕孔穎達疏《毛詩正義》，《十三經注疏》本（臺北：藝文印書館），頁 63。

至此，我們已經看見，透過毛公的解題，實已爲此詩作出兩個動作：其一，
劃出意義的場域，其二，由於隱喻的功效〔註 12〕，詩的可能解釋與字面義總
是保持著極大的距離。

　　再以《春秋》爲例：

　　　　公子翬如齊逆女。

《左傳》：「秋，公子翬如齊逆女，修先君之好，故曰：公子。齊侯送姜氏，
非禮也。凡公女嫁于敵國，姊妹則上卿送之，以禮於先君，公子則下卿送之；
於大國雖公子亦上卿送之。於天子，則諸侯皆行，公不自送。於小國，則上
大夫送之。」〔註 13〕行文本身就帶有濃厚注釋色彩，不僅透過「修先君之好」
說明如齊逆女之因由，更詳述作書者以「職稱」來表示對翬的讚許，另外也
說明經書如何透過「不書」來貶抑齊侯之失禮，且交代了「失禮」之由。換
言之，《左傳》透過帶有詮釋性質的陳述〔註 14〕，指出孔子意在言外的微言大
義，此舉就使得原來素樸的文字記載，產生意義上一褒一貶的變動，並且向
外擴張。由此看來，從《左傳》此舉所拉開的詮釋空間（空白）看來，不可
謂不大；而後世之杜預或孔穎達等歷代注家，不免就是在《左傳》所打開的
空間裡，繼續從事有限的增補、修訂，或再解釋的工作。〔註 15〕

　　前例將小星與賤妾劃上等號，後例則書寫出作書者「不書」之意；注釋
文字與原文間所劃出的疆域之大，其實難以估計；不過，這也沒有造成意義
的漫無所指，方向一直是確定的——我們不難發現這一切都導向作出教化意
味的道德詮解。準此，姑不論注釋者欲帶領讀者往哪兒去，這樣的詮解態度
上是虛心的，不敢有些微冒犯，遣辭用句亦力求小心謹慎〔註 16〕，所以它必
須緊跟在經文之後，畢恭畢敬的作出章句訓詁，同時也使注疏與經文形成相
互的緊密性；其方式也是大膽的，從二者隱喻距離之大且被默許可知一般。

〔註 12〕　如「小星」與「賤妾」二者若斷若續的聯結。

〔註 13〕　〔晉〕杜預注、〔唐〕孔穎達正義《春秋左傳正義》，《十三經注疏》本，頁 103。

〔註 14〕　根據張素卿先生的研究歸納《左傳》的解經方式有二：其一，論說經義；其
　　　　　二，敘事解經。見氏著：《敘事與解釋——《左傳》經解研究》（臺北：書林
　　　　　出版社，1998 年 4 月），頁 69。如書與不書的問題就屬於「論說經義」，推原
　　　　　本事始末即爲「敘事解經」。

〔註 15〕　「解釋」其實是一包含各種不同詮解層面的集合名詞，張素卿先生將之區分
　　　　　爲三個層面：「一、訓詁詞文：註釋文字、詞語及引申之意、修辭之法等。二、
　　　　　述說物事：詳述名物、制度與事蹟等。三、詮明理義：闡述經旨、發明微言
　　　　　等。」前引書，頁 17。

〔註 16〕　當然，駁斥其他注家的用語則未必。

　　另外，還有一點是前二例所不及呈現的，那便是對經書的注疏看似散落各處而破碎餖飣，實際上識者都極注意作品各部與作品之指歸的「穩定」問題。對此，或可以錢鍾書先生所稱之「詮釋循環」（hermeneutic circle）來加以說明：

> 乾嘉「樸學」教人，必知字之詁，而後識句之意，識句之意，而後通全篇之義，進而窺全書之指。雖然，是特一邊耳，亦祇初桄耳。復須解全篇之義乃至全書之指（「志」）。庶得以定某句之意（「詞」），解全句之意，庶得以定某字之詁（「文」）；或並須曉會作者立言之宗尚，當時流行之文風、以及修詞異宜之著述體裁，方概知全篇或全書之指歸。積小以明大，而又舉大以貫小；推末以至本，而又探本以窮末；交互往復，庶幾乎義解圓足而免於偏枯，所謂「闡釋之循環」（der hermeneutische Zirkel）者是矣。〔註17〕

錢鍾書先生意指乾嘉樸學只說中一半，所以偏枯而不免初桄；所謂「循環」──即部份至全體，尚須有全體至部份的交互往復，方纔使得作品與其各部脈絡產生意義上的穩定，庶幾義解圓足。據此，我們可以由另外角度回視經書義疏了，事實上所有的詮釋都爲經書本身素面的文字套上解釋的框架，此框架既經確定，自然牽動著詮釋者對各部字句的理解。例如鄭玄以「諸妾夜行，抱衾與牀帳，待進御之次序。」來解釋「肅肅宵征，抱衾與裯」二句；王先謙對這樣的解釋大表不滿，認爲其意可謂不通至極〔註18〕；但是，若與置入鄭玄所認可的〈毛序〉觀之，則就形成一穩定的意義場域，鄭玄以此已經足可自辯。

　　而王先謙此處所以不同意鄭箋，主要也是其一開始所採認的解釋框架──〈小星〉一詩並非指賤妾云云，而是代之以「貧士卑官」──就與鄭玄不同，因此牽動了對詩各部不同的理解。因此，解詩者至少在操作前，都是帶有如是的意識：那便是將一首詩視爲一完整對象。以此而言，若再擴大一些，杜預得出的「春秋五例」，則至少是跨越單篇之後所歸納而出的詮釋法則了。因此對於這些夾於經書正文字裏行間的注疏，雖看似散落各處，卻並非解經者

〔註17〕錢鍾書：《管錐編》冊一（臺北：書林出版社，1990 年 8 月），頁 171。原註略。

〔註18〕〔清〕王先謙：「諸侯有一國，其宮中嬪御，雖云至下，固非閭閻微賤之比，何至於抱衾而行。況於牀帳，勢非一己之力所能致者，其說可謂陋矣。」見《詩三家義集疏》（臺北：明文書局，1989 年 10 月），頁 104。

信手拈來、隨機筆錄於經文之下；它們通常都受著極嚴密的意圖約束，且瞻此顧彼，而且必然皆爲閱讀數次，有「全局於心」之後，方能有如是的呈顯。〔註19〕

（二）詩　話

我們已對經書注疏之學作了一番察考，意在探究其與評點之間的聯繫。不過，若把焦點移向評點一個堪稱極爲重要的特徵，則似又非舉注疏學所能囊盡：

> 陸雲〈與兄平原書〉。按無意爲文，家常白直，費解處不下二王諸〈帖〉。什九論文事，著眼不大，著語無多，詞氣殊肖後世之評點或批改，所謂「作場或工房中批評」（workshop criticism）也。方回《瀛奎律髓》卷十姚合〈游春〉批語謂「詩家有大判斷，有小結裹」；評點、批改側重成章之詞句，而忽略造藝之本源，常以「小結裹」爲務。苟將雲書中所論者，過錄於機文各篇之眉或尾，稱賞處示以朱圍子，刪削處示以墨勒帛，則儼然詩文評點之最古者矣。〔註20〕

陸氏兄弟魚雁往返，所加意討論「什九論文事」，復加上「遊心於小」特重文詞的細碎之處（小結裹）的著眼〔註21〕，其精神已經堪稱是後世的評點，只差論述的形式而已。借錢先生此語，則已經爲我們特指出評點「重文」的特徵了。

再以金聖嘆所批之《水滸傳·序三》爲例：

> 夫文章小道，必有可觀，吾黨斐然，尚須裁奪。古來至聖大賢，無不以其筆墨爲身光耀。只如《論語》一書，豈非仲尼之微言，潔淨之篇節？然而善論道者論道，善論文者論文，吾嘗觀其製作，又何其甚妙也！〈學而〉一章，三唱「不亦」；嘆「俞」之篇，有四「俞」字，餘者一「不」字、兩「哉」而已。「質勝文則野，文勝質則史」，其文交互而成。「知之者不如好之者，好之者不如樂之者」，其法傳接而出。「山」「水」「動」「靜」「樂」「壽」，譬禁樹之對生。「子路問聞斯行」，如晨鼓之頻發。其他不可悉數，約略皆佳構也。〔註22〕

〔註19〕此可與第三章結構分析一節參看。
〔註20〕《管錐編》，前引書冊四，頁1215。
〔註21〕關於此點，後文會再細論。
〔註22〕《金批水滸·序三》，頁11。

金聖嘆之爲《水滸》作序，頗帶指導意味，也可據此深入其論述批點之重心。
他所謂「善論道者論道，善論文者論文」，就把閱讀分成兩個方向，看他後文
所舉之例，其意並不在發明經義，反而對《論語》一書的行文用字有若干稱
賞，這也意味著其觀文之重點，有一大部分要落在這個他最感興味的部份了。
而這種讀法，與義疏之學相較之下，在二者類似的呈現框架裡，箇中之精神
意趣則實在有所不同。金聖嘆批點《西廂記》時，有一段文字正足以代表此
種進路：

> 記聖嘆最幼時，讀《論語》至「子張問：『士何如斯可謂之達矣？』」
> 見下文忽接云：「子曰：『何哉，爾所謂達者？』」不覺失驚吐舌，蒙
> 師怪之，至與之夏楚。今日又見此文（按：指《西廂記》），便與大聖人
> 一樣筆勢跳脱。〔註23〕

金聖嘆敏感的察知上下文二句意義上的跳接過劇，不過正因其體雖怪而卻能
自然成理，又復妙不可言。其著眼點皆意在於「文」——尋覓佳句，滋咂品
味，以此甚爲自得。

論佳句、談佳構，則我們不免要執此轉而略加考察詩話一體了。

> 詩話之源，本於鍾嶸《詩品》。然考之經傳，如云：「爲此詩者，
> 其知道乎？」又云：「未之思也，何遠之有？」此論詩而及事也。
> 又如「吉甫作誦，穆如清風，其詩孔碩，其風肆好」，此論詩而及
> 辭也。事有是非，辭有工拙，觸類旁通，啓發實多。江河始於濫
> 觴。後世詩話家言，雖曰本於鍾嶸，要其流別滋繁，不可一端盡
> 矣。〔註24〕

章氏雖立《詩品》爲詩話之祖，卻也揭「論詩及事」、「論詩及辭」二者，來
概括歷來詩話的內容。但是，「論詩及事」一語稍模糊，不若「論詩及辭」來
得清晰。章學誠對此續有說明：

> 自孟棨《本事詩》出，乃使人知國史敘事之意。而好事者踵而廣
> 之，則詩話通於史部之傳記矣。間或詮釋名物，則詩話而通於經
> 部之小學矣。或泛述聞見，則詩話而通於子部之雜家矣。雖書旨

〔註23〕《金批西廂》二本一折夾批，頁87。其後文又云：「嗚呼！大聖人之寶書，固
　　　　不可作佳句讀哉。須是聖嘆惡習，切勿學也！」雖有此「悔語」，不過在前引
　　　　〈序三〉中，他還是以《論語》爲例，將它以佳句（廣義）視之。
〔註24〕章學誠：《文史通義‧詩話》，前引書，頁559。

不一其端,而大略不出論辭論事,推作者之志,期於詩教有益而
已矣。〔註25〕

孟棨自言:「詩者,情動於中而形於言。故怨思悲愁,常多感慨……其間觸事
興詠,尤所鍾情,不有發揮,孰明厥義?因採為《本事詩》……。」〔註26〕
蓋孟棨之意是希望藉著「原詩人之始」,透過對觸動作詩者所感之事的記錄,
以期更貼切的詩中之意。此等「論詩及事」雖不採實際的解析文句(論詩及
辭),卻也另闢一解詩途徑,但,此法經後世人踵而廣之,或記述見(軼)聞、
或彼錄掌故,不免寬泛稍失其原意,而頗有向「筆記」體趨近的意味,是以
被章氏譏之為通向「說部」。

此二種質素於許顗《彥周詩話》都可以得到確認:

詩話者,辨句法,備古今,紀聖德,錄異事,正訛誤也。若含譏諷,
著過惡,誚紕繆,皆所不取。僕少孤苦而嗜書,家有魏、晉文章及
唐詩人集,僅三百家。又數得奉教,聞前輩長者之餘論。今書籍散
落,舊學廢忘,其能記憶者,因筆識之,不忍棄也。〔註27〕

這種對文章或佳句之稱賞談論,雖又有旁涉環繞作品(詩)之外的掌故軼聞
的蒐寫記錄,但是在最大範圍、最寬泛的定義裡,都可被泛稱為「詩話」。歷
來固不乏此類之文學意見,但皆散見於一般文集、書信之內;自歐陽修《六
一詩話》出,大家似乎順理成章的將之置入這種標為「詩話」的新興體裁中。
當然詩話中畢竟以對詩體的論述較多〔註28〕,此或恐與詩道發展至宋,無論
在詩藝反省與創作積累上,都已經到達可觀的瓶頸口有關,因此,這種帶有
反省色彩,試圖總結創作經驗的文字,遂在一般的詩文集之外,也以專著形
式大行其道。

我們實可以將這些以詩話面目問世的文字,稱之為撰著者之關於詩道最
廣義的文學意見,並且帶有點「雞肋」式的態度,以致於筆下就自然而然輕
鬆、熱鬧,甚至不妨有些喧囂,其論述範圍亦固不能以某一文類拘限。〔註29〕

〔註25〕同前註。
〔註26〕孟棨:〈本事詩序目〉,收入丁福保輯《歷代詩話續編》(臺北:木鐸出版社,
　　　　1988年7月),頁2。
〔註27〕許顗:《彥周詩話》,引自見何文煥編訂:《歷代詩話》(臺北:藝文印書館,
　　　　1983年6月,四版),頁221。
〔註28〕論文論詩相雜於詩話的現象,在宋人詩話裡尤為明顯。又如王夫之《薑齋詩
　　　　話》內編(夕堂永日緒論內編)論詩,外編論時文,若此皆是。
〔註29〕如歐陽修《六一詩話》卷首開宗明義就謂:「居士退居汝陰,而集以資閒談也。」

但，此等文學意見固非針對一詩一文單獨而出，所以個人色彩極爲濃郁，手眼亦各自不同，品評意見也就高下不一；再者，或有取名家詩作——如杜甫——予以玩賞，但終不能窮盡其全貌，只能隨興特點其一二之態。稍舉許顗《彥周詩話》爲例：

> 先伯父治平四年舉進士第一，少從丁寶臣，以文字爲歐陽文忠公、王岐公所稱重。其試〈公生明賦〉曰：「依違牽制者既已去矣，則明白洞達者乃其自然。」此不刊之語也。嘗作〈詠史詩〉曰：「天下有誅賞，固非君所私。太宗泣君集，意恐勞臣疑。至公一以廢，智術相維持。哀哉功名士，汲汲尚趨時。」推斯志也，雖蹈滄海餓西山可也。在熙寧間，爲荊公薦，竟不委曲得貴達，然亦爲司馬溫公、呂獻可、呂微仲、范堯夫諸公所知。元豐七年，自都官外郎奔祖父喪，卒于黃州，東坡解衣賻之。〔註30〕

如此類記述，存人之志可說比論詩之意要重得多了。

再以瞿佑《歸田詩話》爲例：

> 元遺山〈論詩三十首〉，內一首云：「有情芍藥含春淚，無力薔薇臥晚枝。拈出退之山石句，始知渠是女郎詩。」……「有情芍藥含春淚，無力薔薇臥晚枝」此秦少游〈春雨〉詩也……按昌黎詩云：「山石犖确行徑微，黃昏到寺蝙蝠飛。升堂坐階新雨足，芭蕉葉大梔子肥。」遺山固爲此論，然詩亦相題而作，又不可拘以一律。如老杜云：「香霧雲鬟溼，清輝玉臂寒。」「俱飛蛺蝶元相逐，並蔕芙蓉本自雙。」亦可謂女郎詩耶？〔註31〕

此處不在爲立論雙方爭一是非之理，只取其評論態度與其可能所涉及的範疇加以討論。瞿佑針對元遺山論詩意見而發，並以自己（甚至是當時知識社群）熟知的杜詩予以駁斥，爭論焦點則落在作詩者與其行文風格的聯繫或落差上。彼意既不在針對一詩予以詳盡分析，亦非是總結兩宋詩道的宏觀意見，而只是更類近於個人閱讀的感悟與記錄。綜上，則詩話所能包羅的內容則又非文學意見所能涵盡，可謂甚爲蕪雜；而即使有如蔡夢弼所集錄之《杜工部草堂詩話》，是書廣蒐名儒嘉言論杜詩凡二百餘條，雖有一明確成書之旨意，但限於本身集錄性質，畢竟未得成爲一專家著述。

〔註30〕《歷代詩話》本，頁222。

〔註31〕〔明〕瞿佑：《歸田詩話》「山石句」條。引自《歷代詩話續編》，頁1241。

　　當然亦有較爲嚴密的詩說型態，如嚴羽《滄浪詩話》，全書分「詩辨、詩體、詩法、詩評、考證」五個部份，條目井然，實打開一論述格局；但是，就以此處所粗舉之三例，我們便不難得知，在寬泛的詩話體之下能夠有多大彈性的容納，是以各書面目紛呈、意態各一。

　　另，詩話本身帶有之對詩作反省色彩，此意在北宋諸人身上雖不甚濃，但愈至後世，在述及各種創作經驗之餘，其金針度人的意味也就躍然紙上。

> 詩話者，記本事，寓品評，賞名篇，標雋句；耆宿說法，時度金針，名流排調，亦征善謔；或有參考故實，辨正謬誤，皆攻詩者所不廢也。〔註32〕

由「論詩及辭」始，也就不再侷限於一字一句之好惡，而成爲教化後學之作詩法門。

　　詩話這等以輕鬆筆調遊心於截至當時的詩家著作，愈往後則愈有更爲精煉的文學意見出現，其反省宏觀的眼界也愈深，只是礙於其一則一則的論述型態，終究難以成爲士人學者針對某一詩學命題的首尾周圓之作，此印象式、感悟式（中性的，不帶貶抑）的文學意見，自不難引導我們發現一人、一時對詩文的關注點，也能拼湊、還原出論述者對詩／文的先在認定，予之披沙揀金亦有能得精闢中肯之論，但至少詩話體便不能負擔針對一篇作品（或遍閱一人之作）作出完整、全面的討論；回到我們的議題——評點，其容或「凌遲碎割」〔註33〕正文，卻正好補足了詩話此一層面的遺憾。

三、小　結

　　前文也已提到，評點幾乎就是完全「義襲」了注疏之學，其型態乍視之二者幾至不能分辨。即使所謂的注疏由單字詞語注釋，擴及經文義理的敷暢，但似乎只要仍能被這一說解的模式所包容，其與評點的樣態便也差相彷彿。這種意趣，實來自於注經者與評點者都自覺本身之「述者」身分所致，而此一內在理路的神似，方使得雙方都採取相同的表達方式，尤其評點作爲一後起表述型態，固是負有與經書注疏相同的使命，就促使／壓迫這些評點者，採取了相同的立論框架，而它們精神共通之處則還在於這些貌似散落各處的

〔註32〕鍾廷瑛：〈全宋詩話序〉。轉引自鄭如玲：《論宋詩話源流》（臺北：輔仁大學中文研究所碩士論文，1993 年），頁 9。

〔註33〕胡適先生有此一譏。

評點／註釋文字，看似隨機、隨心所至的下語，其實卻受著極其嚴密中心約束，而能有統一意旨的建構。

但，同樣「意在發明」，彼此的關注點就有極大的差異了，評點者論文說法，說經者講論義理，二者分歧之南轅北轍不待明眼人而知，文評家之盡度金針，何以非採注疏貼緊正文型態，而不使用既有的詩話體呢？

這引導我們回視另一種表述系統——詩話。詩話爲人所詬病的「印象式」的指點語，其實正突出自己存在的理由，未必一定眞有此病〔註34〕；但是，同樣是論文，評點者所呈現的，卻眞的道出詩話所不能承擔的部份。易言之，評點雖也有「感悟式」賞評之語，因批點得甚爲簡約——「好」、「妙」、「甚奇」等，說不上什麼「一字見義」——而頗也招致譏諷；但若以金聖嘆所評點《水滸傳》觀之，他採取的評點方式計有：卷首有他所作的三篇序，用以在從各角度反覆說明此書寓意，後復有帶有總論性質的「讀法」共六十九條，是爲提綱挈領指導後學閱讀條例，每一回還有回首總評，多至千言（且不在少數），並有意的與讀法相互見義，小說正文附有雙行／單行夾批，還有眉批，以此等種種方式貼緊、包圍小說。〔註35〕

可以看出，評點與詩話雖然都離不開對「文」的鑑賞討論，但評點針對單一作品所完成的多層次的閱讀評論，已然遠非詩話之一人一時一地之語所能項背。但詩話趣味其始並不爲此而生，自也無意於此多有責難，不過，這一空白的層面便由新興的評點予以補足了。尤以當我們回視經書義疏系統裡所拉開的偌大詮釋距離，他們也非僅只於塡補空白，註解者對意義的強大建構參與，或可視爲對這些後起評點者的範讀——讀者是這些經書面貌的完成者，亦如同張竹坡、金聖嘆、毛宗崗的小說評點一般，在扣緊文本逐句逐字細密閱讀的同時，也爲作品生發出異樣的詮釋。

是什麼樣的驅力，使得這些「論文者」採取不同於歷來說詩論文者所用的詩話體式，而轉而尋求經書義理的注疏系統的支援——這就逼出了下一節議題。不過，在進入下文以前，也許有一個較爲輕率的說法，可以爲這節作

〔註34〕本文只稍及之，不能就此再討論。對於這場論戰，可參見沈謙先生〈文學批評的層次——從顏元叔、夏志清的論戰談起〉一文，氏著《期待批評時代的來臨》（時報文化出版，1979 年 5 月）。文中不僅約略描述雙方論點之互異，也提出了自己的意見。

〔註35〕即不以《金批水滸》爲例，金聖嘆亦有古文批點，名曰《天下才子必讀書》，見《全集》冊三，也具有總評與夾批的形式。

一注腳：評點即是經書義疏之學與文人詩話的相加合併；當然，它們不同處不在相加之列。

第二節　再探評點精神

> 某二十年前得《上蔡語錄》觀之，初用銀朱畫出合處，及再觀則不同矣，乃用粉筆；三觀又用墨筆。數過之後，則全與元看時不同矣。
>
> 〔註36〕

朱子強調的自是多讀、細讀的工夫，學者藉此反覆沉潛，方能悟入而有所得；但是若以評點之學與朱子此處工夫相較，則只差旁註按語，否則朱子手批《上蔡語錄》已經是粲然可觀的評點著作了。

一、閱讀意識的深化

（一）視文章製作為一審美獨立體

　　評點的出現一如上述，原與個人閱讀息息相關〔註37〕，古代的書籍是沒有句讀的，而讀書人在文章斷句處施以簡單的圈點標註，廣義說來也可算是粗具「點」的型態〔註38〕；而中國書籍習慣在頁面上留下天地，此一「空白」或也間接導致閱讀者書寫的慾望／衝動，「評」也就自然出現。但是，閱讀原是極為私密、個人化的活動，而迤邐至評點大興，批點評註由抄本而至刊本，閱讀由書齋走向市場，由個人心解轉向公眾展示，種種跡象顯示，這已非單純的案頭讀書的標註活動，而確實昭示了一個新時代的誕生。

　　但是凡符合評點此等型態，無論是初始的稍具雛型，或後代的規模完備，則都逃不開此一宿命：評點文字必然要有所依附，易言之，這頗有些「寄生」的意味，這些文字都需要一個「宿主」。因之，這個它們所賴以存在的對象就不能不受到幾分注意，所以我們要探究的就不可能只是單方面的，而是一種

〔註36〕〔宋〕黎靖德編：《朱子語類》（臺北：文津出版社，1986年12月）卷104，頁2614。

〔註37〕〔清〕馮鎮巒〈讀聊齋雜說〉：「往予評《聊齋》，有五大例：一論文，二論事，三考據，四旁證，五遊戲。皆平日讀書有得之言，淺人或不盡解。至其隨手記注，平常率筆，無關緊要，蓋亦有之，然已十得八九矣。」《聊齋誌異·各本序跋題辭》（會校、會註、會評本）（臺北：漢京出版社，1984年4月），頁11。

〔註38〕《爾雅》：「滅，謂之點。」郭璞下注：「以筆滅字為點。」「點」就是把字刪去的符號。

彼此的「關係」。

　　一開始這些評點者與對象之間其主從關係仍十分明顯，這可以由雙方以註解的「交談」方式看出，評者所進行的是較爲基本的工作，停留於意圖由字句訓詁來廓清對象原貌——尚稱不上彼此對話。不過，需要附帶一提的是，對字義這一層面的解釋工作，雖似被我們以粗淺名之，卻仍然是閱讀活動底層最基本工作——讀不懂就遑論其他了，其重要性不容抹煞。是以直至明清的評點著作裡，仍不乏對這一方面的解釋或糾謬。

　　接下來，在較早（南宋）的評點著作裡，將評點對象視爲一獨立完整客體的觀念也開始形成。作爲一個閱讀者，他除了掌握作品旨趣之外（說什麼），也對作品如何說話發生興趣（怎麼說），而這種攀附對象的評點語言，便爲這種閱讀意識提供了一個有利的解析途徑。事實上，這種意識並不必非於評點爲始，而是與整個文學大環境的發展有關，尤以我們在詩話的許多著作中已不難發現，雖仍有大宗的賞鑑高語，但許多文學意見裡已經是開始對詩體進行反思，並進而提出個人分析反省之後的創作主張，由此再進一步就甚至有垂教後世之意，白石就說：「《詩說》之作，非爲能詩者作也，爲不能詩者作，而使之能詩；能詩而後能盡我之說，是亦爲能詩者作也。」〔註 39〕而評點之作在選擇對象時，已經開始跨出批評的初步——因爲好的作品才需要精讀與評點。

　　此時，我們就不得不對出現於南宋的幾本文章選集予以密切的注意，「選集」的出現，代表經過第一步去蕪存菁的汰選，而這些編選者便有意識的在這些文章裡進行指點說明的工作。於是乎，評點作爲一種自覺的批評方式，可算眞正誕生。

　　如呂祖謙的《古文關鍵》一書〔註 40〕，卷首有〈看古文要法〉，帶有總綱性質，又分出「看韓文法」、「看柳文法」等數類，還有帶著極爲實際的「論作文法」。呂祖謙所編選文章集中於唐宋諸家（七人），在所收錄的文章字裏行間就開始實際的閱讀指導，所評點文字甚爲精簡，如：「起得好，先立此一句」、「警策」、「關鎖」、「應後」、「此二句承得好」、「一篇都在此一句」，皆以數語簡略點出；而在題目下或有總論，用語略繁，如〈獲麟解〉下批：「字少意多，文字立節，所以甚佳。其抑揚開合，只主祥字，反覆作五段說。」約

〔註39〕姜夔：《白石道人詩說》，引自《歷代詩話》本，頁 441。
〔註40〕呂祖謙：《古文關鍵》，引文淵閣《四庫全書》（臺北：商務印書館），v.1351。

是在揭出此篇主意與特色。

　　所謂古文「關鍵」，自是在示後學者作文之門徑，可注意的是，呂東萊的評點文字已經攀附於正文各處，當他在解析命意佈局之際，一篇文章的肌理也被這些散見於各處的指點語架構起來。易言之，這種指點批語正式打破了印象式的高遠玄妙的賞評之語，而揭開了妙文所以成妙的道理——評點的特長在此展現無遺，在每一關鍵、筋節之處，對章法結構作出最立即的說明。而此書一出，稍後的《文章軌範》、《崇古文訣》、《文章正宗》〔註41〕由於性質類近，則無一不能不用此法。

　　一場奇妙的閱讀活動開始展開了，首先也許應該是文評家與作品的對話，而幾乎是同時的，文評家與「後學」（更後來的讀者）的交談也靜默的發生。這是一場三方多音的對談，而我們不免看到，作者似默默隱退了，呂東萊口中的「後學」成爲此書的「隱含讀者」（The Implied Reader）；而居於主導地位，活躍在舞台上的，是這個評選兼詮釋的評點者。讀者，開始在閱讀活動中嶄露頭角。

（二）躍上舞台的讀者

　　此外，我們也不得不注意——既然評點與閱讀、與閱讀對象是緊密關連的，則士子們閱讀時隨手加以批閱註記，原也是極爲自然之事。既如此，則評點對象就不拘一類而伸展至經、史、子、集各個層面。曾國藩《經史百家簡編序》：

> 自六籍燔於秦火，漢世掇拾殘遺，微諸儒能通其讀者，支分節解，
> 於是有章句之學。劉向父子勘書秘閣，刊正脫誤，稽合同異，於是
> 有校讎之學。梁世劉勰、鍾嶸之徒，品藻詩文，褒貶前哲，其後或
> 以丹黃識別高下，於是有評點之學，三者皆文人所有事也。〔註42〕

曾氏此言與章學誠的「評點之書，其源亦始鍾氏《詩品》，劉氏《文心》」之說，甚爲一致。從他們追索至鍾、劉的眼光看來，評點實不能停留於亦步亦趨的釋義註解，章氏言「且自出心裁，發揮道妙」〔註43〕，而更要求閱讀者的參與，就是此等意思。

〔註41〕《四庫全書總目》：「春秋左傳，本以釋經，自眞德秀選入文章正宗，亦遂相
　　　　沿而論文。」（臺北：商務印書館，1983 年），卷卅一，頁 46。
〔註42〕曾國藩《經史百家簡編・序》見《叢書集成續編》（臺北：新文豐圖書公司，
　　　　1989 年）v.11，頁 635。
〔註43〕章學誠之言見註 1 所引。

　　評點成爲一種普遍的閱讀方法後，或許一開始就要求一位閱讀者在書裡記下屬於他自己的看法；讀者份量自是十分吃重的。不過，從閱讀以至於閱讀書寫，卻並非完全可以不受控制，成爲讀者自己任之所之漫想隨筆型態——只因他仍然面對著作品，此閱讀對象就限定著它的讀者，使所有的意義創造，向作品內部收攝。但，此種一往一返，畢竟是根本衝突形式，一方面要求讀者發揮強大的創造力，強調自出新意；一方面又必須祖述作者，發明其原意。

　　這樣的衝突，評點者如何面對？

> 吾特悲讀者之精神不生，將作者之意思盡沒，不知心苦，實負良工，
> 故不辭不敏而有此批也。〔註44〕

金聖嘆此語既要求讀者釋放所有閱讀潛能，調動其自身閱讀技術，傾全力於作品詮釋之上，一方面又將這些閱讀所得所有，都歸結到作者身上，認爲這一切都是在爲作者立言，發明重申作者之意。換言之，閱讀既是自己的創造，又非評點者能夠自居，又是爲作者而造，這一切都得到作者的肯認。劉辰翁也是這般意思：

> 舊看長吉詩，固善其才，亦厭其澀。落筆細讀，方知作者用心，料
> 他人觀不到此也，是千年長吉猶無知己也。以杜牧之鄭重爲敍，直
> 取二三歌詩而止，始知牧亦未嘗讀也；即讀亦未知也。……千年長
> 吉余甫知之耳，詩之難讀如此，而作者常嘔心何也？〔註45〕

換言之，自己的「心解」建築在讀者與作者的親暱對話之上（我—你），甚至是不必尋求他人的認同（我—他）。我既能得作者之心，作者與我自是知音，而以我之所知所感與他人相較，他人不免「觀不到此也」。〈《出像忠義水滸全傳》發凡〉：「書尙評點，以能通作者之意，開覽者之心也……今於一部之旨趣，一回之警策，一句一字之精神，無不拈出……斯評點所最貴者耳。」〔註46〕更隱隱然將自己閱讀所得完全宣布爲作者所有，評點就完全是代作者立言的活動了。此種活動不斷強調讀者閱讀參與，肯認其重要性，讀者地位被強調得無以復加，一方面則又使作者無窮後退，因爲作者最後只剩下承載意義容器的代名詞——讀者所創發的意義。

〔註44〕《金批水滸》楔子總評，頁 28。
〔註45〕劉辰翁：《箋註評點李長吉歌詩・總評》（臺北：商務印書館，1973 年）四庫
　　　　全書珍本 v.225。
〔註46〕註同前。此是否爲李贄所作，容有爭議。

　　《金批西廂》或者是這樣閱讀型態的極致,閱讀既是私人的也是作者的,作者既是個人的也是普遍的,在此一環一環的緊密相扣之下,金聖嘆如此宣稱:

> 僕今言靈眼覷見,靈手捉住,卻思人家子弟何曾不覷見,只是不捉住。蓋覷見是天付,捉住須人工也。今《西廂記》實是又會覷見,又會捉住……今刻此《西廂記》遍行天下,大家一齊學得捉住……。

> 想來姓王字實父〔甫〕此一人亦安能造《西廂記》?他亦只是平心斂氣向天下人心裡偷取出來。

> 總之世間妙文,原是天下萬世人人心裡公共之寶,決不是此一人自己文集。〔註47〕

我所覷見、所捉住,無一不是作者之言,而作者所作妙文原是眾人心中公共普遍的意識,是以我所說、所批,不但是我口之言,也是作者自道。這幾位以評點著名的文評家,讀者意識是極為清晰的,他們都深知唯有反覆深讀,再三揣摩,才能獲致作者之意,而又恐時時失之而戒慎恐懼〔註48〕;從某個層面來說:他們的閱讀都是大膽創新的,他們的態度無疑也是極為傳統保守的。

　　質言之,作者—讀者的交流模式構成所有文評家宣稱他所掌握的其實是作者之意;不過,他所作的一直是針對文本的閱讀與解析的工作,這其實是一個文本—讀者的世界,故此等會心自得無一不建築在字裏行間。當評點者完成其所重建的美學客體,無疑正是重建了他心中作者的影像,「以意逆志」的最終結果是由個人回到作者,由單獨走向普遍。這等精神意趣——自居為「述者」性格,不正是中國綿延數千年的經書注疏傳統,其間容有起落爭執,不管立論持平或輕狂,無一不是回到經典、回到已經隱身於書本之後的作者身上〔註49〕,努力的要返回作者中心裡。〔註50〕

〔註47〕上三則引文分見金聖嘆〈第六才子書西廂記讀法〉第廿、七十四、七十五則。頁13、19。

〔註48〕金聖嘆:「分解不是武斷古人文字,務宜虛心平氣,仰觀俯察,待之以敬,行之以忠,設使有一絲毫不出於古人之心田者,矢死不可以攙入也。直須如此用心,然竊恐時時與古尚隔一間道。」見〈魚庭聞貫〉,列於《貫華堂選批唐才子詩》卷首,頁41。《全集》冊四。

〔註49〕事實上許多經典的作者並不可考,六經雖定於孔子之手,但孔子本身也是一

　　羅蘭巴特（Roland Barthes）說：「一個文本是由多種寫作構成的，這些寫作源自多種文化並相互對話、相互滑稽模仿和相互爭執；但是這種多重性卻匯聚在一處，這一處不是至今人們所說的作者，而是讀者：讀者是構成寫作的所有引證部份得以駐足的空間，無一例外……他僅僅是在同一範圍之內把構成作品的所有痕跡匯聚在一起的某個人。」〔註 51〕文評家所進入以及所掌握的都是文本，他所深入的是語言文字的叢林迷宮，在此處的作者被他自己言說所構成，文評家所認識的，也是這個在作品中說了什麼的人。

　　張竹坡《金瓶梅・讀法》有言：

　　　作者無感慨亦必不著書，一言盡之矣。其所欲說之人，即現在其書
　　　內。〔註 52〕

如果作者眞的說了什麼，就在他所寫的書中業已經全部道盡，這樣的看法必然是評點所持的「文本主義」走到最後必然形成的認識，〔註 53〕這些文評家

　　　自居「述者」位置。參龔鵬程先生〈論作者〉一文對中國「作者觀」有詳盡
　　　論述，此文收入呂正惠、蔡英俊主編：《中國文學批評》（臺北：學生書局，
　　　1992 年 8 月）。本文論點得其啓發甚多。

〔註 50〕《韓非子・顯學篇》：「孔墨之後，儒分爲八，墨離爲三，取舍相反不同，而
　　　皆自謂眞孔墨。孔墨不可復生，將誰使定世之學乎？」究竟要執定何者爲眞
　　　的問題，聖人既不復起，終究要回到經典文獻層面的解釋來討個公道。余英
　　　時先生於〈清代思想史的一個新解釋〉對此有所論及，氏著《歷史與思想》（臺
　　　北：聯經出版社，1992 年 4 月）。閱讀活動（義理、文學皆然）就是一個文本
　　　——讀者的交流對話，「怎樣才能重新確定儒學的領域呢？這就逼使一些理學
　　　家非回到儒家的原始經典中去尋求根據不可……」（頁 133）「評點」的性格已
　　　經在此透顯出來。

〔註 51〕羅蘭巴特〈作者的死亡〉，收入懷宇譯《羅蘭巴特隨筆選》（天津：百花洲文
　　　藝出版社，1995 年 3 月）頁 307。

〔註 52〕張竹坡批點《金瓶梅》讀法第卅六條，《金瓶梅會評會校本》：（北京：中華書
　　　局，1998 年 3 月），頁 1501。

〔註 53〕康來新：「因爲注重作品本身章法形構，因之評點之學被認爲與西方形構主義
　　　的『新批評』類似。形構批評亦是一種相當徹底的研讀，唯其如此，才能集
　　　中於作品中的字質研究，才能具體使用歸納法研究，也因此才能視文學作品
　　　爲一完整的有機體，對作品內的任一種成分都不孤立考慮。」見《晚清小說
　　　理論研究》（臺北：大安出版社，1990 年 8 月），頁 13。是否一定將評點與新
　　　批評（New criticism）作一比較，是比較文學的課題；不過雙方雖都強調對文
　　　本的精密閱讀，其根本意趣卻極爲不同。評點家的述者性格，要求他回到作
　　　者，對作者意圖進行詮釋；但新批評之「意圖謬誤」（intentional fallacy）卻實
　　　在是要求割斷作品與作者的聯繫（因此才又會有與「感應謬誤」（affective
　　　fallacy）的主張），是以下一段話就頗有商榷之處了：「小說評點是從作品本身
　　　出發，道道地地是實用的文學批評，所有的評點者無不正視文學作品本身的

縱心於文章字句之曲折、尋其起盡；一方面致力於圈點批註，滲透至字句脈絡，闡發篇章佈局架構結體方式，最後卻毫不遲疑的將這些主動建構全部讓予作者；張竹坡雖說：「即作書之人，亦止以『作者』稱之。彼既不著名於書，予何多贅哉？」（讀法第卅六）看起來他似有要割裂文本與作者的聯繫，但事實上他們以另一種方式肯認了作者的存在〔註54〕──認爲這些形式的操弄、故事之寓意都是作者有心的操作結果──進而親手將此桂冠給了在這場對話裡不出一聲的作者。

二、閱讀的不能被馴服

> 兩個凝視夜空的人，可能在觀察同一組星群，其中一個會説那像一
> 張犁，另一個説像屛斗。文學作品中的「星星」是固定不動的，連
> 接它們的紐帶卻是多種多樣。〔註55〕

文本，作爲一召喚結構的文本，其始就要求／邀請讀者的熱烈參與，讀者補足空白，完成整個圖式化景觀，完整的作品方宣告誕生。而評點活動裡，文評家不僅是對上述的體現，更充分在文本空白處（blank）恣意揮灑，縱情想像，參與作品的書寫／創造。

這一場對話，也是一場版圖爭奪戰，不過，在作者所遺下的空白處，文評家們能搶得多大的領域，則端視個人的閱讀技術了。於評點活動中躍上舞台的讀者（文評家），在先天上即被要求發聲，要求他表示意見，以塡補空白──批評家這個「我」至此，也難以再遮掩隱藏。

權感性，他們最關心的是作品本身，全力以赴的是怎樣對作品本身作最精確的分析與闡釋，評點可以說是一種極爲徹底的研讀。」（前引書頁36。）評點活動儘管是回到文本的精密剖析，卻不能割裂這一切閱讀活動的最終目的──回到作者；此等意趣將在金聖嘆身上看得更爲清晰，後詳。

〔註54〕 另外，這也牽涉知人論世的問題，或説知人論世能有多大的解釋效力？如杜甫，生平事蹟已經算是可考的了，但當詮釋者將繫年詩作與詩人之經歷並置而讀，卻也難保以其意逆志的準確性。一方面能在多細微的程度上還原作者的遭遇，是可以爭辯的；而這些事蹟的釐清是否就有助於詩句的解釋，又是另一個問題。因此，同樣都在「知人論世」，這其中的「彈性」也就頗大，因此，我們也不能以張竹坡此言，就要割裂作者與《金瓶梅》之間的聯繫，事實上張竹坡屢言作者一詞──可謂充分以己意逆之，作者始終不能自文本裡隱沒。另，關於「知人論世」的「歧出」，金聖嘆也不乏這樣的問題，詳見第四章第一節的討論。

〔註55〕 伊瑟爾（Wolfgang Iser）〈閱讀過程：一種現象學方法探討〉，周興亞譯，收入《西方廿世紀文論選》（北京：中國社會科學出版社，1989年5月），頁193。

劉辰翁《老子道德經評點·孔德之容章第廿一》批曰：

> 吾讀書未有若老莊用意之苦也，而讀者猶忽之，自以爲得者，又志
> 之。看此章是費幾許寫出：其言恍惚，因以爲恍惚，不知已逼真矣；
> 其言重復，因以爲支離，不知字字是不如此不達矣……。〔註56〕

「吾讀書未有若老莊用意之苦也」一句，直道訐點者本人，下一句「而讀者
猶忽之」，此言已具有強烈的讀者意識；文評家一方面是自覺的「範讀」，一
方面要求閱眾也從事如是工夫。如此一來，高張的讀者意識之下（包含文評
家自己）所批註之語，就不必然自居一客觀位置，時有強烈字眼充滿個人色
彩，評點家在字裏行間告訴你，他的閱讀經驗以及感受：

> 每誦此結，不自堪。○吾常墮淚於此。〔註57〕

> 創意苦甚，亦不可讀。〔註58〕

學者吳承學先生對劉辰翁之文評有如是描述：「他最早把文人的狂狷之風，岸
傲之氣，抒發至評點之中。」〔註59〕評點經劉須溪之手，不僅沾惹著個人色
彩，也一併讓它脫離註解型態，評點者在此不必然需要亦步亦趨的跟隨作者，
這是讀者—文本的世界，而讀者選擇以評點型態面對文本之時，便是將「我」
推向了舞台。〔註60〕

李贄無疑也是一個特殊的閱讀者，《焚書·雜說》中云：

> 且夫世之眞能文者，比其初，皆非有意於爲文也。其胸中有如許無
> 狀可怪之事，其喉間有如許欲吐而不敢吐之物，其口頭又時時有許
> 多欲語而莫可所以告語之處，蓄極積久，勢不能遏。一旦見景生情，
> 觸目興嘆，奪他人之酒杯，澆自己之塊壘；訴心中之不平，感數奇
> 於千載。既已噴玉唾珠，昭回雲漢，爲章於天矣，遂亦自負，發狂
> 大叫，流涕慟哭，不能自止。寧使見聞者切齒咬牙，欲殺欲割，而

〔註56〕劉辰翁：《老子道德經評點》收入嚴靈峰：《無求備齋老子集成》初編（臺北：
　　　藝文印書館，1965 年），第 7 函。

〔註57〕劉辰翁批杜甫〈樂遊園歌〉，引自《集千家註杜詩集》（臺北：大通出版社，
　　　1974 年 10 月），頁 148。

〔註58〕劉辰翁批杜甫〈得舍弟消息〉，前引書，頁 372。

〔註59〕吳承學：〈評點之興——文學評點的形成和南宋的詩文評點〉，《文學評論》
　　　（1995 年，一期），頁 24～33。

〔註60〕楊玉成：「許多時候，劉辰翁的批語純粹以個人身分說話，毫不掩飾主觀的閱
　　　讀感受，可說是一種『個體性』讀者……無疑是一種主觀批評，赤裸裸拒絕
　　　了所謂『感受謬誤』。」見〈劉辰翁：閱讀專家〉，《國文學誌》〔宋代文化專
　　　號〕（1999 年六月第三期），頁 220。

終不忍藏於名山，投之水火。〔註61〕

遑論其立說高明也好，謬誤也罷，李贄疏狂之氣，卻是一點也不隱藏。此種態度一經評點提供了表演舞台，文評家這個我或恣意稱賞讚喝，或時有旁鶩無人的自我述說，而時有離題之文。《焚書‧寄京友書》：「《坡仙集》我有批削旁注在內，今已無底本矣，千萬交付深有來還我！大凡我書，皆為求以快樂自己，非為人也。」〔註62〕如此一來，評點者便時時有越位現象，雖然骨子裡仍是回到作者闡明其意，但其一下手，召喚他的空白，便激發起他無盡書寫慾望。

署名小和尚懷林的〈述語〉道：

和尚自入龍湖以來，口不停誦，手不停批者三十年，而《水滸傳》、
《西廂曲》尤其所不釋手者也。蓋和尚一肚皮不合時宜，而獨《水
滸傳》足以發抒其憤懣，故評之尤詳。〔註63〕

這樣的閱讀不僅不捐棄自我，更是標榜自我，雖名為批點賞鑑，而實已不妨成為讀者之自我抒發擴憤，而處處著我之色彩。如此，這個「我」所述說的，就已經非文本所限，而向這個束縛我的體制／傳統作出抗議與反省。

因此，閱讀既是反叛了作者，也挑戰了這個時代：

太史公曰：〈說難〉、〈孤憤〉，聖賢發憤之所作也。由此觀之，古之
聖賢，不憤則不作矣。不憤而作，譬如不寒而顫，不病而呻吟也，
雖作何觀乎？《水滸傳》者，發憤之所作也。〔註64〕

《水滸》既是發憤之作，則施耐庵成書之心志，就非是一般筆墨遊戲之人，此意固是有將《水滸》創作之志，與士子熟悉的史公發憤著書聯繫，二書一為正史一為稗史，自正統眼光而言，此舉實甚為不倫；而後文中李贄就推出：「賢宰相不可以不讀，一日讀此傳，則忠義不在水滸，而皆在於君側矣。賢宰相不可以不讀，一日讀此傳，則忠義不在水滸，而皆在於朝廷矣。」什麼才是「忠義」？一個幾近於風魔的小說閱讀者（手不停批者三十年），一個疏狂的小說批點者，這個「我」被放大了，藉著虛構小說所呈顯出的相對價值觀〔註65〕，使他對自身所處現實產生了合理的懷疑。

〔註61〕 李贄：《焚書‧續焚書》（長沙：岳麓出版社，1990年8月），頁97。

〔註62〕 前引書，頁70。

〔註63〕 「小沙彌懷林」一般認為即是李贄。引自《水滸傳會評本》，頁25。

〔註64〕 李贄〈讀《忠義水滸傳》序〉，見《水滸傳會評本》，頁28。

〔註65〕 米蘭昆德拉（Milan Kundera）：「將道德判斷延期，這並非小說的不道德，而

這種文人狂傲不馴之氣，在金聖嘆的評點事業中則更爲明顯，甚而他是有意的在自我暴露，閱讀成了一種公眾之前的表演，因之，評點者個人風格，以致於時有「特技表演」，也是這一舞台所歡迎的。在他的評點中就時常以設問句法自問自答，顯然是嫌其意猶未暢盡，而不得不然的自我提問，如他《左傳釋》裡評〈鄭伯克段于鄢〉，在「既而悔之」句下批：

> 看他上文如許怨毒，到此忽然有「悔之」二字，何意寒古有此一線之春？答曰：此見莊公之處叔段與姜氏，已是二十分快暢。凡人於報復之事，只有一分未快暢，他還二十分都是怨毒。只須此一分也暢快了，他便陡然有個不安之心，從中直動出來。須知此際，正是他二十分都滿處。〔註66〕

自問自答之外，其用語也甚爲強烈，如「怨毒」、「陡然」，批點本身透出個人行文風格；且四字正文他已用百倍文字說解，而且此一現象並非特例，金聖嘆實有極強烈的書寫慾望，眞眞是「下筆不能自休」，此時處於正文夾縫裡的批語因爲字數龐大，其勢已然難以容身。

因此，他手批的《西廂》、《水滸》於回首處都有總評，每一篇都類似博議，長篇大論，有時甚至橫跨數頁，如此等數量巨大的文字不可能容身於小說原本的書頁空白處；顯然我們現下所見的刻本都是專爲他量身訂作的〔註67〕，成書之前，就默許他下筆馳騁，快而後已。

有幾處談到自己往昔之閱讀經驗，或可看作是一種「我」的展示，也類似說書人有意的「旁出」味道，此一橫生之枝節蔓衍，讀者自也樂得再多聽

正是它的道德。這種道德與人類無法根除的行爲相對立，這種行爲便是：迫不及待地，不斷地，對所有人進行判斷，先行判斷並不求理解。這種隨時準備進行判斷的熱忱態度，從小說的智慧的角度來看，是最可恨的傻，最害人的惡。小說家並不是絕對地反對道德判斷的合法性，他只是把它逐出小說之外。」《被背叛的遺囑》孟湄譯（香港：牛津大學出版社，1994年），頁7。

〔註66〕　金聖嘆：《左傳釋》見《全集》冊三，頁670。

〔註67〕　〈讀第六才子書西廂記法〉第廿則：「……今刻此《西廂記》遍行天下……」（頁13。）又如其〈序一〉：「嗟乎！是則古人十倍於我之才識也，我又不知其爲誰也，我是以與之批之刻之也。我與之批之刻之，以代慟哭之也。我之慟哭古人，則非慟哭古人，此又一我之消遣法也。」（頁8），都透露出此等訊息。或如金聖嘆都爲《水滸》、《西廂》作序（不止一篇，前書至三序），又《金批西廂》卷三前附有《會眞記》以及元稹有關鶯鶯詩數首，書末附唐寅所撰之《才子醉心西廂篇》，此會輯各書以成冊，這些都是證明金聖嘆的評點活動已非單純的「閱讀」，存在其中的有閱眾的期待，有書商的默許。

幾個故事：

> 記得聖嘆幼年初讀《西廂》時，見「他不偢人待怎生」之七字；悄
> 然廢書而臥者三四日。此真活人於此可死，死人於此可活，悟人於
> 此又迷，迷人於此又悟者也！不知此日聖嘆是死是活，是迷是悟，
> 總之悄然一臥至三四日，不茶不飯，不言不語，如石沉海，如火滅
> 盡者，皆此七字勾魂攝魄之氣力也。先師徐淑良先生見而驚問，聖
> 嘆當時恃愛不諱，便直告之。先師不惟不嗔，乃反嘆曰：孺子異日
> 真是世間讀書種子！此又不知先師是何道理也。〔註68〕

此一隨筆岔出，雖然仍是針對《西廂》文字的懷想，但是文評家卻已然反客
為主，沈溺於當年的深刻閱讀經驗——當文評家開始敘述著自己，他首先遠
離的就是作者。另個為人熟知的例子是金聖嘆「不亦快哉」之文，位於《金
批西廂》四本二折回首總評，批曰：

> 昔與斲山同客共住，霖雨十日，對牀無聊，因約賭說快事以破積悶。
> 至今相距既二十年，亦都不自記憶。偶因讀《西廂》至〈拷艷〉一
> 篇，見紅娘口中作如許快文，恨當時何不檢取共讀，何積悶之不破？
> 於是反自追索，猶憶得數則，附之左方，並不能辨何句是斲山語，
> 何句是聖嘆語矣。〔註69〕

於是共記快事卅三件，在每一則最末必稱以「不亦快哉！」，這是「評點」抑
或「創作」，其時涇渭已然不明，文評家個人已經侵蝕作者地位，將他的精
神樣態深深的銘刻入這一部署名王實甫的作品。

　　此等意趣既張揚若是，其實隱然挑動一極敏感的地界；金聖嘆所以刪削
《水滸》〔註70〕，詆突《西廂記》後四折為淺人所續，就是將此意趣發揮至
淋漓盡致，進一步挑明與要與「作者」宣戰。雖然，他的看法是《西廂》應
該結束於四本四折，後四折無非是淺人（非作者）狗尾續貂——不過，便是
因為持理如此，更是不妨放大了他心中強烈的讀者意識，而產生閱讀的越位。
於是，面對他個人最為稱賞讚嘆的相府千金鶯鶯，前四本中看他如許百般呵
護，對鶯鶯之失禮之事巧為回護，申明雙文曲折幽深的委婉心境，說得她如

〔註68〕《金批西廂》一本三折夾批，頁68～69。

〔註69〕《金批西廂》四本二折回首總評，頁173。

〔註70〕雖沒有確實證據證明此七十回確是金聖嘆刪削潤色之作，但由於金氏口中的
　　　　「古本」歷來人所不見，當時人亦未對此「古本」留下任何隻字片語，因之，
　　　　一般均斷定《水滸》七十回本，成於其手。

是知禮鄭重之極；叵料，續書裡的鶯鶯，就難逃他尖刻指責，並以此歸咎作書人之無知：

> 只如此篇寫鶯鶯，竟忘其爲相國小姐，於是張生半年之別，不勝嘖嘖怨怨，亦不解三年大比是何事，亦不解禮部放榜在何時，亦不解探花及第爲何等大喜，亦不解未經除綬應如何候旨；一味純是空牀難守，淫啼浪哭。蓋才子佳人，至此一齊掃地矣！〔註71〕

蓋是不是續書，金聖嘆的斷定並非稽古考證，仍是出於己意之「心解」；雖閱讀本就是主觀之事，但，我們也看到，金聖嘆正是立足於此處而無限張揚漫衍，以一評家身分而行作者之實；換言之，他的審美判斷似臨城之君，其所意欲說服的就不止讀者，連不發聲的作者，都不得不俯首稱臣。

三、八比與閱讀技術

　　針對此議題討論之前，則尚有數語必須略作交代。前一節裡我們雖因行文之便，將評點鎖定於文評家對「文」的討論方式，然而切不能不顧及評點其始爲一種讀書法的性格，所以其功能所及，實不能以對文學方面討論爲限。以上述的注疏之學而言，只要在正文裡加上批點圈抹，則又何嘗不能稱爲評點？如劉辰翁之批點《老子》，仍是以抉發五千言旨趣爲註語之大宗；而古文大家歸有光的《南華眞經評註》，幾乎也圍繞著思想的討論（即使有用字遣辭的稱賞，畢竟仍是極少部份）；再看金聖嘆，應該是對「文法」有極高的興趣之人，他也有評點《左傳》、《孟子》，雖也關注於「文」，但是觀察他的評點內容卻亦不失精微義理闡發；是以大抵這些評點家在面對文本之時，仍會考慮到作品屬性，而不至於完全拿來做文學上的討論。〔註72〕當然，若所面對

〔註71〕《金批西廂》續之一回首總評，頁 206～207。
〔註72〕彼岸《中國散文學通論》一書：（合肥：安徽教育出版社，1995 年 12 月），內有專論〈評點篇〉一文，探討中國此一獨特的表述形式。由於一開始便將評點限於在散文範疇之內，因之許多看法不免過狹（這與將評點視爲小說所獨專，是相同的偏狹。）所著眼處也不能離談筆勢句法、章法開合的幾部書；但是，有時卻又漫衍至非評點形式的「論文」作品，如南宋讀書筆記（葉適《習學記言》、黃震《黃氏日抄》），或民國林紓《春覺齋論文》，此皆非以評點型態爲之，但是論者卻以但其中但「論文法」者則又將之兼收入〈評點篇〉其內；換言之，彼但認爲評點之主要精神便是「論文說法」之故，方有這看似自亂其例的廣泛取材。這種作法其實甚爲可議，因爲有太多以評點之名行之的著作不能歸併於此等精神之下；顯然，評點之如何方能「名實相符」

的是詩、文集，所討論的自是不離「文」的範疇。

不過就算是論文，也有圈抹行之並雜記自己閱讀感受的，而不定然非要以呂祖謙那套讀法作爲範式，這也是必須留心的；例如孫月峰之批《柳宗元集》〔註73〕便是屬於此類——有註解、音釋、評賞、版本校讎——以上實與文人案頭閱讀活動關係甚爲緊密，「評點」本身即是源起一種讀書方式，而不是凡是文學品鑑就非得與制義拉上關係。

既明此，續可以追問的，便是何以我們對評點印象總是離不開八股文那套「起承轉合」，而且果然是有許多評點家在論文說法之際，不管作品屬性爲何，一律以此等眼光視之，把每一本思想義理之書，都以文章的字法句法來加以說解考究——這便要追溯至科舉制度了。以經義取士，便要代聖賢立言，要因文見道，以爲優秀人才之拔擢，方苞曰：

> 制義之興所以久而不廢者，蓋以諸經之精蘊匯涵於四子之書，俾學者童而習之，日以義理浸灌其心，庶幾學識可以漸開，而心術群歸於正伏讀。〔註74〕

但是此一理想設計，則畢竟非現實情況。實際是舉業大興之後，士子們莫不取時文反覆觀摩究賞，推敲考官賞鑑品味，以爲祿業晉身之梯；因此借題以發揮者不再是融液經史之後的渾成可觀之文，而是窮思極慮以練就一身破題作文的速成大法，意圖一蹴可幾於大比之冠，其志固在官祿，非在文章一道，因之顧亭林才會有「八股盛而六經微也」之語。既有市場上的需求，這一套套專爲舉業量身訂製的「文章指導」也就一片蜂起，此類書籍便借評點之實際批評深入諸經書字句脈絡，以文學之法說經，雖貌似經書義疏，則實在已經偷天換日，專門研究其文氣鋪排與遣辭用語，含英咀華而專爲致勝場屋而設。

謝枋得《文章軌範》一書雖承《古文關鍵》而來，襲取其說解批點的方式，但成書的目的卻明言爲當時舉業而作，陽明在〈重刻文章軌範序〉中提到：「古文之有資於場屋者」〔註75〕就點出此等意思；呂東萊作《古文關鍵》

確實是需要再加斟酌。本文此處所欲極力澄清的，便是評點絕不止於「論文說法」而已，它一樣可以成爲義理抉發討論的型態——因爲它同樣具有這般功能——這端視評點者個人，以及市場因素來決定。

〔註73〕孫鑛評點：《唐柳柳州全集》（臺北：新文豐出版社，1979年10月）。
〔註74〕引自〔清〕梁章鉅：《制義叢話》卷一之方苞語，（臺北：廣文書局，1976年3月），頁16。
〔註75〕王陽明〈重刻文章軌範序〉：「宋謝枋得氏取古文之有資於場屋者，自漢迄宋，

示後學為文以蹊徑、以教初學之意也昭然若揭，這些古文評選本的隱含讀者便是應考的士子。既然在成書之際就已把這些讀者考量進去，其加力著意之處，就發展出一套閱讀技術，以用來揭示文章承上啟下的結體方式、遣辭用句之法、前起後結的呼應之妙等。

　　不管科舉是否為評點產生的根本原因，其帶動評點者深究選文，凸顯評點功能，致使閱讀深化卻是不爭的事實。如〔宋〕魏天應所編的《論學繩尺》一書〔註76〕，所選的文章就都是當時場屋應試之論，內將之分成七十八格，內有「指切要字格」、「立說出奇格」、「字面包題格」、「就題輕重格」、「推究源流格」……等，題目後有「出處」說明典出何書，有「立說」略申此題之命意，又有「批云」綴以評語，完全是為士子揣摩文章、練習應試的目的。雖如此，但是文中的夾批也較呂東萊的註語更為繁複，將題目與文字的聯繫一一標出，哪些地方是「應起句」，何處「露出題字」，文意如何「有抑揚」，怎麼反覆申說……；如此一來，這種讀法就把一篇文章從頭到尾打造得渾然完整、密不透風，成為一極為嚴密的有機體。《提要》云：

> 天應此集其偶傳者也，其始尚不拘成格……南渡以後講求漸密，程式漸嚴，試官執定格以待人，人亦循其定格以求合，於是雙關三扇之說興而場屋之作遂別有軌度。雖有縱橫奇偉之才，亦不得而越。
> 〔註77〕

這可以說已經是略具規模的八比。而持後世八比毒害之由，也多不出《提要》此處之言：「雖有縱橫奇偉之才，亦不得而越。」此固一端〔註78〕；然在嚴密的講究「扇對」、「股對」的應制文，與隨之起舞的一片選文解析的評點，不難發現也共同催生出一套「閱讀技術」出現了。從《古文關鍵》之素樸至《論學繩尺》的花樣翻新，自是不妨有「考試之領導教學」的教訓〔註79〕，此古

凡六十有九篇。標揭其篇章句字之法，名之曰文章軌範。」見《正續文章軌範》（臺北：廣文書局，1970年），頁1。
〔註76〕魏天應編、林子長註：《論學繩尺》，引文淵閣《四庫全書》（臺北：商務印書館），v.1358。
〔註77〕集部，總集類二，頁3904。
〔註78〕楊文蓀：「自有制義以來，固未有不根柢經史、通達古今，而能卓然成家者；若他書一切不觀，惟以研求制義為專務無惑乎？亭林顧氏謂八股盛而六經微也，竊嘗怪當是之士童而習之弋科，名躋膴仕，及詢以制義之源流正變盛衰升降，則茫然不知所云，又何論根柢經史通達古今耶！」引自《制義叢話·序二》，頁10。
〔註79〕《提要》中意味深長的指出：「繩尺」二字既是軌範法度，也是拘人以繩墨之謂。

已有之；而另一方面這些圍繞著講論舉業的著作，若是的反覆究賞，也把一篇文章的體製推究得甚為周備了。

不妨再以時間稍後之歸有光《文章指南》〔註80〕為例：此書選文收錄《左傳》下至明文百廿篇，分仁義禮智信五類加以輯次，前冠以總論「看文字法」分「大概主張」、「文勢規模」、「綱目關鍵」、「警策句法」等「四看」，後又有論文章體則，如「神思飄逸」、「敘事典贍」、「化用經傳」、「死中求活」、「抑揚則」、「相題用字」、「題外生意」等數十條——不可不謂精細，每則下附有釋意並舉例說明。選文中有圈點，文末並有總結式批語，雙行夾批則用以標註出文脈之續連，與文氣的轉折，間或釋義、標音，亦有稍註本文與題目的呼應等；眉批亦頗多，大抵以闡明文意為主，或也稍涉版本校註。在這些看似尚未形成嚴格體例的評點文字裡，卻已經翻來覆去極盡所能的挖掘文章各部之美感要素，而實際進入批評之前的總論，又帶領學者由大處著眼，庶幾不至迷失於文字叢林；既有大關鍵的掌握，復有細部的間架說明，而「文章體則」則從風格、技法解析入手，多管齊下，可謂將金針盡度。

當閱讀需要一套技術，這表示文章已不能輕率淺讀；當閱讀能成為技術，便有美感質素於其中默默運作，值此之際，看似同樣的評點活動之中，所流的血液便已經不同。龔鵬程先生說：「評點，不能視為一個批評方法的『類』，因為評點一詞，只指出了它的批評形式，但同樣運用這種形式的批評流派很多，其方法理念互不相同。」〔註81〕觀察甚為準確，是以——關乎至要的便是文評家使用評點此一形式時，他所執定的方法理念——也就是一套手眼之閱讀技術了。評點雖不因科舉而生，但卻實得科舉之助，讓它在論文說法之際，充實了評點形式的內在精神，待此一美感因素發展成熟，就成為一套閱讀技術，而能夠施之於不限於古文的其他文類。

準此，論者喜以言「小說評點」之名，事實上必須置入整個中國評點之學的發展脈絡中，方能言之成理；否則實有流於人云亦云之嫌。〔註82〕因為，

〔註80〕〔明〕歸有光撰：《文章指南》（臺北：廣文書局，1972 年 4 月），下引句皆出此，即不一一註明。

〔註81〕龔鵬程〈細部批評導論〉，頁 395。收入氏著《文學批評的視野》（臺北：大安出版社，1990 年 1 月）。龔先生此文雖名為「導論」，但實不止於此，氣度格局皆甚宏，除廓清源流之正名外，也頗有要為中國這一特有的閱讀方式作出宏觀把握之企圖。本文容或與龔先生的論點不同，但仍是極為佩服其眼界，後文中還要時時回來與之繼續對話。

〔註82〕換言之，當我們看到「小說評點研究」這樣的論題，其實應當有所懷疑：到

評點之出現其始不爲小說而獨專，若以劉須溪（1232～1297）之批《世說新語》爲小說評點開山之祖，則自宋元之交以降至金聖嘆（1609？～1661）以前，小說評點並未蔚爲主流大宗，在這一段綿亘數百年的時間，評點仍舊被文人以讀書疏解施之於經、史、子、集之上，或用之專爲場屋而作的制義評書，以此兩種面貌繼續問世，而實看不出「小說評點」所以能出現之由。

這一套貌似移植八比的評點型態，爲近來講論「小說評點」者所獨取，但是彼等似乎未曾考慮作爲一種鑑賞、批評兼而有之的閱讀活動，何以非得以指導作文的方式說解，以至於文評家總要從一個類似作者的角度立言，著眼於小說本身的結體方式與作者行文之際的巧思安排；或者，稍比對金聖嘆之前的李贄，檢閱其可曾出現如是的評點方式？

換言之，歷來論者持之「小說評點」的說法，其實忽略了這一空白的環節，而這一環節則恰恰是金聖嘆所完成：將一套由八比發展成形的美學規律，予之施於小說的閱讀。觀金聖嘆對小說文本的興趣，恰與士子們對時文之揣摩究賞的關注點雷同，他們都窮心極慮的要辨認／抉發出文章精彩之所由，以及全篇的鋪排結體的結構大法，評點活動中隱涵著以一個作者的角度著眼的寫作指導，於是這一套自宋、明以來逐漸成熟，由八比所催生出來的閱讀技術，居然就被明末的金聖嘆移植至對小說的閱讀上。〔註83〕

底是研究評點者本身之小說批評概念，還是研究小說評點之形式效力；不過，大家都似乎執定一前理解（pre-understanding）而逕選前者，這個想法恐有問題。若是針對小說美學的探討，何一定以評點內容爲限？何以不需旁及許多的筆記、序跋、專文涉及對小說之論述，而執定於評點範疇；況且，文評家採用評點方式討論小說，本身也值得探究。因之「小說評點」一詞事實上頗需要說明，否則這樣的聯繫就未免太快，恐未經反省。

〔註83〕陳萬益先生指出：「這種『一字一句無不抽闡，每多至數百言』（按：《制義叢話》引《書香堂筆記》）的八股文批評，也就是金聖嘆諸才子書批評的一個最大特色，而其原本則是八股文體的特殊要求也。此外，金聖嘆文學批評方法受八股文啓示的地方，可以約爲最重要的兩點：就是對題目的重視和起承轉合的要求。」《金聖嘆文學批評考述》（臺北：臺灣大學中文研究所碩士論文，1973年），頁72。上引萬益先生的談法，幾乎已是典範（paradigm）地位，自此論金聖嘆與八股不能出此，或直接引述，或於沈默處同意。金聖嘆這套閱讀技術自是與八比分不開，事實上明清之際士子，又有哪一人能與八比分開？所以自金聖嘆以此評點小說戲曲之後，何引起偌大共鳴，實可以再加探討，此眞非八比所能限。一方面，我們應該深入理解的是金聖嘆與傳統的關係，此其一，八股文顯應包含於此論題之內：以今日眼光視之，八比一無可取實干合其他因素甚多，因此我們也一直不能平心靜氣深入瞭解，八比本身到底有何美學上的先在設定，若其眞如糟粕又何能使這麼多的士子服膺於

易言之，這一套評點的形式在金聖嘆手上恰似經過「時文解析」的洗禮，而又能不為此所拘限，前者讓我們看到了小說評點論文說法的獨特進路，後者則豐富了小說文本的閱讀，並吸引更多高明讀者的參與。金聖嘆何以屢言，讀小說不能只「都作事迹搬過去」，又看不起讀小說只是「曉得許多閒事」（皆見〈讀第五才子書法〉），而按金聖嘆之意卻是要子弟曉得這許多文法。

什麼是他所謂的文法？此等論文說法的解析型態，就從一個作者的角度對小說進行分析批評，這與士子揣摩場屋時文寫作是一模一樣的進路。於是，金聖嘆所領略的並非是梁山好漢的英雄事蹟（不止於此），卻是指明了作者行文之際安排、設計的文心妙筆，從而也就達致了一種深度批評。稍引一則讀法以證之：

> 或問：施耐庵尋題目寫出自家錦心繡口，題目儘有，何苦定要寫此一事？答曰：只是貪他三十六個人，便有三十六樣出身，三十六樣面孔，三十六樣性格，中間就結撰得來。〔註84〕

我們且先按下對金聖嘆此意的進一步說解，其中極可注意的，卻是金聖嘆的發言始終是一個「擬作者」的角度，由作者立場對文本成形過程加以揣摩推想，於是就出現這種代作者發言的表述，而此等批評最後必然走上作家對作家的屬於操作技術上的理解，最終發展成一種的心心相印的詮釋型態。

所以能將此閱讀技術加以「體外移植」，實在於金聖嘆不僅義襲評點表述的形式框架，更重要的是傳統於他有一美學精神上的挹注，使得他的評點文字一方面走著時文評點的路子：指出文章各部呼應關鎖、用字遣辭之妙等等，將小說等同於詩文，也視為一人為創造物，並向著此有機體的結構方式繼續關注；一方面卻幾乎是天縱英才的創造轉化，在沒有前例、沒有專門的理論借鑒輔助的當時，居然就將此傳統之美感質素透過個人強力閱讀，衝破文際界線，而不限於傳統詩、文，並巧妙的觸及若干新興小說的內在獨特性格〔註85〕，後者意義便不可同日而語，而使得評點在他的手裡出現了不一樣

此？金聖嘆得力於八股文之處，應由此處觀之。事實上當這一內在美學認定起著作用之時，則又非八股所能拘限的了——這是他能從傳統裡汲取營養，又能有所創新，如此他才能據此施之於其他文類，且屢屢甚為自得，這樣我們才能更全面瞭解金聖嘆，而不必「把評點跟八股的關係拉得這麼緊密」（龔鵬程先生語，前引之文）。

〔註84〕〈讀第五才子書法〉，頁17。

〔註85〕第三、四章內會繼續詳談此一論點。

的生命力。

　　當然，若僅止於襲取時文的批評進路，恐不足以承擔對小說此一新興文體的閱讀，換言之，金聖嘆的閱讀技術於傳統詩文則尚有一美學的汲取，這點就顯得極爲要緊；不過，此非三言兩語可盡，亦有待其後各章的更進一步之考察。但無論如何，金聖嘆批書此舉，不僅一舉提昇小說歷來淹沒不彰的文類地位（小說也可如是讀），也多少推進之前評點裡（如李贄、葉晝、余象斗等）所輕觸的若干小說之本質概念，使如是的評點型態能夠行之久遠，而不至於立即走上消亡。「評點」所能負擔之功能也被他發揮至一歷來最大的極致，因此在金聖嘆之後，張竹坡〔註86〕、毛宗崗〔註87〕、脂硯齋〔註88〕、馮鎮巒〔註89〕等人，凡以如是評點方式施之於小說，在使用如是的表述系統的同時，便都已暗合（接受）於金聖嘆所移置入其中之美學規律，而已經不能脫此評點之「一副手眼」。〔註90〕

〔註86〕　如張竹坡說，「《金瓶》每於極忙時偏夾敘他事入内」、「善於用犯筆而不犯也」，或頻以《史記》與之類比（皆見〈批評第一奇書《金瓶梅》讀法〉），這些恐都與金聖嘆的讀法有關。

〔註87〕　毛宗崗：「觀天地古今自然之文，可以悟作文結構之法矣。」引自毛宗崗評訂：《三國演義》（濟南：齊魯出版社，1991年1月），第九十二回回首總評，頁1137。明確提出「結構」一詞（於小說批評範疇），根本上是對金聖嘆所掌握的概念深化之後的結果；又說：「讀《三國》勝讀《水滸傳》。《水滸》文字之眞，雖較勝《西遊》之幻，然無中生有，任意起滅，其匠心不難。終不若《三國》敘一定之事，無容改易而卒能匠心之爲難也。」（〈讀三國志法〉，頁23。）此意分明點名金聖嘆在《水滸》裡對《三國》的貶抑而產生的對話：二人觀念容有爭執，卻皆是針對小說虛構概念而發，毛宗崗基本上還是走著金聖嘆所開出的路子。

〔註88〕　脂硯齋：「《石頭記》用截法、岔法、突然法、伏線法、由近漸遠法、將繁改儉法、重作輕抹法、虛敲實應法，種種諸法。總在人意料之外，且不見一絲牽強。」〔甲戌本〕廿七回回末總評。引自陳慶浩編著：《新編石頭記脂硯齋評語輯校》（臺北：聯經出版社，1986年10月增訂再版），頁531。其中所言，至少有一大部分金聖嘆都其意已萌。

〔註89〕　馮鎮巒〈讀聊齋雜說〉：「讀聊齋，不作文章看，但作故事看，便是呆漢。惟讀過左、國、史、漢，深明體裁作法者，方知其妙。」見註37所引書，頁10。

〔註90〕　無論其自覺與否，皆已在批評中實踐了此一手眼；雖然其後的許多小說是金聖嘆所未及得見的。因此，筆者也不太能同意楊義先生所言，僅將金聖嘆視爲對「評點體例的完善」，復將毛、張、脂等人的評點文字稱作「評點體例的變異」。見《中國敘事學》〔楊義文存第一卷〕（北京：人民出版社，1997年12月），頁348～370。就某個層面看來，後出轉精的閱讀是可以預期的，文評家因應於此不同於以往的感受，其更動評點的體例也是可以理解。事實上從一個讀者的角度來研究破解作者於文本内的技術操作與事件情節的設

　　小說評點風潮既起，至清末民初持續興盛，遂成爲評點主流；科舉制度作古之後，由此道衍生之評點製作也就消亡。不過，另外一線以讀書註記爲主的評點卻也始終存在──嚴復尚有《老子評點》之作──這說明了評點實非一具有固定法則的批評方式，而需要評點者予以其內涵充實，這其實是金聖嘆所以能打開小說評點的內在原因。否則，評點則成爲類似讀書法的注疏圈點，固也能繼續存在，不過卻實在沒有必要一定要以此方式編印刊行──尤其在外在客觀現實的影響下，則最終只能以抄寫存活於讀書人書齋案頭，而不能出現於書本市場了。

第三節　評點的「消亡」

一、成就：經典以及成就經典之論述

　　胡應麟（1551～1602）《少室山房筆叢》曰：

> 子之爲類，略有十家。昔人所取凡九，而其一小說弗與焉。然古今
> 注述，小說家特盛；而古今書籍，小說家獨傳。何以故哉？怪力亂
> 神，俗流喜道，而亦博物所珍也；玄虛廣漠，好事偏攻，而亦洽聞
> 所昵也。談虎者矜誇以示劇，而雕龍者閒掇之以爲奇；辯鼠者證據
> 以成名，而捫蝨者類資之以送日。至於大雅君子，心知其妄，而口
> 競傳之，旦斥其非，而暮引用之，猶之淫聲麗色，惡之而弗能弗好
> 也。夫好者彌多，傳者彌眾；傳者日眾，則作者日繁，夫何怪焉！
> 〔註91〕

此段話可算是見證中國小說以野火姿態般，席捲了俗流小民以至於大雅君子的整個明中葉時期，小說的創作在此時達到高峰，既至傳者日眾，閱讀人口

置，而使得讀者頗類於「擬作者」的批評進路，確爲這幾個文評家所承繼（不過，脂批的現象更爲複雜，實須有更精細的說明，此不及），也由之使中國評點成了一個極爲特殊卻大放異彩的文學現象。變與不變不必端視於體例的變動，或是此一手眼的日趨細膩，「變動」似應著眼於內在精神的改異（突破），我們只需將金批與現今文學批評理論加以比對，就能領略一二，至於楊義先生所指，或可如此推想，其不同性質體裁之文本，其必然帶動不同的詮釋，但是其批評的內在理路卻未必改動。

〔註91〕胡應麟：《少室山房筆叢》（北京：中華書局，1958 年 10 月），見卷廿九丙部〈九流緒論下〉，頁 374。

與市場也就隨之興起。〔註92〕

　　評點一開始施之於小說，推測原也與經史子集都可以評點方式閱讀一般，只是現下拿此法來讀小說而已；不過，至少在萬曆年間（1573～1619）公認是小說評點逐漸出現的階段，而可確定的是遲至萬曆十九年，也已經有《三國志通俗演義》的批本出現於市面上。〔註93〕這一段時間顯然稍晚於胡應麟所謂「作者日繁」的年代。而我們現在所見較早期的小說評點（特指李贄以前），內容還是以釋義、音注、考證、圈點爲主，顯然還是不脫早期評點固有的註解型態；評點也可算是閱讀的一種副產品，是以它的出現已經略晚於小說創作年代，而它要從舊有格局——也是最容易的註釋——突破而至成熟，其時間則又要再向後遲延。

　　經典是需要讀解的，經典不可能是孤零零的一本書。中國之注經義疏傳統經歷長久的時日，多少士子於此皓首窮經，詮釋、再詮釋，方確立經典地位，證明了經典需要有充分的對話對象，要經過開發、挖掘——無止盡的。而即使小說作者日眾，小說數量日增，若沒有形成包圍它們的論述，則小說永遠也是稗官野史，被視爲小道而浮不上檯面。我們所熟知的《金瓶梅》於萬曆年間已有抄本流傳〔註94〕，《水滸》、《三國》、《西遊》的面貌此時也大致固定，不過隨之而起的小說評點，卻仍處於摸索試探階段，尚未從作品中「獨立」出來，遑論對文本能有任何新意的開發。

　　後起較爲可觀的李贄、或託名李贄的葉書，便是把一種疏狂的文人氣灌注於評點文字之中，遂使得閱讀小說不再是流於一種低俗娛樂（談虎者矜誇、雕龍者閒掇、辯鼠者證據、捫蝨者類資）——閱讀的生命力、思考的嚴肅鄭重，在小說的閱讀裡被重新拾起／喚起；而這些略顯莊嚴、深沈的課題，原來是與經、史分不開的。換言之，我們可以這樣解讀明中葉以後的時代：這是一個「經典」，以及圍繞著經典論述，證明其所以爲經典的年代。一如金聖嘆與李贄，當他們面對小說而有自不能已之情時，他們第一步就都要爲小說

〔註92〕錢大昕：「古有儒、釋、道三教。自明以來又多一教，曰：小說。小說演義之書，未嘗自以爲教也，而士大夫、農、工、商、賈無不習聞之。以至兒童婦女不識字者，亦皆聞而見之。是其教較之儒、釋、道而更廣也。」《潛研堂文集》卷十七，〈雜著一・正俗〉。

〔註93〕參見譚帆：〈小說評點的萌興——明萬曆年間小說評點述略〉，《文藝理論研究》（1996年第六期），頁87～94。

〔註94〕現在可見最早的刊本（詞話本）在萬曆四十五年。

的地位發言〔註95〕，小說開始有了存在的理由。〔註96〕這些對經典的論述，其始容或不完全為證明其為經典而出，但卻在這一片創作—評述的風潮下，隱隱然讓雙方都推向了歷史高峰。〔註97〕

> 自聖嘆批《水滸》、《西廂》後，人遂奉《水滸》、《西廂》為冠，以
> 一概抹煞其他之稗官傳奇，謂捨此更無及得《水滸》、《西廂》者，
> 此亦非也。彼不知天下原不乏《水滸》、《西廂》等書，顧安得如聖
> 嘆其人，取而一一讀之，一一批之。〔註98〕

易言之，此二書原變動不居之風貌，經由金聖嘆之點評方始固定，其作為經典地位也才得確立。

小說評點所擔負的便是形成對經典小說的豐富論述傳統，其中後繼者與前者續保持著對話關係，李贄有李贄本身對《水滸》的關注點，他的閱讀為小說注入新的生命力，也打開閱眾的閱讀視野；後起的金聖嘆即使不同意李贄的「發憤著書」說，卻也不得不在駁斥他之後，再進行搭造自己的才子烏

〔註95〕 馮夢龍：「明者，取其可以導愚也；通者，取其可以適俗也；恆則習之而不厭，傳之而可久。」見《醒世恆言·序》。

〔註96〕 李漁：「施耐庵之《水滸》，王實甫之《西廂》，世人盡作戲文小說看，金聖嘆特標其名曰『五才子書』、『六才子書』者，其意何居？蓋憤天下之小視其道，不知為古今來絕大文章，故作此等驚人語以標其目。」《閒情偶記·忌填塞》卷一，頁23。收入《李漁全集》（杭州：浙江古籍出版社，1998年3月）。

〔註97〕 楊義：「建立與儒家經典不同的『另一個經典世界』，乃是晚明清初小說評點家的共同著眼點。於建立『另一個經典世界』中，他們又各有各的謀略，李卓吾以異端自許……金聖嘆則採取更為靈活的策略……另外開闢自己的『才子書系統』……如此評點出來的世界已經不是暮氣沉沉的以聖人是非為是非的世界了，而是一個生機蓬勃的貫通古今奇書妙文的開放世界，一個注重審美個性和才華的色彩斑斕的世界，一個眾聲喧嘩的與讀者精神共享的閱讀世界。」前引書，頁415～416。文學經典的建立是否真是以反叛儒家經典而生，這是一個牽涉許多層面的論述課題，恐怕不能只是如楊義先生僅考察評點對經書注疏解釋框架的襲用為止；當然，這樣命題的成立實也干係著小說在中國一向是殘叢小語的身份，而始終受到士大夫系統的鄙視有關，因之，小說的「得勢」，不免就要視為一種「反叛」。我們現下對小說的本體思考，能不能直接適用於明末清初這些文評家們的身上，恐怕需要有更多研究的證明；因為一直到晚清小說仍被凸顯的是它教化人以深的文學社會功能。所以本文在此提出的「經典——論述」，乃是就這些評點開發出的多層面的詮釋，豐富了小說的讀解，進而使小說形成經典的地位。（以上，也謝謝楊玉成先生於口試時的提醒）。

〔註98〕 〈小說叢話〉浴血生語。引自阿英：《晚清文學叢抄·小說戲曲研究卷》（臺北：新文豐出版公司，1989年4月台一版），頁336。

托邦；《水滸》被他們開發出多樣的閱讀方式，小說本身爲他們論述所豐富。〔註99〕在這些評點出現之後，我們對《水滸傳》的閱讀無論在深、廣度，也都大致底定──小說的地位於焉完成，經典由此誕生。

二、市場因素：文本之外

《虞初新志‧凡例》有言：

> 文自昭明而後，始有選名；書從匡鄭以來漸多箋釋。蓋由流連欣賞，隨手腕以加評，抑且闡發揄揚，並胸懷而迸露。兹集觸目賞心，漫附數言於篇末；揮毫拍案，忽加贅語於篇餘。或評其事而慷慨激昂，或賞其文而咨嗟唱嘆。敢謂發明，聊抒興趣，既自怡悅，願共討論。〔註100〕

閱讀以及閱讀產品本就離不開案頭，文人在此可以與書本進行私下最親密的對話，任何的癲狂、歡笑、賞心、咒罵，無一不個人、也無一不自我，在此無庸遮掩躲藏。然而，當這個閱讀產品由抄本變成刊本，從「自我」走向市場而離開案頭，由私人到公開，其中就開始有些不尋常，而值得玩味之處了。

萬曆年間現存最早的小說評點爲刊行於萬曆十九年（1591）的《三國志通俗演義》，該書封面的〈識語〉云：「敦請名士，按鑑參考，再三仇校，俾句讀有圈點，難字有音注，地理有釋義，典故有考證，缺略有增補，節目有全像。」此與詩文評點的型態相互比較，則評語甚簡，其他都是單純注釋性質，評語的出現則不僅作爲文本層面的參與，也頗有流通推廣的傳播功能，是一種書坊主人提昇產品附加價值以招徠顧客的商業手法。此點，我們不妨轉而注意「全像」的出現，得以有更清晰的理解，全像即圖像，類似今日漫畫之謂，小說由於故事、人物性質特強，則始終與圖像分不開。

隔年，棄儒從商的余象斗出版了《新刻按鑑全像批評三國志傳》，該書以

〔註99〕張竹坡：「《水滸傳》聖嘆批，大抵皆腹中小批居多。予書刊數十回後，或以此爲言。予笑曰：《水滸》是現成大段畢具文字，如一百八人，各有一傳，雖有穿插，實次第分明，故聖嘆只批其句字也。若《金瓶梅》，乃隱大段精彩於瑣碎之中，只分別字句，細心者可爲，而反失其大段精彩也。然我後數十回內，亦隨手補入小批，是故欲知文字綱領者看上半部，欲隨目成趣知文字細密者看下半部，亦何不可！」〈第一奇書凡例〉，前引書，頁1476。張竹坡的閱讀意識顯然不爲金聖嘆所拘，而因應於不同的文本有所調整，這也讓我們看到了其批評意識又能有所創新甚至是後出轉精之勢。

〔註100〕張潮輯：《虞初新志》（北京：文學古籍刊行社，1954年12月）。

上評、中圖、下文的方式組成，圖像的位置與份量將評語壓縮至極小部份，評文即是由余象斗本人操刀。（附圖一）萬曆以後的刻本幾乎無書不圖，這固然是當時印刷術的雕版技術已經逐漸成熟，但是如此繁複刻工的出現，將附圖製作得頗為精美考究，顯然與市場的廣大需求有關。小說原來就與世俗大眾分不開，圖像有助於將文字的空白轉為固定的畫面，實有利於讀者對情節人物之揣摩想像，書商則窮心極慮符合大眾的閱讀胃口。讀者需求被重視了，不過，商業氣息也侵入人與書的對話裡，如人瑞堂刊本《隋煬帝豔史·凡例》有云：

> 坊間繡像不過略似人形，止供兒童把玩，茲編特懇名筆妙手，傳神阿堵，曲盡其妙，一展卷而奇情豔態勃勃如生，不啻顧虎頭、吳道子之對面，豈非詞家韻事，案頭珍賞哉。

> 繡像每幅皆選集古人佳句，與事符合者，以為題詠證左，妙在箇中，趣在言外，誠海內諸書所未有也。〔註101〕

分明是一篇用精美繡像製作以招徠閱眾的廣告，由此也看見商業因素如何刺激藝術製作的更加精美，二者實不能割裂視之。在商業氣息濃重的書本市場裡，「評」一開始只是點綴著出現，讓位於圖像，然而隨著評的越趨複雜、精緻，圖像漸漸無法與之相容於同頁，另也由於圖像的越趨精緻，似也不能侷限於原有之框架，遂發展成插圖形式，附於每一回的回首，亦有多至數幅，略點出每回回目之情節。

在這些插圖裡，故事人物的活動一覽無遺，窗戶、大門被打開了，閨閣、廳堂的牆壁消失了，可謂「門戶洞開」的構圖方式〔註102〕，讀者彷彿坐在戲台下的觀眾，朝著面向他打開的世情舞台，人類最原始的窺視慾望在每一回回首都被挑起／滿足；〔註103〕消失的牆壁，也象徵性解除文字與閱眾的距離／隔閡，他便更無顧忌的進入作者親手搭造的水晶世界裡。〔註104〕

〔註101〕國立政治大學古典小說研究中心主編：《隋煬帝豔史》（臺北：天一出版社，1985 年 10 月）。

〔註102〕莊伯和：「為了情節需要突出人物的動作，或是為了更吸引讀者而強調道具擺設的裝飾、美化效果，往往將現實空間加以變形……室內空間多採俯瞰式視點……最常見的即是利用把房屋作剖面的處理……。」見〈明代小說繡像版畫的審美意識〉一文，收入《明代版畫藝術圖書特展專輯》（臺北：國立中央圖書館，1989 年 12 月），頁 277。

〔註103〕參崇禎本《新刻繡像批評金瓶梅》（臺北：曉園出版社，1990 年 9 月），其插圖便富有此等意趣。（附圖二）

〔註104〕此節論述亦得力於楊玉成先生甚多，楊先生開設有「小說評點」課程，有多

供需的雙方讓批評與版畫雙方各自產生進步的空間，這使得原來單純的文本套上精美的印刷，通俗書刊如小說在蓬勃的市場機制下顯得圖文並茂，作用於其中的商業因素，也恐是一決定性因子，將繼續扮演著重要的角色。〔註105〕

三、回到案頭的評點

一九九九年四月廿六日聯合報讀書人週刊，出現了這則標題：「《評點本金庸武俠小說全集》版權攻防戰」。所謂攻防，係指作家金庸與文化藝術出版社兩造的爭執，新聞全文由記者張殿執筆，他這麼敘述雙方可能的爭執之由：「文化藝術出版社曾收到北京一家知名的律師事務所所發出的律師函，鄭向前（按，爲文化藝術出版社總編輯室主任）不願透露內容，（律師信函的內容）但這場版權爭執的起因，一般推測，恐出於簡體字本與繁體字本的授權，文化藝術原合約中擁有港台地區出版發行中文繁體字《評點本》的授權，金庸在簽約後若想收回繁體字本授權，必須重簽合約而未達成共識。」〔註106〕

我們在此無力、也不打算深究雙方是非或這場官司勝負，不過，隨後所發生的狀況卻是值得關心的，且與我們要討論的議題相關。報導中記載雙方當事者各自所發表的談話，約錄於下。金庸在接受大陸中央台訪問時說：「所謂的對金庸作品的評點集，其實是一種聰明的盜版方式。」續又說：「隨便找幾個人，說這段好，這段不好，就是小學生也會寫。」而鄭向前則提出《評點本》一書不是盜版書」之澄清說明，「《評》本研究者，都是知名學者，如馮其庸、嚴家炎、陳墨等，並且《評》書名單確定由金庸認可……。」

此則新聞裡，決定評點的價值與否，已然操控於雙方各執一理的爭執，不管兩造背後各自眞實居心爲何，乃非放諸於評點文字之於作品讀解的優劣上實可斷定。事實上，金庸與鄭向前兩位先生對評點文字的談話——無論貶低或拉抬，只能更突出雙方於商業上的現實考量，以及更加凸顯文字價值在商業機制裡始終被決定的悲哀。很明顯的，評點之出現於書齋原無甚特殊，

處論點都已是楊先生所編製的上課講義所提及。

〔註105〕對評點作單純的文本分析就是忽略了其背後的商業背景，事實上應該結合當時整個文化出版業予以全面、動態的考察。本文雖於此雖能有感，卻不免還是只能作平面的論述，望待來日得以有更滿意的操作。

〔註106〕讀書人周報「大陸出版新象」專欄。

但其一旦現身於市場，召喚它的就並非單純的文藝動機——之於現在亦如是。

事實上，金庸持《評》本是盜版的理由，雖然是一極現代化的法律術語，卻也反應了評點天生成的性格——其歷來便是以侵權面貌出現，以一外來寄生文字，而屢屢因搶得作品之解釋權，遂逼使作者就此黯然隱身，這可能是歷來作家的最大痛楚了。

評點由抄本走向刻本，就預視了商業活動的興起，在商言商的對象則指向廣大具有消費能力的群眾。商業與讀者的相互的動態關係，始終決定著文人案頭的文字能否躍上出版的檯面，在歷經文章批選本與小說評點本的極度興盛後，自從民初以來評點所以漸漸不再出現市面，也同樣因為相同的原因而被加以決定。

文學的背景始終是一些非文學因素的複雜交錯，我們可以傾全力回到文本、回到小說傳奇繼續抉發其義蘊，卻不能忘記它背後所一直上演的時空舞台。

當長篇大論的文學意見以專論的形式出現〔註107〕，當已經發展完備的細部說解已經失去寄生的宿主〔註108〕，當評點型態不再受到讀者青睞——利空出盡，它也就「消亡」了，正確的說是自市場撤退，回到它的案頭出生地，繼續等待下一個商業因素的召喚。

我們現下所熟知的傳統的經典小說（奇書），每一本都與一位評點者有所聯繫，一提起「金批」、「毛評」、「張評」、「脂批」等，則無不與其評點對象

〔註107〕事實上自從金批以後，小說正文之前的序言，甚至每一回的回首總評已經極類似一篇獨立的小說意見，這一方面昭示著批評意識的深化，一方面卻也凸顯了僅是「細部」的指點說明方式（夾批、眉批），對批評家所欲陳述的見解已經有所難以負荷，所以需要有更大篇幅的擴增，來容納評點者的文學意見。易言之，當批評家以宏觀的眼光論文，而不再「遊心於小」，他很自然的就必須採取另一種可堪負荷的表述型態了。

〔註108〕由金聖嘆所完成的這一套評點型態，基本上至《紅樓夢》為止，已經是盛極而衰，脂硯齋與作者的親密關係已然與金批呈現的型態大異其趣，是以在脂批裡所反應出的，已非金聖嘆最在意的才子筆法，而代之以一種生平事蹟的寓意式解讀，而基本上施耐庵於金聖嘆根本就是不可考的，二者精神意趣完全不同。而若以金聖嘆最在乎的「文法」，視之於當代小說，則恐也滯礙難行（此點第五章將有進一步分析），因之當代的小說論述不能以「金批」的型態出現，易言之，評點自然要走向消亡。從這個角度思考，何以金庸的武俠小說能適用於此一傳統的表述系統——評點，此很可玩味，或許金庸作品與傳統小說也存在著某些類似的美學趣味，所以方可以評點之學施之於其上，當然這是另一個問題了。

緊密扣連，我們似也在某個程度上接受／肯認了這些評點所開發出來的小說境界；準此，評點的消亡，是否也要與它所寄生文本，其本身之值得「反覆細讀」、「有待開發」的條件不足有關？〔註109〕當然，這是一個缺乏佐證的提問，也可能他的答案將永遠存在閱讀的進行式中，而閱讀似乎尚未結束，因為經典尚未出現？

〔註109〕「經典」絕對經得起反覆的挖掘開發──此為評點所長。

附　圖

附圖一　《新刻按鑑全像批評三國志傳》〔明萬曆時刊本〕

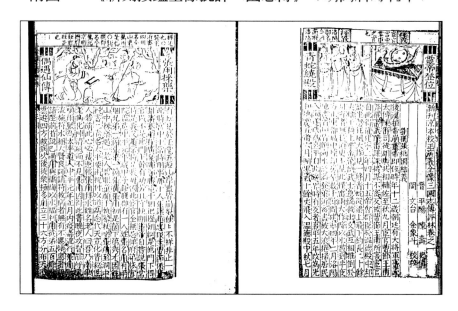

附圖二　《新刻繡像批評金瓶梅》第七十一回插圖〔明崇禎時刊本〕

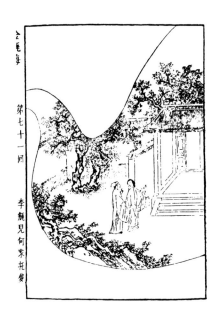

第三章　金聖嘆閱讀理論重構——
Ⅰ、結構與文法

色者，離合之象也。男有其儔，女有其伍，以左右別之，而兩部
之錙銖不爽。氣者，興亡之數也。君子為朋，小人為黨，以奇偶
計之，而兩部之毫髮無差。張道士，方外人也，總結興亡之案。
老贊禮，無名氏也，細參離合之場。明如鑑，平如衡，名曰傳奇，
實一陰一陽之為道矣。

——孔尚任《桃花扇·綱領》〔註1〕

　　在進入正題之前，首就論述範圍作一釐清。基本上評點是一種跨文類的
活動，而綜觀金聖嘆的批點事業，既有我們所熟知的敘事性作品（《西廂》、《水
滸》）；亦不乏對詩歌（《唱經堂杜詩解》）的精密閱讀。因之就全面的掌握看
來，本文實不能以「小說評點」為限，此其一；再者，金聖嘆自言：

聖嘆本有才子書六部，《西廂記》乃是其一。然其實六部書，聖嘆只
是用一副手眼讀得……。〔註2〕

更明確指出他自有一套不變／標準的閱讀方式。準此，本文踟躕金批，試圖
還原／重建（不可避免）其「一副手眼」〔註3〕；除此之外，散見於各書之文

〔註1〕　孔尚任：《桃花扇》（臺北：里仁書局，1991 年 1 月），頁 25。形式的對仗體
　　　　現於用語的鋪排（見引文），也深入傳奇情節安排的設計。
〔註2〕　語見《金批西廂》，卷二〈讀第六才子書西廂記法〉第九則，頁 11。
〔註3〕　不過，這種「一副手眼」的批評，已在一個程度上抹去了文類界限，也不免
　　　　產生一些問題，將另外分章討論。

評批點或未具系統，但不無珍珠編貝，而又非其一副手眼在內者，本章亦披沙揀金，綜上總總，以「閱讀理論」名之。

第一節　與經典的對話

胡適先生在〈《水滸傳》考證〉一文裡，對金批《水滸》有著一褒一貶的評價：

> 金聖嘆是十七世紀的一個大怪傑，他能在那個時代大膽宣言，說《水滸》與《史記》《國策》有同等的文學價值……這是何等眼光！何等膽氣！……但是金聖嘆究竟是明末的人。那時代是「選家」最風行的時代……金聖嘆用了當時「選家」評文的眼光來逐句批評《水滸》，遂把一部《水滸》凌遲碎砍，成了一部「十七世紀眉批夾註的白話文範」……這種機械的文評正是八股選家的流毒……。〔註4〕

今日，在小說已取得「正統」地位之後，後來論者便轉而對所謂「機械式文評」，提出澄清、贊成與否種種相關的討論。不過，此處我們仍有需要針對前者說法進行討論。胡先生認為金聖嘆所言——「《水滸》與《史記》《國策》有同等的文學價值」——是種跨時代的見解；後文中卻繼續對金聖嘆的閱讀方式有所批評：

> 但是金聖嘆《水滸》評的大毛病也正在這個「史」字上。中國人心裡的「史」總脫不了《春秋》筆法「寓褒貶，別善惡」的流毒。金聖嘆把《春秋》的「微言大義」用到《水滸》上去，故有許多極迂腐的議論。〔註5〕

胡先生對金批中「曲筆」、「作史筆法」的說法可謂深惡痛絕，自不待言；不過，將《春秋》（經典）的筆法移置於小說之中，對小說（稗史）的存在——尤以在十七世紀的中國——毋寧是另一個有利的背書，（小說亦可以《春秋》史椽筆法讀之）此點訊息卻是胡先生所意未及。作為一個更後來的閱讀者，我們發現：每一次的文學意見，既是針對談論對象，也是對本身文學環境的回應，〔註6〕因之在持論上便不免或有著重／偏倚。

〔註4〕 見胡適作品集 5，《水滸傳與紅樓夢》（臺北：遠流出版社，1994 年 2 月），頁
　　　 61～62。
〔註5〕 前引書，頁 65。
〔註6〕 「批評家一開始就從集體的（非個人的）態度去體驗和感受藝術作品，然後

借此一引，將焦點重新回到金聖嘆身上，面對他的讀法與《史記》、《國策》、《左傳》、《春秋》的關係。

金聖嘆所以將《史記》與《水滸》對舉並看，實有其內在聯繫：

> 舊時《水滸傳》，子弟讀了，便曉得許多閒事。此本雖是點閱得粗略，子弟讀了，便曉得許多文法；不惟曉得《水滸傳》中有許多文法，他便將《國策》《史記》等書，中間但有若干文法，也都看得出來。〔註7〕

經由評點小說所揭露的「文法」，顯然具有某種共性，進而亦可於《國策》、《史記》內發現。由此，甚至對二者進行高下的比較：

> 《水滸傳》方法，都從《史記》出來，卻有許多勝似《史記》處。
>
> 若《史記》妙處，《水滸》已是件件有。〔註8〕

梁山聚義的故事與《史記》一書於內容上完全無涉，金聖嘆屢屢將二者對舉，顯然仍還在於「文法」層面予以對照。類似的例子可說是不勝枚舉，以下即分錄二則關於《史記》與《戰國策》的批語。

> 分付酒家不賣，凡四敘，卻段段變換，學《國策》「城北徐公」章法。〔註9〕
>
> 子弟少時讀書，最要知古人出筆，有無數方法……所謂偷筆，則如此文是也。蓋一路都是戴宗作正文，至此，忽赴勢偷去戴宗，竟入楊雄、石秀正傳，所謂移雲接月，用力不多而得使至大。如此，則作《史記》非難事。〔註10〕

金聖嘆在《水滸》「沒遮攔追趕及時雨」一節中，辨認出與《戰國策》裡——鄒忌連問三次「吾與徐公孰美」——相同的章法；而他在後則引文中亦指出二者皆運用了「偷筆」的筆法。此處雖不及對於「諸法」的概念細細分解，〔註11〕但是綜觀《史記》、《國策》、《水滸》三書之性質，則金批中所欲對焦

又用這集體所有或是所接受的基準去清楚描述這作品和公眾宣讀他的意見。」引自陳國球〈文學結構與文學演化過程——布拉格學派的文學史理論〉，收入《書寫文學的過去——文學史的思考》（臺北：麥田出版社，1997年3月），頁188。
〔註7〕見〈讀第五才子書法〉，頁24。
〔註8〕見〈讀第五才子書法〉，頁18。
〔註9〕《金批水滸》第卅六回夾批，頁31。
〔註10〕第卅六回夾批，頁155。
〔註11〕此處章法、偷筆、筆法的意義，由於牽涉了形式的問題，詳第二節分解。

的所指，顯然是對於敘事（narrative）的一套操作技術。或有論者質疑《史記》與《水滸》在文類上的模糊──此議題後文將深究──但，談小說不提《史記》在中國又似絕無；劉熙載言：「《畫訣》：『石有三面，樹有四枝。』蓋筆法須兼陰陽向背也。於司馬子長文往往遇之。」（《藝概‧文概》）甚至統合繪畫、敘事來發抒對筆法的感受。歷來關於《史記》書寫的技術／風格的討論，暫不論其深淺如何，當不令人陌生，這顯示即使是史書仍需要通過書寫技術方得以呈現。〔註12〕

　　伴隨閱讀的進行，閱讀者同時調動著儲存於體內的先備知識，因而閱讀也是一種分類與歸位的過程；金聖嘆在《水滸》裡所辨認出的文法，就是相應於《史記》裡的敘事技術，這並非因爲內容上的雷同而製造的附會，它一定程度上已經穿透表面上的文字，因此，這毋寧是文評家一種積極的批評（criticize）介入。

　　《水滸》第八回回首總評是另一典型的例子：

> 即如松林棍起，置身來救，大師此來，從天而降，固也；乃今觀其
> 敘述之法，又何其詭譎變幻，一至於是乎！第一段先飛出禪杖，第
> 二段方跳出胖大和尚，第三段再詳其皂布直裰與禪杖戒刀，第四段
> 始知爲智深。若以《公》、《穀》、《大戴》體釋之，則曰：先言禪杖
> 而後言和尚者，並未見有和尚，突然水火棍被物隔去，則一條禪杖
> 早飛到面前也；先言胖大而後言皂布直裰者，驚心駭目之中，但見
> 其爲胖大，未及詳其腳色也；先寫裝束而後出姓名者，公人驚駭稍
> 定，見其如此打扮，卻不認識爲何人，而又不敢問也。蓋如是手筆，
> 實惟史遷有之，而《水滸傳》乃獨與之並驅也。

金聖嘆仍是以「敘述之法」貫串於《公羊》、《穀梁》、《大戴禮記》、《史記》，進而聯繫於眼前的小說。《水滸》魯智深搭救林沖一段，將視點擺在兩個押解的公人身上，在迅雷不及掩耳的時間裡，以極寫其對來者的陌生與武藝的驚駭。金批雖沒有指明《公》、《穀》明確段落對應，但後者本爲釋經的立場，仍然需要對《春秋》所載之事進行描述、解釋，因此有一定解經的體例；金聖嘆此處的說解，就是援引了這套解釋系統，對「先言……後言」的現象作

─────────

〔註12〕 「毛宗崗説『《三國》敘事之佳，直寫《史記》彷彿』；臥閑草堂本評《儒林
　　　　外史》、馮鎭巒評《聊齋誌異》，也都大談吳敬梓、蒲松齡如何取法史、漢。」
　　　　上引陳平原語（註略），見氏著《中國小說敘事模式的轉變》（臺北：久大文
　　　　化，1990 年 5 月）第七章，頁 227。

出詮釋。〔註13〕因之，在此脈絡下，先在的就用以對陌生的事物命名，造成我們所見的互涉。

這樣的指認／命名，在閱讀態度上是積極的，因而總是充滿著個人色彩，金聖嘆讀到雷橫之母為子哀告朱仝時，金批：「讀之乃覺〈陳情表〉不及其沈痛。」（頁249），讀至朱仝為義氣私放雷橫時，又說：「而其勢遂欲與史公〈游俠〉諸傳，分席爭雄，洵奇事也。」（頁250）讀徐寧教使鉤鐮槍之槍訣，夾批曰：「以詩訣總結上二段。竟似《考工記》文字。」（頁332）凡若此種種，不斷召喚熟悉的經驗以與之相疊合，或比較優劣、或評述心得。〔註14〕

另一個也可歸於同性質的大宗批語，應是所謂「春秋筆法」，而同屬於上述辨認的行動，金聖嘆的讀法仍在於突破顯性的情節進行，目的更在於發掘作者隱性的深文曲筆。劉勰言：「《春秋》辨理，一字見義，五石六鷁，以詳略成文；雉門兩觀，以先後顯旨；其婉章志晦，諒以邃矣。」〔註15〕正因為褒貶評價總被溫婉文詞所含蓄包裹，只餘下若干可供辨識的線索；一方面，既是什麼都沒有說，但，詮釋者認為作者事實上什麼都說了。設由此點看來，金聖嘆的讀法倒也有跡可循，與歷來環繞《春秋》經的解釋系統的進路無甚差別：閱讀變成了一種「推隱至顯」的行動。

《水滸》「宋公明三打祝家莊」一節，金聖嘆回首總評語曰：

> 宋江軍馬四面齊起，而不書正北，當是為廷玉諱也。蓋為書之則必
> 詳之，詳之而廷玉刀不缺，槍不折，鼓不衰，箭不竭，即廷玉不至
> 於死；廷玉而終亦至於必死，則其刀缺、槍折、鼓衰、箭竭之狀，

〔註13〕《經》：「十有六年，王正月戊申朔，隕石於宋五。是月，六鷁退飛過宋都。」《公羊》：「聞其聲磌然，視之則石，察之則五。……曷為先言六而後言。六鷁退飛記見也。視之則六，察之則鷁，徐而察之則退飛。」《公羊》的解釋，讓我們隨著句子的歷時性閱讀，也參與事情（異事）的發展過程。與上文金批相較，二者皆保存──說明了觀者對事件知覺的過程。

〔註14〕羅蘭·巴特（Roland Barthes）於〈從作品到文本〉（"From work to text"）中論述了「文本互涉」（intertextuality）。有趣的是，他著眼於閱讀者積極的能動，主張讀者創造自己去創造個人的意會，因為，文本始終是複數（The Text is plural.）的。金聖嘆的積極閱讀或也是一種 intertextuality，不過他的文本互涉一部分是感受上的大膽，因為被比較的兩者情感相類，而常發驚人之語；另，就他不斷的意在辨認出敘事法看來，由於已是屬於作品之間共性的問題（文學性），而遠非西方在語言脈絡下所提出的 intertexuality。

〔註15〕見〈宗經〉篇，引自范文瀾《文心雕龍注》（臺北：臺灣開明書店，1993年5月，台17版。），頁13。

> 有不可言者矣。《春秋》爲賢者諱，故缺之而不書也。曰：其並不書
> 正北領軍頭領之名，何也？曰：爲殺廷玉惡之也。〔註16〕

宋江兵分四路由東西南北四方發動攻勢，但是在敘述各路的派遣調撥時，卻又獨獨漏缺了正北一路；而祝家莊方面也分作四路應敵，欒廷玉即是帶軍迎擊正西北的人馬。最後，祝家莊四路軍全軍覆沒，但小說偏未交代欒廷玉如何陣亡，只由宋江口中說：「只可惜殺了欒廷玉那個好漢！」欒廷玉雖終不免一死，金聖嘆卻通過小說所留下的線索，直指書中獨缺的兩個部份（應戰與死亡），並援之《春秋》義例予以詮解——通過事蹟的隱諱——指出作書者的目的在於以文字爲其撥亂反正。

　　閱讀，並非是一單向吞食文字、輸入情節的活動，所以金聖嘆對於讀過《水滸》只記得若干事迹，不免大加撻伐。閱讀者面對陌生文本，不斷的調動自己已然先備的種種知識，與之拆解辨認；因此，閱讀更是一種雙向的對話。因之，在金聖嘆的閱讀中，總是縐合其他文本，與之相互參照、比較，透過某種內在理路的聯繫，新文本的優點總在經典作品中被辨認出來，他的思緒不斷藉由熟悉的經典與閱讀中的作品進行對話，是私密性極高，因而也是極爲個人化的想像創造。

第二節　形式分析：結構

　　同樣作爲讀者群裡的一份子，金聖嘆顯然自許爲一高明的讀者，原因無他，在於他能夠看出與一般閱眾種種不同之處來，而如此的差異則是有高下之分的。

> 吾最恨人家子弟，凡遇讀書，都不理會文字，只記得若干事迹，便
> 算讀過一部書了。雖《國策》、《史記》都作事迹搬過去，何況《水
> 滸傳》。〔註17〕

「只記得若干事迹」的閱讀不爲金聖嘆所取，他另行比較了自己批點本《水滸》與原著的分別：「舊時《水滸傳》，子弟讀了，便曉得許多閒事。此本雖是點閱得粗略，子弟讀了，便曉得許多文法。」（〈讀法〉）〔註18〕可以這麼說，

〔註16〕《金批水滸》第四十九回，頁230。
〔註17〕〈讀第五才子書法〉，頁13。
〔註18〕此句可與詹明信（Fredric Jameson）所言參看：「即在某種意義上所有文學作品在用指涉語言說話時，同時也從邊上發出一種有關其自身形成過程的信

在某個層面上金聖嘆是自覺地掌握了作品如何成形的形式技巧，質言之即是「文法」，藝術品並非自然生成，而有待於作者的創造；於是，這一套文法也就成了作者有意的匠心經營。

> 凡人讀一部書，須要把眼光放得長。如《水滸傳》七十回，只用一目俱下，便知其二千餘紙，只是一篇文字。中間許多事體，便是文字起承轉合之法。若是拖長看去，卻都不見。〔註19〕

〈讀第五才子書法〉位於一書的開頭，是謂「總持」，也是了解掌握作品一大關鍵，金批將這樣的看法放在〈讀法〉內，顯然是種嚴謹考慮下的作法，絕非任意所之。此處「《水滸傳》七十回……只是一篇文字」之句，就把小說視為首起尾結的整體概念，當中以「起承轉合」作為事體（情節）的綴連。

起承轉合一語，不免與應制文字的老舊古板有所聯想，但是，由另個角度觀察，這說明了：作品的情節安排受著一定邏輯事理的約束；綜此，整個作品實是一個內部互為鉤連、彼此呼應的開展鋪排，而就外部視之則為一渾然、嚴密的結構體。〔註20〕金聖嘆所謂「那輾法」，雖由雙陸處得名，似顯不倫，不過置此脈絡下就不突兀了。

> 吾中年而始見一智人，曾教我二字法曰：「那輾」。至矣哉！彼固不言文，而我心獨知其為作文之高手。何以言之？凡作文必有題。題也者，文之所由以出……夫題有一字為之，有以三五六七乃至數十百字為之。今都不論其字少之與字多，而總之題則有其前，則有其後，則有其中間。抑不寧惟是已也，且有其前之前，其後之後。且有其前之後，而尚非中間，而猶為中間之前；且有其後之前，而既非中間，而已為中間之後，此真不可以不致察也。〔註21〕

此處完全就一個行文如何開展的面相進行討論，而論述可供開展的範疇又頗

息。」引自〈在形式主義中的體現〉一文，錢佼汝譯，氏著《語言的牢籠》（南昌：百花洲文藝出版社，1995年5月），頁75。

〔註19〕〈讀第五才子書法〉，頁18。

〔註20〕〈讀第六才子書西廂記法〉第五十則：「譬如文字，則雙文是題目，張生是文字，紅娘是文字之起承轉合。有此許多起承轉合，便令題目透出文字，文字透入題目也；其餘如夫人等，算只是文字中間所用之乎者也等字。」《金批西廂》，頁17。看他將文字與題目緊緊收束，顯然視《西廂》為一完整嚴密的結構體，內中任何一個單元都向著題目呼應，也因此必須各就其位，執行各自所擔負的功能。

〔註21〕《金批西廂》三之一回前評，頁121。

近於數理的微分，在首尾最大可能的範圍內，根據中心主旨之意向性（題），以二分方式進行細緻、多角度的切割，並由此論述文意的走勢與鋪排。因此，有時候我們看到他以概括的角度談作品結構：「三個石碣字，是一部《水滸傳》大段落。」（〈讀第五才子書法〉）；有時可以更宏觀，如在《水滸》文末，批：「以詩起，以詩結，極大章法。」；或是細密分疏各篇章的連結，如在《西廂》第三本第四折前，以極大篇幅論述了整齣劇的結構方式。〔註22〕

　　如此幾近於無窮細分之後所產生的各部份，看似各自獨立、各有相異的風貌，但是，所謂「題也者，文字之所由出」，無論是粗分或細分其內部則總是受著中心統一控制。準此，能夠洞察作品中個個互異的單元，欣賞作者對其組織間架的砌造，閱讀作品就成為一極賞心悅目之事：

> 一部書有如許鬧鬧洋洋無數文字，便須看其如許鬧鬧洋洋是何文字，從何處來，到何處去，如何直行，如何打曲，如何放開，如何捏聚，何處公行，何處偷過，何處慢搖，何處飛渡。〔註23〕

此時閱讀者似乎就成了在作品內部，一位尋幽探勝的遊客；一方面是縱心容與其間，一方面又似乎超脫於這些景致，而有種鑑賞的姿態。下文的說法便極有代表性：

> 以上宋江既入山寨，一切線頭都結矣。不得已，生出戴宗尋取公孫，別開機扣，便轉出楊雄、石秀一篇錦繡文章，乃至直帶出三打祝家莊無數奇觀。而此一回，則正其過接長養之際也……看他一路無數小文字，都復有一丘一壑之妙，不似他書，一望平原而已。〔註24〕

此處就結構看來是情節承上與啟下的文字過門，但因應此所產生的整個閱讀感受之微妙變化，就被類比為縱心於山水奇景的個人情緒，即使此處並非名山大澤，卻也風致百倍；乍看似乎絕不相類的二者，竟然因有相同指涉而被鑲嵌在一起。〔註25〕於是我們得知：在金聖嘆的觀念裡：作品是一完整且獨

〔註22〕「最前〈驚艷〉一篇謂之生，最後〈哭宴〉一篇謂之掃……而後於其中間有此來彼來（〈借廂〉、〈酬韻〉）……而後則有三漸（〈鬧齋〉、〈寺警〉、〈後候〉）……而後則又有二近三縱（〈請宴〉、〈前候〉；〈賴婚〉、〈賴簡〉、〈拷艷〉……）而後則有兩不得不然（〈聽琴〉、〈鬧簡〉）……而後則有實寫一篇（〈酬簡〉）……又有空寫一篇……如最後〈驚夢〉之一篇是也。」

〔註23〕〈讀第六才子書西廂記法〉第三則，頁10。

〔註24〕《金批水滸》第四十三回，頁144。

〔註25〕「閱讀是一種本文空間的旅行，這種旅行的路線不止限於依次閱讀字母——自左向右，自上向下……相反，閱讀還會把本文的鄰近片段分開，把相關的

立的整體，而這整體的存在是因其內部各單位受著嚴密的事理控制，進而搭造、連結所形成的。〔註26〕

　　這樣的概念同樣延伸至不同的文類：

> 唐人詩，多以四句爲一解。故雖律詩，亦必作二解。若長篇，則或至作數十解。夫人未有解數不識而尚能爲詩者也。如此篇……分作三解，文字便有起有轉，有承有結。從此雖多至萬言，無不如線貫花，一串固佳，逐朵又妙。〔註27〕

對金批的「律詩分解」說，容或有反對的意見；但是如此〈贈李白〉詩，被他分作三解，就如同上文所言之三個單位，其意在考察文義的曲折與連接，這就是他所說的：「文字便有起有轉，有承有結」；然後最有趣的是後一句話，金聖嘆以「如線貫花，一串固佳，逐朵又妙。」一說，既有對作品整體的描述（一串），同時又說明了整體所由來（線貫）──各部份的結合。這裡用「花」當作其最小的單位，自有其美感上的考量，而當這些花彙集而成一個作品時，其勢已不能以花單獨稱之，而成爲另有一番風貌的審美個體。

　　「結構」（structure）的問題曾經聚訟不休，或是鎖定得更準確一些──中國小說是否有「結構」？（有西方小說的結構？）此問題的被議題化自有其時代性，論者指中國長篇章回段段補綴，缺乏西方 novel 之嚴密整體感。後由美國漢學家浦安迪（Andrew H. Plaks）另提出「紋理」的概念：「texture，文章段落間的細結構，處理的是細部間的肌理，而無涉於事關全局的敘事構造。」〔註28〕以確指明清評點家所進行的工作，在於對作品各部做出細緻的聯繫。浦安迪的說法確指了評點裡一個極爲常見的現象，不過當我們回到金聖嘆身上，似乎必須由另外的角度展開思考：其一，「結構」的概念實不受文

　　　片段聯結，本文的空間組織，即非線性的組織正是有賴於這一過程。」引托多洛夫（Tzvetan Todorov）語，〈詩學〉一文收入佟景韓譯《結構──符號學文藝學──方法論體系和論爭》（北京：文化藝術出版社，1994 年 7 月），頁34。

〔註26〕《金批水滸》楔子總評：「今人不會看書，往往將書容易混帳過去。於是古人書中所有得意處，不得意處，轉筆處，難轉筆處，趁水生波處，翻空出奇處，不得不補處，不得不省處，順添在後處，倒插在前處，無數方法，無數筋節，悉付之於茫然不知……。」

〔註27〕《金批杜詩》卷一，頁 528。

〔註28〕《中國敘事學》（北京：北京大學出版社，1996 年 3 月），頁 88。浦安迪先生自言，他對中國小說的許多見解得力於金聖嘆處頗多。後文我們將會看到，這樣的讀法也會產生另外的問題──之於二者皆是。

類限制，除小說外，也運用於詩歌批點；其二，在他的觀念中「整體—局部」有一動態的生成關係，同樣必須加以考慮。

前引〈贈李白〉一詩的批點，中有「分作三解，文字便有起有轉，有承有結」之句，細察之，這與之前評《水滸》所言「中間許多事體，便是文字起承轉合之法。」幾乎一模一樣，同樣以「起承轉合」來概括文勢的起伏變化。因此，在作者操作著美學規律，將各部份組織爲一和諧的整體時，作品由之生成。是以，當一個閱讀者自覺地進行反向操作時，首先他必須把每一個作品當成一圓滿俱足的存在。如：金批杜詩〈三絕句〉（楸樹馨香倚釣磯）：

> 三絕句恰成一篇，不能少一首，亦更不可多一首也。〔註29〕

而另首題爲〈三絕句〉（前年渝州殺刺史）下批：

> 三絕句，不可少一首，亦更不能多一首。惟先生法如此，餘人不知。
> 〔註30〕

二首詩的存在是當下被肯認的，以下的種種批語就是在爲作品如是的存在面貌，以一近乎是虔誠的態度進行說解。在面對體製上更大的作品時，如〈秋興八首〉也是如此：

> 此詩八首凡十六解。才真是才，法真是法，哭真是哭，笑真是笑。道他是連，卻每首斷；道他是斷，卻每首連。倒置一首不得，增減一首不得固已。然總以第一首爲提綱。蓋先生爾時所處，實實是夔府西閣之秋。因秋而起興，下七篇話頭，一一從此生出，如裘之有領，如花之有蒂，如十萬師之號令出於中權也。〔註31〕

因此，我們絕對有理由如是懷疑：「如果是〈秋興『九』首〉，金聖嘆必也會爲其構架出何以偏是九首的理由來。」可具體分析一例：杜詩〈漫興九首〉〔註32〕，據金聖嘆分析：「九首自初春、仲春、殘春、又初夏，一路寫流光迅速，人命不停。」第八首：「人生幾何春已夏，不放香醪如蜜甜」，果是寫至夏季，金批續說：「正在愁惱，第九首忽然橫插一論。假使或初春，或仲春，不待春殘入夏，中道忽然斷絕，又當如之何？真乃愁又愁不及，惱又惱不及，惟有瞪目噤口，更自轉動不得，而『漫興』遂以九首終也。」如

〔註29〕《金批杜詩》卷二，頁 611。
〔註30〕《金批杜詩》卷四，頁 703。
〔註31〕《金批杜詩》卷三，頁 655。
〔註32〕《金批杜詩》卷二，頁 596。

此說法，為第九首「誰謂朝來不作意，狂風挽斷最長條」尋了一個美學上的理由，更與所謂往往續寫「後自夏而秋而冬」的俗筆對照，同時打造了一首尾俱足的完整意義鍊，同時將此置入九首絕句中，從而封閉成一完整的客體。〔註33〕

　　易言之，在結構的觀念裡，結構體的各部份皆充分發揮其功用，沒有任一部份是可忽略／刪去的，每一個單位都有其存在的理由。順此脈絡而下，我們續考察他對「全體」的概念：

> 橫直波點聚謂之字，字相連謂之句，句相雜謂之章。兒子五六歲了，
> 必須教其識字。識得字了，必須教其連字為句。連得五六七字為句
> 了，必須教其布句為章。布句為章者，先教其布五六七句為一章，
> 次教其布十來多句為一章；布得十來多句為一章時，又反教其只布
> 四句為一章，三句為一章，二句乃至一句為一章。直至解得布一句
> 為一章時，然後與他《西廂記》讀。〔註34〕

首將作品區分為字、句、章三個遞增（就份量言之）的部份，但有趣的是，金聖嘆顯然意指──最後（也是較高的境界）仍要通過一遞減的過程，方才算是真正登堂入室。緊接著後一則讀法曰：

> 子弟讀《西廂記》後，忽解得三個字亦能為一章，二個字亦能為一
> 章，一個字亦能為一章，無字亦能為一章。

這個遞減的過程，更藉著閱讀《西廂》之助力，推而至於一「無」的境界。〔註35〕劉勰言：「夫人之立言，因字而生句，積句而成章，積章而成篇。」〔註36〕金聖嘆其意約也並不出此，不過，聯繫下一則讀法觀之，他顯然尚有未竟之意；作品篇幅除了有一個順向的積累過程──末了，所有的作品似

〔註33〕金批最為人所詬病的，莫過於他對〈古詩十九首〉的解析。其一，他將〈東城高且長〉一分為二，多出一首〈燕趙多佳人〉，招致腰斬的批評。其二，將此「二十首」視為同一的作者所作。因此被指為「標新立異，草菅作品」（陳香語）。不過考金批所言：「讀古人書，於斷處知其續，於續處知其斷，則金針度人矣……其實分之，則疊架二十首；合之，只鬪接成一首……。」（《唱經堂古詩解》收入《全集》第四冊，頁737。）此處的解析手法仍然相同，將此二十首作為一完整的意義整體，分之則每一解（更細分的單位）則又擔負著各自不同的功能。

〔註34〕〈讀第六才子書西廂記法〉第廿七則，頁15。

〔註35〕「無」字歷來解釋多有舛誤，此處討論焦點不同，是不擬續深入論之；第四章對此將會有詳盡的討論。

〔註36〕《文心雕龍‧章句》

乎都能被還原（壓縮？）至一個最小最小的單位。（三個字／二個字／一個字亦能為一章）此語雖有些離奇，但就他的觀念看來，即使是作品裡的最小單位，由於受到整體生成的嚴密邏輯控制，其中仍然保持著與全體具體而微的關係，而並非任之所之；所以他的敘述就十分通脫了，忽爾三個字、忽爾一個字，無非是要透過這樣的說法，表達作品整體與部份之間的緊密聯繫，而且是十分嚴格的——幾乎不能有任何隨機——每一個作品的各部單位其內在皆有相應於整體的必然結合方式。

就一個富敘事性的文本〔註 37〕而言，甚至可以如此說，「從結構的角度看，敘事作品具有句子的性質，但絕不可能只是句子的總和。敘事作品是一個大句子，如同凡是陳述句在某種程度上都是小敘事作品的開始一樣」〔註 38〕作品的話語總是經過組織的，因此操作時並非著眼於詞語文句在數量上的積累，而是一套施之於其中的精準、嚴格操作技術；所以金聖嘆利用篇幅遞增—遞減的敘述，直指必須超乎其上而講究一意義上圓滿充足，並且，這是有賴於極度高明的技術。（顯然，六才子書都具備這樣的條件。）

另外，既是探討整體概念，我們就有需要談何以金聖嘆認為《西廂記》末本四折為淺人所續，以及《水滸》應當止於第七十回（繁本第七十一回）的理由。後一個問題自是牽涉到金聖嘆自稱「古本」是否存在，以及此古本是否真為金聖嘆筆削添補而成；不過，就我們現在的關心點——金聖嘆何以認為四本四折的《西廂》與七十回的《水滸》才是一「整體」，他指控二書分別受到或補或續的現象，其實反映出相同的問題，而可以合併討論。他對繁本《水滸》／五本《西廂》的極力詆突，只需稍比對他解釋「聯章體」時的虛心，不難發現二者態度差異之大，此處他就完全不朝作者「何以如此」的方向思考，為這些存在尋找存在的理由，反而幾乎有些暴虐的將之一筆勾消。換言之，在所謂的整體概念裡，他並非一味照單全收，這其中顯然有個鑑別的程序。〔註 39〕

金聖嘆一再強調的整體性（不可少一首，亦更不能多一首），意指有機體

〔註37〕此或有問者質疑，詩歌能否置此一併討論？這是另一個必須分章處理的問題——關於在金聖嘆的讀法下，已經在某個層面取消了文類之間互異的性質。

〔註38〕羅蘭巴特語，引自〈敘事作品結構分析導論〉，張裕禾譯，收入《美學文藝學方法論》（北京：文化藝術出版社，1985 年 10 月），頁 535。

〔註39〕支持他如此認定的理由亦頗為複雜，恐無法在此脈絡（結構）下完全涵括，第四、五章會繼續處理此一論題。

的內在不可移易的連貫性，有機體各部遵照著一套嚴密的規範所支配，換言之，三絕句的任一首其實沒有獨立的可能，因為任一首都是為了這更大的整體而生設，雖看似獨立，其內部卻已經是彼此折衝協調的完成，所以真正是缺一不可。準此，這等嚴密的控制下，對於「異質」的排除就也是十分嚴厲的了。不過，就邏輯上來說，一個結構裡實不可能有任何異質的部份，因為這些也只能暫時出現在生成之際，然後就立刻被迅速排除，因此，這些被金聖嘆所確認的「異質」也是他閱讀邏輯情理之外的單位，本來就是不可能、不應該出現的，也就是如此，他所採取的行動也就非常激烈。對於這些不可思議的「逸出」，因為與原作有情理上的扞格，他一律視為另一個作者所添加，且就是因為是附加上去的，非整體的一部份，所以總是累贅，而且一直被原來的組織所排拒。

> 嘗有狂生題半身美人圖，其末句云：「妙處不傳。」此不直無賴惡薄語，彼殆亦不解此語為云何也。夫所謂「妙處不傳」云者，正是獨傳妙處之言也。停目良久睋之，睋此妙處；振筆迅疾取之取此妙處；累百千萬言曲曲寫之，曲曲寫而至於妙處；只用一二言陡然直逼之，便逼此妙處。然而又必云不傳者，蓋言費卻無數筆墨，止為妙處；乃既至妙處，即筆墨都停；夫筆墨停處，此正是我得意處；然則後人欲尋我得意處，則必須於我筆墨都停處也。今相續之四篇，便似意欲獨傳妙處。夫意獨傳妙處，則是只畫下半截美人，亦大可嗤也。
> 〔註40〕

《西廂》四本四折已是妙處既至，夫復何言，是以接下去的四折被譏為一種近似無恥的暴露，對已盡之意的繼續剝削，而其「章無章法、句無句法、字無字法」的精神意態也與前四本頗有不同。這些排除末四折的理由始終是內在的（非考古），因為根據一個嚴密的中心所發展出的各部份，不可能彼此相互扞格。

由於金聖嘆並沒有批點繁本《水滸》，所以無法如《西廂》一般觀察他所以排除的理由，不過在「金本」《水滸》第七十回，當故事接近尾聲之際，金聖嘆的評點則不斷提醒讀者，作者透過哪些安排逐漸的要將所有敘述線在此收煞，也就是說其止於其所當止，就結構來說所有的增殖變化至此全部結束〔註41〕，整體面貌也隨之確立。從這裡我們也可以對他何以將「古詩十

〔註40〕《金批西廂》續之一回首總評，頁206。
〔註41〕金批：「文字既畢，例有結束，此回固是一部七十篇之結束也。一部七十篇，

九首」讀成「二十首」的立場,有更清楚的瞭解。他在第十三首下批:「此首有與上首合作一首者。然前首是勸諭之辭,此是為其所勸諭之事也。」第十四首又曰:「前文(按,指第十三首)幽情熱血已盡於『銜泥巢君屋』五字,至此不得不用急脈緩受法,故以下三首,皆所謂脫卸處也。」〔註42〕每一個單位至少是擔負著承上啓下的功能,所以他們的面貌也絕對是獨一無二的,因之〈東城高且長〉不同於〈燕趙多佳人〉,其功能不可能為他者所取代,二者也不能相互淆混。此意在第廿首處批語更明:

> 如一篇之勢,前引後牽,一句之力,下推上挽,後首之發龍處,即是黔首之結穴處,上文之納流處,即是下文之興波處。東穿西透,左顧右盼,究竟支分派別,而不離乎宗。非但逐首分拆不開,且亦逐語移置不得,惟達故極神變,亦惟達故極嚴整也。〔註43〕

惟其各有序位且各有功能,是以各有面貌,不過卻非彼此互斥,而是受著一邏輯控制,朝向統一的目標(支分派別,而不離乎宗),精密的統合在一結構體內。

綜上,談一個作品的結構問題,事實上遠非對某個單獨對象物的切剖;由於每個作品各有其組織方式,方有一整體的面貌呈現,談結構,就必須注意到這個動態生成的過程,辨明其所以然,而後方可進一步追問如何生成的問題。〔註44〕不過就金聖嘆而言,對他所面對的「才子書」裡,我們一則試圖說明如上述的面向;再者,也由於作品的優越地位(才子),從而也保證了這一套操作技術似乎在先驗上的合理性,或是,因為這一絕佳的技術,將作品推至藝術上的高峰。儘管我們總會發現他的批評態度是不粗暴且謙卑的,

---

則非一番結束之所得了,故特重重疊疊而結束之,今第一重結束。」(頁 523。)按金聖嘆之意全書分三重結束,並有盧俊義驚夢一節與晁蓋七人應聚義之夢呼應,又有下場詩與第一回的上場詩對仗,這都是代表全書不得不結於此的訊息。

〔註42〕《唱經堂古詩解》,見《全集》冊四,頁 747~748。

〔註43〕同前引,頁 752。

〔註44〕談結構,不免聯想至西方「結構主義」。事實上本文並不試圖將此處的概念置入結構主義的背景來觀察;況且,結構主義的內部定義與發展過程的分歧,以及在結構最大的定義範疇下,所進行的各自互異研究,由此衍生的複雜,是另一更龐大的問題。不過在觀念的啓發以及理論深度的借用上,本文還是有所借鏡。皮亞傑曾指出結構的三要素:1.整體性 2.具有轉換規律 3.自身的調整性。可以與此處論述參看。見《結構主義》(北京:商務印書館,1987 年 1 月),頁 1~11。

但卻也發現二者（structure、texture）的相互爲證，不過這是另一個問題了。

第三節　形式分析：文法

一、在敘事作品中的體現

（一）章法、句法、字法的義界

前文我們對金聖嘆使用「章、句、字」的概念，已有部份的掌握。字是最小的單位；字數通過組織積累，就形成句子；句子與句子以一定方式組合，就是章的完成。章、句、字既有其固定的指涉範圍，當他們底下被加上「法」字時，也就意謂著：在作品各自所屬的範疇內足以成爲師法佳例。就字法而言，通常是一字（詞）見義，使整個感覺靈動奇妙，如：「自出去外面趕碗頭腦去了」、「這白玉喬按喝」、「這忤奴」、「那白秀英唱到務頭」，這些字詞運用總傳出種特殊的感受，並且這樣的感受又往往與整個事件或人物的行動同出，具有強烈的修辭性。

至於句法，篇幅上從大有數句，小至單句不等。基本上在談到字法時，所引的例證確也是一句，但幾乎在整句的意義上仍是破碎、不完全的，按理應是「半句」；而此處句法則已經包裹著一個完整的意思，如小說寫白秀英向觀眾討賞金言：「財門上起，利地上住，吉地上過，旺地上行。」活脫寫出勾欄人聲口；又如她譏諷雷橫語：「正是教俺望梅止渴，畫餅充饑。」在二句之下金聖嘆都批以「句法」。這些句數不等的句子遵循著對仗原則，而顯得錯落有致。所謂的句法：一者，界定篇幅（著眼於在篇幅上大於字，卻又尚未構成一因果始末俱足的篇章）；二在聲言其構句之妙，如上二例都有對偶關係。〔註45〕

章法固然於體製上大於字與句，不過顯然處於一個較整體作品爲小的單位，在這一層級的單位裡已然呈現出內容／形式上或呼應或對偶的架構，因而也形成一種美感：

> 看他八句八樣，儉只謂可以漫然雜寫，豈知其中間又必有小小章法
> 如是哉？〔註46〕

〔註45〕以上所引數例皆見《金批水滸》第五十回。
〔註46〕《金批西廂》二本四折夾批，頁115。

此為鶯鶯聽琴一段。琴音乍響，金聖嘆將此描寫鶯鶯尋聲的八句，分為四段落，並於各段下批曰：「先從身畔猜起、離身仰頭猜之、向別處猜之、雜猜之。」他讀出了作者有所用心的下筆方式：使得一段描寫文字反應出經過思索安排的規律、齊整；這就是「章法」。章固然是最大的單位，細思金聖嘆所謂的章法，已不止是文句上的增殖，這其中更涉及一種匠心安排──無論是以什麼形式呈現的。下一例則橫跨於五十四回至五十六回，金批：

> 第一節先賜一匹馬，第二節布出無數馬，第三節葬送無數馬，第四
> 節並失一匹馬，章法妙絕奇絕。〔註47〕

此處以馬作四節當中的引線，由此挑起，綱舉目張而形成前後與中間各各相對。又如，第七十回裡一百八人齊聚山寨設壇建醮，天門甫開一塊石碣滾下水泊，金批：「一部大書以石碣始，以石碣終，章法奇絕。」金聖嘆將楔子與小說末回同樣出現的石碣相互對照，認為此二處的聯繫端賴作者舍下巧妙的機括。由上數例可見，章法除了指明體製外，當中隱含了一套安排、操作、結合的技巧，缺一不可。推而言之，作品就是以一套結構方式將各個「章」統合起來的存在物。〔註48〕

　　將作品以字、句、章三個單位加以析分，除了「字」處於一最小單元，本身沒有自我內部結合的問題以外，其中在「句」、「章」各自本身都涉及結構方式，或正對、或反對〔註49〕的規律，因之，我們由各部堆疊積累所見之作品，實際上是經過層層控制、精密構築之後所形成的個體。由是而言，章法、句法、字法除了在評點時擔負指出文字上的佳構；有時也就用來泛指一結構體中，此起彼應、相互絪縕所形成的美感要求，所以金聖嘆才說：

> 蓋天下之書，誠欲藏之名山，傳之後人，即無有不精嚴者。何謂之
> 精嚴？字有字法，句有句法，章有章法，部有部法是也。〔註50〕

〔註47〕《金批水滸》第五十六回，夾批。頁337。
〔註48〕宋江遇呼延灼連環馬急不能破，湯隆獻計需徐寧教使鉤鐮槍法方得成功。湯隆話至一半才說出鉤鐮槍法，林沖已然識得就是徐寧，二人已是舊識。後湯隆賺徐寧上山，眾人勸徐寧落草，林沖說：「小弟亦在此間，兄長休要推卻。」金批：「繳還林沖，章法。」林沖此語分明是相識已久的口氣，其原因則要追溯至湯隆獻計之時。金聖嘆的章法之意就是稱讚作者行文能夠相互照應，有起有結。
〔註49〕用劉勰語：「故麗辭之體，凡有四對：言對為易，事對為難，反對為優，正對為劣。」見《文心雕龍‧麗辭》。
〔註50〕《金批水滸》〈序三〉，頁11。另，「部法」一詞未見金聖嘆於他處有所論述，

（二）敘事的鋪展──推進

故事從發生以至於結束，俄國形式主義者曾明確的界定這前後兩個端點的意義：「所有這些促使情境從靜止轉爲運動的事件之總和叫做開端」；「包含著矛盾的情境能引起情節運動的話……得到緩和的情境就剛好相反，它不會引起讀者對運動進一步期待；於是，這種終端的狀況就稱做結局。」〔註51〕於是交揉著故事與講述活動的敘事，就在起與結兩端之間展開。質言之，小說故事的發展固有其歷時的時間性，但是我們所見的敘事作品卻總是敘事者「話語化」之後的藝術存在。因此，敘述人的講述活動，一者與故事發展的時間互爲變因；二則，又牽動著讀者對整個閱讀活動的情緒，是以，他如何講述──實不容輕忽。

1、敘事方式

雖然作品中事件敘述必然都受著極爲嚴密的控制，但是就某個層面來說，除了「話分兩頭」、「有事則長，無事則短」、「且先按下不表」之類──近似於「自我暴露」的言語之外，一般說來我們不會特別對敘述者說話的痕跡加以辨認。這是由於敘述者通常將自己隱藏起來，包裹在眾多人物、事件層次裡〔註52〕，或營造出一種「自然」的感覺。後者的這種自然，當然也是種製造「逼眞性」的技術。不過，對於如何產生「眞實的幻覺」是另一個大問題〔註53〕，此處偶一涉及之，實爲逼出後文所要處理的議題而已。

當說話人的敘述配合讀者歷時性的閱讀，以順時方式展現故事始末，當此「框架」一旦形成，因著兩者在時間上的合拍，閱讀者並不會分心於情節以外；但是這種均勢一旦被打破，我們將不免看到敘事的過程，以及因應於情節推進所需之某種敘事上顳接組合。換言之，當原來的平衡失去，敘事者就必須以另外的方式加以予以處理；（頗類似於近體詩之「拗救」）或者，進

（或許有更大於章的單位？也或許只是因爲對仗而造成的語句的增殖。）但就整個語意的承接看來，將之置入本文論述脈絡下應不至造成歧義，仍是可說得通的。就金聖嘆的觀念而言，從字以上不管累進於多大的單位，都是一與多的關係，既然是「多」就仍需服膺其美學原則。

〔註51〕托馬舍夫斯基〈主題〉，姜俊鋒譯；收入方珊編《俄國形式主義文論選》（北京：三聯書店出版，1989年3月），頁112～113。

〔註52〕傳統小說的說話人皆獨立於事件發展之外，是以不必有此一層次的考量。

〔註53〕參見強納森·卡勒（Jonathan Culler）《結構主義詩學》（北京：中國社會科學出版社，1991年10月）中對「逼眞性」劃分爲五個層次的討論（見第七章），頁197～238。

一步說，有時甚或是作者有意的藝術加工。金聖嘆對於這樣敘述上的錯位顯然是十分注意，歸結起來可以析出內有二項「變因」，只要其中任一項發生變動，就如同啓動某種感知器，金聖嘆就會敏感的察覺並進行分析。這二項變因分別是：一、敘述／閱讀的時間；二、小說內部事件的進行。

以下我們將逐項進行說明，並試圖將金聖嘆所意識到敘事的種種方式納入討論。自第一項言之，對事件描述的文字量愈大，讀者閱讀所需的時間也就愈多，但是，多少之間實無一明確的界限；因此，判定的指標就落在所敘述事件的緩急性上。金聖嘆就指出：在第卅九回小說家在處理戴宗、宋江處斬一事時，先是在處決當日說：「只等午時三刻，便要開刀」，明明事在燃眉之急，作者反而以極精細之筆細細加以描繪從早晨至午時的大小諸事，金聖嘆批曰：

> 寫急事不得多用筆，蓋多用筆則其事緩矣。獨此書不然：寫急事不肯少用筆，蓋少用筆則其急亦遂解矣。〔註 54〕

視其語最後一「急」字，已非事情的緩急，而是由於作者幾近於絮絮叨叨的交代，所引起讀者心急如焚的懸念。我們將發現，金聖嘆認爲作者對於每一項變因的使用，都是在製造一種藝術上的效果。金聖嘆就說：「吾嘗言寫急事，須用緩筆，正此法也。」（同回夾批）另一個頗具代表性的例子在第四十一回，寫宋江於還道村中被趙氏兄弟追捕；此回中不僅急事用緩筆，並且於精細的描繪裡，寫宋江幾次遇險而幾乎被捉，文勢曲折跌盪，使得懸念的運用發揮極致。

續談第二項：小說內部事件的進行。一般說來，事件的始末是在一段完整時間裡進行，但事情的因果往往交錯於眾多人、事複雜的脈絡，一旦由共時面考量，在同一時間內可能有數件事情同時發生；不過，小說的敘述是單線的，不可能將數件事情同時疊合呈現，因此就屢屢有「話分兩頭」的分敘，以及補敘或追敘手法。〔註 55〕宋江二打祝家莊不成，軍師吳用定計以病尉遲孫立入祝家莊臥底，但是孫立的入伙尚須追溯至解珍解寶兩兄弟，於是三打祝家莊之前就追敘至解氏兄弟身上，金批：「如此風急火急之文，忽然一閣閣

〔註 54〕《金批水滸》第卅九回，回首總評。頁 78。
〔註 55〕「從某種意義上說，敘述的時間是一種線性時間，而故事發生的時間則是立體的。在故事中，幾個事件可以同時發生，但是話語則必須把它們一件一件地敘述出來；一個複雜的形象就被投射到一條直線上。」上引托多洛夫語，見〈敘事作爲話語〉，朱毅譯，收入《美學文藝學方法論》，見前引書，頁 562。

起，卻去另敘一事，見奇才大如海也。」又說：「欲賦天台山，卻指東海霞，
眞是奇情恣筆。」〔註56〕這樣的批語一方面指出了小說中敘事線的改變；一
方面也指明此爲作者基於美感考量下自覺的手法。

　　再者，《水滸》人物既多事件又繁，敘事的發展推進實有賴於事事之間相
互縮合，爲了要使得拼合處有理可尋（不能無中生有），金聖嘆認爲作者必是
煞費苦心，因此，他對事件之間的齟接處亦極爲注意。宋江於四十回入夥之
後，其勢已不能借宋江以義勸說其餘的好漢，因此如何繼續將好漢們逼上梁
山，就須要另起爐灶，對此，金聖嘆批：

> 以上宋江既入山寨，一切線頭都結矣。不得已，生出戴宗尋取公孫，
> 別開機扣，便轉出楊雄、石秀一篇錦繡文章，乃直帶出三打祝家莊
> 無數奇觀。〔註57〕

另，第五十一回，作者寫朱仝因李逵害死小衙內，立意要殺死李逵，方肯上
山落草，故事發展至此似乎落入一兩難局面，金批曰：

> 文章妙處，全在脫卸。脫卸之法，千變萬化，而總以使人讀之，如
> 鬼神搬運，全無蹤跡，爲絕技也。只如上回已曉得朱仝，則其文已
> 畢，入此回，正是失陷柴進之正傳。今看他不更起別事端，而便留
> 李逵做一關捩，卻更借朱仝怨氣順手帶下，遂令讀者深嘆美髯之忠，
> 而竟不知耐庵之巧……每見讀此文者，誤認尚是前回餘文。〔註58〕

金聖嘆認爲朱仝的怨氣正是一承上啓下之法；果然後文柴進就把黑旋風留
下，先讓朱仝上山落草，而黑旋風滯留於柴進府中卻正爲後文打死殷天錫作
引。朱仝是一忠義之人是其所以怒，但是此怒也是作者巧心安排，既兼寫人
物性格，又預先留下情節的伏筆，這使得行文接榫處有一邏輯可尋，既結上
文，復使得敘事線索具有繼續向下推進的動能，因此顯得全無痕跡。

　　2、功能與標誌

　　一群有「虎豹龍蛇之資」的好漢們最後都被逼上梁山，因此他們勢必經
歷一個「離家」過程。金聖嘆對此亦有分說：

> 即如宋江殺閻婆惜一案，夫施耐庵之繁筆累紙，千曲百折，而必使
> 宋江成於殺閻婆惜者，彼其文心，夫固獨欲宋江離鄆城而至滄州也。

〔註56〕《金批水滸》第四十八回夾批，頁215。
〔註57〕《金批水滸》第四十三回，回首總評。頁144。
〔註58〕《金批水滸》第五十一回夾批，頁259。

〔註59〕

易言之，在小說第廿回「宋江怒殺閻婆惜」一節裡，逼使宋江離家是目的，而讓宋江犯下殺人的罪行，則是一種爲了達到目的而有的功能上考量。第廿一回寫知縣與宋江交好，本想私下爲他出脫，但是小說又安排張文遠（閻婆惜之姦夫）拼命地攛掇閻婆上公堂告狀，最後逼得知縣也不得不加以審理，迫使宋江展開逃亡的生涯。金聖嘆嘲笑了一般人於此不免怨恨張三而賞讚知縣，都非施耐庵的知音人：

> 張三不唆，虔婆不稟；虔婆不稟，知縣不捉；知縣不捉，宋江不走；宋江不走，武松不現。蓋張三一唆之力，其筋節所繫，至於如此。而世之讀其文者，已莫不嘖嘖知縣，而呶呶張三，而尚謂人我知伯牙。嗟乎！爾知何等伯牙哉！〔註60〕

張文遠、閻婆、知縣，之於逼使宋江離家的目的看來，三者都是功能性的存在；而若以後文武松第一次登場爲目的，則宋江的逃亡並不異於前三者，剖析至此，金聖嘆顯然自比爲施耐庵眞正知音。幾乎是一模一樣的口吻，《西廂》裡金批：

> 世之愚生，每恨恨於夫人之賴婚。夫使夫人不賴婚，即《西廂記》且當止於此矣。〔註61〕

這樣的分析法著眼於故事自我的結構方式，結構體內又可細分爲數個不等的單元（張三攛掇、閻婆告官、知縣審理、宋江逃亡、夫人賴婚），而這些單元因應於一完整結構體，各自發揮哪些功能，又如何彼此呼應，就成了必須被討論的課題。〔註62〕

以下我們將借羅蘭巴特在〈敘事作品結構分析導論〉一文中對功能層（functions）的討論，用以更明確說明金聖嘆對小說結構的分析。〔註63〕文

〔註59〕《金批水滸》第廿一回回首總評，頁329。
〔註60〕同前註。
〔註61〕《金批西廂》二本一折回末批語，頁92。
〔註62〕「如此一回大書，愚夫讀之，則以爲東郭爭功，定是楊志分中一件驚天動地之事。殊不知止爲後文生辰綱要重託楊志，故從空結出兩層樓臺，以爲梁中書愛楊志地耳。」見《金批水滸》第十二回回首總評，頁203。金聖嘆此語仍舊是由「功能」著眼，分判了楊志與索超的爭鬥。
〔註63〕〈敘事作品結構分析導論〉一文，前文已有所徵引。據高辛勇先生說：「此文綜合提攝法國最重要敘事學者諸家的觀點，並爲結構主義小說學擬構了全面性的處理方法。它是一篇常被奉爲圭臬的文章……」見《形名學與敘事理論》

中巴特首先就說明何以必須切割作品，確立最小的敘述單位，「它們所以成爲單位，是因爲它們具有功能特徵。」巴特續說：「一切功能的靈魂……是其胚芽，是可以在敘事作品中播下一成份，以後在同一層次或在別的地方，在另一層次上成熟的東西。」功能，或敘述單位的切分──前文已經說明──金聖嘆已經做了局部的處理，也指出它們相應於結構體所負擔的功用。《水滸》寫「林教頭風雪山神廟」一節，林沖流配至滄州，高太尉立意置林沖於死，又派陸虞侯、富安迢邐追殺而至，但林沖虧得有李小二夫婦事先的報信，事先有所防備；金批：

> 爲閣子背後聽說話，只得生出李小二；爲要李小二閣子背後聽說話，
> 只得先造出先日搭救一段事情；作文眞是苦事。〔註64〕

每一個敘述單元皆有其負擔的任務，也使得敘事線合理的推進。不過，我們可從另一角度思考：李小二的報信，並沒有使得林沖能夠預先阻止火燒草料場之厄，或預先殺死欲加害他的人；換言之，李小二的報信若純就敘事的推進而言，最後是停止的，敘事線並非由此繼續發展。巴特說：「一部敘事作品總是由種種功能構成的，其中的一切都具有程度不等的意義。」因之，「李小二報信」的敘述單元，其意義何在，勢必另行考量。以下不憚繁瑣，將徵引部份小說原文以及金聖嘆的夾批，用以細細說明：

> 林沖大怒，離了李小二家，先去街上買把解腕尖刀帶在身上。前街
> 後巷，一地裡去尋，尋了半日。李小二夫妻兩個捏著兩把汗。照顧小二。
> 當晚無事。神變詭譎之筆。次日天明起來，洗漱罷，帶了刀，又去滄
> 州城裡城外，小街夾巷，團團尋了一日。尋了一日。牢城營裡，都沒
> 動靜。寫得神變詭譎。林沖又來對李小二道：「今日又無事。」寫得神變
> 詭譎。小二道：「恩人，只願如此，只是自放仔細便了。」看他用筆，
> 何等詭譎。林沖自回天王堂，過了一夜。街上尋了三五日，尋了三五日。
> 不見消耗，林沖也自心下慢了。〔註65〕

第九回「陸虞侯火燒草料場」一節，小說必然安排林沖至草料場任事，不過，上文寫林沖的急欲報仇，分明與後文發展線索無關，作者何以橫插此筆呢？

（臺北，聯經出版社，1987年11月），頁133。此書亦有專節論述巴特此文，可參看。

〔註64〕《金批水滸》第九回眉批，頁169。

〔註65〕《金批水滸》第九回，頁172～173。另，「買把解腕尖刀帶在身上」一句下的夾批過冗，亦與本文論述無關（亦無害），是以省略。

金聖嘆的批語似爲我們提供了線索，寫怒氣衝天的林沖帶著兇器，每日只在街上迄尋，自然是沒有發現仇人，是日晚必回李小二店裡告知今日一切，金批：「寫得神變詭譎」。由李小二夫婦的探聽，使得氣氛風雨欲來，而營造出種不寒而慄之感，更有趣的是，這樣的繃緊，因爲尋不見虞侯又逐漸放鬆，讀者也隨著李小二一語：「只是自放仔細便了。」心上石頭隨之落地。文勢至此一緩，但小說之前所預告的眞正衝突尙未展開，金聖嘆有識於此，才會連連直說：「看他用筆，何等詭譎。」這種緊張詭譎、捉摸不定的氣氛，作者便是通過李小二夫婦的報信做引，方能夠加以完成。因此，若以功能視之，則在李小二身上起的是一種對劇情加倍渲染的作用，而這樣的功能，顯然與故事的發展線無關，是種可有可無的安排。

巴特將敘述單位依照其性質另分爲兩大類，一類就是「功能」，另一類就是「標誌」（indices）。前者，是故事中的主幹鉸鏈；後者，則涉及時空背景、場景、人物性格的描寫與製造。金聖嘆對《水滸》李小二報信林沖的批語，約與後者相關，明確的指出作者透過此，勾勒出一副山雨欲來卻又似有若無不安的氛圍。所謂的「標誌」雖然與敘事主線稍遠，但是標誌的使用卻往往發生著作用，巴特說：「人物的性格可以從不明說，但不斷有所標誌。」《水滸》勤寫人物，金聖嘆對於小說中標誌的挖掘，可說不遺餘力。

小說第六十三回寫「宋公明月夜擒索超」，金聖嘆於回前總批曰：

> 寫雪天擒索超，略寫索超而勤寫雪天者，寫得雪天精神，使令索超
> 精神。此畫家所謂襯染之法，不可不一用也。〔註66〕

以此線索回視小說本文，金聖嘆於每次描寫天氣下，均有夾批細細標明，作者由「是日，日無晶光，朔風亂吼」寫至「仲冬天氣，連日大風，天地變色，馬蹄冰合，鐵甲如冰。」又有「次日彤雲壓城，天慘地裂。」最後是「當晚雲勢越重，風色越緊。吳用出帳看時，卻早成團打滾，降下一天大雪。」金批：「凡三寫欲雪之勢，至此方寫出雪來，妙筆。」首先指出作者對雪天背景的經營，後批：「寫索超極其精神，寫雪亦極其精神。」此語便將仲冬嚴雪的描寫全數與索超武藝氣概結合。因之，在金批的觀念中，景物除了時序背景的指涉之外，它進一步是另一種「隱喻」，它的作用就必須結合人物行動方能發現某種暗示。

《西廂記》一本一折裡，主角人物分別上場，作者安排張珙先訴自己滿

〔註66〕《金批水滸》第六十三回回首總評，頁431。

腹經綸，欲上長安求取功名的志向；主僕漸次行至黃河邊，對此九曲佳境，
張生不能不有感而發，金批曰：

> 張生之志，張生得自言之；張生之品，張生不得自言之也。張生不
> 得自言，則將誰代之言，而法又決不得不言，於是順便反借黃河，
> 快然一吐其胸中隱隱嶽嶽之無數奇事。嗚呼！眞奇文大文也。〔註67〕

張生的人品必然有所交代，金聖嘆說「法又決不得不言」，環視此劇中確實無
人可以代言，因此如何讓張生自言而又不顯得自矜自負，就是一頗費思量的
苦事。作者藉著黃河之勢以快比張生之品量，若以故事主線觀之，實不必有
此一筆，張生便應直至普救寺並巧遇鶯鶯。此處橫插一筆，黃河就是一標誌
功用，以奇景挑動詩興，反應出張君瑞的人品，也同時解決了前述困境。

　　另外，《水滸》宋江自第十七回現身之後，雖然一直濟弱扶貧、忠義待人，
但讀者始終未能一窺其胸中抱負。至第卅八回，宋江貪看潯陽樓江景，金聖
嘆就捕捉如是訊息：「以非常之人，負非常之才，抱非常之志，對非常之景，
每每露出圭角來，寫得雄渾之極。」〔註68〕後文漸次安排宋江上樓玩景，潯
陽樓的對聯不覺映入其眼：「世間無比酒／天下有名樓」；金聖嘆批：

> 將寫宋江吟反詩，卻先寫出此十個字來，替他挑動詩興；卻又將「世
> 間無比，天下有名」八個字，挑動宋江雄才異志，眞是絕妙之筆。
>
> 〔註69〕

推想起來，金聖嘆所以能掌握此「景─人」襯染的效果，一方面固然有其先
在的美學準備；但另方面，他說：「作文向閒處設色，惟毛詩及史遷有之，
耐庵眞正才子，故能竊用其法也。」〔註70〕即使是「閒筆」（或看似閒筆）
也必然發揮著功用，不能眞的以等閒視之。至此，我們不得不想起巴特所說：
「一部敘事作品總是由種種功能構成的，其中的一切都具有程度不等的意
義。」〔註71〕

〔註67〕《金批西廂》一本一折夾批，頁44。
〔註68〕《金批水滸》第卅八回夾批，頁63。
〔註69〕同前註，頁64。
〔註70〕《金批水滸》第五十五回回首總評，頁315。
〔註71〕《金批水滸》第五十五回回首總評：「湯隆、徐寧戶說紅羊皮匣子，徐寧忽
　　　　向內裡增一句云：『裡面又用香綿裹住。』湯隆便忽向外面增一句云：『不
　　　　是上面有白線刺著綠雲頭如意，中間有獅子滾繡球的？』只『紅羊皮匣子』
　　　　五字，何意其中又有此兩番色澤知此法者，賦海欲得萬言，固不難也。」
　　　　湯隆以紅羊皮匣子欲賺徐寧上山落草，此節寫湯隆計誘徐寧，原爲一必然

二、在七律中的體現

標題裡不用「詩歌」二字，因為在金聖嘆的觀念裡，對於法的講求最全面、準確的體現應是「七律」。〔註72〕詩家自江西詩派言法以來，時至晚明此語似也無甚稀奇；但是金聖嘆的詩法顯然與敘事體、散文、應制文的文法同源而出：

> 詩與文雖是兩樣體，卻是一樣法。一樣法者，起承轉合也。除起承轉合，更無文法。除起承轉合，亦更無詩法也。〔註73〕

有趣的是，他的特殊處似乎是用了一個時人最熟悉的（但最不特殊）方式來談律詩。不過，此法被他視為律詩本固有之，所以他追溯至律詩創始之初：

> 承問唐「律詩」之「律」字，此為「法律」之「律」，非「音律」之「律」也。自唐以前初無此稱，特是唐人既欲以詩取士，因而又出新意，創為一體，二起、二承、二轉、二合，勒定八句，名曰「律詩」。〔註74〕

金聖嘆的「法」，按照其說法應是「律法」的意思，而非「音律」上的。但是，對音律高度自覺總是與律詩是脫不了關係；近體詩講究所以更趨細緻嚴密，莫不是逐漸體現在對聲律的要求上，而形成一創作上必須遵循的嚴格規律——亦即「格律」。王世貞《藝苑卮言》曰：

> 五言至沈、宋，始可稱律。律為音律法律，天下無嚴於是者。知平

有之環節。但是金聖嘆注意到，作者在此一必不可省的環節內，又增添了許多細節。（描摹匣子內的精細花樣）他歸結說，能運用此法者，要完成萬言的大賦也沒有問題。事實上，他的觀察是十分敏銳的，巴特就「功能」項中又細分為兩類：「就功能這大類來說，不是所有單位都具有同樣的重要性。有些單位是敘事作品（或敘事作品片段）的真正的鉸鏈，另一些只是填補把功能一鉸鏈隔開的敘述空間。」前一種巴特稱之為「基本功能」（或核心），後一種由於具有補充性質，稱為「催化」（catalysers）。金聖嘆此處所覺察的方法，接近於後者，基本上是種填補的性質。反向思之，剔除它也不會影響故事的脈絡，它的作用就在於促成第一類「基本功能」。在此節中對匣子內的精細花樣的描述，就在導致徐寧相信湯隆，（中計）進而隨他追趕時遷（落草）。

〔註72〕金聖嘆的詩歌批點，一般說來名氣沒有批《水滸》、《西廂》來的大，累積的研究數量亦亞於後兩者。不過，對於：「何以特定的在律詩中——尤其特定是『七律』裡談法？」卻鮮有學者有此提問，進而往下追索；此一問題在下一章裡續有論述。

〔註73〕〈魚庭聞貫〉「示顧祖頌、孫聞、韓寶昶、魏雲條」。

〔註74〕〈魚庭聞貫〉「答徐翼雲學龍條」。

　　反虛實不得任情，而度明矣。〔註75〕

王世貞對「律」字的解釋，一方面指出律詩音韻上的要求，一方面以法度謹
嚴說明其精神；若以此語與金批參看，則金聖嘆的論述就將律詩的重心，整
個轉向了後者。不過，律詩的格律要求與整個體製成立有絕對關係，金聖嘆
不可能抗拒對音韻對仗的要求；細玩其意，他提出律爲法律之律，便是要建
築於音律基礎之上，進一步對律詩作出「起承轉合」的要求。所以他後文續
言：「必若混言此或音律之律，則凡屬聲詩，孰無音律，而顧專其稱於近體八
句也哉。」可見他並非忽視律詩音韻，而是要求由此更進一步，只是，此處
律詩的嚴謹講究的形式，已經由王世貞的音律轉爲金聖嘆的起承轉合了。將
這樣的轉變稱爲一次意義上飛躍，恐不過分，只是我們尚須釐清這之間種種
混沌之處。

　　當金聖嘆說，「唐人既欲以詩取士，因而又出新意，創爲一體，二起、二
承、二轉、二合，勒定八句，名曰『律詩』。」（語見前）參閱一般文學史上
的說法，律詩演進果然於唐初發展完成〔註76〕，金批此語在年代上與後者是
一致的，但，二者在何以完成的理由上卻是大相逕庭。所謂「起承轉合」或
許在今日是一熟爛語，不過，金聖嘆將原來用於對文勢起伏的描述，一轉而
成爲詩語書寫必須服膺的規律，在這四聯八句的天地中作出細緻的分析。金
聖嘆言：

　　　唐人一二起如鬱勃，則三四承之必然條暢……順起，則承之以逆；逆

　　　起，則承之以順……直起者，必曲承之；逼起者，必寬承之。〔註77〕

這已經是又跨出一步，細細區分出在一首詩中各部間架所擔負的任務，而鬱
勃／條暢、順起／逆承、直起／曲承等語，業已形成一美感的要求。「起承轉
合」如何由散文進入詩語，並形成創作上必須遵循的原則，據此前四句的分
析，似遠非如此簡單。續看金聖嘆分析律詩後四句：

　　　詩至五六而轉矣，而猶然三四，唐之律詩無是也。詩至五六雖轉，

〔註75〕王世貞《藝苑卮言》卷四。見《歷代詩話續編》本。又《弇州山人四部稿》：
　　　「夫近體爲律，夫律，法也。法家嚴而寡恩。又於樂亦爲律，律亦樂法也，
　　　其兪純皦繹秩然而不可亂也。」卷六十五，〈徐汝思詩集序〉。

〔註76〕「……律詩格律之完成爲初唐詩一大成就。故初唐繼承梁、陳詩風之重要作
　　　家，由上官儀而初唐四傑而沈宋而文章四友，其作品本身雖非一流，然就律
　　　詩格律之完成言，則皆有其或多或少之貢獻。」見葉慶炳《中國文學史》（臺
　　　北：學生書局，1992 年 9 月），頁 318。

〔註77〕〈魚庭聞貫〉「與季日接晉條」。

　　　然遂盡脱三四，唐之律詩無是也。〔註78〕

首先我們應當注意到，金聖嘆雖然談的是第五、六句，但卻句句不離三四。因為五六的存在樣態必須經由三四轉折變化而來，二聯之不同處是其斷；而頸聯由頷聯處生是其續——以上是就二聯之關係層面來立論。但是若單獨考慮頸聯時，就可以說：「五六，乃作詩之換筆時也。」〔註79〕

　　末二聯的關係同樣可以推知，「若五六，便可全棄上文，徑作橫枝蟲出，但問七八之肯不肯承認耳。」〔註80〕詩句於末聯作結，卻仍然必須與頸聯相互呼應，由五六逐漸將詩意逐漸引導至七八句的結論。如是，就末二聯看來，五六句一方面是相對於起筆的轉筆；另一方面又必須以七八句為考量，在五六時微露七八之意，進而能在尾聯合理、順當的結束。這也顯示了末聯的重要其實更大於頸聯地位，可由兩方面加以說明：第一，七八句的作結，不僅與五六句相關，而實處於對全局意義上的總和綜理，以金聖嘆的話說：

　　　弟看唐律詩，其一二起時，不惟胸中早有七八，其筆下亦早自有七

　　　八。弟因悟其因有七八，故有一二也。七八如不從一二趁勢，固是

　　　神觀索然，然一二如不從七八討氣，直是無痛之呻吟也。〔註81〕

七八句的作結必須回照全局，不能茫然無際，因此末聯不僅在對頸聯作出聯繫，更要緊的是要收束住全詩之意，重要性不言可喻。第二，作詩者下筆必須對全局瞭然於胸，不能興之所至隨意揮灑，（其一二起時，不惟胸中早有七八，其筆下亦早自有七八。）所以有「起」按理說就應有「結」，必須講究首尾意義上的呼應。金聖嘆甚至說：「弟因悟其因有七八，故有一二也。」就創作程序說，末聯的產生必後於首聯，所以乍見此言，這是倒果為因的說法；不過，就作品的理型（標準完美的範型）而言，在一「共時層面」下，就全詩意義上的縮連與串接，則詩語各句確無先後之分，都應該呈現一和諧均衡之態勢。〔註82〕

〔註78〕〈魚庭聞貫〉「與毛序始條」。

〔註79〕〈魚庭聞貫〉「書杜詩背條」。

〔註80〕〈魚庭聞貫〉「答家叔勝私希仁條」。

〔註81〕〈魚庭聞貫〉「答周計百令樹條」。

〔註82〕金聖嘆由共時的（synchronic）層面對一已經存在的作品進行考察，這種由「已存在」感知其所以生成的方式，正是一個批評家的進路，因之，在他來說，正不妨說因有七八，方有一二。不過，這永遠與詩人創作的歷程相反，也同時令我們意識到，這樣的讀法能否適用於所有的詩體，而不止是律詩？此提問在下一章裡續有論述。

　　因此，就律詩的四聯八句看來，金聖嘆在解說唐七律時，何以屢屢將律詩分成前後二解來分析，其理已經非常清楚了。蓋，三四承接一二之意，固有將首聯之意推而廣之之功，但歸根結柢仍在於一二必須有一大魄力的發端，因此由「三四必承一二」的說法，其實已經說明首聯的重要，其更勝於三四。連接前段的討論，後解由前解生來，但是不管如何騰那變化，總必須在第八句打住，即使細究起來末二聯中仍有極為考究的分別；但總體說來就是「結」，「五六轉出七八」，末聯之要緊則勝於頷聯。對於以上四聯，金聖嘆做了許多形象的譬喻，不過統而言之，首聯／尾聯是主，頷聯／頸聯是賓；無一例外。〔註 83〕綜此，逐聯言之是起承轉合，若大抵就文勢前後區別而言，前解就是：起／來／入／話頭／發端／；後解就是：結／去／出／話尾／脫卸。（均參見〈魚庭聞貫〉）

　　金聖嘆將自己的看法運用實際批評，卻遭致極大的詰難：

　　　　昨道樹有手札，微諷弟注書應如劉孝標。昔李北海以其尊人諱善所
　　　　注《文選》未免釋事忘義，乃更別自作注，一一附事見義。尊人後
　　　　見而知不可奪也，因而與己書兩行之。今弟亦不敢詆劉之釋事忘義，
　　　　亦不敢謂己之附事見義，總之弟意只欲與唐詩分解。〔註 84〕

對他自己所採取的方式，是自覺的要與前人注書附事見義之法有所區隔。在「答王道樹學伊」條更言：「謂弟與唐人分解則可，謂弟與唐人注詩，實非也。」所以非如此不可之故，倒不是金聖嘆想像、創造力過於豐沛，而實著眼於「對象語言」的不同所致。以分解方式面對詩語言，則更能進一步揭出詩語所以為是的內部機制，而不止於發明詩義（在說什麼？）而已。「注詩」就會流入窠套，而「分解詩」就尊重著詩語內部規律來進行說明。「詩語」有其專有的發聲方式，既如此，詩人在使用這套中介，也必須尊重這套機制。〔註 85〕

〔註 83〕試舉一例如下：「弟今再作譬喻：一二分明便是一位官人大步上堂來；三四則是官人兩旁之虞侯節級，只等官人坐了，便與他吆呼排衙也；七八是官人倦怠欲退堂；五六是又換兩名人從，抬將官人入去也。弟更無可奈何，作此出像譬喻，豈猶不相曉？」（〈魚庭聞貫〉「與李東海榮宇條」。）首聯、尾聯都是官人，頷聯、頸聯皆是人從，顯出有輕重之別；妙的是因應於頷聯、頸聯的轉筆之故，金聖嘆的譬喻不免也要隨之調整──抬將官人出來與抬將入去就成為雖是同一身份，卻必須換成另一批人所為──何以非得若此，實顯得有些牽強；這是金聖嘆因應於自己所持之理而不得不然之舉。

〔註 84〕〈魚庭聞貫〉「與徐子能增條」。

〔註 85〕進入實際的作品解析，金聖嘆更細緻的對律詩的八句做了區分與說明。由於細

　　律詩四聯各自所擔負的作用已如上述。對時人的「出格」，金聖嘆是大加討伐：

> 比來不知起於何人，一眼注射，只顧看人中間三四五六之四句，
> 便與嘖嘖嗟賞不住口。殊不曉離卻一二，即三四如何得好，不到
> 七八，即五六如何得好耶。且三四五六，初亦並不合成一群，三
> 四只是一二之羨文，五六只是七八之換頭。〔註86〕

置首聯、尾聯於不理，而只顧搭造三四五六的門面，在金聖嘆來說是一不可思議之事。不僅罔顧律詩結構上此呼彼應的嚴謹，更將文勢起伏流動拋諸腦後，忽略三四爲拓展一二之起句而生，五六爲開啓七八之結句而設，實有各自之脈絡。而不以一二、七八句爲重心，又在根本上與金聖嘆的認知互異。

　　最後，還是必須收攝至結構。

　　不難發現，七言律詩所以被金聖嘆視爲「吐言盡意之金科、觀文成化之玉牒」〔註87〕，與結構的概念是分不開的。因此，他做了以下的譬喻：

> 七言律詩八七五十六字，便是五十六座星辰。一座一座皆有自家
> 職掌，一座一座又有大家聯絡。豈可於其中間，忽然孛一妖星，
> 非但無所職掌，乃至無其著落。〔註88〕

結構講究的是「全體—部份」的動態生成關係，必不能容許內部任一單位的歧異，否則勢將影響整體全貌，所以當金聖嘆論述及此，他就捨四聯起承轉合的說法，而更細緻的以最小的單位——字，來作出譬況。

第四節　觀看：敘事角度的感知

密不免稍冗，其次，以本文立場而言，實不必一一舉證，因此置入註腳以存之。例如，一二句雖統言之爲「起」，但是重心可落於第一句或第二句，此二句又可分賓主。三四句承接一二之意，因一二有賓主之分，又區分爲三四盡承起句，或三四盡承次句；若一二句無賓主之分，三承一、四承二爲順承，三承二、四承一爲逆承。諸如此類，不勝枚舉。〈魚庭聞貫〉中又錄有金聖嘆歸結出唐詩一些創作上的規律，如「唐律詩後解七八多有『此』字者，此之爲言即上五六二句也。」因爲五六生起七八之結，所以二聯必然有所相涉。以李白〈鸚鵡洲〉後二聯說明：「煙開蘭葉香風起，岸夾桃花錦浪生。遷客此時徒極目，長洲孤月向誰明？」五六句寫「蘭葉風起，桃花浪生」就是第七句的「遷客此時徒極目」，句中「此時」之所指。

〔註86〕　〈魚庭聞貫〉「與張才斯志皋條」。
〔註87〕　語見〈貫華堂選批唐才子詩序〉。
〔註88〕　〈魚庭聞貫〉「與叔祖正士信條」。

一、對全知觀點的調整

> （林沖別了智深）……搶到五嶽樓看時，見了數個人拿著彈弓、吹
> 筒、粘竿，都立在欄杆邊。補一句景。胡梯上一個年少的後生，獨自
> 背立著，把林沖的娘子攔著道：「你且上樓去，和你說話。」林沖娘
> 子紅了臉道：「清平世界，是何道理，把良人調戲！」林沖赶到跟前，
> 把那後生肩胛只一扳過來，喝道：「調戲良人妻子，當得何罪！」恰
> 待下拳打時，認的是本管高太尉螟蛉之子高衙內。奇峰當面起。——
> 原來高俅新發跡，不曾有親兒，無人幫助，因此過房這阿叔高三郎
> 兒子在房內爲子。忽然又補入高俅家中一段，筆勢夭矯。〔註89〕

此段寫林沖與高衙內結怨之始。金聖嘆的評點隨著作者筆端，或分析其用筆
方法，或賞鑑文勢曲折變化；就在看似緊湊的評點文字中，我們不難看出金
聖嘆的分析因應於文本正文也有數個層面的不同關照，自「原來高俅新發
跡……」起，則是說話人暫離眼前林沖娘子受辱的情境，轉而有交代補敘的
動作，金批「忽然又補入高俅家中一段，筆勢夭矯。」一句，就透出他已經
意識到這分明是「敘述者」插入自說之語。

中國古典白話小說裡，其正文中雖不免是一片由作者虛擬出的「說話」
情境〔註90〕，其實一直是充斥著敘事者的身影，但是只要書中敘事者說話的
適中距離一旦有所調整，這敘事者的聲音（voice）就爲金聖嘆所覺察。金聖
嘆自然沒有廿世紀的敘事理論工具爲輔，但他顯然也在全知敘述裡發現一些
不尋常的狀況——敘事者有意的跳脫出目前正在發生的事件，轉而有補述、
跳接的動作，因而顯得在敘事層次上有所不同。

> 說話的，那人是誰？便是吳學究所薦的江州兩院押牢節級戴院長戴
> 宗。筆法。那時，故宋時，金陵一路節級都稱呼「家長」，湖南一路
> 節級都稱呼「院長」。正敘事中，偏有此閒筆。〔註91〕

在限制觀點下，讀者只知來的人是節級，無從得知更多訊息，而敘事者始終
以「那人」稱呼他，並不表明他的眞實身份，直至宋江與其兩人相認之後，
敘事者方打破謎團，說明了此人爲誰。原來一直隱身於幕後的說話人躍上檯

〔註89〕《金批水滸》第六回，頁134。
〔註90〕關於小說裡之將說話情境視爲一修辭策略的論述，可參王德威：〈「說話」與
中國白話小說敘事模式的關係〉，收入鄭明娳編：《當代臺灣文學評論大系：
文學理論卷》（臺北：正中書局，1993年5月），頁115～146。
〔註91〕《金批水滸》第卅七回，頁47。

面，他並發聲開口說話，「說話的，那人是誰？」此一稍顯突兀的插入語，遂使得金聖嘆以「筆法」稱讚作者用筆之詭譎難測，此語顯然是著眼於敘事者巧借他人提問，實際上卻是以自問自答方式說明了上文中掩蓋起來的部份事實。另外，說話人進而交代「院長」一詞的來由，則被金聖嘆以「閒筆」目之，自也是他著眼於此與正文情節推動的敘述層次有所不同，而加以區隔之故。

敘事者的姿態既為金聖嘆所留意，敘事者的位置自然也在觀察之列，當這無所不知的敘事視角突然轉成某一個人物的限制視角，其所引致的效果，便為金聖嘆所屢屢致意。在《水滸》第九回裡林沖刺配滄州，巧遇曾經資助過的故鄉人李小二，小說續寫忽有一日李小二店裡一前一後閃進二位尷尬人，作者借李小二眼活畫出二人神祕、面生的尷尬事，本已經一肚子狐疑，「那人」又差李小二至牢營裡請管營與差撥二人，此一舉動愈發使得整件事情疑雲滿天，大有風雨欲來之勢。金聖嘆頻頻批道：「是李小二眼中事」〔註92〕，意指此處的敘述已經轉由李小二眼中看出，敘述者一轉其無所不知的觀照角度，似乎潛進單一人物的心裡，藉著此一巧妙的轉換，自然的營造出頗為神祕的緊張與懸念。

我們今日或可以參之西方敘事學的理論，指出金聖嘆所感知的部份，正是作者對限知視角的運用，但還原於金聖嘆所處時空，在其時並沒有可資援引的先備知識下，他所憑藉的除了極其敏銳的直覺外，就是對整個場景因應於限知觀點使用所產生的變化，以此處為例，作者經由李小二眼裡所見，充分預示了即將來臨之變局，而李小二的不能全盤索解，也為這變數投下不可測知的陰影。

這種效果，金聖嘆稱為「影燈漏月」：

（閻婆惜）……正在樓上自言自語，只聽得三字妙絕。不更從宋江處走來，卻竟從婆娘邊聽去，神妙之筆。樓下呀的門響。牀上問道：「是誰？」門前道：「是我。」牀上道：「我早說哩，押司卻不信，要去；原來早了又回來。且再和姐姐睡一睡，到天明去。」這邊也不回話，一逕已上樓來。一片都是聽出來的，有影燈漏月之妙。那婆娘聽得是宋江了，慌忙把鸞帶、刀子、招文袋一發捲做一塊，藏在被裡……。〔註93〕

〔註92〕《金批水滸》第九回，頁170。
〔註93〕《金批水滸》第廿回，頁324。

金聖嘆所緊跟著的就是這「聽」字，敘事者將視角固定在閻婆惜身上，藉由她的知覺，推動情節的進行。一則，固然由於閻婆惜此際並無親眼目睹宋江進門，因此勢須有一以聽覺判知的過程；二則，這暗指她也非對宋江招文袋中書信原始本末有充分的了解；二者皆凸顯出由於將視角固定於一人物身上所形成的玄秘感。「影燈漏月」一語，喻擬了閻婆惜似知不知的狀態，小喻指著作者透過此所刻意所營造的虛虛實實氣氛。

　　換言之，金聖嘆毋寧說是對小說傳達出的效果有一準確的感知，進而讓他有一分析的動作，試圖發掘其何以「妙」的緣故，並將之視為作者神妙筆法的運用。我們並不能得知《水滸》成書之時，施耐庵（或另有其人）是否已自覺的在運用／調整敘事觀點，但是金聖嘆確實已經察覺這其中的變化，並提出初步的探討。且與他時時大罵的「俗本」對照，學者甚至指出「古本」多處皆是這位文評家有意的改動，可見金聖嘆的體會雖不能說深得其中三昧，應也可謂是亦不遠矣。

　　《水滸》第十八回，晁蓋等因劫生辰綱事發奔上梁山，王倫便有不豫之色，吳用乖覺早瞧出幾分顏色，是晚吳用對晁蓋說起當日與王倫、林沖等的會面，吳用說：「早間見林沖看王倫答應兄長模樣，他便自有些不平之氣，頻頻把眼瞅這王倫，心內自己躊躇。我看這人倒有些顧盼之心，只是不得已……。」金批：

　　　　王倫應晁蓋，林沖看王倫應晁蓋，吳用見林沖看王倫應晁蓋，一句

　　　　看他多曲。〔註94〕

小說內人物分別有三個層次的觀視，作者固然只有呈現王倫與晁蓋的交談，金聖嘆卻藉吳用一語，體會到作者其實是將觀察點逐漸擴大，先是照顧了一旁憤憤不平的林沖，又擴及至冷眼旁觀的吳用，最後由閱讀者統合了全局，產生出一完整的圖像觀照。金聖嘆所關心的不止是誰在說話，而摭拾文本多處的限制觀點，進一步分析這看似不經意的手法，追問作者如何透過畫面切割，逐步的呈現他心目中完整的故事細節與脈絡。易言之，金聖嘆已經發現小說裡無一不是視角的選用，因為讀者總是需要有拼湊、還原的閱讀工作。

二、「倩女離魂」：觀照的陌生化

　　《西廂》寫孫飛虎率眾包圍普救寺，欲強奪鶯鶯為妻，張生修書一封調

〔註94〕《金批水滸》第十八回，頁292～293。

請故友杜確將軍前來解困,因有惠明和尚持書信突破重圍之舉。臨去,惠明唱:「【收尾】你助威神擂三通鼓,仗佛力呐一聲喊。繡幡開遙見英雄俺,你看半萬賊兵先嚇破膽。」第三句下,金聖嘆大呼:「奇句!奇至於此。妙句!妙至於此。」續批:

> 斲山云:「美人於鏡中照影,雖云看自,實是看他。細思千載以來只有離魂倩女一人曾看自也。他日讀杜子美詩有句云:『遙憐小兒女,未解憶長安。』卻將自己腸肚,移置兒女分中,此真是自憶自。又他日讀王摩詰詩有句云:『遙知遠林際,不見此檐端。』亦將自己眼光,移置遠林分中,此真是自望自。蓋二先生皆用倩女離魂法作詩也。」聖嘆今日讀《西廂》,不覺失笑,因寄語斲山:「卿前謂我言王、杜用倩女離魂法作詩,原來只是用得一『遙』字也。」〔註95〕

勾起金聖嘆有此一念的就是「繡幡開遙見英雄俺」一句,所著眼處並非特殊意象的設計,卻是這抒情主體「我」的不同觀照角度。「遙見」一句,分明寫他眾的眼光下的英雄惠明,但是此句又實在為惠明自己所言;換言之,第一二句之「你助威神擂三通鼓,仗佛力呐一聲喊。」是從惠明立場來寫,第四句「你看半萬賊兵先嚇破膽」,也是惠明自道,偏第三句作者巧借他人眼光回視之,惠明卻成為一被觀察對象,應是一個「他」的位置,但有趣的是這仍是惠明(我)的自言,因之被金聖嘆喻為以「倩女離魂法」作詩,被視為是詩中這個「我」自己揣想模擬的效果。

「倩女離魂」,所以可以自己觀察自己,將「我」獨立出來成為一被觀察的客體。以王斲山所舉的杜甫〈月夜〉(今夜鄜州月)為例,頷聯「遙憐小兒女/未解憶長安」是詩人從年幼子女們的角度設言,借孩童天真爛漫之情,虛寫了自己流落長安的悲苦。詩中這抒情主體忽而分為二,鑽入他人腸肚裡,以之轉寫了自己;但是這一切都還是自己的觀照,所謂的「他人之懷想」則並非實有之事,所以稱為「離魂」。

某個層面看來,此法與小說之敘事觀點其實不無關連,雖然金聖嘆所舉皆是屬於詩語的例子。「未解憶長安」就是「他」在說話,王斲山指王維詩:「遙知遠林際,不見此簷端」〔註96〕,二句也是虛想遊人自遠處望而不能見

〔註95〕《金批西廂》二本一折,頁89。
〔註96〕原詩〈登裴秀才迪小臺〉:「端居不出戶,滿目望雲山。落日鳥邊下,秋原人外閒。遙知遠林際,不見此簷間;好客多乘月,應門莫上關。」「檐端」《全

裴迪住處，以指出其處之荒野幽靜；這也是從他人的角度發言。

　　金聖嘆對說話者的感知可說極爲敏銳，此法於小說裡並不罕見，作者可以縱身入內，藉各個人物而發聲；但是在抒情詩裡，卻總是「我」的發聲——亦即此抒情的自我主體，金聖嘆所感知的，就是詩人透過視角的調整／轉換，這與一直是「我」的發言角度相較，就出現了新意；這恐怕與此人善讀敘事作品有關（將敘事觀點帶入對詩語主詞的考察）。其實詩語中的代稱詞經常是隱晦的，我們並無從得知哪一句是「我」，哪一句是「他」，此一方面固然產生複義朦朧的詩意效果；一方面卻也因爲不能確指的主詞，出現詮解之莫衷一是的現象。〔註97〕

　　金聖嘆指出的「原來只是用得一『遙』字也」，「遙」字，拉開了主體與對象之間的距離，也產生不同的觀照角度，甚至借對方眼光回視自身，出現陌生的突兀之感。小說通常交雜著多重發聲，混雜有不同的觀念價值，讀者沒有希冀人物間彼此完全一致的閱讀期待，但是詩歌通常是「言志」抒情的，所謂物物著我之色彩，詩語中始終是「抒情主體」的單一發聲；一旦如金聖嘆一般留心於詩人「我」的不同面貌（可以轉換爲他），這個自我的多重毋寧是更爲複雜，也是更爲有趣的現象。〔註98〕

　　　　唐詩》作「檐間」。

〔註97〕此金聖嘆所謂之「倩女離魂」法，錢鍾書在討論《詩·陟岵》（陟彼岵兮，瞻望父兮。父曰：「嗟予子行役，夙夜無已！上慎旃哉，由來無止」。）也涉及之，並謂：「分身以自省，推己以忖他；寫心行則我思人，乃想人必思我，如〈陟岵〉是，寫景狀則我視人乃見人適視我，例亦不乏。《西廂記》第二本〈楔子〉惠明語，金聖嘆竄易二三字作……（按，省略處即上引文，此不贅引。）小知間間，頗可節取。」見《管錐編》（臺北：書林出版社，1990年8月），頁114。以〈陟岵〉「父曰、母曰、兄曰」爲例，錢先生認爲一般傳注皆作「征人望鄉而追憶臨別時親戚之叮嚀」，雖然其意可通，但是亦可解爲：「遠役者思親，因想親亦方思己之口吻爾」（頁113），推究上文，詞氣更佳；此也即是金聖嘆所謂「卻將自己腸肚移置他人分中」的作詩法。此法之可貴，實在於對古典詩閱讀的突破（雖然金聖嘆是由作者立場立言，此固不妨），打破慣於由單一視角的詮解，抒情主體除了「我」之外，亦不妨借他人來發聲，這個述說的主體，毋寧顯得更爲複雜與有趣。

〔註98〕龔鵬程先生在〈位於聖凡之間的清言小品〉一文裡，分析了《菜根譚》一類誕生於晚明之際的清言小品，將許多嚴肅的人生議題化爲可資談論稱賞、機鋒言辯的書寫愉悅。並提到：「『我』同時是一存在者也同時是一置身局外的旁觀者。此即所謂的『隔』。透過『隔』的觀照，用「倩女離魂」之法遙看自己、欣賞自己，甚至指導自己，成爲格言或座右銘。」見氏著《晚明思潮》一書，（臺北：里仁書局，1994年11月），頁276。按龔先生之意，談的晚明

第五節　美感：對偶閱讀

　　此節的主題：對偶。雖不得已僅以一節的篇幅討論，但實際上綜閱金聖嘆所有的評點內容，並試圖予以高度抽象之後，我們會不斷的發現此一認知結構始終在其中發生作用。它是跨文類的，於詩歌、小說皆然；它是深層的，處於意識基底；它是對稱的，屬於古典美學；它也是唯一的，必然不證自明，有時顯得無可商議的霸氣。

一、對照映襯

　　因此，這樣的閱讀是無所不在的，也總在讀者最不經意、文本之中最細微的地方出現：

> 次後分作五起進程：頭一起便是晁蓋舊、宋江新、花榮舊、戴宗新、李逵新，○第一起舊、新相間。第二起便是劉唐舊、杜遷舊、石勇舊、薛永新、侯健新，○第二起舊在前，新在後。第三起便是李俊新、李立新、呂方舊、郭盛舊、童威新、童猛新，○第三起兩頭新，中間舊。第四起便是黃信舊、張順新、張橫新、阮家三弟兄舊，○第四起兩頭舊，中間新。第五起便是穆弘新、穆春新、燕順舊、王矮虎舊、鄭天壽舊、白勝舊。○第五起新在前，舊在後。〔註99〕

一種拉開美感距離之後的賞玩遊興態度，這對金聖嘆之意已經有所引申，與本文所分析之「倩女離魂」法是不同層次的問題，固可先存之不論。不過邵曼珣先生推演其意又復加申說，認為金聖嘆是「體悟到這種『隔』的美感……若就評者批註的立場看來，所評所讀雖是古人之文，閱讀的過程中仍具有自作消遣的成分，就如同觀看美人照鏡，既是看『她』，也是看自己。」〈金聖嘆詩歌評點中的美學問題〉收入《文學與美學第五集》（臺北：文史哲出版社，1995 年），引文見頁 211。此處的論述似又有推衍太過之嫌，又說：「在別人生命裡遙看其安頓與抉擇，同時也指導自己做了安頓。」（頁212）由金批與王斲山之語看來，他們始終關心的是一個視點轉換的問題，由於作者巧借他人眼光以回視自身，遂有一種陌生、突兀的觀照角度，而不總是詩人自道的言志抒情，金聖嘆對此固然也十分稱賞，但是他的關心點還在於作者巧借此法以作詩，恐說不上「指導自己做了安頓」。按龔鵬程先生之意，則已經不限於金批身上，而在於分疏此一美感距離所帶來的流連光景，玩弄文詞的態度，是以晚明總呈現出一種思想上的矛盾，是以雖侈談三教，卻總感是不夠深刻。若說真的有什麼問題，或許就在於此意畢竟沒有關照金聖嘆最在乎的視角問題，而只是將之置入自己的論述脈絡裡；但是邵先生此處就恐是誤讀金聖嘆了。

〔註99〕《金批水滸》第四十回，頁 101。

宋江、戴宗身陷江州大牢，眼見不活，小說第四十回寫晁蓋率梁山英雄來救，眾位豪傑大鬧江州、殺黃文炳而冤讎得報。而後眾人就要偕宋江、晁蓋投梁山泊而去。於是，這一行人當中有梁山先前的舊頭領，亦有準備上山落草的新好漢；上引一段文字便是寫眾人分批上山。這樣一段看似屬於交代性質的過場文字，金聖嘆卻於各人名下仔細的以新、舊加以註明，然後他總結出作者寫這五起廿八位頭領的方式，而這五隊人馬，沒有一次的寫法相同。

　　這固然是細讀（close reading），但是名之以細讀則實在也無法解釋金聖嘆何以在此處用心，所以只說中一半；金聖嘆穿透文字深掘出新舊之間排列的錯落有致，在指出作者於文字安排中體現出一種形式上的美感──而顯然與中國的對仗極有關係。尤其是三與四相對、二與五相對，雖然第一起的敘述在此有落單之虞，但是就其新舊間雜的組成而言，本身即是對仗之例。歷來於對仗的要求，在詩歌裡自是無庸多言，而即使在散文中的多處，作為一種修辭手法，對仗仍時時可見。〔註100〕

　　前文在談到章法、句法時，已經約略指出對偶原則是其內在重心；這其實已經一定程度上說明了對仗如何在敘事文中發生作用。詩歌由於格律上的精煉，使得人們不難一眼即可由形式上分辨出對仗的作用，（這頗類似金聖嘆對句法的指稱）而對仗於章法中的作用，就必須打破文本原始的章節安排，重塑出包含著一個或至數個事件不等的單位，進而於其中進行辨認的程序。金聖嘆於《水滸》第五十二回的回首總評中這樣說：

> 此篇又處處用對鎖作章法，乃至一字不換，皆惟恐讀者墮落科諢一
> 道去故也。

於當回中夾批裡，便可清楚的得知金批之意。金聖嘆注意到在此回中有幾句話是重複出現的，如李逵暗殺羅眞人所言：「這個人只可驅除了他」，與後文戴宗央告羅眞人救李逵時，眞人也說：「這等人只可驅除了罷」，二句幾乎相同。又如李逵就曾一先一後分別對戴宗與羅眞人說過：「卻如何敢違了你的言語」。在以上這些地方，金聖嘆都批著：「與前對鎖作章法」，暫不論他認為作者所以如此安排的理由是：「惟恐讀者墮落科諢一道去故也」〔註101〕，這樣的

〔註100〕此處不免聯想起八股文精密而複雜的「股對」。顧炎武《日知錄》：「每股之中，一反一正，一虛一實，一淺一深，其兩扇立格，則每扇之中各有四股，其次第之法，亦復如之。」（蘭州：甘肅民族出版社，1997年11月），頁738。後文將續對此有所申論。

〔註101〕「讀者墮落科諢一道去」──只把這些相似當作一種無謂的玩笑，就不能領

理由是否盡然合理；此處的「對鎖」二字透露出，他在行文之中辨認出二者遙遙相對的態勢，而其成立之條件則是二者的相似，或竟至於完全相同。

這樣的讀法於《水滸》中屢屢出現，或在大段落處、或在極細微處。小說寫武松以武大屈死卻告不得西門慶，獄吏以「尸、傷、病、物、蹤」五件齊得，方纔能夠成立告官的條件予以搪塞；金聖嘆下批：

> 忽與「潘、驢、鄧、小、閒」作對，真乃以文為戲。〔註102〕

所謂「潘、驢、鄧、小、閒」乃是王婆、西門慶兩人各懷鬼胎的對談，位於第廿三回內，令人記憶猶新。話猶未已，金聖嘆於後文中又敏銳的捕捉了另一次話語形式上類似的說法。此二處不過相距兩回，尚有下例：

> 上文雷橫娘云：「若這個孩兒有些好歹，老身的性命也便休了。」此
> 忽云：「若這個小衙內有些好歹，知府相公的性命也便休了。」閒中
> 作一關鎖，兩傳遂成一篇。〔註103〕

看來，只要一被他尋著相似／相同的條件，接下來就是——幾乎可以成為一種欣賞——看他如何同中求異、異中求同的表演，將這兩者顛倒反覆的觀察，最後得出一己結論，而幾乎可稱為「無孔不入」式的閱讀。這種閱讀一方面似極其慎重，因此不僅篇幅甚多，而且再三申言何以如此，縮合兩方據此大發議論；一方面其成立的理由僅僅是二者某種程度上的相同，又似極其玩世不恭。

（一）文本重構

而一旦執定這樣的檢視標準，小說但有兩軍對壘、雙方征戰，舉凡與「二」有所牽扯，金聖嘆便極力往作者筆鋒如何來回彼此，而得以兼顧雙方的描寫著眼。

> 矮虎、三娘本夫妻二人，而未入此回，則夫在此，妻在彼；既過此
> 回，即妻在此，夫在彼。一篇以捉其夫始，以捉其妻來終，皆屬耐
> 庵才子戲筆。〔註104〕

金聖嘆首先提前告知讀者，王矮虎、扈三娘終成夫妻的身分。然後，評點者的位置是極其有趣的，他似乎在某處好整以暇的端坐，一邊賞談作者技法的

略作者「將欲避之，必先犯之」的苦心操作了。

〔註102〕《金批水滸》第廿五回夾批，頁408。
〔註103〕《金批水滸》第五十回夾批，頁254。
〔註104〕《金批水滸》第四十七回回首總評，頁206。

操作，一邊邀請讀者與他加入，以欣賞作者如何將原來或在此、或在彼，互不相識的兩人，安排他們分屬敵我的雙方，而後再開了他們夫妻小小的玩笑，先寫夫被妻所捉，再寫妻爲林沖所敗，讓他們各自被敵方所捉。金聖嘆完全由對偶著眼，眼光始終不離這對仗的彼此，然後欣賞了作者對形式有意的操縱與撥弄。

　　梁山勢力逐漸坐大，其勢必然驚動朝廷，而梁山鄰近村落亦復各自不安。小說自後三分之一始，或寫梁山收服其他的山寨，或出現梁山大軍與朝廷軍隊爲數不等的戰役。二軍對壘之時，金聖嘆的目光就緊緊鎖定敘述人如何雙寫兩造的軍容與應敵對策等。所以當呼延灼領兵進攻梁山一節，金聖嘆批曰：「此下凡兩段文字，此一段詳梁山，略呼延；後一段，詳呼延，略梁山。」〔註105〕他總是雙扣彼此，從而發現敘述人詳略輕重的互有轉移，而後，最終彼此仍舊回到一均衡的態勢。

　　不過，並非總是如此輕薄，總是以文爲戲；史進、魯達雙陷華州府，宋江急切間救不得兩人，正在憂急之際，吳用探得宿太尉將領御賜金鈴吊掛來西嶽降香，遂定計喬裝太尉以賺賀太守入彀。是日宋江率眾至渭水截住官船，雖云禮數週至，卻行威逼恐嚇之實，就要請宿太尉下船登岸。兩方船隻對壘，金聖嘆便細細分析作者如何處理如此場面。第一段先由吳用表明來意，與對方客帳司應答，此時宋江只是立在船頭不發一言；金聖嘆批曰：「此第一段宋江不開言，悉是吳用說，妙筆。」下又云：「分明以吳用抵對客帳司，以宋江抵對太尉，賓主正副，筆筆畫然。」直至雙方僵持，梁山人馬以弓箭威逼，情勢顯已十分緊急，至此，宿太尉只得出艙至船頭上坐定，此時，就全由宋江說話，與宿太尉相互答應；金聖嘆又批：「已下第二段，吳用不開言，悉是宋江說，妙筆。」〔註106〕

　　金聖嘆的觀察可謂十分準確的，其實不外乎就指出能夠他發掘作者安排的用心：朝廷官府處理緊急事件自有一定程序，宿太尉本不致輕率露面；但宋江隱然也是一方霸主，梁山英雄顯然也不肯自低身份，因此，當對方層級太低之時，他始終靜默不發一語，而悉由吳用處理，直至宿太尉現身，宋江此刻方出言應承，在此轉接之際，寫得自然之極。金批：「賓主正副，筆筆畫然」，顯是他透過形式的排比，在一片詭譎不安的氣氛裡，指出了當中作者有

〔註105〕《金批水滸》第五十四回眉批，頁305。
〔註106〕以上數語皆見《金批水滸》第五十八回夾批，頁362。

意的安排。另外，對偶的趣味也不能止於此，在分成兩段的敘述中，第一段宿太尉起初堅持不肯出面，吳用與客帳司舌戰不下，宋江忽搖動旗號，調遣埋伏四周的弓箭手現身，驚走氣燄頗高的客帳司；金批：「此一段用吳用與客帳司問答，忽換宋江傳令作尾。」第二段，宿太尉現身，宋江懇請太尉登岸，宿太尉心存顧忌，頻以他語推託，此時吳用開言，喚潛伏於官船四周的小筏現身，以威逼宿太尉；金批：「此一段與寫宋江太尉問答，忽換吳用傳令作尾，又一篇真正奇絕章法。」我們看見，金聖嘆始終尋找挖掘著隱伏於敘述線裡的對偶趣味，如此便形成前後交錯掩映的美感，可簡化如下：第一段，吳用—客帳司→宋江；第二段，宋江—宿太尉→吳用，作者不僅體現著繁複的形式的美感，除兩兩相對之外，尚有末尾的對仗；況且這其中亦有身份職等的隱祕考量——宋江儼然已經是雄據一方的草莽霸主，而遙遙與京師太尉分庭抗禮了。

續見下例：

> 林沖差撥管營處都有書信、銀兩，武松兩處都無，宋江牢子有，節
> 級無。寫出他一個自愛，一個神威，一個機械，各各不同。〔註107〕

林沖、武松、宋江三者皆被刺配流放，林沖在第七回，武松於第廿七回，宋江於第卅七回；金聖嘆此批則位於第廿七回。然而，此批一出，不僅帶著讀者回憶了「林教頭刺配滄州道」，又提前經歷「及時雨會神行太保」。顯然，這樣的對照，遠遠已非前例之「以文為戲」或「賞究形式」而已，也間接暗示著：三者當中皆有一相同的機制——因犯罪而離家——起著作用。金聖嘆即根據此線索（相同）比較了小說人物各自不同的遭遇，並且透出一個訊息，即使是處於相同模式的運作下，三個人物對於所處情境而選擇的不同處理方式，則深刻的反映出各人不同的性格來。

因之，我們可以綜合以上各個例子發現，透過「對偶」的觀察，金聖嘆已經是運用著「對照」的方式在閱讀。於是，順著對偶的雙方，金批已經帶著讀者走向不是形式的他方。凡有文字或情節上的雷同，或於大段落中運作著相似的模式，我們就會看見他跨越了小說線性歷時的（diachronically）敘述，作出空間性共時層面的比較。

> 此書每於絕大文字，偏有本事一字不相犯。如武松遇虎，李逵又遇
> 虎；金蓮偷漢，巧雲又偷漢是也。乃偏於極小文字，偏沒本事使他

〔註107〕《金批水滸》第廿七回眉批，頁431。

不相犯。如林沖迭配時，極似盧俊義迭配時；鄆哥尋西門，極似唐
牛兒尋宋江是也……彼固特不欲十成，非世人之所知也。〔註108〕

金聖嘆認爲林沖、盧俊義的迭配是「犯」，而李逵、武松的打虎是「不犯」；
並且認爲這是作者有心的操作下所呈現的美學效果。論者儘可以質疑其分別
的標準太過鬆動、或強自說解、且存乎一心，難以杜眾人攸攸之口；但是金
聖嘆所揭出的──這些篇幅大小不等的類似──確乎是存在小說之中的。此
批記於「鄆哥不忿鬧茶肆」，是爲第廿三回夾批，此批也帶著讀者作了數次空
間的前後飛躍，或回憶已有之閱讀、或將後文事件提前告知，打亂原有敘述
順序，一方面又進入金聖嘆自己所搭造的意義鍊裡。

同樣的說法亦見於《金批水滸》的〈讀法〉裡：

江州城劫法場一篇，奇絕了；後面卻又有大名府劫法場一篇，一發
奇絕。潘金蓮偷漢一篇，奇絕了，後面卻又有潘巧雲偷漢一篇，一
發奇絕。景陽崗打虎一篇，奇絕了；後面卻又有沂水縣殺虎一篇，
一發奇絕。眞正其才如海。〔註109〕

〈讀法〉位於小說之卷首，本就充滿指導色彩。此說位於其內，又數見於情
節各處，顯然是了解金聖嘆如何閱讀之一大關鍵。他善於精準的選取相類「敘
述元」，已經頗似庖丁解牛的「解構」小說，使得原來平面的線性閱讀序列，
不免成爲塊狀的單位聚合，而在此層面上「重構」了他所分解的文本；而對
這些單位精確的比較，更是他自認爲高人一等、頗爲得意的獨到眼力。〔註110〕

又例如，著名的「武十回」裡，武松自第廿一回現身，迤邐至第卅一回
續入宋江之傳，金聖嘆發現：

「玉蘭」名字妙，與前「金蓮」二字遙遙相望，爲武松十來卷一篇
大文兩頭鎖鑰也。○武松一篇始於殺金蓮，終於殺玉蘭，金玉蓮蘭，
千古的對矣。〔註111〕

十回中先有金蓮被殺，後有玉蘭血濺鴛鴦樓的死，二者皆是由武松操刀。金

〔註108〕《金批水滸》第廿三回夾批，頁383。
〔註109〕〈讀第五才子書法〉，頁19。
〔註110〕想來他必定接受此一桂冠。他所謂的「分解唐詩」就他自道，即是以「庖丁
解牛」自喻。況且他對庖丁解牛之後的躊躇滿志，提刀四顧的神態頗爲著迷，
（參見對武松於「張都監血濺鴛鴦樓」一節最後的批語。）這其中顯然與自
己喜愛「條分而解之」的批書工作不無相關。
〔註111〕《金批水滸》第廿九回眉批，頁455。

批中的「金玉蓮蘭」之語，頗類近拆字解謎，雖不免有些迂腐氣，但是也一語中的的指出，武松二次的暴力逞兇都有意無意與兩個妖嬌女子的死亡相關連。金聖嘆的對偶閱讀雖然是極度形式上的，但是我們續將發現：在實際閱讀中，其意義似又不能止於形式而已，他屢屢的已經入侵其它的領域。〔註112〕

（二）人物品評

論者喜談金批中反映出對人物塑造深刻的認識。此說亦不能算錯，但總覺得若沒有從一個更根源的層面來立論，不免總有點到為止之憾。此處，便試圖將構造人物一節置入對偶的脈絡之中加以討論。〈讀法〉內有多條是對人物的評論，其中自然不乏金聖嘆個人主觀的喜惡；可注意的是其中也出現了為數不少的「對照閱讀」，其中最明顯的莫過於楊雄、石秀以及朱仝、雷橫二組。以前兩人為例，病關索楊雄與拼命三郎石秀，也可算作者加意經營的文字，至於楊雄殺潘巧雲一節，更是被金聖嘆拿來與武松殺潘金蓮處處對照。但，作者在這一段中安排楊雄石秀二人一起出場，也並非巧合的設計。金聖嘆批曰：

> 一路都寫楊雄直性，只是有粗無細，全是襯出石秀。〔註113〕

小說此處正是寫淫婦潘巧雲為了與姦夫裴如海私會，不免以計詓騙楊雄；然而前後文則都寫出石秀如何留心潘巧雲與裴如海二人有違常理的狹暱之舉，楊雄之粗直、石秀之精細分別如畫。二人個性上的差異發展至後節，楊雄所以怒殺潘巧雲，則完全是石秀從中以言語穿針引線，激發楊雄潛在的殺機。金聖嘆就批曰：「看他寫翠屏山，全是石秀調遣楊雄。」〔註114〕質言之，金聖嘆由二者面對相同的事件，卻有著全然不同的反應，便由此分判二人。這可見楊雄的粗與石秀之細基本上是分不開的；尤其是楊雄，在文中除了第一次現身時，作者曾對他外貌略作數語交代之外，竟是少有單獨出現的情節；但凡落單處，就輕信枕邊人耳語。金批是極為敏銳的，透過二人對比的映襯，

〔註112〕換言之，金批的對照閱讀在衝破原有的閱讀秩序之後，已經為讀者打開另扇「可能的」意義之門。以此處為例，或許金聖嘆對武松施之於二女的血腥屠殺並無任何貶斥，他的「兩頭鎖鑰」不過是藉此相同事件反襯出武松「天人」。（英雄的快意恩仇）但是，此「兩頭鎖鑰」是中性的，事實上二者的比附，不也讓我們看見在「彼既先不義」的怨怒裡，所包裹著「我自可不仁」英雄嗜血殘暴的一面。金聖嘆的閱讀給了我們另一個能指——相對於原來情節順序的——但，所指永遠是漂移的。

〔註113〕《金批水滸》第四十四回夾批，頁167。

〔註114〕《金批水滸》第四十五回夾批，頁182。

作者既寫出石秀工於心計的尖刻狠毒，也補寫書中未及明說楊雄的魯莽直接之個性。

這樣的對照閱讀同樣出現於朱仝、雷橫身上。有趣的是，美髯公與插翅虎二人一直也幾乎是雙雙出現。按二人第一次同時出現是在執行對晁蓋逮捕令之時，小說寫二人皆有出脫晁蓋之意。金聖嘆於文中屢屢標註，二人都要藉機做人情予晁蓋，但是，朱仝顯然就是比雷橫高明多了。金批：「朱仝穩住雷橫，便好自去做人情，雷橫卻又發脫士兵，要來自己做人情。以一筆寫兩人，而兩人皆活靈活現，真奇事也。」後文中又批：「朱仝得見人情，雷橫不得見人情，甚矣朱仝之強於雷橫也。」〔註115〕這樣精確的鑑定，其實得力於在相同的事件脈絡中對兩人仔細的觀察。

兩人第二次又同時面對逮捕宋江的困境，宋江與二都頭私下都十分要好，但是兩人礙於知縣聲聲催討，只得見機行事。有趣的是，此二人並不互知其實心中轉著相同的心思，當朱仝故意說要捉拿宋江之父抵罪，雷橫甚為乖覺，意識到這必然是朱仝反語，於是順水推舟出言阻止。金聖嘆顯然在兩人互有機心的此處讀得興味盎然，批曰：

　　　寫朱、雷二人句句防賊，聲聲搗鬼，令我失笑。〔註116〕

金聖嘆讓讀者仔細的玩味二人一搭一唱，幾近於雙簧的演出。此處二人的對照甚為明顯，我們也不免要相信，透過金聖嘆對幾組人物所作的對照閱讀之後，也許這真的就是作者苦心經營的效果。〔註117〕

順此對仗的原則下，只要具備有相同的條件，自然皆可作相互比較，而不必侷限於兩人一組的單位。

　　　《水滸傳》只是寫人粗鹵處，便有許多寫法。如魯達粗鹵是性急，
　　　史進粗鹵是少年任氣，李逵粗鹵是蠻，武松粗鹵是豪傑不受羈，阮
　　　小七粗鹵是悲憤無說處，焦挺粗鹵是氣質不好。〔註118〕

此處就是透過粗鹵的特質，分別對六個人的論述，也精確的指出各人何以粗

〔註115〕皆見於第十七回夾批。

〔註116〕《金批水滸》第廿一回夾批，頁334。

〔註117〕第二回回首總評：「此回方寫過史進英雄，接手便寫魯達英雄；方寫過史進粗
　　　　糙，接手便寫魯達粗糙；方寫過史進爽利，接手便寫魯達爽利；方寫過史進
　　　　剴直，接手便寫魯達剴直。作者特地走此險路，以顯自家筆力，讀者亦當處
　　　　處看他所以定是兩個人，定不是一個人處，毋負良史苦心也。」也是一組明
　　　　顯的對照。

〔註118〕〈讀第五才子書法〉，頁20。

鹵之緣由，而這又是各各不同了。另一個甚爲複雜的對照，卻是環繞對宋江的閱讀而展開。

　　一般我們熟知金聖嘆常常以李逵之天眞爛漫，與宋江之權謀奸詐相互對照，尤其在宋江假意辭讓的言語之後，往往便接李逵心直口快之論。〈讀法〉：「只如寫李逵，豈不段段都是妙絕文字，卻不知正爲段段都在宋江事後……蓋作者只是痛恨宋江奸詐，故處處緊接出李逵朴誠來。」這大約可視爲「反對」之例。但是另一與宋江極爲緊密的晁蓋，殊不知也正是如此。金聖嘆每每也將二人對舉：

> 寫宋江入夥後，每有大事下山，宋江必勸晁蓋：「哥哥山寨之主，不可輕動。」如祝家莊、高唐州，莫不皆然。此作者特表宋江之凶惡，能以權術軟禁晁蓋，而後乃得惟其所欲爲也。〔註119〕

金聖嘆屢屢指出兩人行事風格：晁蓋直、宋江曲。這種分判尤其在二人面對相同事件中特別清晰，因此宋江工於心計之權謀處，便是與晁蓋無心機處對照出來。以此處來說，宋江請纓自命看似勞苦，意欲搶功是實，由此逐步侵蝕晁蓋的第一把交椅。另一次更爲有趣的對照，則是在山寨第一次排座次時，小說寫宋江再三謙讓晁蓋，自己坐了第二把交椅，接下來宋江說：「休分功勞高下，梁山泊一行舊頭領去左邊主位上坐，新到頭領去右邊客位上坐，待日後出力多寡，那時另行定奪。」〔註120〕看似極爲恰當的一番言談，金聖嘆卻大罵宋江不義，因爲他認爲此舉正是宋江要在晁蓋面前顯示，山寨中多數的頭領多是自己帶上山來，以爲稍前略居下風的讓位之舉扳回一城。金聖嘆之獨惡宋江或並非無的放矢之論，他確實透過晁、宋二人之對照，得出對二人一正一反的評價。

　　另一個較爲隱晦的組合是宋江與吳用。

> 吳用定然是上上人物，他奸猾便與宋江一般，只是比宋江卻心地端正。〔註121〕

說吳用、宋江一般聰明、也同樣工於心計，二人但有程度上不等的分別而已，因此兩人也頗爲相知。金聖嘆尤其在晁蓋歸天，宋江暫坐第一把交椅之時，以及盧俊義活捉史文恭之後，這兩處攸關山寨之主的選定，特別留意吳用與

〔註119〕《金批水滸》第五十一回回首總評，頁258。
〔註120〕見《水滸》第四十回。
〔註121〕〈讀第五才子書法〉，頁20。

宋江兩人的談話。〔註122〕此二處所以產生困境，皆因爲晁蓋臨終之前有「若那個捉得射死我的，便叫他做梁山泊主。」的遺言所致，尤其是史文恭既爲盧俊義所捉，宋江如何再能名正言順自居山寨之王，的確難以自圓其說。金聖嘆反覆強調，在宋江假意推託之後，便寫吳用勸進之言；吳用顯然不是不知宋江之心──二人頗爲惺惺。〔註123〕吳用勸說無效，小說緊接著寫吳用以眼神暗示，輪到底下眾人出語勸進，金聖嘆連批：「寫兩人同惡共濟如鏡。」

　　由此觀之，宋江之智慧恐不在智多星之下，彼此斤兩也心知肚明。〈讀法〉中有數則專論宋、吳二人，如：「兩個人心裡各各自知，外面又各各只做不知，寫得眞是好看煞人。」此非金聖嘆無意得之，正是透過對偶閱讀，指出兩人心思細密與用心之巧。置入對偶的脈絡下觀察，此二人可說是「正對」絕佳之例。〔註124〕

二、對稱：賓主旁正

　　劉勰說：「造化賦形，支體必雙，神理爲用，事不孤立。」（《文心雕龍・麗辭》）由形成對偶關係的雙方，架構出一和諧的對稱關係。對金聖嘆來說此一二元的結構，爲律詩打造了一至爲完美的表述形式〔註125〕，也最容易於其中辨認出對偶的運作；但就一向被輕視的稗官而言，也因爲懂得融入對偶於

〔註122〕金批：「此書每寫宋江一片奸詐後，便緊接李逵一片眞誠以激射之。」（四十一回回首總評）金聖嘆的觀察十分準確，這兩次大關鍵處，在宋江說話之後果然緊接著就是李逵直言不諱的發言。這也就是〈讀法〉中所謂的：「背面敷粉法」。另，張漢良先生有言：「在心理層次上來說，李逵是宋江的潛意識，代表懵懂未開的童稚狀態，代表基本慾望驅力強烈的『本我』（Id）；而理性的、道德的、甚至狡黠的宋江則代表人的意識。人的這兩面結合在一起，一直到水滸幻滅，在原地神化。」見〈「水滸傳」的主題與有機「結構」〉一文，收入氏著《比較文學理論與實踐》（臺北：東大圖書公司，1986 年 2 月）頁191～192。也與金聖嘆一般都對作者特殊的藝術設計極爲留心，只不過張先生續又將之置入另一個脈絡，使之出現寓意。亦可相互參看。

〔註123〕據此，當我們看到繁本《水滸》結局，吳用最後自縊於宋江墓前，恐非隨意之筆。

〔註124〕另一個常被忽略之正對例子則是宋江與戴宗。金聖嘆批曰：「又學宋江說好話，又學宋江使銀子，寫得戴宗便活是第二宋江。」（四十三回夾批）便是語帶譏刺的指出宋、戴二人只會靡以銀子結人。此外，亦有其它可見的多例，如：楊志賣刀／林沖買刀；魯智深拳打鎭關西／武松醉打蔣門神；武松打虎／李逵殺虎等，此處即不一一論述。

〔註125〕「《三百》猶先爲詩，而後就刪，唐律乃先就刪而後爲詩者也。」見〈貫華堂選批唐才子詩序〉，《全集》冊四，頁 34。

各敘事層面,而爲此小道注入一股全新生命。只是,對偶在小說中之操作不免最爲隱晦,而這又不是任一文評家能力所能負擔,金聖嘆將批書視作其最爲自得的志業,披沙揀金、刮垢磨光,其成就感有很大一部分來自於此。

(一)主──從:一筆不漏

換言之,深入敘事文體內部結構,將發現由對偶所轉化出的面貌──種種藝術技巧,將於其中發生作用。因之,我們發現金聖嘆總愛由「二」來關照、解析,前文中所談的章法、句法,律詩之起結,以及前一節中所指出的涵括事與人的犯與避,都不免是此一思考進路下的產物。然而,對偶的越趨精緻,則又導致現象一定程度之複雜,而不必拘於「對稱」一端。

> 篇中凡寫梁中書加意楊志處,文雖少,是正筆,寫與周謹、索超比試處,文雖絢爛縱橫,是閒筆。夫讀書而能識賓主旁正者,我將與之遍讀天下之書也。〔註126〕

此例前文已經有所分析,茲不具論。金聖嘆此處就是由「二」,對敘事主線展開辨認的程序,而得出正筆、閒筆之區分,又如:

> 打鄭屠忙極矣,卻處處夾敘小二報信,然第一段只是小二一個,第二段小二外又陪出買肉主顧,第三段又添出過路的人,不直文情如綺,並事情亦如鏡,我欲刳視其心矣。〔註127〕

魯智深三拳打死鎮關西原是小說中極精彩、熱鬧的敘述,但金聖嘆所關照的卻是在熱鬧之外的閒筆,並細細分說作者閒筆所到之處──由報信的小二起始,凡作三次而逐筆將視點由單人擴大至所有人群。他的結論是,作者分別透過動(打鄭屠)、靜(圍觀人群)的關照,由此而能對事件有全面的照顧(事情亦如鏡)。

可注意的是金聖嘆所說的「事情如鏡」一語,現實世界的許多事情總是同時同步發生的,小說家如何摹寫現實就是一門可觀的技術,正筆與閒筆之運用,實源於小說家對敘事的精準掌握,既能對主要場景作出描述,復能對焦點之外的人事有所關照。就這統合於更高層次的「一」而言,其實無所謂正筆、閒筆之分的,但落於第二層,或可稱爲形式表現的層次,就有著所謂緩急、輕重、正閒的區別,順此,回視引文,我們才能夠理解金批,以「事情如鏡」一語稱讚敘述者對整體事件主/次要之兼顧,亦復針對表現層次上

〔註126〕《金批水滸》第十二回回首總評,頁203。
〔註127〕《金批水滸》第二回回首總評,頁66。

的用筆發言，才會說：「文情如綺」。

　　回到問題脈絡；但凡作者敘述「一筆不漏」便罷，否則就一個優秀的作品而言，對於偶有的「例外」而言，緊接著就必須考慮這是否成為作者匠心的展現，因此隨即就是針對這「筆補造化」的層次，探討其筆法如何呈現、如何彌縫等等技巧；由此觀之，金聖嘆所提出種種「法」的論述，咸信有一大部分都應置入此脈絡下討論。〔註128〕至於所謂一筆不漏的標準何在，當然這是一個人言言殊的提問，不過就金聖嘆而言，顯然還是與他的對偶閱讀緊緊聯繫，例如，我們就可以由魯智深打鎮關西，析出動靜二元；由楊志索超之比試析出正閒之筆。〔註129〕

　　於是，問題至此已經明朗：但凡是一方偏盛（有起無結）的敘述出現〔註130〕，根據對偶閱讀，我們就應該於他處發現這目前失落，但的確應該存在的環節。試舉一例，梁山泊因宋公明終於上山入夥，眾人不免擺筵大醉，小說寫宋江在席中回憶尚在鄆城時，甫聽聞晁蓋等初據水泊而力敵官兵，心中由之所生的驚恐；與今日為報仇而殺死通判黃文炳的理所當然，雖然是相同的事情，卻已然有天差地遠的反應。金聖嘆下批：「將前文直縮結到今日」。小說續寫吳用說：

　　　　「兄長當初若依了弟兄之言，只住山上快活，不到江州，不省了多
　　　　少事？這都是天數註定如此。」宋江道：「黃安那廝，如今在哪裡？」
　　　　○已隔數卷，至此忽問，可見此書一筆不漏。晁蓋道：「那廝住不夠兩三個
　　　　月，便病死了。」將今日直縮到前文。宋江嗟歎不已。

按團練使黃安即晁蓋等初入水泊時所捕獲的軍官，宋江當時人在鄆城當差。作者利用宋江的有此一問，將小說第十九回兵敗黃安之事重新提起，（也同時提醒讀者）不但是解決宋江前次聽聞晁蓋等捉得黃安心中產生的懸念；也不露痕跡的交代了黃安可悲的結局。金聖嘆顯然對此一設計極為留心，其意以為小說透過宋江之撫今追昔，流暢自然的補寫前事。他所說的「將前文直縮

〔註128〕導因於單線敘述之限制，其實不能不有對完整事件之選擇與切割，因此並無
　　　　所謂「全面」的呈現──咸信金聖嘆意識及此；不過，他也另外要求的另一
　　　　個問題，亦即作者所寫出來的字句，與結果比較，是否都具有意義？
〔註129〕換言之，每一個人對於「好」皆有一個標準，只要能夠達到各人心中的標準，
　　　　就是好小說了。
〔註130〕優秀的作品是不能有此缺點的，否則就不能稱之為「精嚴」；《水滸》自是精
　　　　嚴之文。

結到今日」與「將今日直縮到前文」二句，正是確切的指出作者巧妙設計，而無視於敘述上時間的掣肘，即使連此一微末不足道的配角，既有起就必須有結，對他的結局也不能輕輕放過。

與此相類似的例子，如小說寫「卻說呼延灼大獲全勝，回到本寨，開放連環馬，都次第前來請功。」金聖嘆於「連環馬」之句，下批：

> 如此等句，必不肯漏，不爲此書長處，只因必漏此句，乃他書短處，
> 遂令此書獨步也。〔註131〕

既是馬馬連環，戰前則有一鐵環連鎖的描寫，金批更特意指出收兵之後放開鐵鎖連環的交代。〔註132〕此處所說就再明白不過，何以金聖嘆屢屢往此處著眼，這或者不必然是《水滸》寫法之精嚴；反而透露出文評家自家的在乎之處，正是清楚的反映出閱讀者本身審美鑑定的標準。

再看一處極細微處的觀察：

> 一百八人，有正出身便畫者，有未出身先畫者；有已出身卻不畫，
> 少間別借一人眼中畫出者。奇莫奇於時遷，在四十五回出身，直至
> 此篇方與一畫也。〔註133〕

此處所區分出的三種方式，無論小說家呈現手法爲何，不免都指向人物與其音容笑貌，二者之平衡搭配。顯見金聖嘆在根源處認爲二者缺一不可，因此，才對作者隔了十回方借湯隆口中畫出鼓上蚤時遷的外貌身形，有如此強烈的感知。

林沖誤入白虎堂爲高俅陷害，彼時魯智深已與林沖論交，但是小說之敘述線始終停留於林沖如何一步一步踏入陷阱，其時無法兼寫好友魯智深同一時間內的反應。金聖嘆有識於此，因之特別注意作者如何巧妙的將此段文字補敘於後：

> 又如前回敘林沖時，筆墨忙極，不得不將智深一邊暫時閣起，此行

〔註131〕《金批水滸》第五十四回夾批，頁311。
〔註132〕另一個極爲有名的例子則是《西廂記》張生。一本二折寫張生自見了鶯鶯，可謂魂飛魄散、自然一夜無眠。直挨到天明至見了法聰和尚，劈臉便說：「不做周方，埋怨殺你個法聰和尚！」金聖嘆批曰：「卻是異樣神變之筆，便將張生一夜中車輪腸肚總搠出來。使低手爲之，當云：來借僧房，敬求你個法聰和尚，你與我用心做個周方云云，亦誰云不是【粉蝶兒】？然只是今朝張生，不復是昨夜張生。」見《金批西廂》，頁53。此說不僅照顧人物前後之心理流動，更將筆墨全在言外表現出來。
〔註133〕《金批水滸》第五十五回夾批，頁325。

> 文之家要圖手法乾淨，萬不得已而出於此也。今入此回，卻忽然就
> 智深口中一一追補敘還，而又不肯一直敘去，又必重將林沖一邊逐
> 段穿插相對而出，不惟使智深一邊不曾漏落，又反使林沖一邊再加
> 渲染，離離奇奇，錯錯落落，真似山雨欲來風滿樓也。〔註134〕

在小說正文裡，魯智深由林沖出事之日述至今日野豬林的搭救，金聖嘆卜批：「文勢如兩龍夭矯，陡然合筍，奇筆恣墨，讀之叫絕。」有趣的是，就敘事的操作看來，此處的補敘手法不免十分素樸，因此，金聖嘆的稱讚就顯得有些溢美。不過，就一個把對偶關係擴大的層面看來，此處的補敘之筆，顯然是從另一個方面體現了對稱的完成，而符合了批評家心中的美學期待。

（二）後設閱讀

另外，我們也不能忘記，文評家永遠已經知道敘事最後的結果〔註135〕，因此當他事先對整個故事的最後底定樣態有所掌握時，回頭面對小說整個歷時發展程序，他不免就作出「後設閱讀」，由結局而反溯，細細揣摩何以如此的原因，由作者角度處處後設，將每一個故事環節與結果比對，並緊貼著作者意圖作出詮釋。這種後設閱讀在金批中屢屢可見：

> 原來只是陽穀縣一個破落戶財主，就縣前開著個生藥舖。伏砒霜。從
> 小也是一個奸詐的人，使得些好拳棒。伏踢武大，踢武二。近來暴發跡，
> 專在縣裡管些公事，與人放刁把濫，說事過錢，排陷官吏，伏官吏通
> 線。因此滿縣人都饒讓他些個。伏何九忌怕。那人覆姓西門，單諱一個
> 慶字……。〔註136〕

乍看金批，其實與「伏筆」之意極為類似；但是當我們深入一層思考，發現金聖嘆將敘述人介紹西門出場的說話，一句一句與後文並讀，並且為之建立聯繫；如此一來，這裡每句話照他的讀法就顯得處處機鋒——原來並非信口而言，而是處處與後文做關鎖對看。換言之，我們已經可以清楚的看出，說話人每句話都像是伏下一個「因」，而隨著故事的逐漸發展，我們將一一檢視隨後而來之「果」。正不妨如此看，金聖嘆實在是藉著故事，完成了心中絕對

〔註134〕《金批水滸》第八回回首總評，頁153。
〔註135〕如果說作者在創作時是一上帝的身分；當閱讀結束，就結局而言，每一個讀者也已經具備了對這個故事人物來說是上帝的身分。換言之：「我知道你會如何，不過你卻必須等待閱讀完成後才會知道如何。」
〔註136〕見《金批水滸》第廿三回，頁368。

的對稱美感。復見下例：

> （宋江）……爲這婆子來扯，勉強只得上樓去。本是一間六椽樓屋，
> 前半間安放一副春臺，實。凳子；虛。後半間鋪著臥房，貼裡安一張
> 三面稜花的牀，兩邊都是欄干，實。上掛著一頂紅羅慢帳；虛。側首
> 放個衣架，實。搭著手巾；虛。這邊放個洗手盆，實。一個刷子；虛。
> 一張金漆桌子上，實。放一個錫燈臺；虛。邊廂兩個杌子；實。正面
> 壁上掛一幅仕女；虛。對牀排著四把一字交椅。實。○上得樓來，無端
> 先把幾件鋪陳數說一遍，到後文中，或用著，或不用著，恰好虛實間雜成文，真是
> 閒心妙筆。〔註137〕

對眾多物件各自所謂的虛、實的認定，完全是以後文情節敘述裡有否出現爲標準，而將各物之下細細註明，乍見之下不免嗤之機械瑣碎；殊不知金聖嘆便是透過此類的線索，成就了他心中完美的範型。此處的描寫又較上文更進一層，因爲透過作者巧妙的錦心繡口，不僅僅是將後文用得著的物件事先交代，更令人驚喜之處，還在於他將一些沒有用著的物事與之錯落成文，使得故事不只合理進行，更由於此一巧妙設計，體現出一種閱讀的愉悅。〔註138〕金聖嘆在《水滸》第廿六回「武都頭十字坡遇張青」批：

> 張青述魯達被毒，下忽然又撰出一個頭陀來，此文章家虛實相間之
> 法也。然卻不可便謂魯達一段是實，頭陀一段是虛。何則？蓋爲魯
> 達雖實有其人，然傳中卻不見其事；頭陀雖實無其人，然戒刀又實

〔註137〕見《金批水滸》第廿回，頁316。
〔註138〕類似的虛實錯雜成文之例，尚有第十五回「楊志押送生辰擔」一節中，楊志對梁中書說出的八個強人出沒的地方，金聖嘆下批：「數出八處險害，卻是四虛四實，然猶就一部書論之也，若只就一回書論之，則是七虛一實耳。」就如同正文理所分析的，凡是後文中被敘述出來的就是「實」；「虛」則反之。有四處地名在一部《水滸》中可供稽考，若就此回看來則只有一處（黃土崗）出現。他大玩此類的遊戲，「虛實」之意若不置於對偶原則下觀之，則這幾乎無甚意義可言。或有論者混同於小說虛構、真假實有之事的脈絡裡，恐不能善體金聖嘆屢屢以虛、實細細點評的用心。如廖文麗：〈金聖嘆小說評點中之虛實論〉，《竹北學粹》（1994年10月第二期）一文，就談到：「小說已成文本，其虛構性已確立，如何巧置虛實……都使整部小說不留滯於實描實寫的拖曳，並擺落冗長累贅的敘述……。」（頁17。）就是以今世對小說虛構性的認知拘束、調整金聖嘆對虛實的理解；還原金批之意，則虛實相生應視爲作者文心之巧妙展現，在最細微之處都能錯落成文，也導因於文評家的閱讀期待方能有所抉出；金聖嘆固然對小說虛構性有所討論，但此處並不與之相涉。

有其物也。須知文到入妙處，純是虛中有實，實中有虛，聯綰激射，

正復不定，斷非一語所得盡贊耳。〔註139〕

若由小說虛構處看來，則魯達、頭陀皆是虛構人物，又何須有虛實之別；而且金聖嘆又說：「魯達雖實有其人，然傳中卻不見其事；頭陀雖實無其人，然戒刀又實有其物也。」有魯達其人而作者並無交代其被卜毒之事是爲虛，此是「實中有虛」；頭陀雖然沒有於《水滸》一書中眞正現身，其武器戒刀倒眞的爲武松所用，這是「虛中有實」。金聖嘆之分判虛實，顯然沒有一嚴格的標準，認眞檢討起來則頗有扞格，我們更該越過他在這一層面上的通脫，而直指在他心目中更在乎的小說家變幻不定的敘事手法：忽爾略去魯達爲張青夫婦所毒，忽爾又詳細交代一不存在頭陀的中毒始末，所以他才說：「文到入妙處，純是虛中有實，實中有虛，聯綰激射，正復不定」，此「妙」字就是文評家本身美學期待以及此期待之完成，又是一虛實錯落間雜成文之例，但是，虛實只是一表面而隨時可變動的現象，其對偶的設計方是金聖嘆眞正著眼的內在理路——這就完全將作品籠罩在金聖嘆個人強烈的主觀意願之下了。

三、諸法的講求與對偶原則

由於作品體現了閱讀者所執定之美學期待，因此當這個閱讀角色轉變爲批評的身分，他便自覺的暴露作者結構作品時種種操作程序，這種對創作程序的還原，所觸碰的已經是一套一套的技巧，其中或可歸納出數個原則，是爲「例」〔註140〕；或可成爲後來掷管者追摩效法之總綱，則爲「法」。

所以法本身與鑑賞者的美感態度是分不開的。金聖嘆於《西廂》、《水滸》中，巧立諸法名目，固然令人眼花撩亂、眩人耳目，但眞正深入立論核心，則仍是對偶原則於其中發生作用，只不過在此處之對偶並不以其原始面貌出現，而稍稍轉了個彎，以另種面目現身。〔註141〕

〔註139〕《金批水滸》第廿六回回首總評，頁416～417。

〔註140〕這與杜預歸納出的「春秋五例」並無不同；就讀書的態度與方法上來說，金聖嘆採取的是同一套方式；另外這也牽扯著小說與史傳的複雜關係，詳下文。

〔註141〕國外的漢學家如浦安迪、吳華等皆有識於此。吳華說：「我同意浦安迪的看法，金聖嘆發現的有關組合結構與主題單元的文法有相當的重疊之處，實際上可以簡化爲少量的幾個批評概念。其中最重要的是對偶原則，它是指導文本的每個層次運作的深層組織原則，是控制，組織，分配小說人物的深層原則，從而作用於小說的情節結構和人物塑造。」（註略）見張羽譯，〈對金聖嘆小說理論的理論探討〉，《文藝理論研究》（1997年第3期），頁3。其中部份說

（一）深層美感意識的抉發

> 以踢雪烏騅吊動連環馬，以關領衣甲吊動徐寧甲，真妙絕之文。○
>
> 以一匹馬吊動許多馬，以許多甲吊動一副甲，真奇絕之文。〔註142〕

此例乍讀之，極似我們上文所分析的伏筆，不過檢視小說情節推動本身，前者卻不必然與後者有什麼必然關係。金聖嘆以妙絕、奇絕盛讚，感覺上只是由二者的相似點——都是馬、甲著眼，發現了一個也許是作者無意得之的前後關連。不過，就他看來，這顯然這是有意的設計。我們可以再看下一例：

> 有橫雲斷山法。如兩打祝家莊後，忽插出解珍、解寶爭虎越獄事；
>
> 又正打大名城時，忽插出截江鬼、油裡鰍謀財傾命事等是也。只因
>
> 文字太長了，便恐累墜，故從半腰間暫時閃出，以間隔之。〔註143〕

以此處金聖嘆所舉的兩個例子來看，祝家莊三打之後方得攻破，而三打之前虧得孫立入敵方臥底而一舉成功，但，孫立的現身又得解珍、解寶二兄弟作引；因之，三打之前必須橫插一回補敘解氏兄弟暨孫立眾人來歸水泊之事。然而，兵打大名實為解救盧俊義與石秀二人，攻至一半，宋江突染背疽，不得不撥兵回山，因此又生張順至建康取安太醫上山醫病一節。

後者就敘述時間看來並非倒敘，只是將敘述焦點移至張順身上；就前者而言，則是倒敘解氏兄弟之事，待交代完畢，則又回到攻打祝家莊眼前戰役來。金聖嘆長於分辨敘事線的移轉與跳躍，不過，就此處之「橫雲斷山法」而言，卻遠非將二者統合置於敘述動線上來討論，就上文分析，二者實為不同；他所持的理由是：「只因文字太長了，便恐累墜，故從半腰間暫時閃出，以間隔之。」反而是就閱讀心理來立說，在此層面上無論是補敘解氏兄弟打虎之事，或是轉寫張順揚子江遇劫，都成了為避免文字長篇累牘的凝滯笨重，而不得不橫生枝節，旁起一事以切斷原有之事件進行，使得閱讀能夠常保有新鮮感，或不至於被冗長的敘述壓得喘不過氣。

但是，這樣的法，由於根基於閱讀者的感受，卻很難「科學」〔註144〕；橫跨多少篇幅為過長？論者又不免指出這是金聖嘆的主觀了。至此，我們與

法是可同意的，但是有個極核心的問題卻必須先行釐清，這也是本文在第四章將要論及的：「金聖嘆在《水滸》中所發現的，是他自己的美學期待；亦或是小說客觀的結構原則？」

〔註142〕《金批水滸》第五十四回夾批，頁305。

〔註143〕〈讀第五才子書法〉，頁24。

〔註144〕前文使用「科學」的敘事學檢驗這兩個例子，其目的也在此。

前一例再相互參看，這兩處的主觀，其實不能由較為科學的敘事學分析，由此路一推進，不免有著處處荊棘之感。事實上，「以一匹馬吊動許多馬，以許多甲吊動一副甲」，與「從半腰間暫時閃出，以間隔之。」二句，前者馬與甲分別有一對多的兩處對稱；後句所謂的橫雲斷山，卻正只著眼於此雲將山一分為二的態勢──二者其實恰恰體現出對偶的美感來；就美感而發言，不免主觀。

　　易言之，我們也只能由此處看，方才能夠解釋何以他將兩個其實不那麼相同的事件，合併而同觀之。續往下分析，我們將不斷的發現金批中所揭示的法，其實難以通過科學分析，反倒是與個人主觀品味緊緊結合〔註 145〕；所以，我們的工作也不在於以刀尺裁量對錯，而在於穿透其立論，指出其中作用的美學標準來。

（二）二元的美學操作

「弄引法」、「獺尾法」可以合併觀之。

> 有弄引法。謂有一段大文字，不好突然便起，且先作一段小文字在前引之。如索超前，先寫周謹；十分光前，先說五事是也。《莊子》云：「始於青萍之末，盛於土囊之口。」《禮》云：「魯人有事於泰山，必先有事於配林。」〔註 146〕

> 有獺尾法。謂一段大文字後，不好寂然便住，更作餘波演漾之。如梁中書東郭演武歸去後，知縣時文彬升堂；武松打虎下崗來，遇著兩個獵戶；血濺鴛鴦樓後，寫城壕邊月色等是也。〔註 147〕

「不好突然便起」，「不好寂然便住」二句，這樣的理由──屬於審美的、心理的，既與主觀情緒有所牽扯，我們似乎難以進一步問為什麼。同理，王婆計說西門慶「十分光」之前，是否定要有「潘、驢、鄧、小、閒」五事在前作引；武松景陽崗打虎之後，是否定要遇著兩個驚佩不已的獵戶做結，只要一旦對其成立的理由有所質疑，不免顯得鬆散。

　　再者，由金聖嘆引：「始於青萍之末，盛於土囊之口。」（應見於〈風賦〉）所作的類比說明，我們不難察覺，他談的其實是一種由微而漸，逐步引出的手法；至於後者（獺尾），則不妨可將此理反向視之：是種從盛極層遞而下，

〔註 145〕當然不是全部，勿深求。
〔註 146〕〈讀第五才子書法〉，頁 22。
〔註 147〕〈讀第五才子書法〉，頁 23。

漸至於無的過程。二者雖是相反的過程，卻完全可以以「始、末」二端點的
確立，將二者併爲一談。

因之，不管是始於微終於盛（前）、或始於盛終於微（後），終究是一種
針對人心審美的感受作出貌似客觀的談論，此二法雖然意謂著兼顧觀賞者的
閱讀心理（層遞），卻不必然必須上升到「法」的程度，進一步成爲一種創作
上的規範。因此，我們終究必須回到鑑賞者本身的審美趣味來考慮：「弄引」、
「獺尾」都仍是對偶原則裡，互相對稱的另一方；楊志與周謹的「引」，便是
與後來與索超的激戰之盛況相對；而寫城壕邊月色之「尾」，則正是與鴛鴦樓
大屠殺相對。我們幾乎可以將之轉換爲二元的對比：前者是弱／強；後者是
熱／冷的。〔註148〕讓我們再回視金聖嘆所舉的例子：「始於青萍之末，盛於土
囊之口。」與「魯人有事於泰山，必先有事於配林。」，恰好正是形式上對稱
的兩造。「弄引」、「獺尾」雖只有標出一端，其實也虛指著其隱含了的另一對
稱端點；金聖嘆的美學趣味又再一次於此體現無遺。

（三）餘 波

最後解決一個小問題。

金批中所提出的「草蛇灰線法」十分有名，諸如林沖之花槍、葫蘆，武
松打虎之哨棒、鴛鴦樓時之朴刀、腰刀、燈、月，潘金蓮的簾子、叔叔，王
婆、西門之笑……等等多處。論者對此或浮光掠影式觸及，或逕以意象視之，
或根本無意於正視此類的批評法。其實所以無法準確，其實是無法將問題置
入適當的脈絡中處理所致；而本文所以走筆至此，則實在是因爲此「草蛇灰
線法」與本節所論有部份相涉，因此而順及之。

金聖嘆在〈讀法〉中這樣談「草蛇灰線」：

> 驟看之，有如無物，及至細尋，其中便有一條線索，拽之通體俱動。

〔註148〕既談至此，則有需要對《西廂》中所提「月度回廊」之法作一說明。金批：「作
　　　　者深悟文章舊有漸度之法，而於是閒閒然先寫殘春，然後閒閒然寫有隔花之
　　　　一人……然後又閒閒然寫『獨與那人兜的便親』。要知如此一篇大文，其意原
　　　　來卻只要寫得此一句……」（《金批西廂》二本一折總評，頁79。）此法與
　　　　弄引、獺尾二法之神似處在於都是談「漸度」的問題，但是，此法將所以如
　　　　此之由，設定於劇中人物鶯鶯千曲百折的心理層面，因此不顯得牽強；反而
　　　　因爲有此一解，引導讀者從人物本身之身分、個性來加以考量其何以如此之
　　　　原因。這便迥異於同此處所論之弄引、獺尾二法，此二法著眼於強調形式之
　　　　對稱，至於「前引」與「後獺」對於情節之發展，則顯得並無強制性，反倒
　　　　是可有可無了，也因此不免往個人主觀意願上去推想了。

「其中便有一條線索」，問題是，關於什麼答案的線索？有趣的是，若我們細尋此灰線，則每每至於最後一個就出現「餘波」、「收煞」等字，如第九回之「花槍餘影」，第廿二回「哨棒餘波」，第廿三回「笑字餘波」，第廿五回「後門……收煞」等。

　　把這最後一個「餘波」與小說正文所展開的事件對照，則此處都是各自所敘述之事的結尾，（金批林沖之「花槍餘影」，則更可視為「獺尾」）這透露出金聖嘆慣以「起結」／「始末」來董理一件看似錯雜無甚條理的敘述，使之重新秩序化。我們另可參照其他相似的處理，例如在「宋江怒殺閻婆惜」一節，金聖嘆特地於事件之起結與接連處以「春雲」標出，並且順序計數，由宋江資助閻婆母子的「春雲漸展」伊始，直到宋江提刀殺人之「春雲三十展」為止。此處的評點形式幾乎與前述數例完全相同，金聖嘆用意可見於夾批：

　　　自討婆惜直至殺婆惜，皆是借作宋江在逃楔子，所以始於王婆，終
　　　於王公，始於施棺，終於施棺。〔註149〕

雖然殺閻婆惜橫跨小說兩回的篇幅，但金聖嘆自是不限於小說回目的安排，而是以特定事件為一大敘述單位，並特別留心於起始與結束，這與本文所談的對偶原則正可互相參看。此處「春雲」的逐漸瀰漫，正是與事件同時逐步發展，與「草蛇灰線」之意相當。

　　因此，所謂「草蛇灰線」，一方面說明了整個事件隱隱然透出的發展脈絡；而另方面，「灰線」也成為一個可供還原、辨認、查考事件原貌的線索，因此，我們才會看見他有意的在結束時，以「餘波」稍作提示。而這也說明了，我們不能將「灰線」單純的以意象視之，否則，將很難解釋：對於在小說第四十回「宋江智取無為軍」一節，何以金聖嘆所標出的灰線已不是物品，而成為「只見」二字。〔註150〕再者，《水滸》開始寫王進母子為免高俅迫害，棄官而逃，金聖嘆於一路以皆以「子母二人」一詞點逗，也很難逕以意象目之〔註151〕，易言之，「灰線」就是在敘述裡反覆出現（物品甚或是敘述用詞），

〔註149〕《金批水滸》第十九回夾批，頁308。

〔註150〕請參閱《金批水滸》第四十回，「只見」二字共出現十一次，由頁97～100。最後一次出現，恰是李逵欲殺黃文炳以洩恨，代表宋江與黃文炳之間的仇恨到此作一了結。

〔註151〕請參閱《金批水滸》第一回，「子母二人」二字共出現十九次，由頁50～56。「子母二人」終於王進與史進分離，小說也從此轉入對史進的敘述。

而可供以辨認全局的線索——這還是與文評家個人的審美取向有關,金批:「文章之妙,無過曲折。誠得百曲千曲萬曲,百折千折萬折之文,我縱心尋其起盡,以自容與其間,斯真天下之至樂也。」〔註152〕「草蛇灰線」的提出就是在鑑定一個事件的起結,用以確立一個完整的敘述單位。

四、小 結

金聖嘆認為律詩的文法便是起承轉合,我們可將此以創作原則視之;而他在實際批評時,卻又將律詩析之以前解、後解,而不總是以起承轉合分析;乍見,會覺得其前後說法不若相符,或覺得需要為此二說打通某種關節。不過,二者實際上並不衝突,因為起承轉合又可抽象為「起—結」,而律詩就詩人心志流動而言,也必然在此二端點之中完成。

詩歌對於對仗的要求固不待言,豈知這種講究兩造對稱的平衡和諧,於金聖嘆而言,卻又不能止於韻文的範疇。不過,想要在形式上非整齊對句的敘事文中體現對偶原則,顯然必須透過一番極大努力,這也就是文評家金聖嘆所自覺努力的工作了。

透過金批所呈現的《水滸》,我們不難由他的閱讀中,歸納出金聖嘆其實不斷的在發現符合自己美學期待的操作,或者,也不妨如此看,是他的閱讀完成了自己對《水滸》的美學期待。這種將對偶幻化為起/結;省/補;冷/熱;剛/柔;虛/實等二元,且經由在不同敘事層面上的對稱補足、或映襯對照,使他不斷據此解構作品,又隨即重構出個人精心的二元世界。為此,透過他在一些最不經意,小說中最無關宏旨的過場裡,我們都見到他鉅細靡遺的評點活動。

可以試圖描述他心目中的《水滸》範型——應是一個交雜著眾多人物的列傳,不過卻藉著作者精密的操作,讓各個人物、事件彼此牽連縮合,而這一切又都同時收束於《水滸傳》這一題目裡,使之呈現出一精嚴的結構體。著眼於這一套極為精密複雜的操作技術;因此,所以金聖嘆大談「文法」,就不令人訝異了。〔註153〕至於他所執定的檢視標準,與他所在乎的美學期待,二者實密不可分,所以屢屢往「形式」再三致意,務求文字敘述上齊整、呼

〔註152〕《金批西廂》三本三折回首總評,頁140。
〔註153〕類似早期大陸學者喜談的「金聖嘆是反動文人嗎?」、「金聖嘆贊不贊成農民起義?」這些議題與其目之為對金批的討論,不如反思是否與個人/時代的聯繫更為緊密些。

應，都隱隱然實踐著自己終極的美學趣味。

下一章裡，將繼續深談此一問題。《水滸》金批裡有一句令人印象深刻：

　　此處漏了一句金老回去。○魯達自己桿棒包裹亦不見。〔註154〕

魯智深因打死鄭屠在逃，而先前受他幫助的金老，以及其女之夫趙員外，此時出力許多。小說寫金老前來報信，並備敘官府有前來搜查的態勢，魯智深無奈，只有接受趙員外提議至五台山落髮出家，以避人耳目。金聖嘆慣於尋找對稱雙方，此處就讓他發現，作者但寫金老來，卻忘了寫金老離開；而魯智深打點身外之物既定，準備連夜上山，而之前隨身的武器包裹，卻不在整理之列。

這或者非關作者失筆，但由於有起無結，引起了金聖嘆的注意。顯然他必定琢磨不出作者對於此「漏筆」有其他任何之用心，否則他必定不輕易認為這是作者的失誤。雖然只淡淡批了一句，但其目光所及之處，便清楚的反映出文評家自己的審美標準，此處就不免就令自己之美感有所失衡。於是，我們可以再回頭考慮，前文所述金聖嘆對「失落了一欒廷玉」〔註155〕的憂悶了：

　　史進尋王教頭，到底尋不見，吾讀之胸前彌月不快，又見張青店中
　　麻殺一頭陀，竟不知何人，吾又胸前彌月不快；至此忽然又失一欒
　　廷玉下落，吾胸前又將彌月不快也。豈不知耐庵專故作此鶻突之筆，
　　以使人氣悶。〔註156〕

王進投老種經略相公處以避高俅之禍，後事到底如何，未曾交代，小說隨即接筆轉寫史進，將王進視為一引子似也未嘗不可；頭陀的塑造，完全為武松扮行者出力而生，作者也未必需要再交代其出身名姓；而欒廷玉既已由宋江口中得知已死，也算得是有起有結。此處金聖嘆的不快，完全是極為個人的，也只有他能夠一一揭出小說此三處，或有起無結、或有結無始的缺憾。我們看他面對如此失衡的無以自解，而轉念成一種自我的寬慰勸說，把這樣的氣悶當作是作者下筆時有意的操縱。面對這一曲折之曲折，只會讓我們更清楚的瞭解，其內在的美學趣味是多麼不能動搖。

〔註154〕《金批水滸》第三回夾批，頁83。
〔註155〕參見本章第一節中的討論。
〔註156〕《金批水滸》第四十九回回首總評，頁230。

第四章　金聖嘆閱讀理論重構——
Ⅱ、作者、文本與讀者

> 閱讀時我們不能不開放自己，向語言的慾望開放，向那「不存
> 在」，與自身迥異的「異己」開放。
>
> ——德希達〔註1〕

　　本章我們將對金聖嘆閱讀理論的潛在預設：作者、文本與讀者的定位作
一考察。並希冀能夠走得比金聖嘆更遠，在那些已經不止一位的研究隊伍之
後，試圖爲他的文評事業作出更好的瞭解與掂量。評點自是一場多音混雜的
對話活動，對於這些已被記錄下來的種種，自本章起將以一個「批評的批評」
之論述基調予以介入。另外，在處理部份議題時，我們將需要回到前章所論
述的閱讀理論脈絡，因而在申論過程中，也會不可避免的會對這個部份有所
補足。

第一節　才子與才子書

一、六才子書所反應出的才子特質

　　金聖嘆所謂的「才子」其實無非就是作者之謂，此殆無可疑；但他所以
迤以才子之號稱之，又顯得他似欲藉著才子之名號來凸顯出個人所看重的某

〔註1〕　〈德希達論解構〉（訪談錄）奚密譯，見《當代》（1986 年 8 月，第四期），頁 28。

些特質，也因此，他也將作者所完成的著作亦逕稱為「才子書」。金聖嘆說：「究何者為古之才子？究何書為古之才子之書？曰：惟莊周、屈原、史遷、杜甫、施耐庵、王實甫，實古之才子；而《莊子》、〈離騷〉、《史記》、杜詩、《水滸》、《西廂記》，乃為古之才子之書。」〔註2〕金聖嘆是一文章評家，評點中所反映出的文學思想與審美趣味，自是吸引多數論者的眼光；殊不知，他也是個文章選家，而且就與歷來選家無二，六才子書的確立，也必然透露出其評選的標準。透過對作品衡定標準之分析，我們由此當可畫出他心目中才子書的完整圖像，以及其疆域。

才子，當具非常之材，此似乎不言可明，無非常之才、非常之能，就不足以駕馭其天份，並且創造奇蹟。因此，才子當然就是具備非常之才的能者：

> 才之為言，材也：凌雲蔽日之姿，其初本於破核分莢，於破核分莢之時具有凌雲蔽日之勢，於凌雲蔽日之時不出破核分莢之勢，此所謂材之說也。〔註3〕

金聖嘆借用了樹木之「材」對此加以說明：此才於破核分莢之時微露其端，如幼苗初出掙開土壤，雖只稍見其態，但其質量之精純，卻絕對已經具備日後長成的凌雲蔽日之姿；準此，當此樹苗壯生成，也仍不出其初生時已然充備之百分百的資質。

才子是要作文的，因之，我們不妨先瞭解金聖嘆如何來談文章，有一段說法極有意思：

> 今夫文章之為物也，豈不異哉！如在天而為雲霞，何其起於膚寸，漸舒漸卷，倏忽萬變，爛然為章也！在地而為山川，何其迤邐而入，千轉百合，爭流競秀，盲冥無際也！在草木而為花萼，何其依枝安葉，依葉安蒂，依蒂安英，依英安瓣，依瓣安鬚，真有如神鏤鬼簇、香團玉削也！在鳥獸而為翬尾，何其青漸入碧，碧漸入紫，紫漸入金，金漸入綠，綠漸入黑，黑又入青……然而終亦必然者，蓋必有不得不然者也。至於文章，而何獨不然也乎？〔註4〕

此處他用了自然界的許多事物來比擬，諸如雲霞、山川、花萼、翬尾，等等事物。細玩之，這些都是非常中性的形象，並沒有對斑斕花紋、絢麗的色彩刻意強調。不過，可注意的是金批意欲指出：在這些看似極為平常而自然的

〔註2〕 〈與李東海〉，見《金聖嘆尺牘》，頁64。標點為筆者所加。

〔註3〕 《金批水滸》〈序一〉，頁4。

〔註4〕 《金批水滸》第八回回首總評，頁152。

事物裡，卻充滿著人們所不熟悉的驚奇——原來，雲霞、山川之態，花萼、翬尾之姿，每一自然物所透出的便是天地造化的鬼斧神工。金聖嘆一連以數個「何其」提問，意在說明這一切是多麼的不容易，又看似是多麼的「容易」；若將這一切看似如是的自然，設想是某一造物者的傑作，則不免對他何以將這一切安排得如此恰到好處、如是妥貼，而讚嘆不已了。在此總評的後段裡，金聖嘆又繼續論述道，自然界事物不必然都是如此美觀，也可能有失敗的製作；一語及此，他立刻將視點拉回作書人身上——這也是他的另個重點——對那些「不惜筆墨，到處塗抹，自命作者」的鄙儒，大加撻伐。

　　金批將人爲的文章與大自然同樣喻擬爲一製作物，聯繫「動植皆文」與「人文之元」二者，就是它們都存在著一個（被）「製作」環節；這意味著我們在文學藝術品所感受的任何自然的感覺，都是經過人爲複雜的程序操作的成果，絕非信手拈得。所以這就是他一再申言的「文法」了——所謂「臨文無法，便成狗嗥」。於是，當他回到作者身上，對於才子之才，也清楚的有所界定：

> 又才之爲言，裁也：有全錦在手，無全錦在目；無全衣在目，有全衣在心。見其領知其袖，見其襟知其帔也。夫領則非袖，而襟則非帔，然左右相就前後相合，離然各異，而宛然共成者，此所謂裁之說也。今天下之人徒知有才者始能構思，而不知古人用才乃繞乎構思以後，徒知有才者始能立局，而不知古人用才乃繞乎立局以後，徒知有才者始能琢句，而不知古人用才乃繞乎琢句以後；徒知有才者始能安字，而不知古人用才乃繞乎安字以後，此苟且與愼重之辯也，言有才始能構思、立局、琢句、安字者，此其人外未嘗欽式於珠玉，內未嘗經營於慘淡，隤然放筆自以爲是，而不知彼之所爲才，實非古人之所爲才，正是無法於手而又無恥於心之事也。〔註5〕

繼方才巧借「材」字以說，現下他又以另一同音字「裁」——取其裁量之意，象徵作者對文章安排佈局、鍊字鑄意的苦心經營，復以製衣爲例，指出操刀尺者既能控掌全局，又對成品各部能有準確的協調，其中亦暗用東坡成竹在胸之典。然而，若只是如此，卻又不待金聖嘆曉曉多說，其意在更推進一步，作者之「裁」不止是命題安意而已，幾乎已上升至作者對文章內任一組織的構架，都有其苦心深意；這便是他說的，有才者不僅僅止於「構思、立局、

〔註5〕　《金批水滸》〈序一〉，頁4。

琢句、安字」，還必須「繞乎其後」，亦即是對文章全面整體的關照；作者儼然已然是其製作之造物主，而製作物體內的任何功能作用都在他的精密計算之中。換言之，連讀者可能產生種種可能的反應，也都逃不出才子的嚴密控制。

這如是苦心孤詣的製作，這樣的才子也一定吃苦：

> 故依世人之所謂才，則是文成於易者才子也，依古人之所謂才，則必文成於難者才子也。依文成於易之說，則是迅疾揮埽、神氣揚揚者，才子也；依文成於難之說則必心絕氣盡面猶死人者，才子也。故若莊周、屈平、馬遷、杜甫、以及施耐庵、董解元之書，是皆所謂心絕氣盡面猶死人，然後其才前後繚繞得成一書者也。〔註6〕

作書者無慢忽之心，亦無輕易之筆，金聖嘆以一極爲形象語來說明：「心絕氣盡、面猶死人」之後的討論中，我們尚須不斷的回到此句。總之作者必須滲透至文章中的字裏行間，刻苦的對每一字錙銖必較。既如此，我們就可順此脈絡檢視下一段，這極爲耳熟能詳之語：

> 吾舊聞有人言：莊生之文放浪，《史記》之文雄奇。始亦以之爲然，至是忽啞然其笑。古今之人以瞽語瞽，眞可謂一無所知，徒令小兒腸痛耳！夫莊生之文何嘗放浪？《史記》之文何嘗雄奇？彼殆不知莊生之所云，而徒見其忽言化魚，忽言解牛，尋之不得其端，則以爲放浪；徒見《史記》所記皆劉項爭鬥之事，其他又不出殺人報仇、捐金重義爲多，則以爲雄奇也。若誠以吾讀《水滸》之法讀之，正可謂莊生之文精嚴，《史記》之文亦精嚴。不寧惟是而已，蓋天下之書，誠欲藏之名山，傳之後人，即無有不精嚴者。何謂之精嚴？字有字法，句有句法，章有章法，部有部法是也。〔註7〕

既然才子作書是如此刻苦飽嚐艱辛，以致「心絕氣盡、面猶死人」，如此嚴密控制著作品的每一部分，其所達致的——就不是風格——便是「精嚴」的效果。而作品這樣精嚴的有序齊整之態，不管是何人所作，只要他是遵循著以上的創作法則，我們儘可忽略其文體或雄奇、或放浪的風格，風格是人人互異的，此不重要；金聖嘆所著眼的是——可說千「書」一面的——透過才子對「字有字法，句有句法，章有章法，部有部法」的操作之後，最終所體現

〔註6〕 《金批水滸》〈序一〉，頁5。
〔註7〕 《金批水滸》〈序三〉，頁11。

完成的一種美感。

二、文：才子馳騁的疆域

才子之特質既如上述，另外，我們也需對金聖嘆心目中「文」之疆域作一考察，如此更可由二者的並置對觀，進一步揭開他思想中的特質。《水滸》第四十一回寫宋公明於還道村遇險，屢次險被趙氏兄弟搜捉，文勢因此顯得跌盪起伏，金聖嘆對此極為注意，批曰：

> 嗟乎！行文亦猶是矣。夫天下險能生妙，非天下妙能生險也。險故妙，險絕故妙絕；不險不能妙，不險絕不能妙絕也。游山亦猶是矣。不梯而上，不縋而下，未見其能窮山川之窈窕，洞壑之隱秘也。〔註8〕

顯然讀者所感受之「妙」，皆是由文章之「險」生來，金聖嘆甚至以游山為例，欲窮千里目，需更上一層樓；不能行至險絕之地，就無法得觀妙絕之景。只是，當文學成為這樣的喻擬，也就暗喻著作者行文之際必須「涉險」，在作品中佈置多處的險絕之地。

> 行文亦猶是矣。不閣筆，不捲紙，不停墨，未見其有窮其盡變出妙入神之文也。筆欲下而仍閣，紙欲舒而仍捲，筆欲磨而仍停，而吾之才盡，而吾之鬢斷，而吾之目曨，而吾之腹痛，而鬼神來助，而風雲忽通，而後奇則真奇，變則真變，妙則真妙，神則真神也。〔註9〕

後半段的描述幾乎就是才子「心絕氣盡、面猶死人」的絕佳寫照。這也說明金聖嘆所目為才子者，便是運用其非常之能窮思極慮，將文章設計成險之又險的型態；而所謂的「文」，也就成為特指文章中這些曲折離奇的情節或設計。所以他才會這樣說：

> 且先生亦試思文人除不動筆即已耳，文人纔動筆，便自眼底胸前平添無數高深曲折，此殆非數十百行之得以速了者也……。〔註10〕

此「高深曲折」便是「文」，也是文人所務；才子書正不妨將此特質推向極端：

> 文章之妙，無過曲折。誠得百曲千曲萬曲，百折千折萬折之文，我

〔註8〕　《金批水滸》第四十一回回首總評，頁108。
〔註9〕　同上註。
〔註10〕　〈魚庭聞貫〉「與沈方思永啟」條，頁42。

縱心尋其起盡，以自容與其間，斯真天下之至樂也。〔註11〕

「文」既然是意指作者設計安排的手段，這同時也說明金聖嘆何以如此注重「行文之法」，而其所謂的文法、筆法等等，莫不圍繞此「文」的概念中所生而出。此中心概念一經確定，金聖嘆就要為它畫出界限，透過與其他類型的區隔，建立起文的疆域。

> ……凡若此者，是皆此篇之文也，並非此篇之事也。如以事而已矣，則施恩領卻武松去打蔣門神，一路吃了三十五六碗酒，只依宋子京例，大書一行足矣，何為乎又煩耐庵撰此一篇也哉？甚矣，世無讀書之人，吾末如之何也！〔註12〕

什麼是文，什麼是史？金聖嘆以「行文方式」為二者作出區隔。若以文人之事視之，則有《水滸》第廿八回「武松醉打蔣門神」一節，凡寫武松神威不費吹灰之力而助施恩重奪快活林等等描寫；若以宋祈修《新唐書》眼光目之，則只需有「施恩領卻武松去打蔣門神，一路吃了三十五六碗酒」一句的書寫即可。下一段則將此意說得甚為清晰：

> 夫修史者，國家之事也；下筆者，文人之事也。國家之事，止於敘事而止，文非其所務也。若文人之事，固當不止敘事而已，必且心以為經，手以為緯，躊躇變化，務撰而成絕世奇文焉。〔註13〕

可注意的是，金聖嘆之區隔小說與史傳，卻是由撰寫方式（一素樸、一極盡變化之能）來分辨；又，從他舉小說情節（施恩領武松打蔣門神）為例，來為分辨修史與撰文二者絕不相類的行文風格，就傳達出一個訊息：他在一個程度上實已模糊了史書求真徵實的本質，否則他何能以小說情節為例？這顯然是極為自我中心——獨獨以自己心目中的「文」作唯一、絕對的考量，也因此所謂的「史」，依他之意就成為以較為平板文字所書寫的歷史記錄。

不管這樣的說法是否貶低看輕了歷來崇高的史書地位〔註14〕；倒是絕對的為自己的主張服務，文人所務也就成為必須「心以為經，手以為緯，躊躇變化，務撰而成絕世奇文」為能事，文人之文絕不能是平板文字，而文章方域篇幅之內，便是才子逞其才思，施展其變化無方的筆法的場域。因之，金聖嘆持《西廂》並非「淫書」，為之申辯之理也在於此：

〔註11〕《金批西廂》三本三折回首總評，頁140。
〔註12〕《金批水滸》第廿八回回首總評，頁440。
〔註13〕《金批水滸》第廿八回回首總評，頁439。
〔註14〕「經史子集」之說，由其排列順序可知史書地位僅次於經書。

> 有人謂《西廂》此篇最鄙穢者，此三家村中冬烘先生之言也。夫論
> 此事，則自從盤古開天至於今日，誰人家中無此事乎？若論此文，
> 則亦自盤古開天至於今日，誰人手下有此文者乎？……我正謂如使
> 眞成鄙穢，則只須一句一字而其言已盡，決不用如是若干言語者也。
> 今自【元和令】起直至【青歌兒】盡，乃用如是若干言語，吾是以
> 絕嘆其眞不是鄙穢也。蓋事則家家家中之事也，文乃一人手下之文
> 也，借家家家中之事，寫吾一人手下之文者，意在於文，意不在於
> 事也。〔註15〕

觀金聖嘆之意不在分判此事是否爲淫，亦即他檢驗的標準並非落於道德層
面；他反而在強調由才子筆法所打造出一片錦心繡口之文字，都被一般讀者
所辜負，世人往往不明《西廂》之眞正價值在此。換言之，他所言之：「意在
於文，意不在於事」，其意以一更大的權威試圖超越、涵蓋原有的關注點，根
本不在原來的爭論點上打轉。

　　另外，才子之逞其筆力，講究曲折變化，自然不妨自討苦吃，而絕不以
簡單爲足，以凸顯彼非常之才；因此「將欲避之、必先犯之」之說也就由此
而出，這完全是才子以行文自娛爲樂：

> 我讀《水滸》至此，不禁浩然而嘆也。曰：嗟乎！作《水滸》者雖
> 欲不謂之才子，胡可得乎？夫人胸中，有非常之才者，必有非常之
> 筆；有非常之筆者，必有非常之力。夫非非常之才，無以構其思也；
> 非非常之筆無以擒其才也；又非非常之力，亦無以副其筆也。……
> 今前回初以一口寶刀照耀武師者，接手又以一口寶刀照耀制使，兩
> 位豪傑，兩口寶刀，接連而來，對插而起，用筆至此，奇險極矣……
> 才子之稱，豈虛譽哉！〔註16〕

〔註15〕《金批西廂》四本一折回首總評，頁161。另〈讀第六才子書西廂記法〉第三
　　　　則：「人說西廂記是淫書，他止爲中間有此一事耳。細思此事，何日無之，
　　　　何地無之？不成天地中間有此一事，便廢卻天地耶！細思此身自何而來，便
　　　　廢卻此身耶？一部書有如許鬧鬧洋洋無數文字，便須看其如許鬧鬧洋洋是何
　　　　文字，從何處來，到何處去，如何直行，如何打曲，如何放開，如何捏聚，
　　　　何處公行，何處偷過，何處慢搖，何處飛渡，至於此一事直須高閣起不復道。」
　　　　其說法甚爲一致，也都是加意著眼於文，而試圖轉移世人眼光之焦點。易言
　　　　之，他並不是分辨「此事是否爲淫」，而是以另一更大的關心點，力圖將此一
　　　　事涵蓋（或排擠）。對此更深入的探討，詳下節分析。
〔註16〕《金批水滸》第十一回回首總評，頁191。

三、小說與史傳：文人定位的確定

（一）虛構之自由

歷史是人類對過往的記錄，此句同時也意指歷史涵有相當程度的真實成份。但是在金聖嘆「文」的區隔之下，史書除了真實之外，亦特指較為素樸、平板的文字書寫；亦即就是彼缺乏文采之意。準此，金聖嘆如何看待位於史書之林的《史記》、《左傳》就很值得注意了；這是因為《史記》也位於六才子書之列，而金聖嘆又屢屢指出《西廂記》文法全由《史記》、《左傳》二書而來，二書之被稱道顯然也是在文采方面的突出，迥非史實的嚴謹呈現。這說明在金聖嘆所謂史書概念之下，仍為文人之筆保留著空間，此處則尚有待釐清。其言：

> 如司馬遷之書，其選也。司馬遷之傳伯夷也，其事伯夷也，其志不必伯夷也；其傳游俠貨殖，其事游俠貨殖，其志不必游俠貨殖也；進而至於漢武本紀，事誠漢武之事，志不必漢武之志也。惡乎志？文是已。馬遷之書，是馬遷之文也。馬遷書中所敘之事，則馬遷之文之料也……是故馬遷之為文也，吾見其有事之巨者而櫽括焉，又見其有事之細者而張皇焉，或見其有事之闕者而附會焉，又見其有事之全者而軼去焉，無非為文計，不為事計也。〔註17〕

按金聖嘆之說將所謂的「事」與「文」二者作出區隔，「文」的概念其意甚明，意指作者對題材權衡裁量，以及行文時種種的敘事操作；但是由此所畫出「事」的界線——「事」則為文之料，是才子行文之材料。但，其所論之「文」、「事」，顯然有主從之別，「事」的概念幾乎便是由文拖帶區隔，而勉強畫出其範疇，其本身似乎不存在一獨立的概念領域，略細思之，都未免對「事」說得太輕、太少。

金聖嘆也將小說與史傳相互比較，我們由此可進一步釐清他的想法：

> 《史記》是以文運事，《水滸》是因文生事。以文運事，是先有事生成如此如此，卻要算計出一篇文字來，雖是史公高才，也畢竟是吃苦事。因文生事即不然，只是順著筆性去，削高補低都由我。〔註18〕

同樣是文與事兩個概念的運用。事的概念在此略為清晰，所謂「是先有事生成如此如此」，衡諸《史記》，正是太史公書寫所本之史實，其不肯增添一字

〔註17〕《金批水滸》第廿八回回首總評，頁439。
〔註18〕同上註。

之客觀現實之謂；正因爲其有所本，受限於事件實際狀況，「文」所能著力之處便被擠壓至較小的場域，不能任意削高補低，所以他才說：「雖是史公高才，也畢竟是吃苦事」。

　　因之，對金聖嘆下段有意的「誤讀」，其理之所由出，便不難瞭解：

　　　　孔子亦曰：其事則齊桓晉文，其文則史。其事則齊桓晉文，若是乎
　　　　事無文也；其文則史，若是乎文無事也。其文則史，而其事亦終不
　　　　出齊桓晉文，若是乎文料之說，雖孔子亦早言之也。〔註19〕

「其事則齊桓晉文，其文則史。」語出《孟子》一書。孟子曰：「王者之迹熄而詩亡，詩亡然後春秋作。晉之乘，楚之檮杌，魯之春秋，一也。其事則齊桓、晉文，其文則史。孔子曰：『其義則丘竊取之矣。』」〔註20〕蓋亂世之際王者之迹熄，所存者但霸者之迹，孔子深懼當時三國史書皆不出五霸之盛事，於是筆削魯史，櫽括其褒貶之意，意欲撥亂反正而成《春秋》一書。「其文則史」此句，則意指其時之史書皆爲三國史官所記之意；但，依金聖嘆的詮釋，「其文則史」則成爲：雖是史書但仍充滿著文采之謂。這樣的說法，就恐有自出己意之嫌了。

　　不過，也因如此我們能更清楚的掌握金聖嘆之意，史書仍需要透過筆法之書寫，只是礙於本身「實錄」之性質，對於眞實的人事不能任意更動，不能「只是順著筆性去，削高補低都由我」；所以即使如史公般的才子之筆，都不免受到極大的限制，而頗有伸展不開之苦；易言之，小說家則完全沒有這層顧慮了：

　　　　嗚呼！古之君子，受命載筆，爲一代紀事，而猶能出其珠玉錦繡之
　　　　心，自成一篇絕世奇文。豈有稗官之家，無事可紀，不過欲成絕世
　　　　奇文以自娛樂，而必定張定是張，李定是李，毫無縱橫曲直，經營
　　　　慘淡之志者哉？則讀稗官，又何不讀宋子京《新唐書》也！〔註21〕

稗官如椽之筆爲「因文生事」，小說所有的情節皆是作者一心幻化而出，不必有所指實，也正因如此才子筆法就能在此任意馳騁、一無罣礙，得到最大的揮灑空間。〔註22〕

〔註19〕　《金批水滸》第廿八回回首總評，頁440。
〔註20〕　《孟子・離婁下》。
〔註21〕　《金批水滸》第廿八回回首總評，頁440。
〔註22〕　〈讀第五才子書法〉：「《水滸傳》方法，都從《史記》出來，卻有許多勝似《史記》處。若《史記》妙處，《水滸》已是件件有。」，頁18。

（二）稗官與史官

才子欲逞其筆力，其勢必須作文，然而才子之變化無方的文心卻無法獨立存在，而必須有所依附見於事中，方能在文字之中呈顯出來。易言之，稗官與史官一樣，必須先有「事」方能成「文」，如太史公般高明的才子對於其所本之事的安排與呈現，其所作所爲，正是爲金聖嘆眼中的稗官作出最佳示範。而稗官由於不必有所徵實，對於其所本之事不論是否爲實有，則更可以壓縮至最小的程度，所謄出的其餘空間，便是爲「文」所留下的疆域。

> 或問：施耐庵尋題目寫出自家錦心繡口，題目儘有，何苦定要寫此
> 一事？答曰：只是貪他三十六個人，便有三十六樣出身，三十六樣
> 面孔，三十六樣性格，中間便結撰得來。〔註23〕

一句「貪他三十六個人」，便道盡金聖嘆的想法，這三十六人便是施耐庵所本之事了。《金批水滸》書前錄有〈宋史綱〉、〈宋史目〉兩篇，上皆載有宋江其人，〈宋史目〉更曰：「宋江起爲盜，以三十六人橫行河朔，轉掠十郡，官軍莫敢嬰其鋒。」〔註24〕案金聖嘆之意似在以此指明施耐庵便是將此處史書記錄作爲其創作《水滸》之原型，相當於史官所本之事。〔註25〕不過，金聖嘆何以認爲施耐庵必然選擇這三十六個盜賊，而不將文心推至極端，自行虛構出所有的人事？這便又與他的讀法有關了：

> 《水滸傳》一個人出來分明便是一篇列傳。〔註26〕

> 蓋一百七人皆依列傳例，於宋江特依世家例，亦所以成一書之綱紀
> 也。〔註27〕

顯然金批之意，此書名爲《水滸傳》，便是傳這一百八人之奇，將各篇分開視之，則成爲一篇篇英雄事蹟，如史書列傳一般；所不同的是各篇中卻又相互干連，此應彼合，串接得天衣無縫，這是小說家雖源於史家，襲其筆法，而又能青出於藍之勝處：

> 稗官固效古史氏法也，雖一部前後必有數篇，一篇之中凡有數事，
> 然但有一人必爲一人立傳，有十人必爲十人立傳。夫人必立傳者，
> 史氏一定之例也。而事則通長者，文人聯貫之才也。……宋江傳中

〔註23〕〈讀第五才子書法〉，頁 17。
〔註24〕《金批水滸》〈宋史目〉，頁 15。
〔註25〕《金批水滸》，頁 15。
〔註26〕〈讀第五才子書法〉，頁 18。
〔註27〕《金批水滸》第十七回夾批，頁 273。

> 再述武松⋯⋯花榮傳中不重宋江⋯⋯夫一人有一人之傳，一傳有一
> 篇之文，一文有一端之指，一指有一定之歸。〔註28〕

這一百八人所結傳而成的《水滸》，不僅打破史家敘事之一人分立一傳的體
例，並且如線貫花一般，將這一百八傳結合而成一嚴密的整體。金聖嘆認爲
施耐庵之初心就是要寫出這一百八樣之人，以逞其筆力之快；既如此，就借
用了《宋史》裡所記之三十六人之事；此舉便是他所謂的「貪他三十六個人」
貪字之意。才子之生花妙筆已然精彩可期，復得此之助，自是如虎添翼，更
全其異樣色彩。〔註29〕

　　金聖嘆有一說法，可以爲此處下一注腳：

> 吾觀元人雜劇，每一篇爲四折，每折止用一人獨唱，而同場諸人，
> 僅以科白從旁挑動承接之。此無他：蓋昔者之人，其胸中自有一篇
> 一篇絕妙文字，篇各成文，文各有意，有起有結，有開有闔，有呼
> 有應，有頓有跌，特無所附麗，則不能以空中抒寫，故不得已旁托
> 古人生死離合之事，借題作文。〔註30〕

換言之，作家傳一人、數人之奇並非其本意，其原始不過想小試其筆鋒，然
而作者胸中之種種文法礙於必須附著於事件上方得呈現，是不得已借古人之
事以澆胸中塊壘。至於最後演變成傳主以此而得以留名百世，存其事迹，則是
作者之始料未及。〔註31〕不過，作書者胸中之「塊壘」，不是別的什麼，而是
其非常之才、非常之文、非常之筆。

四、作品境界的提出：才子筆法之極致

（一）文章化境

　　金聖嘆認爲才子的苦心經營必須透入文章脈絡肌理，是以對操管行文時
之際提出：「其才繞乎構思以前、構思以後，乃至繞乎布局、琢句、安字，以
前以後者」的描述，我們可進一步由實際評點加以深入探究，以確指這稍嫌
晦澀的描述語。《西廂》寫張生初見崔鶯鶯而風魔，心神盪漾，一宿過後，才

〔註28〕《金批水滸》第卅三回回首總評，頁508。
〔註29〕金聖嘆將《西廂記》視爲「鶯鶯傳」也是基於同樣的看法。
〔註30〕《金批水滸》第卅三回回首總評，頁508。
〔註31〕金聖嘆批評道：「初不取古人之事得吾之文而見也。自雜劇之法壞⋯⋯又一似
　　　古人之事全賴後人傳之，而文章在所不問者也。而冬烘學究，乳臭小兒，咸
　　　搖筆灑墨來作傳奇矣。」同上註。

上得佛殿，陡然劈臉便直對法聰和尚說：「不做周方，埋怨殺你個法聰和尚！」
此一節，金聖嘆認爲這是文人弄筆的絕佳之例：

> 無序無由，斗然叫此一句，是爲何所指耶？身自通夜無眠，千思萬
> 算，已成熟話。若法聰者，又不曾做蛆，向驢胃中度夏，渠安得知
> 先生心中何事，要人「做周方」耶！豈非極不成文，極無理可笑語！
> 然卻是異樣神變之筆，便將張生一夜中車輪腸肚總撥出來。使低手
> 爲之，當云：來借僧房，敬求你個法聰和尚，你與我用心做個周方
> 云云，亦誰云不是【粉蝶兒】？然只是今朝張生，不復是昨夜張生。
> 〔註32〕

一本一折回末但寫張生情繫佳人，此時正當日午；隨即過場至一本二折。方
過一夜之後，叵料張生像似變了個人，成了既蠻橫不講理又說話不通的秀才，
法聰絲毫不能懂張生之意。殊不知，作者在此便以此極突兀的詰問語裡，暗
示了張生通夜無眠，眼問口、口問心，將他不能排解也不能立即解決心亂如
麻的情緒，全部以虛筆明示出來。於是所有該說的，看似於字面上都沒有說，
但卻是全部都在無用筆之處呈現出來。金聖嘆此批亦極好，他說若張君瑞是
以渾若無事的語調問：「來借僧房，敬求你個法聰和尚，你與我用心做個周
方」，這樣雖然也一樣達到推動情節上的發展，但是此筆就只寫出「今朝張生，
不復是昨夜張生」。

金聖嘆稱此爲：「若夫用筆而其筆之前、筆之後、不用筆處無處不到，此
人以鴻鈞爲心，造化爲手，陰陽爲筆，萬象爲墨。」〔註33〕意指才子之筆盡
在不言之處展露鋒芒。此數語直與天地造化生物類比，將文章之寫作技法推
至一極爲神妙的境地。在批《水滸》的序中有一段話，與此《西廂》批語頗
爲相似，可相互參看：

> 言其才繞乎構思以前、構思以後，乃至繞乎布局、琢句、安字，以
> 前以後者，此其人筆有左右、墨有正反，用左筆不安換右筆，用右
> 筆不安換左筆，用正墨不現換反墨，用反墨不現換正墨，心之所至，
> 手亦至焉；心之所不至，手亦至焉；心之所不至，手亦至焉；心之
> 所不至，手亦不至焉。心之所至，手亦至焉者，文章之聖境也；心
> 之所不至，手亦至焉者，文章之神境也；心之所不至，手亦不至焉，

〔註32〕《金批西廂》一本二折回首總評，頁53。
〔註33〕《金批西廂》一本二折回首總評，頁50。

> 文章之化境也。夫文章至於心手皆不至，則是其紙上無字、無句、
> 無局、無思者也，而獨能令千萬世下人之讀吾文者，其心頭眼底乃
> 宜宜有思，乃搖搖有局，乃鏗鏗有句，而燁燁有字，則是其提筆臨
> 紙之時，才以繞其前、才以繞其後，而非徒然卒然之事也。〔註34〕

才子行文固然竭盡心力千盤萬算，但是金聖嘆此處又別出所謂「三境」之說，
其言下之意將看似最言之成理之「心之所至，手亦至焉者」擺在三境之末，
而獨獨將「心之所不至，手亦不至焉」的文章化境，標舉為第一，乍見之下
甚為費解。

不過，「三境」之言雖高遠神妙，卻恐怕只是一境界型的言說型態，這
導致位於第二的「神境」難以成就於實際書寫中。我們正不妨由金聖嘆思索
的進路加以分析，其講述方式頗有似於禪宗的修行工夫次第：是一從「有」
的執求最終上升至「無」的解脫；若據此而回視其在行文上的立論，我們就
不難想見何以達到最後的境界時，即使是作者「紙上無字、無句、無局、無
思者」，都還能令讀者「宜宜有思，乃搖搖有局，乃鏗鏗有句，而燁燁有字」。
〔註35〕

再結合之前《西廂》張生之例合觀之，金聖嘆之意其實極為明晰，他意
在強調由作者苦心經營文字之基礎上，再區分出兩種（且至少是兩種）型態
的寫作，一者為「有」，另者是「無」，當然他加力所分析的，也是他極力稱
道就是後者，如前舉之張生的例子。金批：

> 故用筆而其筆不到者，如今世間橫災梨棗之一切文集是也。用筆而
> 其筆到者，如世傳韓、柳、歐、王、三蘇之文是也。若用筆而其筆
> 之前後、不用筆處無不到者，舍《左傳》吾更無與歸也！……吾獨
> 不意《西廂記》，傳奇也，而亦用其法。〔註36〕

不難發現，此處他的談法也是分成三個層次，對第一類不入流的自然不必多
措意，而能夠入其法眼的後兩者，正是以用筆之有、無來加以區分其等級；

〔註34〕《金批水滸》〈序一〉，頁5。
〔註35〕本文所以不直接討論「三境說」，實牽動筆者個人對此的體會；因為三境說看
　　　　似極為成理，我們卻很難由實際的評點中找出相對應的例子。況且金聖嘆自
　　　　己也說：「才子作文，真乃心到手到，非他人之所知也。」（《金批水滸》第五
　　　　十二回夾批，頁282。）兩相對照，實有齟齬之處；所以本文意在從另個脈絡
　　　　將這些看似矛盾的言論統合起來。詳下。
〔註36〕《金批西廂》一本二折回首總評，頁50～51。

換言之，這三個層次裡，只需留心後二個即可。因之，回視「三境說」，同樣是談文章所成就之境界，何以前者分爲二，後者又有三個層次的高下？將之一一對應之後，「聖境」相當於「用筆而其筆到者」；「化境」足以當之「用筆而其筆之前後、不用筆處無不到者」，其中獨獨脫漏一「神境」。

對此，我們實可以說在某種程度金聖嘆實有前後不一致之語，所以，本文方主張大可毋須於之前「三境」上過於深求，要刻意在評點中尋出「心之所不至，手亦至焉」的例證。〔註37〕金聖嘆其意可以如此呈現：

文章境界型態	操作方式	用筆特點	代表作	備註
文章之聖境	心之所至，手亦至焉。	用筆而其筆到者。	韓柳歐王三蘇之文。	
文章之神境	心之所不至，手亦至焉。			由言說裡拖帶出。
文章之化境	心之所不至，手亦不至焉。	用筆而其筆之前後、不用筆處無不到者。	《左傳》、《西廂記》。	

其最終就在指出才子最高妙的筆法是在用筆不到處——既能略去用筆痕跡，復能得其神理，方爲文章之化境〔註38〕，這也是「不用筆處而無不到」之才子筆法。

（二）文章最妙處：「無」

文章之化境既是在無字處一一透出，此化境就不是指文章義蘊之幽緲高

〔註37〕陳洪《金聖嘆傳論》一書分析「三境說」：「在評點實踐中，金聖嘆對第一層次的意義闡揚、運用較多，這是因爲筆墨之境顯明易言。而第二層次難以與具體文例相聯繫，故語焉不詳。但偶爾論及，卻也頗具精義。」（天津：天津人民出版社，1996年12月），頁224。實則金聖嘆並無「偶爾論及」；所謂「語焉不詳」，則是因爲「神境」型態只存在言說中，並不能由實際評點中覓得。

〔註38〕對於「三境說」論者曉曉，但似乎流轉於字面解疏爲多，殊爲可惜。其實，三境並非一指實語，而是由言說所呈現（拖帶）出之境界型態。金批：「心之所至，手亦至焉者，文章之聖境也；心之所不至，手亦至焉者，文章之神境也；心之所不至，手亦不至焉，文章之化境也。」平心而論，文章之聖境與化境或可理解，但是「心之所不至，手亦至焉」卻很難說得通；再加上實在沒有相關的評點得以相互佐證，因此，我們實不用對此過度詮釋。三境的出現其實與言說者說話的方式有關，不難發現從心、手二者相應的對仗起始，就會出現三種的排列組合（二者皆至；一至一不至；二者皆不至），這種思考方式對金聖嘆來說是熟悉不過，（前章已說分明）所以我們也需要直探本心：其意就在分判用筆之人筆力高下——從作者能否隱去用筆痕跡處判斷。

遠，而是強調其筆法之用於無形。證之上例，這樣的筆法準確的傳達出憂心焦急的張生，既達到作者的目的，復能抹去筆墨刻鑿之痕，質言之，就是伸其神理而略其形跡，金聖嘆顯然十分看重這樣的技法，在《西廂》讀法裡一再反覆申說：

> 文章最妙，是目注彼處，手寫此處。若有時必欲目注此處，則必手
> 寫彼處。一部《左傳》，便十六都用此法。若不解其意，而目亦注此
> 處，手亦寫此處，便一覽已盡。《西廂記》最是解此意。〔註39〕

作者安題命意的對象目標，就是其所謂的「目注彼處」，不過當他行文所鋪陳描寫的方式，卻必須是「手寫此處」；金聖嘆以彼、此兩處區隔出描寫與所描寫對象的距離，他的理由是，如此方才是用筆最高妙的境界，否則，就「一覽已盡」，也就是說讀者閱讀時便能一眼看盡，而在筆尖所不到處則毫無言外之意得以再三品味。下一則意思幾乎一模一樣：

> 文章最妙，是目注此處，卻不便寫，卻去遠遠處發來，迤邐寫到將
> 至時，便且住，卻重去遠遠處更端再發來，再迤邐又寫到將至時，
> 便又且住；如是更端數番，皆去遠遠處發來，迤邐寫到將至時，即
> 便住，更不復寫出目所注處，使人於文外瞥然親見，《西廂記》純是
> 此一方法，《左傳》《史記》亦純是此一方法。〔註40〕

「目注此處」表示作者對他所要呈現的目標一直是極為清楚，所不同的還是在於不能直接便寫，此處說得更仔細，書寫之際在每一次即將碰觸目標物之時就必須停下，然後再轉筆另由他處迤邐寫來，如是連番數端、反覆數次。以《西廂》為例，金聖嘆認為《西廂記》只寫得鶯鶯一個人，換言之，亦可以「鶯鶯傳」名之，他在讀法中反覆申說：

> 譬如文字則雙文是題目……。〔註41〕

> 若更仔細算時，《西廂記》亦止為寫得一個人。一個人者，雙文是
> 也。若使心頭無有雙文，為何筆下卻有《西廂記》？《西廂記》
> 不止為寫雙文，止為寫誰？然則《西廂記》寫了雙文，還要寫誰？
>
> 〔註42〕

但是才子高明之處便在於其意在寫鶯鶯，但卻不正面描寫，也就是不從描繪

〔註39〕〈讀第六才子書西廂記法〉第十五則，頁12。
〔註40〕〈讀第六才子書西廂記法〉第十六則，頁12～13。
〔註41〕〈讀第六才子書西廂記法〉第四十八則，頁17。
〔註42〕〈讀第六才子書西廂記法〉第五十則，頁17。

鶯鶯的容貌姿態、翠羽裝扮等，作細細刻畫；設若反此道而行，金聖嘆甚至如此批評：

> 若不解此法，而誤向正位多寫作一行或兩行，便如畫死人坐像，無非印板衣摺，縱復費盡渲染，我見之，早向新宅哭鍾太傅矣。〔註43〕

鶯鶯就是正位、題目，《西廂記》便是獨獨要寫此一人，最高明的才子筆，卻始終不停留在主角身上多所著墨，否則反流於樣板人物，毫無靈動之生氣可言。準此，才子之如椽之筆又該如何書寫？如何「遠遠處發來，迤邐寫到將至時，便且住」；金聖嘆在張生第三次得見鶯鶯處，細細分析曰：

> 蓋至是而張生已三見鶯鶯矣。然而春院乃瞥見也，瞥見則未成乎其為見也。牆角乃遙見也，遙見則亦未成乎其為見也。……若至是則始親見矣，快見矣，飽見矣，……方作清水觀魚，數鱗數鬣之辭。
>
> 人或不解者，謂此是實寫。夫彼真不悟從來妙文，決無實寫一法。
>
> 夫實寫，乃堆垛土墼子，雖鄉裡人猶過而不顧者也。〔註44〕

作者凡寫鶯鶯，皆是源於張生先是於春院巧遇，二為張生在牆角遙見，皆屬不得不然之筆，否則鶯鶯以一相府千金大家閨秀，又如何不端坐閨房而能日日拋頭露面；所以，除了合理的安排鶯鶯離開閨閣之外；才子每次寫鶯鶯，都是藉有心人張生眼中看出。因此，第一次匆匆一見並未能仔細端詳，牆角二次遙見時復因天晚見得不切，直至第三次於佛殿追薦先人法事，張生方得正面一睹雙文之容。但是，儘管作者之筆此時寫鶯鶯之容貌有如「清水觀魚，數鱗數鬣」般清晰，讀者卻需曉得，這些仍不是直寫鶯鶯，而是轉了一層，巧借張生眼中得出也。

易言之，作者由張生處寫鶯鶯，一實寫張生繾綣愛慕之意，二虛筆畫出多情公子眼中之嬌美佳人，實為雙文之貌落墨點染，三者，於才子佳人之戀情裡，將佳人置於一被動之位，同時虛畫出相府千金莊重知禮的教養。這便是金聖嘆所言：「從來妙文，決無實寫一法」，這也是他反覆再三致意的才子

〔註43〕〈讀第六才子書西廂記法〉第廿六則，頁15。此處「新宅哭鍾太傅」用《世說新語》典，〈巧藝〉第廿一：「鍾會是荀濟北從舅，二人情好不協。荀有寶劍，可直百萬，常在母鍾夫人許。會善書，學荀手跡，作書與母取劍，仍竊去不還。荀勖知是鍾而無由得也，思所以報之。後鍾兄弟以千萬起一宅，始成，甚精麗，未得移住。荀極善畫，乃潛往畫鍾門堂，作太傅形象，衣冠狀貌如平生。二鍾入門，便大感慟，宅遂空廢。」

〔註44〕《金批西廂》一本四折回首總評，頁71。

筆法。讀法中將此意又加以形象的喻擬：

> 文章最妙，是先覷定阿堵一處已，卻於阿堵一處之四面將筆來左盤右旋，右盤左旋，再不放脱，卻不擒住。分明如獅子滾毬相似，本只是一個毬，卻教獅子放出通身解數，一時滿棚人看獅子，眼都看花了，獅子卻是並沒交涉。人眼自射獅子，獅子眼自射毬。蓋滾者是獅子，而獅子之所以如此滾，如彼滾，實都爲毬也。《左傳》《史記》便純是此一方法，《西廂記》亦純是此一方法。〔註45〕

「阿堵」便是題目、正位、雙文，也是獅子的毬。作者自是獨寫雙文，就如同獅子專心致意表演滾毬一般，讀者但見張生情繫雙文、但見紅娘巧扮月老、但見夫人執意阻婚〔註46〕；豈知這些就如同看戲觀眾，只見獅子左盤右旋使出混身解數，眼睛都看花了；殊不知，整場表演之重點不在獅子眩人目光的動作身上，而卻在那一顆靈動無方的毬上；《西廂記》也是如此，則全在鶯鶯一人身上而已。

從此處再看金聖嘆讀法中所言，就絕不突兀了：

> 《西廂記》寫張生，便眞是相府子弟，便眞是孔門子弟。異樣高才，又異樣苦學；異樣豪邁，又異樣淳厚。……寫張生直寫到此田地時，須悟全不是寫張生，須悟全是寫雙文。錦繡才子必知其故。〔註47〕

> 《西廂記》寫紅娘，凡三用加意之筆……寫紅娘直寫到此田地時，須悟全不是寫紅娘，須悟全是寫雙文。錦繡才子必知其故。〔註48〕

綜言之，張生之溫文知禮、苦學高才；紅娘之知心可愛、冰雪聰明，無一不在爲雙文性格涮色；雲從龍、風從虎，比類連屬，讀者亦須知鶯鶯之良美特質但比此二人是過猶不及，於是，所有的筆墨雖不直寫鶯鶯，但卻已色色向鶯鶯處招呼了，這便是「不復寫出目所注處，使人於文外瞥然覷見」。因此，金聖嘆續說《西廂記》之成書，整個就是從此「無」之一字幻化出來，這個「無」就是「從來妙文，決無實寫一法」，便是他所謂的虛筆；換言之，整個《西廂記》的作者都在作一個搦筆爲文的示範──亦即：如何透過「無」，來

〔註45〕〈讀第六才子書西廂記法〉第十七則，頁13。

〔註46〕〈讀第六才子書西廂記法〉第四十八則：「雙文是題目，張生是文字，紅娘是文字之起承轉合。有許多起承轉合，便令題目透出文字，文字透入題目也；其餘如夫人等，算只是文字中間所用之乎者也等字。」頁17。

〔註47〕〈讀第六才子書西廂記法〉第五十五則，頁18。

〔註48〕〈讀第六才子書西廂記法〉第五十六則，頁18。

開展一篇文字。

因此，金聖嘆才會說：

> 子弟解得無字亦能爲一章……則其體氣便自然異樣高妙，其方法便
> 自然異樣變換，其氣象便自然異樣姿媚，其避忌使自然異樣滑脫。《西
> 廂記》之點化子弟不小。〔註49〕

又反覆言之：

> 《西廂記》是何一字？《西廂記》是一無字。〔註50〕

這個「無」自然不是別的什麼，就是才子異樣之筆法，就是才子之眞才實學，
所以金聖嘆認爲作者既繡出鴛鴦，他又已經金針盡度〔註51〕——用了極大氣
力說明至此地步，文章之妙處，如何不能明示於人呢？

「無」字固然決大部分要落在技巧層面的分析與開展，尤其在傳奇正文
的實際批評裡，金聖嘆確實以極大氣力細細分析「從來文章絕無實寫一法」
的實際說明；但是觀《西廂》卷首之讀法，金聖嘆對「無」字之義界，則又
頗不能以技巧／法的層面加以限制，尤其他開始以禪宗公案型態來言說之
時，此一無字愈發值得玩味：

> 《西廂記》是何一字？《西廂記》是一無字。趙州和尚，人問狗子
> 還有佛性也無，曰無。是此一「無」字。
>
> 人問趙州和尚：一切含靈具有佛性，何得狗子卻無？趙州曰無。《西
> 廂記》是此一「無」字。
>
> 人若問趙州和尚：露柱還有佛性也無？趙州曰無。《西廂記》是此一
> 「無」字。
>
> 若又問：釋迦牟尼還有佛性也無？趙州曰無。《西廂記》是此一「無」
> 字。
>
> 人若又問：無字還有佛性也無？趙州曰無。《西廂記》是此一「無」
> 字。
>
> 人若又問：無字還有「無」字也無？趙州曰無。《西廂記》是此一「無」

〔註49〕〈讀第六才子書西廂記法〉第廿九則，頁15。
〔註50〕〈讀第六才子書西廂記法〉第卅二則，頁15。
〔註51〕〈讀第六才子書西廂記法〉第廿三則：「僕幼年最恨『鴛鴦繡出從君看，不把
　　　金針度與君』之二句，謂此必是貧漢自稱，王夷甫口不道阿堵物計耳。若果
　　　知得金針，何妨與我略度，今日見《西廂記》，鴛鴦既已繡出，金針亦盡度，
　　　益信作彼語者，眞是脫空謾語漢。」，頁14。

字。

　　人若又問某甲不會，趙州曰你是不會，老僧是無。《西廂記》是此一「無」字。

　　何故《西廂記》是此一「無」字？此一「無」字是一部《西廂記》故。

　　最苦是人家子弟，未取筆，胸中先已有了文字。若未取筆胸中先已有了文字，必是不會做文字人。《西廂記》無有此事。

　　最苦是人家子弟，提了筆，胸中尚自無有文字。若提了筆胸中尚自無有文字，必是不會做文字人。《西廂記》無有此事。

　　趙州和尚，人不問狗子還有佛性也無，他不知道有個「無」字。

　　趙州和尚，人問過狗子還有佛性也無，他亦不記道有個「無」字。

〔註52〕

讀法第四十六則言：「聖嘆舉趙州『無』字說《西廂記》，此眞是《西廂記》之眞才實學，不是禪語，不是有無之『無』字。須知趙州和尙『無』字，先不是禪語，先不是有無之『無』字，眞是趙州和尙之眞才實學。」我們已經能夠領略，這反覆言之、一再申說之意，便是藉著禪語的機鋒意欲破除染翰搦筆之際對法的執著，因之提了筆胸中已有文字，是沾滯；提了筆而胸中無有文字，是思竭；超脫此有──無對立，這個無字顯然要上升至超越名相對立之有無，到達一不拘執、圓融無礙之境界，遂能有生於無。

　　準此，金聖嘆又反覆說寫〈驚豔〉一篇時，不知道〈借廂〉應爲如何；寫〈借廂〉之際，也不復記得〈驚豔〉一篇是如何〔註53〕；其發語看似矛盾，卻是一種掌握本源之後的用詞通脫──就是要將書寫升高至一無跡可求的境界；總之，提筆作文用盡氣力便是專注於「當下」，而不能被已有及未來之過去與可能發展所窒礙侷限。因此，這個無，是才子之眞才實學，是一股活潑潑之生氣，而總是虛靈通透，眞正「無法可執」。

　　或許「無」字由技巧層面上升至一「道」的境界型態勢屬必然，正因爲一方面強調「法」，將法作出絕對、滴水不漏的要求，同時又主張「無法」，肯認最後終將超越技巧層面（有），達致「無」的終極境界。很明顯的，強調

〔註52〕以上皆見〈讀第六才子書西廂記法〉，頁15～16。
〔註53〕〈讀第六才子書西廂記法〉第四十五、四十六則，頁16～17。

這超越的層次則很難出現於實際的正文評點裡，因之在夾批、回評裡，金聖嘆所反覆分析的還是停留於技巧層面的「無」——作者如何照定「阿堵一處」，卻反借他人以虛寫之「無」；但是於「讀法」裡，讀法的性格是帶有「總綱」的意味的，金聖嘆顯然就不能停留於技巧之強調，而果然也要將「無」字——原來是形式層次的——上升至無，超越一切法執的境地。

綜言之，金聖嘆的「無」可分成兩個層次來談，一者是技巧上的高妙，如在《水滸・序》裡提出的用筆化境，與《西廂》從無字之處寫鶯鶯；一者則是要破除法執，強調行文之際應當妙手空空，一切當機而得，超越技巧的拘執沾滯，從有法走向無法之「無」。〔註54〕

（三）服膺於才子技巧所設計出的小說特質

此外，尚有一點值得注意，才子如施耐庵既發揮其文人之才，將彼一百八人之傳匠心連鎖置入《水滸》之中；另，其文心之所披，更將原來之三十六人，推進至一百八人。金聖嘆認為此舉無疑是將小說創作推向高峰，因為據他的觀察，這一百八人並無一人重複（把一百八個人性格都寫出來〔註55〕），並且活靈活現（任憑提起一個都似舊時熟識〔註56〕），幾至無可挑剔。於是，作為一高明

〔註54〕 即使有這兩個層次的立論，金聖嘆所能關注的、或說因應於評點文字的「實際批評」性格，以及金聖嘆本身所著迷的，確實仍然是形式／「法」的層面。就某方面說，「無法」處只能言說、意會、參悟，始終難以成為實際被分析的對象，這也是何以嚴羽要借禪語型態的語言，來逼近他心目中難以確指的部份。為詩文立法的風潮並非盲目的行動，而是對客觀的體製有後出轉精的認識與開發，此點在金聖嘆身上看得最為清楚。不過，法的要求日益精密，當然相對的也是一種拘執；因此，談法似乎一定要接著談悟，既立且破，以解除法的頑固與停留於形下的操作。所以金聖嘆一方面談技巧層次之「無」，一方面談無法之「無」，是可以理解的；當然，超越層面的「無」，最終是否只是聊備一格，則顯然可以繼續追問，這是另一個問題。只是，或許真的如黃錦樹先生所說：「談無，大概不能只是停留在技巧層次。」（記於某次的討論）金聖嘆在讀法裡顯然也關照了這個超越的層面，筆者也因應於此，而增加了對這個部份的討論；但是，揆諸於正文內所有的實際評點文字，恐怕他所真正關心的還是在形式層面，因之，就連複義奧解的詩語，於金聖嘆看來則也沒有「妙處在可解與不可解之間」的疑慮，金針始終可以度人的，詳下。

〔註55〕 〈讀第五才子書法〉：「別一部書，看過一遍即休。獨有《水滸傳》，只是看不厭，無非為他把一百八個人性格，都寫出來。」，頁19。

〔註56〕 〈讀第五才子書法〉：「《宣和遺事》具載三十六人姓名，可見三十六人是實有。只是七十回中許多事跡，須知都是作書人憑空造謊出來。如今卻因讀此七十回，反把三十六個人物都認得了，任憑提起一個都似舊時熟識，文字有氣力如此。」，頁19。

的閱讀者，他必須解釋這一百八人從何而來？才子又據何而作？

> 施耐庵以一心所造，而一百八人各自入妙者，無他，十年格物而一
> 朝物格，斯以一筆而寫百千萬人，固不以爲難也。〔註57〕

據此，才子更是一個深達事理物理之人，胸中儲有對人情物理之準確、豐富之觀察，此是「格物」之謂，當他臨紙之際搦筆爲文，這一切就由胸中自然流出，這又是「物格」了。

　　金聖嘆此處所言，或被歸類爲「小說創作規律」，或由「虛構」著眼，被目爲「小說之本質論」；《金批水滸》之〈序三〉續又有「因緣生法」之說，繼「格物」一詞追溯至儒家用語，「因緣」則必返回佛家來究實，論者曉曉，不一而足。指出這些名詞與儒、釋的聯繫，固然不錯（在某一層面上）但，金聖嘆何以言之及此，卻鮮少有人關注，不過，這或許是我們最該留心的。

　　我們之前已經分析，才子藉著作文來逞其胸中所負之才，是以其事不必有所特指，純然是一片虛幻搖動而成，而讀者也應相應的理解，讀書不是僅記得若干人物事迹而已，而是要留心才子靈動不可測之筆法，方才算眞正讀過一篇文字。金聖嘆心目中的「文法」，實已籠罩一切，成爲作書者行文操管的唯一目的，因此，他指責眾人之不識《水滸》，妄加「忠義」二字〔註58〕，便是唐突施耐庵，便是辜負才子苦心經營的文法；而因爲《西廂》「有此一事」，而斷定其爲「淫書」，更是屬癡人說夢不必理會，且更白白浪費王實甫從「無」字撰成一篇大文之苦心孤詣；觀其所持之種種理由，終不出「文法」之範疇。

　　當這樣強烈的中心意識籠罩於小說這般文體，我們現下視小說所具有之種種特質──但凡金聖嘆所意識到的──也就被他「文法」所「收編」。諸如：施耐庵何定要寫出一百八人之不同聲口，他又何定要寫出似像又不像的豪傑類型，種種原應是不必然之舉，都被視爲才子行文之理所當然，因爲一切還是因爲才子胸中非常之才所致；換言之，都可以被此執定之理所加以解釋。

　　金聖嘆所重視的「法」，已然提昇至本體位置，其他如序裡所提到「因緣生法」、「格物」、「忠恕」等等，都由此處流出。無論研究者如何爲這些名詞歸類，或追索其在儒、釋處之原意，豈知金聖嘆仍然將它們視爲才子之文心、

〔註57〕《金批水滸》〈序三〉，頁10。
〔註58〕〈讀第五才子書法〉：「施耐庵本無一肚皮宿怨要發揮出來，只是飽暖無事，又值心閒，不免伸紙弄筆，尋個題目，寫出自家許多錦心繡口，故其是非皆不謬於聖人。後來人不知，卻於《水滸》上加「忠義」字，遂並比於史公發憤著書一例，正是使不得。」

文人之文──施耐庵不過藉此以自顯筆力──所有的一切都被他收歸於才子臨文之際種種文法之內。是文法，驅使才子寫出「有起有結，有開有闔，有呼有應，有頓有跌」的一篇錦繡文字，更壓迫他成為格物君子，以因緣生法創造出小說中種種腳色。〔註 59〕

第二節　讀者──文本

一、才子書的特質

　　金批《水滸》在序一中所提出的「化境」，就是他在《西廂記》讀法裡反覆申論之「無」。此意在《水滸傳》裡或不能體現於梁山每個好漢身上，只有在宋江身上約略可見作者其意都在筆墨之外，則殊可當之〔註 60〕；但是金聖嘆卻強調《西廂記》便純是此一方法寫成，捉摸其意，這或許是金批認為此書專寫鶯鶯一人，故才子可以此妙筆作大篇幅的開展。《水滸》序中揭出之「三境」，談文章之聖境、神境、化境，但境字並不在作品所傳達之義蘊落腳，卻由筆法上著眼，此意則在批《西廂》中得到充分的發揮，遂有一「無」字即足以涵括全書之謂，這當然也談的是一神乎其技行文筆法的問題。〔註 61〕

　　這同時也說明金聖嘆的才子觀：才子便是一負有非常文章技巧之人。因

〔註 59〕作文者並非是記錄史實，因而享有一寬闊的場域，其文心足以在此馳騁不受約束。既然如此，則非有一負非常之才的文人，不能擔負起作非常之文的氣力，否則這偌大的場域對作文氣力不足之人反而是一種更大的限制。因此才子一詞就代表其胸中深不可測的種種文法經營，而面對令人眼花撩亂的《水滸》──人物之多、情節之繁，金聖嘆不免要自立許多名詞來加以解釋（忠恕、格物、因緣生法），但是這一切都仍要從才子特質中流出方有意義，並不能遽以小說本質論、性格論視之，否則便是厚誣金聖嘆了。

〔註 60〕前章已述及，此不贅。

〔註 61〕歷來論者多不能準確掌握此一「無」字必須放在「技法」上談，或牽合作書者無成心定規、妙手偶得之來討論，如陳淑滿：「《西廂記》之創作乃是無成心與定規，只是任其自然，妙腕偶得，便成佳作。作家提筆前，胸中並非先有文字，而只是『若有若無』之意象，若能捕捉得住，便能創作出妙文來。」《金聖嘆評改《西廂記》研究》（高雄：高雄師範大學國文研究所碩士論文，1991 年），頁 50。殊不知，這正與金聖嘆之意完全相反，金聖嘆正是強調作品的每一部分都必須嚴格的受到控制，絕不允許任何的隨機；另外，這樣的談法也干合靈感──創作的問題，此點則不必金聖嘆所獨有，況且也不盡然是金聖嘆對「無」字的立論範疇。

此，被金聖嘆目之爲才子書的作品，同樣經得起文章技巧的分析，而他的文評也不斷的在宣示此點。金聖嘆認爲才子書最終所體現的就是「字有字法，句有句法，章有章法，部有部法」，不過，行文講法、創作講條例，才子甚至連其筆墨不到之處，都還必須有言外之意傳達出來；顯然，寫作是一喫苦事、極爲艱鉅浩大的工程；所以他才會認爲「文成於難」，並屢屢以「心絕氣盡、面猶死人」來形容才子的煞費苦心多方考量；至於那些不在才子之林者，於此不免就縛手縛腳，大感伸展不開；此不言可知。

明瞭於此，當我們讀到金聖嘆在《水滸》序中說，才子書一出，其餘的書籍皆可「付之一炬」，便不必大驚小怪；他甚至大讚始皇，認爲其燒書——焚盡天下無用之書——是其大功一件；而世上一般鄙儒不知才子之書，仍然不肯廢然歇筆，實屬可鄙可恨之事。所以他的批書志業，就是要告訴這些人「文成於難」，使這些無行文人知難而退、頹然止筆——也因此他甚至自比焚書的秦始皇，最後他不免自道，當「未作之書不敢復作、已作之書一旦盡費」，天下一旦廓清之時，自己「雖不敢自謂斯文之功臣，亦庶幾封關之泥丸」。〔註62〕

在這樣將技巧筆法強烈的籠罩於作品的每一個部份，所謂的「才子書」也由此誕生。才子書的出現，正象徵著它是一完美的範型、絕對的體現，更是筆法之極致，書裡每一處看來都是如此自然，但每一處都是作者苦心經營而出的「自然」：

> 《西廂記》正然，並無成心與定規，無非此日佳日閑窗，妙腕良筆，
> 忽然無端，如風蕩雲。若使異時更作，亦不妨另自有其絕妙。然而
> 無奈此番已是絕妙也，不必云異時不能更妙於此，然亦不必云異時
> 尚更妙於此也。〔註63〕

才子書之妙，正在於其無可取代，《西廂記》也是才子千算萬算之後方得，看似無成心與定規，其實是「法」成就此「看似無成心與定規」，在其自然而然的表面之下，事實上渾身都是方法、各處都是筋節。也因爲如此，而絕對無

〔註62〕此段引語皆見於《金批水滸》〈序一〉。此廢書之議於批《西廂》時也有出現：「子弟讀得此本《西廂記》後，必能自放異樣手眼，另去讀出別部奇書。遙計一二百年之後，天地間書無有一本不似十日並出，此時則彼一切不必讀、不足讀、不耐讀等書亦既廢盡矣，眞一大快事也！」，〈讀第六才子書西廂記法〉第十三則。

〔註63〕〈讀第六才子書西廂記法〉第廿二則，頁14。

法複製、也抗拒複製。〔註64〕

才子與才子書所體現出的「精嚴」，也必然形成金聖嘆之美學期待，所以在他的眼中有些書是進不來的：

> 或問：題目如《西遊》、《三國》如何？答曰：這個都不好。……《西遊》又太無腳地了，只是逐段捏捏撮撮，譬如大年夜放煙火，一陣一陣過，中間全沒貫串，便使人讀之，處處可住。〔註65〕

略一思之，金批之意昭然若揭，一個講究齊整謹嚴的文章選家，一個處處深掘才子之法的文章評家，對於《西遊記》綴段似的結構，自然不能欣賞。所謂「逐段捏捏撮撮、中間全沒貫串」之語，已自道出他所期待的文本，絕對是首尾呼應、有起有結、結構精密的形式；「法」有如一天羅地網，已經深深的籠罩金聖嘆的美學趣味，這種批評必然是教主式的、必然是強烈自我中心的；易言之，他所能欣賞的，也正是他所喜愛的；他所深度批評，抉發出無限文心妙筆的，當也不出他所喜愛的。

讓我們將焦點轉向另一個才子──杜甫身上。金聖嘆對第四才子書之杜詩評點雖卒未竟功，畢竟已完成十有五六。金聖嘆對杜甫有極大的賞愛，自云：「所以不入杜詩者，吾於杜詩乃無間然，猶孟子之於孔子，所謂願學斯在者也。吾不敢以願學之人之手，而下上於所願學之人之詩也。」〔註66〕從他

〔註64〕同樣的引文，龔鵬程先生有完全不同的解讀，見其〈細部批評導論〉一文，氏著《文學批評的視野》（臺北：大安出版社，1990年1月），頁426～429。此節標題爲「美在空虛」，龔先生談的是「正因爲細部批評雖極力講明文法，其審美判斷卻是要從法走向無法。」（頁426）續將論述焦點轉至金聖嘆身上，強調其所言之法是「法而無法，無法之法……整部金批《西廂》便歸結於章無章法、句無句法、字無字法，甚至筆墨都停，空無一字處。」（頁428）前文已有觸及，若就金聖嘆本身而言，其固有要將法提昇至一超越的層面，但就如他自己所言：「臨文無法，便成狗嘷」，這意味著法其實是無所不在的，法籠罩著一切，宣示作品絕對不能無法；因此最高妙之「無」正是體現著《西廂》「筆墨都停，空無一字」之法。此必須絕大氣力者所能得爲，這就是「才子」，就實際的狀況是並非從法走向無法，而是將法推至無所不在之境地，最後才子所要體現的就是將「風無成心、雲無定規」都轉成自己的製作之法，一切看似「自然」，但一切都是「擬自然」。（事實上就才子書看來，都體現了這個意趣。）當然，若龔先生要以金聖嘆超越層次之「無」來談（確實也有這部份），甚至擴大成爲中國評點學之特殊的精神意趣，則也無可厚非；只是就筆者本身對金批的體會來看，在論述金聖嘆的部份就有不同的看法，恐彼此之側重點有所不同，也難有一致結論，誌之以存。

〔註65〕〈讀第五才子書法〉，頁17～18。

〔註66〕見〈魚庭聞貫〉，金雍集纂，列於《貫華堂選批唐才子詩》卷首。雖言「不肯

的評點中，更是句句透出對杜甫其人沁入心脾的知心理解；但，即使如此還是不能保證金聖嘆於詮釋上不會犯錯，金批〈與李十二白同尋范十隱居〉云：

> 「余亦」，（按：指詩句「余亦東蒙客」）是承上語。而止以鄉里成句者，
> 不欲以前輩自居也。看他一片獎誘後學心地，我長恨韓昌黎妄自尊
> 大，視先生何啻天壤！〔註67〕

此批將李白視爲杜甫之後學，杜甫轉爲李白之前輩；金聖嘆可謂犯了「知人論世」的錯誤。莫怪，他在詮釋幾首杜甫贈李白詩時，總是提及杜甫如長者般慈愛的態度呵護後輩，且「無日無夜不教侯（李白）作詩」，用以馴服其狂野不羈之氣；所以此處方有「獎誘後學」之句的出現。

但是，我們若追問，金聖嘆何以犯了似乎是詮釋上致命的錯誤呢？顯然，他的「知人論世」並不徹底，從他的批點裡，約也可以看出他瞭解杜甫曾經離家入蜀、客居草堂等等；不過，從他弄不清楚李白、杜甫生卒先後亦可看出，基本上他對才子的生平事蹟並不會較一般讀書人知道得多；換言之，他對此並不特別在意（否則他便是考證家了），那麼，可繼續追問的是，他如何詮釋他心目中的才子書呢？

準此，就逼出此節之議題了。金聖嘆極爲看重律詩，尤以七言律詩更被他視爲自《詩經》以來不待聖人刪削的金科玉律，而七律這個體製卻正是中國古典詩格律發展至顛峰的時刻，律詩之對仗要求幾可說是極爲苛刻的。所以以李白之天才縱逸，而律詩實非其所長；太白所長在於古體，其不羈之詩才的渾然天成，恰在較爲自由的古詩體製裡生根茁壯，開出了奇花異果，但是卻斷斷無法與律詩的格律兼容並蓄。所以他一生中所完成之律詩數量甚少，更不必談歷來詩人指出其中仍有不合律詩格律之作。

相對的，杜甫在七言律詩的創作上，卻留下了極大之份量傳世；這正是以杜甫之詩才資質恰恰能與這樣體製的格律相互頡頏，既不會受限於此嚴格的平仄對偶，復能開發出七律不曾有的深層義蘊。至此，我們已經不難發現金聖嘆何以獨賞杜甫了：以金聖嘆的文學品味而言，七律對偶之美與通篇結構之嚴，恰恰符合他的美學期待；而杜詩在七律上的成就，更是完美的體現他心目中才子書的範型，杜甫所操作的不正是其在茲念茲的：「字有字法，句有句法，章有章法，部有部法」。

下上其手」「批杜詩」仍然在金聖嘆遇害之後，由朋友「盡刻其遺稿」而以專論型態面世。

〔註67〕《金批杜詩》卷一，頁532。

　　另外，根據葉嘉瑩先生的說法，杜甫在成都草堂定居之後，其時七律的作品有了顯著數量的增加。此點極可注意；她這麼論述：

> （天寶之亂以前）……此一階段中，杜甫七律之作數量並不多，到了收京之後的第二階段，則生活一安定下來，杜甫七律之作的數量與技巧，便同時都有了顯著的增加和進步。既然有了第二個階段的成功，所以到了第三個階段，杜甫在成都草堂定居以後，生活與心情一有了餘裕，七律的作品，立時就增加了更多的數量……。〔註68〕

杜甫何以必須在安居草堂後，方能全面的進行七律創作？一方面固然是他此時已能對七律的技巧有更嫻熟的操作；另方面，就牽涉到律詩形式的問題了。詩人要將自家意思在此極為嚴格的八句中表露無遺，勢必不可能一筆揮就，這是因為律詩本身格律的繁複之外，七言律詩在體製上又較五言為大，因此，特別需要思索安排的工夫。據葉先生分析：「七律一體卻始終需要更多的安排反省的餘裕」〔註69〕，作詩者幾不能平吐胸中之意為快，否則極容易出律；而若是閒閒寫就，又不免流於初唐應制贈答的平淺。

　　這種極度需要講究詩人思索安排、協商架構的詩體，卻正是金聖嘆眼中才子所最擅長的工作，而他所謂的「心絕氣盡、面猶死人」的精神，正完全體現在杜甫身上。杜甫在流亡喪亂之際，其時果然是無法駕馭七律如此謹嚴的體製，非得等到自身安定下來，在心理、生理都得到安頓之後，方才有足夠的時間在七律一體上詳加琢磨，也累積更多的七律詩作。我們又再度印證才子書與才子之間的關係，也同時再次發現作為一個文章評選家的金聖嘆——在他所能欣賞的範疇內，這一道界限同時也排除了他所不能欣賞的文體。

二、讀者的任務

（一）讀者與作為讀者的金聖嘆

　　《西廂》二本一折〈破賊〉一篇之回首總評，金聖嘆提出作文數法，其中卻以「移堂就樹」法最鮮為人所討論。稍略去金批已有之對此詞字面說解，而直接徵引此法於《西廂》故事內的運用。

> 此言鶯鶯之於張生，前於酬韻夜本已默感於心，已又於鬧齋日復自

〔註68〕引自〈論杜甫七律之演進及其承先啟後之成就〉一文，收入氏著《迦陵談詩》（臺北：三民書局，1993年8月六版），頁97。

〔註69〕同前文所引，頁96。

> 明睹其人，此眞所謂口雖不吐，而心無暫忘也者。今乃不端不的出
> 自意外，忽然鼓掌應募，馳書破賊，乃此人此時則雖欲矯情箝口，
> 假不在意，其奚可得？……作者深悟文章舊有移就之法，因特地於
> 未聞警前先作無限相關心語，寫得張生已是鶯鶯心頭之一滴血，喉
> 頭一寸氣……殆至後文則只須順手一點，便將前文無限心語隱隱然
> 都借過來。〔註70〕

〈破賊〉一折，此節重心自是在張生修書召請好友白馬將軍杜確領兵來救，
以解鶯鶯遭孫飛虎強娶之厄。不過金聖嘆認爲隱於這一大段情節之下，卻有
許多更細微的情意得待挖掘。首先，作者既欲寫「破賊」，於一折內也果然交
代孫飛虎之蠻橫與後來的死亡，但是在這些文字之外，金批卻展現出更細微
的觀察。孫飛虎上場交代之後，作者轉筆寫鶯鶯因前日親見張生，不免神思
顛倒，春心蕩漾，卻無一人可予分說，於此初春天氣而情思不快，茶飯少進
懶睡不起。關於這段描述，看似與本節重心不符，其實一則上接前折文意（張、
崔相見），又暗伏後起之由──主要是鶯鶯由初見之際雖心靈激盪，卻依然以
禮自持，不敢稍吐，待見張生馳書破賊，勇智兼具，遂一轉爲死心塌地之相
許，明白地訴說自己的情意，突破了禮教的矜持。

　　鶯鶯於破賊之前初見張生春思嬌羞，一則是爲破賊之際的滿心喜愛作
引，同時也合理化了一個嚴於自持的知禮閨秀，如何的鬆懈了自己在愛情上
的心防。所謂的移堂就樹，申言作者之前並非恣意所至的逸筆，卻正是暗伏
鶯鶯對張生已有好感的印象，這些描寫就爲後來的發展所用。是以在正文裡，
當作者寫鶯鶯說「獨見了那人，兜的便親……誰作針兒將線引，向東牆通個
慇懃」，金批：

> 讀此文，能將眼色句句留向張生鼓掌應募時用，便是與作者一鼻孔
> 出氣人。〔註71〕

移堂（鶯鶯初見後不得言的輾轉情思）就樹（破賊之際，不覺漏出己口的全
心全意愛憐），其意若此。但，金批之句除字面說解之外實尚有其他可堪玩
味之處，尤其其批語（上引之文）既是句句指導讀者，卻又字字指向作者。
〔註72〕

〔註70〕《金批西廂》二本一折回首總評，頁77～78。
〔註71〕《金批西廂》二本一折夾批，頁82。
〔註72〕此有二層意思：就閱讀活動而言，不可能僅止於考察讀者一方，另外，就金
　　　　聖嘆之意觀之，實也不能割裂作者──讀者的互動。下續詳。

　　我們可先釐清讀者部份,復與後者作一動態的考察。前引金批「讀此文」一句,其隱涵的意思是「讀者讀此文」,所分說的則是一種閱讀技術,這意味著閱讀是一件不易且深刻之事,非有慧眼者不能為。閱讀者必須積極且反覆體驗文句,否則極易流於「知道閒事」的平淺。於是,凡金聖嘆眼中之讀者便負有抉發文本精蘊之任務(暫不論這是什麼性質的任務),不過,在讀者角色被放大的同時,其肩膀上卻也不那麼輕鬆。

　　由於評點文字本身必須依附於正文的特性,其一方面頗斲傷其自成獨立的嚴肅批評意義,不過也因此卻得存身於字裏行間之便,文評家的閱讀感受就極容易與後來的閱讀者於正文閱讀之外,續發生第二次交融。金聖嘆正是善用此優勢的評點家,當他批閱文本之際,此評點本之後起讀者始終是他談話中的隱涵對象。

　　　　不惟武松忍不住了,連讀者亦忍不住了;不惟讀者忍不住了,雖作

　　　　者亦不好又忍住了。〔註73〕

不僅後起讀者被他視為當然閱聽對象,是以批語中往往後設讀者閱讀正文的反應(連讀者亦忍不住了),其更進一步隱然更欲將自己批書之所得,盡數傳授予此被他目以為其後的讀者群。是以,我們據此能夠明白,金聖嘆於評點之時,何以三句不離一副說教的苦口婆心〔註74〕;而就交流模式而言,一者言說,一者傾聽,於形勢上金聖嘆與讀者就有強勢弱勢之別,二者高下分判之後,指導者金聖嘆雖其言未明,卻儼然已是一高明讀者而無庸置疑,這更加強金聖嘆以一種強烈籠罩式的口吻敘述了。

　　易言之,金聖嘆眼中的讀者,僅能雜處於二流之林,此恐非虛語;儘管如是,這個對象卻是可以經過教育而躋身於具「錦繡心腸」者之列(「必要有真正錦繡心腸者,方解說道好」),所以一方面讀者必須「登堂」,積極參與感受這閱讀饗宴,以接受作為一評點者與教育家的金聖嘆便佐以「入室」之術。金聖嘆的評點總是在告訴讀者,同樣的正文閱讀,你想到什麼,而他又意識到什麼,就此而言,每一個評點本都是一種多方的對話,其中文評家居間發揮著既與正文對話,復照顧這未來的可能閱眾,閱讀者其勢已不能純粹的與

〔註73〕《金批水滸》廿七回夾批,頁435。

〔註74〕最明顯的莫過於《金批水滸》的讀法,這些閱聽者,金聖嘆總是以「人家子弟」稱之。此詞雖有一特定指稱,卻涵蓋了那些所謂不會讀小說者。所以最後一則便直斥這些人是「小人」,而《水滸》是「與小人沒分之書」(〈讀法〉,頁24)。

作者交談。評點文字或適時如慈愛長者，文評家彷彿一諄諄的解說員；或突兀如異物之扞格，卻也頗似一外來的干預者──閱讀活動變得更為複雜起來。

　　第廿二回宋江避殺閻婆惜之禍投奔柴進，其酒過數巡之後略有醉意，不意在淨手之時踏上一位在廊下烤火的大漢，那大漢因受冷落而積悶難消，又逢身上傷寒發作，愁思交煎，彼抑鬱之下不容分說就欲揮拳相向。作者於此特意製造此衝突，設置懸念，故不說破那人姓名，敘了半天連柴進也只管喊他「大漢」，正待分說此人名姓之時，卻又被說書人賣個關子，「畢竟柴大官人說出那漢還是何人，且聽下回分解」，二句之間，金批：

　　　　聖嘆有罪了，半日已批出是武二。〔註75〕

相對已經寫就之作品而言，金聖嘆本也是一閱讀者，不過他卻打亂了後來閱讀者的閱讀情緒，干擾了作者之敘事邏輯。

　　還道村宋公明遭逢趙能搜捉，險則險矣，讀者彷彿只看見宋江屢屢於千鈞一髮之際幸運得脫，卻又隨即重遇險境，正是不知是屋漏偏逢雨，抑是柳暗還一村，金批：

　　　　看他寫得一起一落，又一起一落，再一起一落，遂令宋江自在廚中，

　　　　讀者本在書外，卻不知何故一時便若打併一片心魂，共受若干驚嚇

　　　　者。〔註76〕

金批彷彿是一老練的嚮導，雖不至是帶領讀者走出文字迷宮，卻也完全深體同為讀者角色的閱讀情緒，在此同理心的基礎下，其申言此等震懾人心之力，乃得於文勢（情節）的三次跌盪起落，一次比一次更為強烈所致，此等說明既兼顧同為讀者的閱讀感受，又打破作者隱於繁複情節之下的操作設計，如此所達致的導引作用，恐怕任一讀者都難以自外其中。〔註77〕

〔註75〕《金批水滸》第廿二回夾批，頁340。
〔註76〕《金批水滸》第四十一回回首總評，頁108。
〔註77〕二打祝家莊之役，一丈青正要趕上宋江，正緊張處，忽有李逵的適時解圍，金批：「無數好漢莫不各出死力，血戰至深，乃至戴宗、白勝亦復收拾已畢，卻不意中獨漏一李逵，至此忽然跳出，奇情奇文。」（四十七回夾批，頁213。）一丈青回馬而走，卻有林沖當頭攔路，金批：「收拾眾人已畢，忽然漏一李逵，已屬意外之事，不謂還有一林沖也。才子奇情，我直無以測知也。」（頁同上）這種跟隨情節發展而緊扣住讀者閱讀反應的批語，實能擄獲閱眾之強烈的認同心理。但是金聖嘆一方面站在讀者立場品味不盡，卻又不能止於如此，復將此跌盪情緒伸至作者創作的領域，而不停留在讀者主觀感受上，於是這等透過文評家所建立起的「作者──文本──讀者」模式，毋寧是與文評家這個主體（審美、意識型態的）有更多的聯繫與牽扯。

　　評點家之於金聖嘆則顯然是一更爲複雜的角色扮演，他有時善盡推波助瀾之功，催化著讀者初萌的閱讀情緒，或打破作者寫作之磐中之迷，使讀者於人物聲口、情節發展之外，得以清晰辨認文章之結構骨架；但，評點作爲作品的附加物，卻也總是不能脫其外來異物之嫌——畢竟其硬生生的介入了讀者—文本的交流模式。

（二）從屬於作者之下的積極讀者

　　前引句：「讀此文，能將眼色句句留向張生鼓掌應募時用，便是與作者一鼻孔出氣人。」前所省略的主詞爲「讀者」，而讀者任務所達致之處，卻非任之所之的讀者狂想，此句中也已說分明——而是文本之作者意圖（與作者一鼻孔出氣人）。換言之，讀者的眼光不應著於眩人耳目的故事，其任務實在於積極的體驗作者於作品內所設置的種種策略，進而返回作者所以爲此的用心。但，如前所述，此迥非一二流讀者所堪爲，因此金聖嘆就適時的扮演了作者—讀者之間的橋樑：

> 此回是結煞上文西門潘氏奸淫一篇，生發下文武二殺人報讎一篇，
> 亦是過接文字，只看他處處寫得精細，不肯草草處。〔註78〕

句中所指的「他」自是作者。「過接文字」所以屢屢引起金聖嘆的興趣，實與其所認定的讀者任務有關，「過接文字」本就是一功能性的談法，反映了他將敘事文本透視成爲各單位之間相互縮合而成的觀點，讀者自是要以如是的閱讀技術審視文本所從何而來，方是高明的閱讀策略；以此等並不泥於情節人物偏重的批評策略，從而便要往表面上並不十分精彩特出的環節著眼，並揭出其隱於文字背後承上啓下的功能。《水滸》第四十三回「錦豹小子遇戴宗，病關索長街遇石秀」，亦被判定爲兩大段文字之間的接榫處，金批：

> 此一回，則正其過接長養之際也。貪游名山者，須耐仄路；貪食熊
> 蹯者，須耐慢火；貪看月華者，須耐深夜；貪見美人者，須耐梳頭。
> 如此一回，固願讀者之耐之也。〔註79〕

正是因爲金聖嘆著眼於此回乃是作者不得不然的敘事轉接之處，雖然於情節事迹上頗非特出，但是卻有其功能上之必要。正因有此一識，遂由此展開對讀者的諄諄勸導，視其評點則總有如是的意涵：一則分析作者的敘事策略，一則便由此轉出對讀者的要求——將此目的視爲其閱讀的任務。

〔註78〕《金批水滸》第二十四回回首總評，頁385。
〔註79〕《金批水滸》第四十三回回首總評，頁144。

　　金聖嘆這種批評進路一方面固是著眼於讀者的閱讀創造，而頗有拉抬讀者地位的意味，但是一方面卻不能掩其最終目的則仍是要回到作者意圖，這遂造成讀者—作者二者並非處於同一水平面上的均衡態勢，反而是將讀者活動從屬於作者意圖之下。因之，整個批評活動的重心雖然在讀者身上，卻處處預設了回到作者的批評目的，這不免就造成頗類西方敘事學的閱讀建構。〔註80〕

　　這種對作者意圖的著迷自是不能限於對文本敘事操作的分析而已，也涉及作者對書中人物的好惡評價。就此點看來則又與中國傳統的觀人辨志有關，於是金聖嘆援引春秋筆法的閱讀策略，從文字上的考究追溯作者褒貶之微言大義，原也是一落於期待視野之事（不能徒以文人迂腐氣視之）。

> 旋風者，惡風也。其勢盤旋，自地而起，初則揚灰聚土，漸至奔沙走石天地爲昏，人獸駭竄，故謂之旋。旋音去聲，言其能旋惡物聚於一處故也。〔註81〕

> 一部書，十六章，而其第一章，大筆特書曰：「老夫人開春院。」罪老夫人也。雖在別院，終爲客居，乃親口自命紅娘引小姐於前庭閒散心。一念禽犢之恩，遂至逗漏無邊春色。〔註82〕

「小旋風柴進」、「老夫人開春院」，本來皆屬小說文字敘述，初不見有何特異之處，但是卻有更深的意涵由這些字詞裡傳出。這些褒貶在筆墨之外的談法，同時也傳達出許多訊息：一則，文本是複雜的，它深層意義與表面文字未必是一對一的從屬關係；二則，讀者的任務在於破解作者隱於文字之下的作者意圖；三則，作者意圖儘管有些狡獪，文字也滑若游魚而難以確指，不過，後者卻仍是通向前者的途徑——主要是透過字詞的差異，以追問如此變動的意義爲何。

　　第一、二點已於之前的論述裡所述及，而第三點實涉及詮釋的大問題。所謂「皮裏陽秋」之筆事實上並非僅止於作者如是爲之的操作而已（筆法），其預設此等終極意義的確認必須經由讀者的參與，而頗與金批的進路一致，

〔註80〕金批：「世之愚生，每恨恨於夫人之賴婚。夫使夫人不賴婚，即《西廂記》且當止於此矣。」（《金批西廂》二本一折回末批語，頁92。）這等關於敘事文體如何推進鋪展的功能研究，造成金聖嘆還原文本中大小敘事單位間各自的功能，以及彼等與全體結構之間的動態關係；本文於第三章所以運用敘事學來分析金聖嘆的閱讀理論其意若此。

〔註81〕《金批水滸》第十回回首總評，頁180。

〔註82〕《金批西廂》一本一折前「題目正名」下批語，頁40。

「深文曲筆」就告訴著我們語詞既透露著不尋常訊息,但又忙不迭的將自己掩蓋起來,結果是褒貶被隱晦的置於其中(但確實存在),而始終有待於讀者慧眼的揭露。〔註83〕

　　這種批評策略可以解釋為取徑於形式感知進而產生與作者的溝通,透過「微言」以發現「大義」,後者既是作者之意也是讀者所感,「微言」所象徵的正是處於中介的文本——銘刻有作者之感情衝動與意向所之,文評家並非以揭開作品骨架結構、敘事策略為優,深深吸引他的卻是透過如是批評之後所達致的心靈神祕契合,由此說來,讀者的閱讀建構何以成為對作者操作技術的開發,正因為這是一「追體驗」的過程,從一個擬仿創作體驗,重新喚回作為曾經在作者心靈裡的不安騷動。〔註84〕

第三節　理想的閱讀:金批《水滸》《西廂》寓意探討

　　寓意〔註85〕,或稱主題、要旨,人們在讀完敘事作品,總不可避免開始運思,小說家透過建構一個虛構的世界,他到底在說些什麼?當我們隨作品的結局出現,不再問「後來如何」之後,也許這是我們想要追問小說家的最後一個問題。當然,作者既已透過作品表達,所要說的也已透過作品道盡,因此問題的答案與提問,也都只能是閱讀者的自語。金聖嘆自許為一個高明、稱職的閱讀者,透過他的閱讀,作者說了什麼呢?

　　此二書向來在中國聲名不佳,《西廂》張生、鶯鶯二人逾禮於私德有虧,

〔註83〕金批:「一部書中寫一百七人最易,寫宋江最難;故讀此一部書者,亦讀一百七人傳最易,讀宋江傳最難也。」(《金批水滸》第三十五回回首總評,頁16。)前句談的是作者,後句所分說的對象卻是讀者了。褒貶既是全在言外,一方面講究的是行文的高妙,同時也強調著讀者的細緻體會;後文續說:「(寫宋江)……驟讀之而全好,再讀之而好劣相半,又再讀之而好不勝劣,又卒讀之而全劣無好矣……而誠有以知其全劣無好,可不謂之善讀書人哉!」(同上頁)

〔註84〕閱讀雖曰回到作者,卻預設有閱讀者對創作技術的積極體驗;其進路既明,續可追問的是此等操作究竟打造了甚麼樣的作者形象?另外,讀者本身所能援引的資源必然有所差異,是否也是屬於變因之一,金聖嘆欲以「單獨」走向「普遍」是否真如其所言之一無阻礙?詳下二章的分析。

〔註85〕在西方以寓言故事作為研究對象的寓意研究裡,又有 fable、parable、allegory 三種形式,此處則意指 allegory。浦安迪這麼論述:「寓意之『意』首先是作者心中的原意,而不僅僅指作品潛在的或者釋發出來的本義。」見《中國敘事學》一書,頁 130。易言之,作者透過某種修辭或情節安排的手段,有目的的帶領讀者一步一步領略他心中的強烈意圖,符合此模式的即可稱之寓意作品。

自不待言；《水滸》宋江以一介草寇嘯聚佔山爲王，官軍對這些盜賊的搜捕可謂屢戰屢敗，其中隱然對天朝語多諷刺；這幾乎都是人人讀得出來的，前者誨淫，後者誨盜，實是犯了中國人之極大忌諱。而金聖嘆卻正把此二書選入六才子書之林，又加力予以批點。此舉於驚世駭俗之外，自然也遭致極大的攻擊：

> 蘇州有金聖嘆者，其人貪戾放僻，不知有禮義廉恥；又粗有文筆，足以濟其邪惡。嘗批《水滸傳》，名之曰第五才子書，鏤板精好，盛行於世。余見之曰：「是倡亂之書也。」未幾又批評《西廂記》行世，名曰第七才子書。余見之曰：「是誨淫之書也。」又以《左傳》、《史記》、《莊子》、《離騷》、杜詩與前二書並列爲七才子，〔註 86〕以小說、傳奇躋之于經、史、子、集固已失倫；乃其惑人心、壞風俗、亂學術，其罪不可勝誅矣！有聖王者出，此必誅而不以聽者也。
> 〔註 87〕

歸莊稱《西廂》爲誨淫之書，《水滸》爲倡亂之作，實是可以代表一般對此二書之看法。再加上讀書人歷來視小說、傳奇爲小道末技，對金聖嘆將之比附經史的輕狂，於驚怒之餘其責難不免加劇，批評也更轉趨嚴苛。不過，若細細瞭解金聖嘆批書之「一副手眼」，一生負盡狂名的金聖嘆，我們終將發現他不免是「白擔了這虛名」。

一、《水滸》：絕對的形式關注

> 大凡讀書，先要曉得作書之人是何心胸。如《史記》須是太史公一肚皮宿怨發揮出來，所以他於〈游俠〉、〈貨殖傳〉特地著精神，乃至其餘諸記傳中，凡遇揮金殺人之事，他便嘖嘖賞嘆不置。一部《史記》，只是「緩急人所時有」六個字，是他一生著書旨意。《水滸傳》卻不然。施耐庵本無一肚皮宿怨要發揮出來，只是飽暖無事，又值心閒，不免伸紙弄筆，尋個題目，寫出自家許多錦心繡口，故其是非皆不謬於聖人。後來人不知，卻於《水滸》上加「忠義」字，遂並比於史公發憤著書一例，正是使不得。〔註 88〕

〔註 86〕應無「七才子」之說，大約歸莊在狂怒之餘，已無暇細細考究。此處多了一本《左傳》。

〔註 87〕歸莊〈誅邪鬼〉，文見《歸莊集》（上海：中華書局，1962 年 4 月），頁 499～500。

〔註 88〕〈讀第五才子書法〉，頁 17。

此處以太史公與施耐庵對舉，金聖嘆特意說明施耐庵並非如史公一般有發憤著書之志〔註89〕，作書者既非有所對峙、有所爲而作，自然「是非皆不謬於聖人」，亦即對天朝無甚微詞之謂。若依李卓吾擅加忠義二字於《水滸》，不啻予盜賊匪寇忠義之名，此舉又置國君於何地？金聖嘆力辯之：

> 若使忠義而在水滸，忠義爲天下之凶物惡物乎哉？且水滸有忠義，國家無忠義耶？夫君則猶是君也？臣則猶是臣也？夫何至於國而無忠義，此雖惡其臣之辭而已，難乎爲吾之君解也。父則猶是父也，子則猶是子也，夫何至於家而無忠義？此雖惡子之辭而已，難乎爲吾之父解也。故夫以忠義予水滸者，斯人必有懟其君父之心，不可以不察也。〔註90〕

論此等思想爲保守，恐不過份，只要一與權力核心碰觸，金聖嘆立場確乎是全然倒向朝廷。不過，從更要緊的層面看來，金聖嘆所以能更堅持自己的保守立場，卻是其來有自，這根本他牽動著對《水滸》閱讀所致。他首先說，凡讀書，須先瞭解作書人之心胸，這便是他在評《西廂》裡所提到的「初心」〔註91〕；掌握此心實極爲要緊：

> 古人非吃自己飯，管別人事，故費此等筆墨也。實爲佳時、妙地、閒身、寬心，忽然相遭，油乎自動，因而借世間雜事，抒滿胸天機。

〔註89〕 李贄〈讀《忠義水滸傳》序〉：「太史公：〈說難〉、〈孤憤〉，聖賢發憤之所作也。由此觀之，古之聖賢，不憤則不作矣。不憤而作，譬如不寒而顫，不病而呻吟也，雖作何觀乎？《水滸傳》者，發憤之所作也。蓋自宋室不竟，冠履倒施，大賢處下，不肖處上。馴致夷狄處上，中原處下，一時君相猶然處堂燕鵲，納幣稱臣，甘心屈膝於犬羊已矣。施羅二公身在元，心在宋；雖生元日，實憤宋事。……敢問泄憤者誰乎？則前日嘯聚水滸之強人也。欲不謂忠義不可也，是故施、羅二公傳《水滸》而復以忠義名其傳焉。」

〔註90〕 《金批水滸》〈序二〉，頁7。另，單德興先生認爲金聖嘆所以反對李卓吾施《水滸》以忠義之名，除了文評家自己深受歷史、社會的因素所左右之外，另一個能夠對此現象作出適切描述的，則是援用布魯姆（Harold Bloom）之「影響焦慮」（The anxiety of influence）來解釋。作爲李贄這一個典範設置者（paradigm-setter）之後的後起者，金聖嘆始終感受到此「文學的父親」所投下的心理陰影，爲了找出自己的身分認同，金聖嘆必須以反叛李贄的詮釋爲首務。*The Self-Ordained Ideal Reader: An Iserian Study of Three Hsiao-shuo P'ing-tien Critics*（臺北：臺灣大學外文所博士論文，1986年），pp.111～3。

〔註91〕 〈序二〉：「我眞不知作《西廂記》者之初心，其果如是，其果不如是也。設其果如是，謂之今日始見《西廂記》可；設其果不如是，謂之前日久見《西廂記》，今日又別見聖嘆《西廂記》可。」，頁9。

如此篇，固只爲末上悖者「以不悖者爲悖」一句動情也。〔註92〕

這是金聖嘆對《戰國策》標爲〈公叔非悖〉一文的總評。魏公叔痤病重，魏惠王臨終致問，希望公叔舉薦人才。公叔曰：「痤有御庶子公孫鞅，願王以國事聽之也。爲弗能聽，勿使出境。」魏王大不以爲然，說了一句：「不亦悖乎！」意謂公叔此說不免是病昏頭了。後公叔死，公孫鞅投秦西去，孝公受而用之，接下來的敘述口吻則有類評論者之姿態：「秦果日以強，魏日以削，此非公叔之悖也，惠王之悖也。悖者之患，故以不悖者爲悖。」金聖嘆加力注意的就是這最後一句「以不悖者爲悖」，不僅於文前總評中提及，夾批裡更再三致意：「弄筆成妙，只爲只爲有此一弄於胸中，故特敘前文。」至此，其意甚明，金聖嘆認爲此整篇文字都是由此「以不悖者爲悖」一句幻化鋪展而成，究其始，不過是作者胸中先有此一「緣故」，於是搦筆作文，執定此意，寫出一篇錦繡文字。

所謂「借世間雜事，抒滿胸天機」就是此等之意；換言之，文中所述之事是不必然的，作書者可以另尋它事借題作文，要緊的是其胸中必須先存此一意，否則就作無可作，此即作書者之初心，而一篇錦繡文字也全圍繞此意而生。其說既明，接下來我們便可回頭檢視《金批水滸》了。

金聖嘆說施耐庵是：「只是飽暖無事，又值心閒，不免伸紙弄筆，尋個題目，寫出自家許多錦心繡口。」可見，照金批之意，施耐庵正不必有何積怨於心而發憤著書，更非眼見生民塗炭心懷憂苦；分明是一負有絕世之文才的文人，某日特特心血來潮，不免就要一展其鴻文高筆，又恐世人眼拙不識，於是特意借《大宋宣和遺事》一書中記載之卅六人，以才子文心將之擴展爲一百八人，並且於章回中各立其傳。至此，其意猶未足，仍不免賣弄其高文大筆，又以一暗索將各傳主事迹相互貫串干連，而收之於一梁山水泊之內，以此等書寫技術向《史記》、《左傳》叫陣；而藉此一書，施耐庵就將他胸中所蘊之文法、筆法，種種經營佈局之方、萬般珠玉錦繡之策，一一寫入此書，在其才前後繚繞，幾乎是慘澹經營、苦心算計之後，終於撰成此書《水滸傳》。〔註93〕

<hr>

〔註92〕《天下才子必讀書》卷三，收入《金聖嘆全集》冊三，頁384。

〔註93〕是以金聖嘆才會在讀法裡這樣說施耐庵之寫《水滸》，只是「尋個題目，寫出自家錦心繡口」（金聖嘆沒有輕薄之意，他認爲文人之業本如此）。而既然只是作文，鋪排事件情節，自然「是非皆不謬於聖人」，不會有如太史公一般有「一肚皮宿怨要發揮出來」。在這樣的詮釋理路下，他就必須解釋可能「是非

　　質言之，在他的想法裡，《水滸》本身就是「文法」之寶山，蘊涵一切作文之法；金聖嘆屢屢感嘆許多讀書人眼不識珍寶，可謂入寶山空手而歸。不難發現，他完全由書寫技巧、敘事方法來著眼——亦即形式方面——所有的情節都為此而出。小說寫武松為張督監、蔣門神所害，下在牢獄，蔣門神又收買公人準備於刺配途中結果武松。便是有此一恨，武松所累積之怨怒可謂沖天之高，果然第卅回就有「張督監血濺鴛鴦樓」的敘寫，先不提武松已在前回回末殺了兩個押送的公人，以及蔣門神預先安排下的兩名打手，武松問明蔣、張二人去處後，於第卅回作者接手就寫武松尋仇而至；金聖嘆批曰：

> 此文妙處，不在寫武松心粗手辣，逢人便斫，須要細細看他筆致閒
> 處，筆尖細處，筆法嚴處，筆力大處，筆路別處。〔註94〕

金聖嘆指點讀者「看他筆致閒處，筆尖細處，筆法嚴處，筆力大處，筆路別處。」他便是運用我們曾經討論過的「草蛇灰線法」，由「腰刀」、「朴刀」二線索下追，看作者如何經營一篇絕妙文字，如何安排武松殺人，以及在一片暗夜鬼哭之際，如何氣定神閒交代一些細節（一筆不漏）。

　　其中最引起金聖嘆留心的，便是武松「換刀殺人」之波折，武松先是持腰刀殺人，待殺至第九人，刀口已然倒捲而不再鋒利，是執以揮斬首級時屢斫不斷，已經殺紅了眼的武松這才有些訝異，細察其中異狀，方才另持隨身之朴刀當作殺人兵器。金批：「半日可謂忙殺腰刀，閒殺朴刀矣，得此一變，令人叫絕。」下續補一句「真正才子」。〔註95〕在持續驚悚的屠戮裡，這確實是令人有感為特意安排的波折，而其意指向何方？（是可以爭辯的）——於金批的閱讀裡，我們卻是看見一個對形式風魔的文人，快意的追尋才子筆法——踏著滿地的鮮血，在字裏行間之中。

頗謬於聖人」的強人之嘯聚梁山水泊是何道理，於是我們才會看到金聖嘆有如下的言語：《水滸傳》有大段正經處，只是把宋江深惡痛絕，使人見之，真有犬彘不食之恨。」將這叛亂團體的所有過錯推給宋江一人，錯在首領宋江，其餘之人都是被連哄帶騙而入水泊的，又說：「《水滸傳》獨惡宋江，亦是殲厥渠魁之意，其餘便饒恕了。」作者處處以皮裏陽秋之筆處罰宋江一人，這顯示此書一方面固然是「大段正經處」（只有一個惡人），況且作者既斥貶罪惡，也是不能同意《水滸》冠以「忠義」之名，惡人得到針砭，亦使《水滸》整體思想復歸於正，同時也成全（不妨礙）自己對武松、李逵、花榮等，一干「上上人物」的衷心喜愛。

〔註94〕《金批水滸》第三十回回首總評，頁464。
〔註95〕《金批水滸》第三十回夾批，頁468。

　　此回夾雜著武松操刀的憤怒與報仇的快感，充斥著被殺者哀鴻遍野的鮮血，以及金聖嘆之冷筆批點——他正專注於才子如何鋪展一篇絕妙的殺人文字，如何在苦心經營之餘，還有待人深掘的字法、句法巧思。當武松轉身寫下：「殺人者打虎武松也」，金聖嘆緊接著說：「奇文……看他『者』字『也』字，何等用得好，只八個字，小有打虎之力。」〔註96〕著眼的是一句中的兩處虛字對仗。鴛鴦樓這場大屠殺共殺十五人，武松於臨走之前說了一句：「我方纔心滿意足，走了罷休！」金聖嘆於二句中間夾批：「六字絕妙好辭。」〔註97〕所有的用心皆仍對作者遣字用詞興味盎然、玩味再三，於一片腥風血雨之中的「血濺鴛鴦樓」裡閱讀金聖嘆的評點，實冷峻得令人心寒！

　　作者之初心既經認定，所有的評點、解說莫不往此處招呼，金聖嘆無暇、實也不能再認識到《水滸》除說了文法之外，還說了其他的什麼。林沖被高俅逼上梁山，只因高衙內強奪林沖妻子不成，當林沖落草安居梁山，驀然想起尚留在京師的妻子，思念著要派人取來完聚，一經打聽，妻子與丈人都不堪高衙內威逼親事，前者自縊身死，後者緊接著也發病而亡。如此人倫大慘事，金批：「完林沖娘子。」〔註98〕金聖嘆敏銳的捕捉到，這是作者不肯再繼續旁生枝節浪費筆墨，但又需有起有結對原來事件有完備交代，多方考量之下，是以特意安排了這樣合情合理的結果。從此斷了林沖之思念而專心落草，讓他不必牽掛其他俗事，作者自也無庸浪費筆墨。但這樣的文評，總也是往形式一邊考量，而讀不出作者冷筆所至的其他可能之批判；也或許，金聖嘆並不是不知作者對高太尉等奸臣頗有微詞，至少，從他的讀法中我們看到了他輕重的分別。〔註99〕

〔註96〕同上，頁468。

〔註97〕同上，頁469。

〔註98〕《金批水滸》第十九回夾批，頁302。

〔註99〕《金批水滸》第一回回首總評：「一部大書七十回，將寫一百八人也。乃開書未寫一百八人，而先寫高俅者，蓋不寫高俅，便寫一百八人，則是亂自下生也；不寫一百八人，先寫高俅，則是亂自上作也。亂自下生，不可訓也，作者之所避也；亂自上作，不可長也，作者之所深懼也。一部大書七十回，而開書先寫高俅，有以也。」頁，43。此處之說實具體而微，金聖嘆的性格與興趣在此表露無疑：「亂自下生，不可訓也，作者之所避也」是他仍認同權力中心，並沒有如一般論者指出他與之決裂，是「反動」文人云云；「亂自上作，不可長也」是他讀出作者以筆法之利，暗指對亂臣賊子的批判，實是結合內容與形式的精彩體會。不過如後者這樣形式內容兼顧的評點則實在不多，他處可見之一二也只有在宋江身上。畢竟，從〈讀第五才子書法〉裡幾乎全往

二、《西廂記》：敘鶯鶯一人之傳

六才子書既是一副手眼讀得，《水滸》已如上述，而對於《西廂記》的閱讀，實也不出他對「文法」極度的偏愛。有趣的是，既不同意《水滸爲「誨盜」之作品，金聖嘆同樣反駁了將《西廂》視爲一「誨淫」之書寫。在一本一折的回首總評裡，金批：

> 今夫提筆所寫者古人，而提筆寫古人之人爲誰乎？有應之者曰：我也。聖嘆曰：然，我也。則吾欲問此提筆所寫之古人，其人乃在十百千年之前，而今提筆寫之之我，爲能信知十百千年之前眞曾有其事乎，不乎？乃至眞有其人乎，不乎？曰：不能知。不知，而今方且提筆曲曲寫知，彼古人於冥冥之中，爲將受之乎，不乎？曰：古人實未曾有其事也。乃至古亦實未曾有其人也。即使古或曾有其人，古人或曾有其事，而彼古人既未嘗知十百千年之之後，乃當有我將與寫之而因以告我，我又無從排神御氣，上追至於十百千年之前，問諸古人。然則今日提筆而曲曲所寫，蓋皆我自欲寫，而與古人無與。與古人無與，則古人又安所復論受之與不受哉。曰：古人不受，然則誰受之？曰：我寫之，則我受之矣。夫我寫之，即我受之，而於提筆將寫未寫之頃，命意吐詞，其又胡可漫然也耶？〔註100〕

這個「我」，並非批書的金聖嘆，而是作者之謂。金聖嘆花了極大的篇幅就是在澄清製作物與製作者之間的緊密聯繫，作者既署名在前，則作品所有內容皆是由自己承擔，而與書本裡所出現的人事無一絲一毫的關係；因之，一句一字切不可胡然漫作，否則遂於自己之美名清譽有損。順著這個理路，他繼續就推出以下的想法：

> 《論語》傳曰：「一言智，一言不智。言不可以不愼。」蓋言我必愛我，則我必宜自愛其言，我而不自愛其言者，是直不愛我也。〔註101〕
> 我見近今塡詞之家，其於生旦出場第一折中，類皆肆然早作狂蕩無禮之言，生必爲狂且，旦必爲倡女，夫然後愉快於心，以爲情之所

文法的論述，就可以清楚的看出，他對《水滸》完全是偏重於形式一方的理解。由此再看彼岸談金聖嘆所謂「披著保護色」云云，當眞令人啞然失笑了。

〔註100〕《金批西廂》一本一折回首總評，頁41。所以不憚徵引較長原文，是因爲此則引文常常被攔腰截斷，致使出現錯誤的理解，詳下註釋。

〔註101〕原書此處：「蓋言我必愛我，則我必宜自愛其言，我而不自愛其言者，是直不愛我也。」斷句有誤，已逕改之。

鍾在於我輩也如此。夫天下後世之讀我書者，彼豈不悟此一書中，
所撰爲古人名色，如君瑞、鶯鶯、紅娘、白馬，皆是我一人心頭口
頭吞之不能，吐之不可，搔爬無極，醉夢恐漏，而至是終竟不得已，
而忽然巧借古之人之事以自傳，道其胸中若干日月以來七曲八曲之
委折乎……夫天下後世之讀我書者，然則深悟君瑞非他君瑞，殆即
著書之人焉是也；鶯鶯非他鶯鶯，殆即著書之人之心頭之人焉是
也……如是而提筆之時不能自愛，而竟肆然自作狂蕩無禮之言，已
是愉快其心，事則豈非身自願爲狂且，而已其心頭之人爲倡女乎？
讀《西廂》第一折，觀其寫君瑞也如彼，夫亦可以大悟古人寄託筆
墨之法也矣。

換言之，書中人物的一舉一動，莫不是受著作者的意向控制，因此每一件事
情也都蘊涵著書人的裁量評價；以《西廂》來說，若張生與鶯鶯雙方的初見，
果是如乾柴烈火一般不可自拔，這個經由作書者所允許的輕狂無禮舉措便十
分不可取了，因爲此等意態不免就是指明作者心中於男女之大禮有所逾越。
〔註 102〕

　　這樣的說法固然不是謹守於文本範圍之內的分析，而顯是金聖嘆有意的
「撥亂反正」；也或者此概念先行是與文本閱讀在某個層面上並不相牴觸。大

〔註 102〕邵曼珣：〈金聖嘆詩歌評點中的美學問題〉一文中，分疏金批裡面所呈現出的
　　　　「隔」的美感，並引《西廂記》卷五的批語「倩女離魂法」爲證。此點第三
　　　　章已經分析；不過邵曼珣先生繼續說：「評讀活動中照見古人的生命樣態，看
　　　　他即是看自，時而移情入詩，時而冷眼旁觀，在別人的生命境中遙看其安
　　　　頓與抉擇，同時也指導自己做了安頓。這就是金聖嘆常用的『眼照古人』」；
　　　　接下來作者就徵引本文前引的二則引文（中間以刪節號點逗）來證明己意，
　　　　並總結說：「金氏所言正是巧借古人之事以寫自己胸中之塊壘。閱讀過程本
　　　　身，可以是讀者的自我創作，因爲讀者各自眼照古人，手眼不同，讀出的東
　　　　西也不同。」（頁 212）事實上，邵曼珣先生根本誤讀了金聖嘆此處的意思，
　　　　金聖嘆此完全針對作者而發，談的是作者與情節、腳色之間的關係；邵先生
　　　　所引之「今夫提筆所寫者古人，而提筆寫古人之人爲誰乎？有應之者曰：我
　　　　也。聖嘆曰：然，我也。」這個「我」是作者，金聖嘆所應之句，只是一種
　　　　行文上的重複，用以加深強調之意，卻被邵先生誤爲是文評家對自己評點文
　　　　字所持的態度；而下句「巧借古之人之事以自傳，道其胸中若干日月以來七
　　　　曲八曲之委折」的，也是直指作者，並非金聖嘆；邵先生誤以爲是金聖嘆夫
　　　　子自道，顯然是誤解了。乍見之下，若割裂全文而僅止於上引二句，則與「讀
　　　　者的各自創作」之意不相扞格，不過，這卻有斷章取義之嫌，事實上只要一
　　　　揆諸全文，就不免發生問題了。

原則既立，續後所有的詮解就紛紛向此中心招呼，張生與鶯鶯的兩情相悅，便被有心的讀成是一個漸進的發展過程，以此成全君瑞身負鴻鵠之志的高調才情，與雙文不違知書達禮的相府閨秀身分。觀金聖嘆最後一句：「讀《西廂》第一折，觀其寫君瑞也如彼，夫亦可以大悟古人寄托筆墨之法也矣。」金聖嘆也講「寄托」，不認為作者只是空講許多人物事迹而已；不過，他的寄托卻是要緊緊扣在前文所分析的大原則之上，易言之，小說或傳奇裡所出現的情節應該都是「美好的」（甚至是不能背棄禮法、蔑視體制〔註103〕），否則作者的動機豈不是十分可議，這與金聖嘆所持之情理邏輯是完全悖反的；反之，則人物之高潔美好便是體現作者心地的最佳寫照。

因之，金聖嘆就是將此書視為完全從一無字幻化而出的錦繡文字，而這個無，則是一種高明的行文方法。易言之，王實甫整本書就是要寫鶯鶯，但是他卻示範了一種迂迴的進路，整篇就從這無有文字處，不正面描寫處，一一透出雙文之音容笑貌：

> 《西廂記》所以寫此一個人者，為有一個人，要寫此一個人也。有
> 一個人張生是也。若使張生不要寫雙文，又何故寫雙文？然則《西
> 廂記》又有時寫張生者，當知正是寫其所以要寫雙文之故也。〔註104〕

寫張生就是借他寫鶯鶯，金聖嘆的「烘雲托月」之祕法也從由而出，所謂雖滿紙畫雲，其意固在於月者。〔註105〕金聖嘆對「無」字之作用甚為著迷，許多的解說都特意往此字上著眼。《西廂》於張生修書破賊之後，夫人設宴賴婚之前，作者安排小紅娘至張生處請宴，請宴一事看來平淡無奇，甚至只是後文之過場文字，意欲寫至老夫人賴婚，而不得不有紅娘之請。但金聖嘆卻大書特書，認為此處正是作者巧借紅娘之力，借其口道盡雙方情思，於是本來看似甚為稀鬆平常的情節，卻因此全然異樣不同：

〔註103〕正因為如此，回證之前所分析的《水滸》評點，所以他不斷的要說明《水滸》何以有這些「出格」的描寫。金聖嘆始終不能同意水滸是「倡亂」之書，他也不同意李贄所謂的「發憤著書」說，因為前者是對朝廷的不敬；後者則是為這些強盜作亂尋了個合理的藉口，也汙蔑了施耐庵才子的心地。因為如此一來，作者不就是一贊成殺人越貨同時意欲反抗天朝的刁民；這在他的邏輯裡是不能容許的。因此，何以他將《水滸》一書完全視為是作者文心的展現，是高文大筆的形式播弄——迴避了一極為敏感的問題——何以始終往這一方面偏峙；我們回到詮釋者本身的立場（保守），就不難理解了。

〔註104〕〈讀第六才子書西廂記法〉第五十二則，頁17。

〔註105〕《金批西廂》一本一折回首總評，頁42。

千不得已，萬不得已，算出賴婚必設宴，設宴必登請，因而於兩大
篇中間忽然閑閑寫出一紅娘請宴。亦不於張生口中，亦不於鶯鶯口
中，只閑閑於閑人口中恰將彼一雙兩好之無限浮浮熱熱、脈脈蕩蕩，
不覺兩邊都盡。嗚呼！此謂之女媧氏不難補天，難於尋五色石。今
既專門會尋五色石，其又何天不補乎？〔註106〕

於是在最不經意之過場處，才子加意苦心經營，出力專寫張生滿心滿意之語，
又托紅娘之口，寫出鶯鶯亦滿懷期待，以爲就在其後的宴席裡，老夫人將會
承諾之前的約定。然而就在此極樂的氣氛中，也暗藏下折裡不可測知的變故，
而因爲有之前歡樂渲染，待至夫人賴婚，張生、鶯鶯與讀者之失落、驚愕也
更深一層。

　　金聖嘆續說善讀書者，照定才子此例，就須在洞天福地、名山勝景之外
尋幽探奇，因爲即使在過枝待葉、文章休息長養之際，仍然有驚喜之絕妙文
字有待開發，分說讀者已畢，續將此意指向創作者——作書者，也必須對此
善加體會，如何「當其無，有文之用」。金聖嘆此借老子之言：「三十輻共一
轂，當其無，有車之用。埏埴以爲器，當其無，有器之用。鑿戶牖以爲室，
當其無，有室之用。故有之以爲利，無之以爲用。」〔註107〕申言，文章之妙
就在「當其無」處，《西廂》就在此一無處，獲致最大的成功。

三、後話：溢出形式層面的閱讀

　　至此，尚有一處必須留心。在《西廂・驚夢》一折，作者安排張生草橋
宿歇，卻夢會離家跟隨張生而來的鶯鶯。張生一夢醒覺，卻發現「一天露氣，
滿地霜華，曉星初上，殘月猶明」，恰是南柯一夢。按金聖嘆之意，《西廂》
一書便應結束於此，至於後來鄭恆求配之波折，張生及第之錦上添花，都不
免是狗尾續貂。金聖嘆認爲《西廂》之結於〈驚夢〉，實有其極爲深刻的體會。
他在文中張生醒覺處批：

何處得有《西廂》一十五章所謂驚豔、借廂、酬韻、鬧齋、寺警、
請宴、賴婚、聽琴、前候、鬧簡、賴簡、後候、酬簡、拷豔、哭宴
等事哉！自歸於佛，當願眾生體解大道，發無上心；自歸於法，當
願眾生深入經藏，智慧如海；自歸於僧，當願眾生統理大眾，一切

〔註106〕《金批西廂》二本二折回首總評，頁95。
〔註107〕《金批西廂》二本二折回首總評，頁93。

無礙。

顯然，張生之入夢、出夢於他產生特別的意義。張生了悟此身原來是在夢中與鶯鶯相會，醒覺之後一切儘是虛幻，鏡花水月一場；此處所傳達給金聖嘆的，就是一種對人生嚴肅的思考。傳奇所記本就是非真有之事，讀者亦當明白這一紙之萬言，無非作者隨手虛幻生出；因此三本四折之「回首總評」言：「若夫《西廂》之為文一十六篇，則吾實得而言之矣：生如生花生葉，掃如掃花掃葉……最前〈驚艷〉一篇謂之生，最後〈哭宴〉一篇謂之掃。蓋〈驚艷〉已前，無有《西廂》；無有《西廂》則是大虛空也。若〈哭宴〉已後，亦復無有《西廂》；無有《西廂》則仍大虛空也。此其最大章法也。」〔註108〕

由人物的領悟到作品的虛構，而面對這虛構作品的我，此身又是否為真？此身如夢，何曾夢覺，人生在世，豈不是正如大夢一場？我既知讀傳奇之為虛假，又焉知此刻之我是否已然離夢而覺呢？如此一讀，小說所透出的意義就非常值得玩味了。《西廂》也不再只是停留在才子文心撥弄之特技表演，金聖嘆顯然將這一切的情節設計，都視為作者有意的架構安排，（否則，〈哭宴〉之後何以定是〈驚夢〉）其目的在透過這些虛假的人事，嚴肅的傳遞人生哲理。

由夢的虛幻層層上溯，最後他質問了這個正在閱讀的我，是否也在夢中？而且這樣的感受並非隨機，也不是突然迸現，金聖嘆於回首總評裡，便一再以「莊周夢蝶」反覆申說此義：

> 蓋甚矣夢之難覺也！夢之中又有夢，則於夢中自占之，及覺而後悟其猶夢焉，因又欲占夢中占夢之為何祥乎。夫彼又烏知今日之占之猶未離於夢也耶？〔註109〕

夢既然如是難以醒覺，我又真不知此身是否尚在夢中，這一有感之我不免陷入困境，該如何掙脫呢？

> 我烏知今身非我之前身正夢為蝴蝶耶？我烏知今身非我之前身已覺為莊周耶？我幸不憶我之前身，則是今身雖為蝴蝶，雖未發於阿耨多羅三藐三菩提心，而已稱大覺也。我不幸猶憶我之今身，則是今身雖為莊周，雖至發於阿耨多羅三藐三菩提心，而終然大夢也。〔註110〕

人以一有限之我，而終究不能得知自己是否仍在夢中，因人其實無法超越自

〔註108〕《金批西廂》頁152。
〔註109〕《金批西廂》四本四折回首總評，頁197。
〔註110〕《金批西廂》四本四折回首總評，頁197。

己所處層次，就算我對眞實／夢境已能有此了悟，此題最終還是無解。不過，就在我們帶著此一參透現實／夢境之一體兩面的了悟，則已經無須分辨此身是否已然出夢；換言之，人若始終不覺，則夢與覺絲毫沒有差別，現實即夢境，夢境即現實。人若果然眞覺，佛家之意便是要我們一識及此，放下對此身之執著，則自然可以清心過日、自在生活；若汲汲妄求此身所處之境是夢非夢，則仍是一執迷不覺之人。

這一大段由〈驚夢〉引出的人生思考，金聖嘆正恰恰回答了「《西廂》說了什麼」；質言之，以金聖嘆的觀點，《西廂》作者正是要人有此一悟，所以才透過傳奇立言。金聖嘆說，若能通透明瞭，則「人生世上眞乃不用邯鄲授枕」〔註111〕，以後純然只是放下，只是開悟。透過才子巧心所安排〈驚夢〉之煞尾，他告訴我們此劇是假，人物是假，人生如夢，何處是眞？一切人生執著，全都是假。形式，永遠不能只是形式而已，我們在一個最極端的形式主義者身上，也不免看到他終於跨進其他的領域。

而我們以此回視《水滸》金批，也可以稍捕捉出類似的意味：

> 吾讀瓦官一篇，不勝浩然而嘆。嗚呼！世界之事亦猶是矣。耐庵忽然而寫瓦官，千載之人讀之，莫不盡見有瓦官也。耐庵忽然而寫瓦官被燒，千載之人讀之又莫不盡見瓦官被燒也。然而一卷之書，不盈十紙，瓦官何因而起，瓦官何因而倒，起倒只在須臾，三世不成戲事耶？又攤書於几上，人憑几而讀，其間面與書之相去，蓋未能以一尺也。此未能一尺之間，又蕩然其虛空，何據而忽然謂有瓦官，何據而忽然又謂燒盡，顛倒畢竟虛空，山河不又如夢耶？〔註112〕

我們執定眼見爲眞，豈知眼見不能爲憑，眞實的效果一樣可以由小說家來搭造，虛構的瓦官寺之生滅只在作者筆下流轉，忽然而生，又倏地而滅；所能帶給我們的就是更多的弦外之音了。同理，小說第廿八回寫武松義助施恩奪回爲蔣門神所強占之快活林，不過，蔣門神卻心有不甘而與張都監聯手計賺武松，將之打入死牢，僅僅匆匆一月，快活林再度易主，復爲蔣門神所得。金批：

〔註111〕全句爲：「人生世上眞乃不用邯鄲授枕，大槐葉落，而後乃今，歇擔吃飯，洗腳上牀也已。吾聞周禮：歲終，掌夢之官，獻夢於王。夫夢可以掌，又可以獻，此豈非《西廂》第十六章立言之志也哉……」頁 198。換言之，稗官作《西廂》傳奇，旨在獻世人以夢，以驚世人如夢之渾渾噩噩也。

〔註112〕《金批水滸》第五回回首總評，頁 115。

> 看他寫快活林，朝蔣暮施，朝施暮蔣，遂令人不敢復作快意之事。
>
> 稗官有益於世，乃復如此不小。〔註113〕

小說虛構之人事，藉著筆觸之真實效果感染了每一個閱讀大眾；這或許只是一處金聖嘆隨機偶發之感，卻終究掙脫形式的束縛。

而金聖嘆對「戲中戲」的著迷，多少也是為此：

> 景之奇幻者，鏡中看鏡；情之奇幻者，夢中圓夢；文之奇幻者，評
> 話中說評話。如豫章城雙漸趕蘇卿，真對妙景，焚妙香，運妙心，
> 伸妙腕，蘸妙墨，落妙紙，成此妙裁也。〔註114〕

這一段與上下文不合，看似逸出的文字，當此之際，金聖嘆卻實在頗不能自已；白秀英唱戲，雷橫聽戲；施耐庵／作者演戲，金聖嘆／讀者看戲；在一片奇奇妙妙、撲朔迷離光景之中，《水滸》所能給金聖嘆的，也就不止文法了。〔註115〕

〔註113〕《金批水滸》第廿九回回首總評，頁450。
〔註114〕《金批水滸》第五十回回首總評，頁242。
〔註115〕金聖嘆此意在《水滸》只是微露其端，而所以如此，與小說本身情節人物設計有關，無法強求。不過在他後期所批的《西廂》裡，由於文本本身便具有此質素，金聖嘆的呼應也更為強烈，所透出的寓意也更為深刻。

第五章　解構金批：閱讀活動中的
　　　　　　對話與放逐

因爲它們不單只是作爲一些質料素材而行之久遠，相反的，它們
乃是一股「待訪」的心魂，有一天遇到一些與它有關聯的而又願
意接受它們的主體的時候，它隨時可以自它底質料外殼免脱而
出，進而被喚醒而作出新的影響。

　　　　　　　　　　　　　　　　　　　　　　——恩斯特・卡西勒〔註1〕

第一節　作者──文評家：以意逆志的反溯

一、兩個主體的對話

　　若經鉛字排印後的印刷品（與手抄本相對）代表著作者—作品某種權威
的確立，則當中國文評家的評點文字先於作品付梓以前，也迸以鉛字排版合
法的進入作者文字之「字裡行間」時——作品以一種全新的裝扮面世——將
一次已完成之的閱讀活動，鐫刻銘寫於內。於是，作爲一個後的閱讀者，我
們將發現文本中已先是兩個心靈的對話。

　　在書本的版圖中，發生順序原來後起於本文的評點文字，有時以「書前
序」、「回前批」、「總評」的型態佔得機先，早一步與讀者進行首次對話。作

〔註1〕　恩斯特・卡西勒（Ernst Cassirer）關子尹譯《人文科學的邏輯》（臺北：聯經
　　　　出版社，1994 年 12 月）頁 209。

者是否一度黯然退入背景？此二者之消長——無疑是宣告著一個新的作者—文評家時代開始。不過，文評家或可由四面八方包圍作者的書本版圖，但有一客觀的順位是無法更動的，即他所扮演的是一種「述者之謂明」的角色，我們或許可以將他們視之為作品面世後的第一位讀者，也因為既是讀者，就只能依附著已有之正文，緊緊攀附，進而對作者所書寫的文字細緻委婉的作出說明。

（一）眼照古人

也因為如此，何以文評家們屢屢以知音自許，就不難想像了。

> 嗟乎！讀書隨書讀，定非讀書人，即又奚怪聖嘆之以鍾期自許耶？〔註2〕

這種態度也是跨文類的，金聖嘆之批杜詩，更是自述己與杜公二人並「無間然」，超越了時空的彼此限制，其態度頗似與一位知心好友快意暢談，而其對詩句的權威講述，又彷彿作者的化身。

> 讀書尚論古人，須將自己眼光直射千百年上，與當日古人捉筆一剎那精神，融成水乳，方能有得。不然，真如嚼蠟矣！勿以吟詠小道忽之。〔註3〕

閱讀者由文字外部的物質形式進入，與其中所蘊涵作者心靈的精神能量有了交會感知，且這種感知還預取一絕對之泯滅人我、水乳交融、和諧妥切的狀態，才算真正完成。金批《西廂》說：

> 聖嘆《西廂記》只貴眼照古人，不敢多讓，至於前後著語，悉是口授小吏，任其自寫……普天下後世，幸恕僕不當意處，看僕眼照古人處。〔註4〕

「眼照古人」，「水乳交融」，看來都是如此理所當然，閱讀的交流如是的無礙。雖然「自許鍾期」不免稍減其色，但聆賞屬於文字世界的的伯牙奏曲，文評家知其所感、感其所知，將這一切閱讀活動記錄下來，就成了其莊嚴的評點事業。

不過，既然是與自己相距「千百年」的古人讀書尚論，又如何能一無阻礙？所謂的「與當日古人捉筆一剎那精神融成水乳」，又豈能是如此現成；二

〔註2〕 《金批水滸》第十六回回首總評，頁254。
〔註3〕 《金批杜詩》，頁608。
〔註4〕 〈讀第六才子書西廂記法〉第八則，頁11。

者之交會之如何可能，其中顯然有一未言明的環節必須還原：

> 分解不是武斷古人文字，務宜虛心平氣，仰觀俯察，待之以敬，行
> 之以忠，設使有一絲毫不出於古人之心田者，矢死不可以攙入也。
> 直須如此用心，然竊恐時時與古尚隔一間道。〔註5〕

此種小心翼翼，務求不以己意扭曲作者原意的批評態度，一方面揭示評點者
虛心、尊重已存在的文字事實，另方面也昭示了以作書者之意爲執定之批評
標準。職是，閱讀並非自我盲目的意義生產活動，而是受著文本脈絡的指引，
必須準確的返回作者已經完成的意向之內。

　　而這樣批評活動背後的預設，顯是一較爲素樸的方式，語言作爲意義的
承載體，也幾乎是透明、完滿的，如此方可確保讀者、作者二端意義傳遞不
至於失落。〔註6〕因之，評點背後的哲學立場，讀者如何與作者「會心」，基
本上就不脫「以意逆志」的傳統。所謂的作者，只是「先得我心之所同然」，
認爲以我之意當可以無缺地體察作者之志，進而達到一種泯滅主客體的境
界。〔註7〕主客體既可以在閱讀活動中無礙交融，評點者穿透文字障礙之後，
當可進入另一個主體思考感知的世界裡。

　　既如此，因而金聖嘆對下述的看法並不以爲然：

> 弟自幼最苦冬烘先生輩輩相傳「詩妙處正在可解不可解之間」之一
> 語。弟親見世間之英絕奇偉大人先生，皆未嘗肯作此語。〔註8〕

詩的妙處或許滋味在心頭，但是如何將這一模糊的感受具體化，卻頗有說不
得之苦。金聖嘆不在此憾恨上駐足，「冬烘先生」一詞更表明對這樣的說法感
到不耐；詩語言儘管是特殊的存有〔註9〕，仍是作者心靈的產物，仍然需要一

〔註5〕　〈魚庭聞貫〉，頁41。此處「分解」雖針對七律而言，但金聖嘆此虛心、非「粗
　　　　暴」批評立場，卻並不限於一種文類。

〔註6〕　即不與國外的文學理論相較，禪宗的「不立文字」、莊子之「一與言爲二」，
　　　　都還指出文字／言語的不確定性。

〔註7〕　龔鵬程先生於此有論及，見〈細部批評導論〉一文，前引書，頁435～437。
　　　　龔文提出「心心相印」，保證人我之間的印合的可能；另，我們可進一步思考：
　　　　即使佛、道都還明白表示對語言文字的質疑，但佛家的「隨撥隨掃」，魏晉時
　　　　「意在言外」的提出，則又從意義的溝通面取徑，認爲透過不著相（儘管有
　　　　神祕主義色彩）亦可以「得」，亦同樣作出肯認，二說可同時並觀。

〔註8〕　〈魚庭聞貫〉「與任昇之」條，頁41。

〔註9〕　李維史陀（Lévi Strauss）曾對神話的可譯性作出思考，並與詩語言比較對照，
　　　　其說很可作一啓發：「詩歌是一種不能翻譯的言語，除非嚴重地歪曲它的意
　　　　義；可是神話的神話價值即使在最拙劣的翻譯中也被保留下來。」見〈神話

套表現機制方得以存在面世，據此而言，敘事文體亦同樣可以如是觀之。因此金批由兩方面來「破譯」（decode）文本：其一，以意逆志，將作品一切面貌視爲作者有心的美學操作，試圖還原作書者之初心；其二，揭出作品所以若此的美學規律，並將這一切表現技法抽象條例化。

可注意的是，此種趨近文本的進路，於中國文人其實並不陌生；金聖嘆雖從未明言（或者，對一件埋所當然之事，又何須多言。）但是這樣的詮釋法卻極類似對經典的閱讀，尤其當我們想到《春秋》，以及圍繞《春秋》所衍生的種種解經之作，金聖嘆的閱讀進路更可說是一目瞭然。歷來爭議不已的所謂「水滸古本」是否眞有的公案，亦可置入此脈絡下來討論：若果是金聖嘆之個人意志所爲，其所以「刪削」「繁本《水滸》」，固有其不容自已之體會，但是若將此舉與其詮釋法並觀，則其刪書之舉，又出現另一層意義了。〔註10〕

以下我們將具體觀察金聖嘆如何追索作者心志的流動，以其批杜詩爲例，金批杜甫〈空囊〉詩言：

> 前一解是先生自寫骨力，後一解是先生自寫襟懷。〔註11〕

「空囊」意指囊中無錢，然而正因爲有此際遇，卻反映出杜甫的「不改之樂」，而無「不堪之憂」的心靈，詩中的「食翠柏」、「餐明霞」，由戲謔中透出作詩者面對物質困厄所表現出無礙的胸襟氣度。金聖嘆由知其所感，進而感其所感，將此詩的意義，完全投向對杜甫的滿懷「致敬」。評點者在詩中與另一個豐富多感的心靈相互遭遇。

> 作詩須說其心中之所誠然者，須說其心中之所同然者。說心中之所誠然，故能應筆滴淚。說心中之所同然，故能使讀我詩者應聲滴淚也。〔註12〕

在詩中活動的主體，敘述出自己眞實感受，從而無間的感動他人。此強大能量的傳遞，造成二者精神交流，使得彼此感知相契、相惜惺惺；同時幾乎也規定著詮釋者的批評進路——需要由文字將作者之志加以還原。至於談論作品內部肌理組織的結構方式，前文已屢屢申言，此固不贅；不過，這進一步

的結構研究〉，收入《結構人類學》（北京：文化藝術出版社，1991 年 12 月），頁 46。詩語言在脫離它本身的呈現形式，以一任何不同的方式出現之後（翻譯、轉述……），人們將感覺到詩的死亡。這種不可譯性，反應出詩語言獨特的存在型態。持詩之「不可解」說法，也多少是爲此。

〔註10〕 更有趣的是，孔子與金聖嘆二人都是扮演著「述者之謂明」的角色。

〔註11〕 《金批杜詩》卷二，頁 591。

〔註12〕 〈魚庭聞貫〉「答沈匡來元鼎」條。

也使得評點文字帶有訓勉、指導的口吻：

> 先生既繡出鴛鴦，聖嘆又金針盡度。寄語後人，善須學去也。〔註13〕

鴛鴦之美固不待言，卻非任之所之，而是針法密縫的產物，自是他一再講究之「精嚴」所達致的效果。我們不免又想起金聖嘆所說：「聖嘆本有才子書六部……然其實六部書，聖嘆只是用一副手眼讀得……。」此一副手眼，既能自出機杼，又能上體作者成書之苦心，其所謂「臨文無法，便成狗嗥」，此處的金針於茫茫學海中渡劫，便不離金聖嘆反覆所言的「文法」了。

（二）心心相印

金聖嘆在讀到杜詩〈江村〉之「老妻畫紙爲棋局／稚子敲針作釣鉤」二句時，批有：「紙本白淨無彼我，針本徑直無迴曲，而必畫之敲之，作爲棋局、釣鉤，乃恨事，非幽事。」〔註14〕自言其詮釋理路，乃是照顧之前的詩句，欲使通篇連貫一氣，是以不將「棋局」、「釣事」解成幽事。語詞本身的意向性，本就受說話者的約束，金批所言自是無可非難，當可選擇將「棋局」、「釣事」原來中性的屬性確定於一意義之中。另外這也說明整首詩因爲讀者積極主動的參與，補足了其中的空白與不確定處。

本文的空白及其不確定性，於今日似乎是一耳熟能詳的話語，而一旦對作品的本質形成如此的預設，讀者的閱讀活動，從而也就被提出至一定的高度加以重視。〔註15〕不過就金聖嘆所言：

> 吾特悲讀者之精神不生，將作者之意思盡沒，不知心苦，實負良工，
>
> 故不辭不敏而有此批也。〔註16〕

儘管強調讀者的閱讀活動，卻並非意指容許對作品意義的盲目生產；以意逆志的目的最終仍是回到作者，回到作者所創生的原意身上。

這一切要求讀者在閱讀時必須擔負的任務，看來不免是如此艱鉅，以至於非一個高明世故的讀者所不能負擔，金批：

> 而後讀者之胸中有針有線，始信作者之腕下有經有緯。〔註17〕

〔註13〕《金批杜詩》卷三，頁629。
〔註14〕《金批杜詩》卷二，頁600。
〔註15〕金批固然具體示範著讀者的強大創造，在書本版圖的爭霸上似不遑多讓於作者。就作品意義完成看來，確實扮演著積極的角色。伊瑟爾（Wolfgang Iser）或殷迦登（Roman Ingarden）對「不定性」的論點儘有差異，也或多或少指明了這一部份。
〔註16〕《金批水滸》楔子總評，頁28。
〔註17〕《金批水滸》第九回回首總評，頁167。

換言之，金批致力於說明一個天才的書寫，從而也對自己的閱讀以另一種天才的方式目之。這樣的批評活動就造成金聖嘆或如上述，強調閱讀活動中讀者的參與；有時他卻逕由作者立場來進行說解，重新揣摩、體驗其創作時思索安排的苦心孤詣：

> 鶯鶯聞賊之傾，法不得不亦作一篇，然而勢必淹筆漬墨，了無好意。作者既自折盡便宜，讀者亦復乾討氣急也。無可奈何，而忽悟文章舊有解穢之法，因而放死筆，捉活筆，斗然從他遞書人身上憑空撰出一莽惠明，一發洩其半日筆尖嗚嗚咽咽之積悶。〔註18〕

《西廂記‧寺警》一篇寫孫飛虎欲強討鶯鶯為妻，此一濁物自然多有唐突佳人，說話極不得體之處，但如此安排卻又不得不然，否則無法引出後文之張君瑞獻計破敵。而就在整個作品因孫飛虎出場弄得烏煙瘴氣之際，作者唯一可以盡一點心力的是，為讀者安排一個「莽惠明」的角色，此人心直口快又蔑視俗世禮法，不免說出許多令人稱心快意之事，一掃孫飛虎所帶來的總總不快。「羯鼓解穢」法在《水滸》中亦有提及；第二十四回「王婆計啜西門慶，淫婦藥鴆武大郎」，金批：

> 寫淫婦心毒，幾欲掩卷不讀，宜疾取第廿五卷快誦一遍，以為羯鼓洗穢也。（回首總評）

第廿五卷（回）「供人頭武二設祭」一節，寫武松殺潘金蓮、西門慶二人為兄復仇，終於一破前文積累之烏煙瘴氣，令人頓感晴空萬里、暢心快意。我們當可看出此「羯鼓解穢」完全由讀者立場（感受）發言，不過卻進一步將之視為作者之必然；再聯繫曾經論述之「弄引法」、「獺尾法」、「橫雲斷山」等文法合併觀之，都不免發現此處所提及之諸法都帶有相同的色彩。顯然，對於金聖嘆屢屢由作者立場發言，在一定程度上模糊了「作者—文評家」的分際。對於他實際上扮演了何種文評家的角色，必須進行更準確的描述：

對批評主體與創作主體之間的的交互往返，普萊（George Poulet）的談法有茲借鑒：

> 一本書在那兒，在一間空屋子裡等待著。這時一個人進來了，比方說是我，我翻翻書開始閱讀。就在此時，在眼前這本打開的書之外，我看見有大量的語詞、形象、觀念出來。我的思想將它們抓住。我意識到我抓在手裡的不再是一個簡單的物了，甚至不是一個單純地

〔註18〕《金批西廂》二本一折回首總評，頁79。

　　活著的人，而是一個有理智有意識的人：他人的意識，與我自動地
　　設想也存在於我們遇見一切人中的那個意識並無區別；但是，在這
　　一特別的情況下，他人的意識對我是開放的，並使我能將目光直射
　　入它的內部，甚至使我（這真是聞所未聞的特權）能夠想它之所想，
　　感它之所感。〔註19〕

蘊涵於語言文字之內的，就是另一個廣袤無垠的心靈宇宙，當我開始閱讀——不管他對我們或許是否全然陌生——其思考型態就逐步為閱讀者所掌握瞭解。普萊續作出解釋：思想的背後是一個思考著的主體，當這個思想如錢幣一般傳到了我的手上，這背後的思考主體就取代了我，而只要繼續閱讀，他就一直要取代我。閱讀恰恰是一個讓出位置的方式，不僅僅是讓位於一大堆語詞、形象和陌生觀念，而且還讓位於它們所由產生並受其蔭護的那個陌生本源本身。

　　此說準確的指出棲息在書本文字當中的，不是別的什麼；即是作者個別、特殊的思考型態，接觸作品我們不僅止於訊息的被動接收，而就在閱讀進行之時，我們也同時試圖與存在於書本中發聲的那個人對話，而最終，普萊說：「誰想重新發現他人的我思，誰就只能碰到一個思想著的主體，它在它借以思考著自己的那種行為中被把握著。」〔註 20〕換言之，就在閱讀者／批評家試圖思索他在作品中發現的我思時，作家的我思就在閱讀者身上被完成。

　　因之批評家在他身上重建了作者的思考，這種對作者—批評者兩個主體之間交互往返的親暱描繪，以及批評家對作者無間、準確的回溯，恰足以領我們重新審視金聖嘆——不僅止於所謂對作品的圖式再現（schema represent）而已——其詮釋活動有一大部分實向著活躍於作品當中作者的精神意態擺動。

　　普萊續言：「在自我的內心深處重新開始一位作家或一位哲學家的我思，就是重新發現他的感覺和思維方式，看一看這種方式如何產生、如何形成、碰到何種障礙；就是重新發現一個從自我意識開始而組織起來的生命所具有的意義。」〔註 21〕作家原始熾熱的精神最終以作品樣態宣洩，此精神——

〔註19〕 喬治・普萊（George Poulet）著，郭宏安譯《批評意識》（南昌：百花洲文藝
　　　　 出版社，1993 年 9 月），頁 255。此處的論述亦得力於黃錦樹老師提點甚多，
　　　　 不敢掠美，故誌之。
〔註20〕 同前引書，〈自我意識和他人意識〉，頁 284。
〔註21〕 〈自我意識和他人意識〉，頁 280。

形式折衝的過程，記錄著彼此對立與協商，最後在作品內凝結了它們。金聖嘆說：「文人纔動筆，便自眼底胸前平添無數高深曲折……則雖一寸之紙，而實得以恣展其破空之行故也……。」〔註22〕作者胸中任何的曲折情意最終都必須表現於紙面文字，這也是文評家賴以反溯的橋樑。

杜甫「一片花飛減卻春，風飄萬點正愁人。且看欲盡花經眼，莫厭傷多酒入唇。」（〈曲江二首〉）〔註23〕既告訴金聖嘆他對人生的思考，同時也展示著一種說話的方式。於此，金聖嘆如此理解：

> 本為萬點齊飄，故作此詩，卻以曲筆倒追至一片初飛時說起。終思
> 老人眼中，物候驚心，節節寸寸，全與少年相異，真為可悲可痛！

金聖嘆首先捕捉了年老杜甫敏感的心境，並指出他以倒敘手法（倒追），含蓄的（曲筆）寫出自己對物候變化流光荏苒的感慨。評點者回到詩歌創作過程的源頭，由作家的我思帶領著批評家重新體驗整個創作活動。

因此語言文字最終都是媒介，都是文評家據此以返回作者心志的橋樑，當閱讀開始——即作者開始講述——當讀者試圖把握作品之中那個思考的我思，閱讀者則逐漸退位，以放棄自己為始，以與接受融合作者思想為終。這樣的過程被完成，也即是當讀者享有的特權完成，我們已不能分辨誰是作者。金批：「昔者伯牙有流水高山之曲，子期既死，終不復彈。後之人述其事，悲其心，孰不為之嗟歎彌日！自云我獨不得與之同時，設復相遇，當能知之。」〔註24〕這種享有的特權摧毀了時間，他已然無視於任何客觀的限制，而在主觀的精神層面上立論，最終，批評家的每一句所言，都將是為作者所說，也都是作者之言。

二、抉發作（書）者之「原意」

（一）對敘事作品中文法的感知與作者形象之重構

在金聖嘆對《西廂》與《水滸》的評點中，我們不難看到其中摻雜著對其他閱讀強烈的抵制與批判。例如〈讀第五才子書法〉中就對他人的閱讀不滿：

> 近世不知何人，不曉此意，卻節出李逵事來，另作一冊，題曰「壽

〔註22〕見〈魚庭聞貫〉「與沈方思永啟」條，頁42。
〔註23〕《金批杜詩》卷二，頁580。
〔註24〕〈與陸子載〉，收入鐵琴樓主編《金聖嘆尺牘》（臺北：廣文書局，1989年9月），頁57。

張文集」，可謂咬人屎橛，不是好狗。

按百廿回繁本《水滸》第七十四回為「李逵壽張喬坐衙」一節，另於《錄鬼簿》也有楊顯之所作之〈黑旋風喬斷案〉的記錄；寫定本的《水滸》與這些歷來流傳的梁山戲曲或故事，本有著千絲萬縷的聯繫，金聖嘆所批評的無非是不滿於這些通俗劇中無可避免的對人物的誇張與扭曲，可謂輕薄了寫定本中對人物細膩深刻的塑造。而相同的狀況也出現在《西廂》評點裡，金批中屢屢以「忤奴」〔註25〕申斥這些對張生與鶯鶯的誤讀，此等忤奴徒視此一男一女狂蕩無禮只如乾柴烈火一般，至此可謂「才子佳人至此一齊掃地矣」。〔註26〕

但是就金聖嘆的立場而言，閱讀不啻是一種與作者交心的相契相知，因此他對其他相異詮解的大加撻伐，不若說是他捍衛自己心中建立的作者形象。在他的眼中這幾部書的才子（作者），無一不是搦筆操管的絕佳範型，皆體現著他心中所認同的美學期待；換言之，他們都不可能犯錯，作品中任何與常識常理違背的操作，都是一種陌生化（estrangement）〔註27〕的效果，用以阻絕讀者自動化囫圇吞棗的閱讀，直言之，都可以透過詮解，得出對這些美學操作所以需要的解釋。

金聖嘆在〈讀第五才子書法〉所提到之「鶯膠續弦」法〔註28〕，便可如

〔註25〕以一本一折的夾批為例：「此處閒閒一白，乃是生出一部書來之根。即伏解元所以得見鶯豔之由，又明雙文珍視相府千金秉禮小姐，蓋作者之用意苦到如此。近世忤奴乃云雙文直至佛殿，我睹之而恨恨焉！」見《金批西廂》，頁43。

〔註26〕敘事作品中固充斥著對大量細節的描繪，但就如殷迦登所言：「不可能用有限的語詞和句子在作品中描繪的各個對象中明確而詳盡無遺地建立無限多的確定點。」引自《對文學的藝術作品的認識》（臺北：商鼎文化出版社，1991年12月），頁50。因之就讀者補足這些不定點，既而再現故事圖式化外觀的完成階段，既加入了讀者自行調動的經驗成份，可預見的是各自閱讀的不可取代與相互差異性。易言之，即便有客觀文本的依據，閱讀依然是絕對主觀的活動。

〔註27〕「……那種被稱為藝術的東西的存在，正是為了喚回人對生活的感受，使人感受到事物，使石頭更成其為石頭。藝術的目的是使你對事物的感覺如同你所見的視象那樣，而不是如同你所認知的那樣；藝術的手法是事物的『反常化』手法，是複雜化形式的手法，它增加了感受的難度和時延，既然藝術的領悟過程是以自身為目的的，它就理應延長……」見維克多‧什克洛夫斯基〈作為手法的藝術〉一文，收入《俄國形式主義文論選》（北京：三聯書店，1989年3月），頁6。

〔註28〕「鶯膠續弦」一語典出自《十洲記》。參見陳洪《中國小說理論史》（合肥：安徽文藝出版社，1992年9月），頁186～189。

是觀之：

> 有鸞膠續弦法。如燕青往梁山泊報信，路遇楊雄、石秀，彼此須互
> 不相識。且由梁山泊至大名府，彼此既同取小徑，又豈有止一小徑
> 之理？看他順手借如意子打鵲求卦，先鬥出巧來，然後用一拳打倒
> 石秀，逗出姓名來等是也。都是刻苦算得出來。〔註29〕

《水滸》第六十回寫盧俊義不肯落草，偕僕燕青一起返回北京，不料又被李
固與賈氏所害，在第六十一回裡燕青雖得救盧俊義免於為兩公人於刺配途中
所害，不料盧俊義終究為官府所捉，即日便要斬首。孤掌難鳴的燕青思量要
往梁山泊討救兵，卻恰巧於途中遇上下山來打探盧俊義消息的楊雄、石秀兩
人。金聖嘆十分注意作者所設計的巧合，巧合的出現固然推動情節的繼續鋪
展，但卻容易與人不近情理的突兀感，因此，他特別指出，作者於此特地安
排燕青射鵲，以鵲鳥帶箭飛去，透過一層轉折因此才正好引燕青見著了楊雄
石秀二人。

　　金聖嘆的說法並非全無道理，但是我們依然可以發現其根本癥結還在於
《水滸》作者要將這分散各處之一百八人，一一以合情合理的方式逼上梁山，
收入水泊之中，確實需要一番苦心思量；金聖嘆就說：

> 一部書，將網羅一百八人而貯之山泊也。將網羅一百八人而貯之山
> 泊，而必一人一至朱貴水亭，一人一段分例酒食，一人一枝號箭，
> 一人一次渡船，是亦何以異於今之販夫之唱籌量米之法也者。而以
> 誇於世曰才子之文，豈其信哉？〔註30〕

於是，巧合、雷同或不免時時出現於讀者眼前了。以鸞膠續弦所指稱的例子
看來，便是因為燕青與石秀、楊雄的相遇似乎過於湊巧，金聖嘆不免為作者
反覆申說，特地指出作者深思熟慮之後所安排的燕青射鵲的插曲，以便沖淡
這一切所帶給讀者可能的不合人情之理的感受。但是，金批即使能有這一層
面對作者的關照，即便說明作者了在此處的苦心設計，仍不免予人強為說解
的感受──如果任一讀者還是覺得此處過於湊巧的話。

　　將說解的重心擺在從一己的感受出發，既然是個人的，卻又有要求形成
普遍的共識，本身就是一件極冒險、極不討喜的工作，因此，對於這「鸞膠
續弦」法，也不免沾惹些許金聖嘆個人為作者彌縫的色彩了。由此，對於《水

〔註29〕〈讀第五才子書法〉，頁24。
〔註30〕《金批水滸》第十六回回首總評，頁253。

滸》中出現的多種相似的情節，金聖嘆所提出的犯與避，亦是由作者立場發言，也同樣可以置入此脈絡下加以檢驗。

〈讀法〉中首先提出了「犯」，並且又將之區分爲「正犯」與「略犯」二法：

> 有正犯法。如武松打虎後，又寫李逵殺虎，又寫二解爭虎；潘金蓮偷漢後，又寫潘巧雲偷漢；江州城劫法場後，又寫大名府劫法場；何濤捕盜後，又寫黃安捕盜；林沖起解後，又寫盧俊義起解；朱仝雷橫放晁蓋後，又寫朱仝雷橫放宋江等。正是要故意把題目犯了，卻有本事出落得無一點一畫相借，以爲快樂是也，眞是渾身都是方法。〔註31〕

> 有略犯法。如林沖買刀與楊志賣刀，唐牛兒與鄆哥，鄭屠肉鋪與蔣門神快活林，瓦官寺試禪杖與蜈蚣嶺試戒刀等是也。〔註32〕

就此處金聖嘆所舉的例子看來，所謂的「犯」意指故事情節的重複，而正犯與略犯則在重複程度上有所區別；換言之，被歸之於正犯類的情節，顯然有極大的相似性。不過，他又特別稱許作者處理這幾段極爲相似的情節，「正是要故意把題目犯了，卻有本事出落得無一點一畫相借」，寫來是一點也不會因爲相似而感到枯燥乏味，而作者所以要「犯」，要「自討苦吃」，全是因爲其希冀藉此來自逞筆力，他人做不到的，偏我不費吹灰之力即可完成；並且「以爲快樂是也」。

這樣的意思在第十一回回首總評內又續有發揮：

> 吾觀今之文章之家，每云我有避之一訣，固也，然而吾知其必非才子之文也。夫才子之文，則豈惟不避而已，又必於本不相犯之處，特特故自犯之，而後從而避之。

若就此看來，行文便有如戲筆一般，若不走偏鋒行險處，讀者又何以分辨作者之天才？所以金聖嘆續說：「將欲避之，必先犯之。夫犯之而至於必不可避，而後天下之讀吾文者，於是乎而觀吾之才、筆矣。」〔註33〕如此看來頭頭是道的說法，卻將所有的線索繫於作者一身，而施耐庵〔註34〕是不發言的，這

〔註31〕〈讀第五才子書法〉，頁23。
〔註32〕〈讀第五才子書法〉，頁23。
〔註33〕《金批水滸》第十一回回首總評，頁191。
〔註34〕《水滸》作者容有爭議，金聖嘆卻曾明言作者是施耐庵，另外他也曾大罵續書者羅貫中是一「愚而好用」者。

不免就要啓人疑竇。

　　不過金批所言作者自逞筆力之處，卻也不是全無見地，就如同他在「正犯法」中所說的，這幾段故事類型雖有重複，但「卻有本事出落得無一點一畫相借」，他的閱讀是極爲細密的，此處的評論不失公允；但是下段話可能就難以服眾了：

> 此書每於絕大文字，偏有本事一字不相犯。如武松遇虎，李逵又遇虎；金蓮偷漢，巧雲又偷漢是也。乃偏於極小文字，偏沒本事使他不相犯。如林沖迭配時，極似盧俊義迭配時；鄆哥尋西門，極似唐牛兒尋宋江是也……蓋僧繇畫龍，若更安鱗施爪，便將破壁飛去，天下十成之物，造化皆思忌之，彼固特不欲十成，非世人之所知也。
> 〔註35〕

此處他所指出的「偏於極小文字，偏沒本事使他不相犯。」證諸小說文字描寫，果然予人幾乎一模一樣的感覺，這樣的感受是可以核實的，因爲客觀的書面文字果是如此呈現，因此照金聖嘆所持「不犯」的標準看來，此處本可算是作者失筆；但是他卻另尋了了理由：「彼固特不欲十成，非世人之所知也」，指出才子不欲將作品打造至十全十美境界，凡事不爲己甚，以免爲造物所忌。此等說法當可視爲讀者主動的閱讀創思，若將之施予作者此說就不免牽強；我們不免質疑，論述至這樣的地步，再繼續追問下去，只能從眞實的作者身上，求其親告方有公斷。但，作者斯不復起，他自己就說「非世人之所知也」，既如是，金聖嘆又如何得知呢？

　　因此，「將欲避之，必先犯之」的說法，就難以在此處成立了，因爲作者此處是「犯」了，可是卻沒有「避」。〔註36〕我們已經看見金聖嘆爲作者強加

〔註35〕《金批水滸》第廿三回夾批，頁383。

〔註36〕張曼娟：「同樣是打虎之事，『寫出兩樣文字，曾無一筆相近，豈非異才』。『略犯』則是情節或人物造型的類似，如林沖賣刀與楊志賣刀；唐牛兒與鄆哥等。不論『正犯』或『略犯』都要在相似中尋到差別。差別的關鍵往往在於人物不同的性格特徵，決定行爲模式的差異。」見《明清小說評點之研究》（臺北：東吳大學中文研究所博士論文，1990年），頁119。這也是一種以己意（現代小說觀念）籠罩金聖嘆（研究對象）之意的例子；因之，後文續論述道：「作家若能在長期而細微的生活觀察中，見人之所未見，發人之所未發，那麼就算是事件、場景、行動不換，仍能不斷產生新的創意。」（同頁）事實上金聖嘆所提出之犯與避，原是爲才子行文高妙技巧涮色，此說自然能與現代小說概念有所重疊；不過，研究者並不能止於二者的疊合部份，因爲此並非其立論全部；否則如何會有：「每於絕大文字，偏有本事一字不相犯。如武松遇虎，

了一些桂冠，若從此處再看他這樣描述作者操「犯」、「避」二訣行文以樂的自得神情：「吾之才、之筆，為之躊躇，為之四顧，脊然中竅，如土委地，則雖號於天下之人曰：『吾才子也，吾文才子之文也。』彼天下之人，亦誰復敢爭之哉？」〔註37〕作者在此還出聲說話了，只是是藉金聖嘆之口，無論如何的趾氣高昂，那便不免有些虛無。

　　竊以為另一個足以代表金聖嘆左右失衡的例子，便是在「三打祝家莊」時，所失落的欒廷玉。第四十九回回首總評裡，先是由此回中各個線索的拼湊，細細分疏欒廷玉確定於此陣役中身亡，接著又揭出「春秋筆法」論述了作者如何透過「不書」為欒廷玉此一賢者諱；在為作者全面的分析之後，只是最後卻不免將自己的心事全盤托出：

> 史進尋王教頭，到底尋不見，吾讀之胸前彌月不快，又見張青店中麻殺一頭陀，竟不知何人，吾又胸前彌月不快；至此忽然又失一欒廷玉下落，吾胸前又將彌月不快也。豈不知耐庵專故作此鶻突之筆，以使人氣悶。〔註38〕

所謂「吾胸前又將彌月不快也」一語，正明白吐露自己閱讀受阻的情緒，但是卻又隨即將自己情緒歸結於是作者故意操作的效果──亦即懸念的設計，下句話更有意思：「我今日若使看破寓言，更不氣悶，便是辜負耐庵，故不忍出此也。」觀其出語，更是處處照顧了作者，申言自己絕對服膺其美學考量，作一個理想的（超級）讀者。換言之，金聖嘆此處對同樣的事件，已又為作者生出兩種行文之法，一者為春秋筆法，二為使讀者氣悶之筆；我們不難發現，金批所謂的作者，已經是被他作為一個讀者的強烈意識所緊緊籠罩的了。

（二）還原在詩歌中被作者取消的連接詞

　　當我們檢視金批與杜詩的關係時，不難發現金批總是一直在敘述著：詩人說了什麼〔註39〕，以及他怎麼說。而通常這兩者是二而一的，如〈秋興八首〉此等較為晦澀的詩語，不能掌握杜甫說的方式，自也不能懂得他說了什

　　李逵又遇虎；金蓮偷漢，巧雲又偷漢是也。乃偏於極小文字，偏沒本事使他不相犯」的說法。因此，除了客觀的還原研究對象的歷史真實之外，必須更深究這些現象所以出現之由，準此，就可以回頭與第三章裡本文所提出的「對偶閱讀」相互參看，事實上此處「犯與避」的問題脈絡當不出此（參閱第三章第五節），「同中有異」正是一種行於敘事文本內的隱晦對仗方式。

〔註37〕《金批水滸》第十一回回首總評，頁191。

〔註38〕《金批水滸》第四十九回回首總評，頁230。

〔註39〕包含杜甫「說了但是沒有直接說出來的」（言外之意）。

麼。雅克布遜（Roman Jakobson）將隱喻與轉喻置入語言藝術中，從而得出：
「相似的原理構成了詩的基礎……散文基本上是由接近性所促進的。」〔註40〕
於此，可進一步讓我們釐清金批詮釋活動進行的範疇。由於詩語言是在極大
的部份上壓縮了組合軸，而偏向選擇軸的運動，致使字句／詞語的連接關係
變得難懂；相對於此，為了還原詩人在組合軸上的減省，解詩者的詮釋活動
皆往此軸擺動，試圖將「不合語法」的詩句，「調整」為一組首尾貫通的文意。

　　詩語言不但精煉、濃縮，且與日常語有所偏離；面對如是的對象，似乎
也壓迫著文評家嘗試將游動的意義加以固著。因此，指明詩意之間的傳接、
轉折，就成為詮釋者自覺的任務，再加上中國詩歌又是詩人一種「顯意識」
（consciousness）活動（葉嘉瑩語），詩人以敘述者「我」的身份進行講述，
便是為詩作內的記錄簽名背書，宣告其所有權；也因此，上述的評點活動就
不得不向此擺動，幾乎全是在說明作者心志流動——他的精神意趣。

　　以金批〈北征〉〔註41〕為例，「皇帝二載秋／閏八月初吉」首句便已明白
表示出活動的時間，下之「杜子將北征／蒼茫問家室」二句，更指明敘述者
與作者二合而一的身份，因此，在清晰地透出人、事、時的訊息下，金聖嘆
更把解說重心整個擺在杜甫所思、所感、所見之詮釋理路上。在他所分成的
卅五解裡，之前被作者省略的連接詞，如「故」、「乃」、「因」等，就不斷出
現，用以對文意作出完整的說明。但這樣往「組合軸」的接近，雅克布遜已
經說了幾乎是敘事作品的特徵；換言之，金聖嘆的說解，相對於精煉的詩句，
也幾乎成了一個「故事」。

　　〈北征〉杜甫如此寫：「生還對童稚，似欲忘饑渴。問事競挽鬚，誰能
即嗔喝。翻思在賊愁，甘受雜亂聒。新歸且慰意，生理焉得說。」金聖嘆將
此八句分為第廿二解、廿三解：

> 「問事」「挽鬚」四句是一解，「生還」二句合「新歸」二句是一解。
> 先生每有將一解割開，橫插一解於中間者。……一解在先生心頭，
> 一解在先生膝上，乃是一時齊有之事，不得不作夾敘法，割開前解，
> 橫插後解也。

這第廿二解的四句，被第廿三解橫插入內，看似極為突兀，金聖嘆卻認為只

〔註40〕　見〈隱喻與轉喻的兩極〉收入《西方二十世紀文論選》（北京：中國社會科學
　　　　　出版社，1989年6月），頁72。
〔註41〕　《金批杜詩》卷二，頁572～580。

因事情是一齊發生的，所以方有此呈現方式，也就是要以「歷時的」詩句，進行對「共時的」事件進行描繪。而更有趣的，這樣的表現企圖——並非文評家的創造，充其量只是「發明」作者之意而已——被金聖嘆銘寫入杜甫身上的。又如：〈客夜〉：「計拙無衣食，途窮仗友生。老妻，書數紙，應悉未歸情。」金批：「人老計拙，資生大難，略仗朋友以自存活耳。因於千里之外望空低呼老妻一聲，而遙告之：『我此苦趣以前數書曲折每盡，身雖未歸，汝固應悉也。』『老妻』二字，順略住，不然不復成語。」〔註42〕此處雖仍是二—三的讀法，卻已經改變詩中的人稱：「書數紙，應悉未歸情」成為詩人（我）主觀的心志活動（原來也可能為詩人口中的「她」）；金聖嘆將自己的詮釋帶入，為杜甫的用心大作文章，從而使詩句轉出另一層意思來。

又如：〈王十五司馬弟出郭相訪兼遺營草堂資〉：「憂我營茅棟，攜錢過野橋。他鄉，惟表弟還往，莫辭遙。」金批：「此詩『他鄉』二字讀斷，『惟表弟還往』五字連讀，『莫辭遙』三字另讀。細玩，自見其句法變換之妙。」〔註 43〕甚至牽動了句與句之間的分隔，字數的重新組合與金批的詮釋是有關係的，這並非純修辭上的考量，而是從意義通暢、完整著眼；從揣摩詩人心思的流動著眼；從一個讀的位置，詮釋之必要，對詩句作出的更動。〔註 44〕

再以杜甫〈游龍門奉先寺〉〔註 45〕一詩為例。就詩題看是詩人正在出遊，但是金批就又特別指出詩句中其實不止於對當時出遊情景之描寫，更包含詩人晚上住宿時的心境流動。針對詩題與內容二者的落差〔註 46〕，金聖嘆別有心解：「忽然知之。蓋此篇乃先生教人作詩不得輕易下筆也。」質言之，此詩果然是成於宿後；若是於游奉先寺時所作，就無法曲盡詩人一天中由日及

〔註42〕《金批杜詩》卷二，頁 619。

〔註43〕《金批杜詩》卷二，頁 595。又有言：「〈如雨過蘇端〉詩『濁醪必在眼，盡醉抒懷抱』是也。『濁醪』二字讀斷，『必在眼盡醉』五字讀斷，『抒懷抱』三字讀斷。不然『濁醪必在眼』竟成何語？世間讀杜詩者，不知如何讀去。」見《金批杜詩》卷二，頁 595。

〔註44〕此處的論述顯然並不全面，不過實也無意以「敘事性」的特點，涵蓋於金批中的其他詮釋策略，但可注意的是這卻是一極有趣的觀察點。本節但試圖指出金批有此特徵，為與下一節有更清楚的參照與聯繫。

〔註45〕《金批杜詩》卷一，頁 562。

〔註46〕金批記錄下他的思考過程：「然則當時此題，豈本有二詩，而忘其第一首耶？我反覆思之，不得其故。」

晚的所有意趣。世上的淺人游山便是信手便作，故寫不出此等意態，杜甫一念及此，是以將題目與詩中內容故意產生差距，使人能夠由此落差，明白作詩不可輕率下筆的道理。〔註47〕

　　顯然他的批評方式已經不能停留於前述的「體製／格律」的說解上，其更進一步的將美學要求灌注於這些詩作之中（當然這並非無條件的〔註48〕），並且追摹著詩人心志，由此進行操作。而我們不免看到，經過這樣「形變」的詩歌，無非是不斷的回答詩人說什麼——所以看不到意象分析——文評家致力於還原被詩人取消的連接詞，試圖將破碎的詩語重新接合，拼湊出一段合於情理邏輯的完整敘述。〔註49〕或可如此說，金批其實是以不同手法（相對於創作手法而言）審視了文本，並出之己意對其中的「單位」，重新作出另種「秩序化」的安排——以致於，有時不免顯得離奇。

〔註47〕 另外，在〈登兗州城樓〉詩題下批：「杜詩題，有以詩補題者，如〈游龍門奉先寺〉是也；有以題補詩者……有詩全非題者……有題全非詩者，此等（按：指〈登兗州城樓〉）是也。其法甚多，當隨說之，茲未能悉數。」見《金批杜詩》卷一，頁536。此處的由詩——題衍生出的種種詩人安題的方法，我們或可反向思之：這些安題法全都在一種狀況下被察知：當詩題與內容有落差時——不論是何種型態的落差。換言之，這些落差在某些淺人身上便成為一大失誤，但是在杜甫身上反而變成詩人有心操作下的形變。此處背後預設就是：杜甫是不可能犯錯的。

〔註48〕 也就是說，他並不是任之所之絕對自由的，他仍需尊重作品，尊重作品的行文脈絡，依此框架來進行立說。

〔註49〕 從這個角度看來，金聖嘆所以能「一副手眼」讀得所有的作品確實是說得通的。詩歌的本質不是詩語的朦朧、複義的聯想，卻是背後詩人的情意，易言之，當金聖嘆拼合出一段完整的敘述之際——所謂作者之初心時，恰是一「敘事」。這與其對敘事文體的閱讀是一致的，所以當他在分析詩歌時，事實上是在談論（還原）一段敘事。以〈游龍門奉先寺〉一詩來說，金聖嘆的解說就是杜甫於游寺前後的心意流動，或類近於詩「本事」之屬；如此一來他的關注點就不是那些容易導致歧義的詩語用詞（意象分析），而恰似他閱讀小說的關於敘事學方面關注，如時間的轉變、發言的位置、甚至是歷時的行動如何轉換為共時語言的呈現等等問題。尤其以雅克布遜的交流模式看來，回到傳送者本身所欲發送的訊息而言，實無表述形式上的差異。帶著如是的意識，金聖嘆便屢屢要將「濁醪必在眼／盡醉抒懷抱」，從意義連貫著眼，讀成「濁醪，必在眼盡醉，抒懷抱。」而「老妻書數紙／應悉未歸情」，就會考慮發語人（主詞）是杜甫而非杜甫之妻（雖然「老妻」位於主詞的位置），讀成「老妻，書數紙，應悉未歸情。」「老妻」乃是杜甫遙呼之詞。

第二節　失衡：作者的虛位化

一、詩語中的越位

　　猶記金聖嘆所言，不肯對杜詩上下其手有所冒犯，亦以杜詩作為學習的榜樣。一方面金聖嘆確實對杜詩有相同詩題的擬作〔註50〕；另一方面，他的批點文字就其自我要求看來，也不可能故意讓杜詩的面目走樣。金批〈發潭州〉：

> 此不知當日先生是何心血作成，亦不知聖嘆今日是何眼光看出。總
> 是前人心力不得到處，即後人心力亦決不到；若是後人心力得到之
> 處，早是前人心力已到了也。千秋萬歲之下，錦心繡口之人不少，
> 特地留此一段話，要得哭先生，亦一哭聖嘆。所謂回首傷神，輩輩
> 皆有同心也。〔註51〕

在說明此篇至奇之法（通篇不著一人）之後，金聖嘆感慨地寫下上述文字。他首先表明，此法看似個人創見，其實是他踵躡杜甫，心領神會之言，而當他筆走至此，不免心生蒼茫歷史意識，在此「前人—我—後人」的時間洪流裡，既有深許自己知言，又為未來的知音難期，因之不免心生極大的情緒波動。

　　於〈戲題王宰畫山水圖歌〉的批點裡有言：

> 原來王宰此圖，滿幅純畫大水……。此是王宰異樣心力畫出來，是
> 先生異樣心力看出來，是聖嘆異樣心力解出來。王宰昔日滴淚謝先
> 生，先生今日滴淚謝聖嘆。後之錦心繡口君子，若讀至此篇，拍案
> 叫天，許聖嘆為知言，即聖嘆後日九泉之下，亦滴淚謝諸君子也。
> 〔註52〕

此處更是將「王宰—杜甫—金聖嘆—後世君子」加以並舉，作為「後」的讀者，皆是「前」創作者的知音。理想讀者的出現，使得綿互於不同主體之間的時間與差異已不復存在（存在也不是問題），而知音是如此難求，這樣相知的感動當然是超乎生死古今的。貫串於這三組主客體之間的，就是金聖嘆屢言的「異樣」，異樣之於作者是難測的表現意圖或手法；異樣之於讀者則為對

〔註50〕於題下自注「擬杜少陵」或「擬杜」等字。參見《沈吟樓詩選》，收入《金聖
　　　　嘆全集》冊四。
〔註51〕《金批杜詩》卷四，頁707。
〔註52〕《金批杜詩》卷二，頁601。

於作者意圖的真切詮解或還原。此等異樣的感知讓金聖嘆感動落淚，但是他似乎不曾考慮，此「異樣」的上溯與下及，完全是他個人展現出來的，整篇文字裡都是金聖嘆說；王宰與後世君子在此都是不發言的，是金聖嘆幫他們說了（王宰昔日滴淚謝先生）；杜甫說，但是他只以作品說。

杜甫以詩歌說，金聖嘆告訴我們杜甫說什麼。

金批中對作品的形式有極為敏銳的觀察；他甚至具有一套鋒利的批評語言；他亦長於深切體會作者獨特的生命樣態；但是，這一切都還是金聖嘆說。換言之，即使上述的方式讓他感受到不斷向作者詩語言趨近——在真與假的絕對裡——亦無法將他的所知所感，宣布為杜甫之真。「異樣」代表著一種審美的觀感，是批評者難能可貴的積極創造。由於未識及此，這樣的肯認自己為真的意志下，就產生了籠罩及排擠的現象。杜詩〈月〉有「四更山吐月，殘夜水明樓。沈匣元開鏡，風簾自上鉤。」四句，金批言：

> 先生滿肚忠君愛國，而當時又有不可顯言者，於是托喻於月，以宛轉　其欲吐難吐之情抱也。……於是先生即一字之題，無不備極風人之遙深矣。……東坡稱「殘夜水明樓」為好景絕唱。小兒瞇目，不見太山，真何足道！〔註53〕

金批意指杜甫是「備極風人之遙深」的絕佳能手，因之題目「月」就不可能只是單純的詠物，從而不能見此詩言外之意的東坡，被斥為「小兒瞇目」，不免落於下乘。但是「備極風人之遙深」卻也對杜甫作出某種認識之限定，並宣稱只有己意為真。金批〈孤雁〉下云：

> 此先生自寫照也。○余謂唐人妙詩，從無寫景之句。蓋自三百篇來，雖草木鳥獸畢收，而並無一句寫景，故曰「詩言志」。志者，心之所之也。……莊生書通塗解向幻忽惝恍一邊，殊不知其開口說鯤說鵬，便是一片切實道理。〔註54〕

更進一步指明何以沒有純粹的詠物寫景，並回至《詩經》中尋出有利的佐證，續又以《莊子‧逍遙遊》為例，意指字面上的「鯤鵬」乃是蘊涵著莊子個人一片真切的寓意。金聖嘆所言之「托喻」實是中國詩人／讀者在一共享的文

〔註53〕《金批杜詩》卷四，頁699。

〔註54〕《金批杜詩》卷三，頁654。〈孤雁〉此詩據朱鶴齡注：「此託孤雁以念兄弟也。」見〔清〕‧仇兆鰲《杜詩詳註》（北京：中華書局，1995年4月），頁1530。順此理路其實與金批意緒不同；不過二者皆不將此詩視作純寫孤雁的失群，倒是一致的。

化語碼下，對於詩語言操作的共同契約。語言雖經過變形加工處理，但仍舊是可辨認（解碼）的，這與詩學的規律顯然有所聯繫。另方面，在威權時代的體制下，委婉的態度、類比的使用，諷喻詩一方面發揮積極勸諫效用，從而亦透出作詩者本人的忠貞怨悱、情致委曲的情懷。金聖嘆即由此著眼，詮釋了杜甫忠厚情切的襟抱。

　　這樣的描述本也無可非議，對於語碼的理解也實難以作出對號入座的限定，不過他的讀解卻也君臨天下，一筆抹去其他可能的進路，由之且認定自己心解的作者為真，既規定著杜甫更排擠了東坡。〔註55〕

　　於〈早起〉下批：

> 此首與前四絕〔註56〕皆一時意中寫就，非春來即事也。……○不知何人於題下硬派「上元二年成都作」七字，豈公自注耶，抑親得追隨少陵耶？反復不知其故。癡人說夢，真為可涕！但世之吞炭者固多，逐臭者更不少也。

這更是「此理至明」大膽的結論了。因為金聖嘆的詮解中，詩中之事不必實指，所以他說「皆是意中寫就」──「我輩閑坐書齋，常有此事」，都是詩人的空想而已。這樣的詮釋本也無可非議，是否真有其事本無可考（不必考）；再者，又添其解釋的自由度，使其詮釋不受拘束、靈活地遊走於字裏行間。不過，金批尚不滿足，更說：「大抵先生異於人者，於妄想中成三禪樂，世人於妄想中成五濁惡。」層層舉證，就是要將文士生花妙筆完全收入其精神探險經歷，而不必真有其事，似乎非如此不可。唯獨「上元二年成都作」〔註57〕這一對時間的指實語，顯然不能收納入自己的詮解範疇，於是必須對其展開圍剿。

　　更有趣的是，金聖嘆說他對這句話是「反復不知其故」，前後推想，就是不能明白。況且「豈公自注耶，抑親得追隨少陵耶？」一語，就完全洩露金聖嘆的思考──他想不透何以杜甫（或隨從）怎會寫下這樣的註解（若是真的，就太荒唐了）。這個時候，他就不朝「杜甫所寫」的方向考量作出解

〔註55〕所以金聖嘆能說「余謂唐人妙詩，從無寫景之句」。顯然若有純寫景之句就不是妙詩了。這樣的讀法是封閉的也是獨斷的；它自成體系，其中也頗言之成理──在它自己的論述場域內。

〔註56〕意指〈蕭八明府實處覓桃栽〉、〈憑何十一少府邕覓木數百栽〉、〈憑韋少府班覓松樹子栽〉、〈又於韋處乞大邑瓷碗〉等四首。《金批杜詩》卷二，頁604～607。

〔註57〕《杜詩詳注》卷十，頁802。於〈早起〉一詩題下有小字「依舊次在上元二年」。

釋，而是完全排除此說爲眞的可能。顯然他的絕妙說解（「異樣心力解出來」）在此壓迫了一切，先入爲主使他不能懂（也容不下）。〔註58〕同理，杜詩〈歸來〉：「洗杓開新醅，低頭拭小盤。憑誰給麴蘗，細酌老江干。」金批道：

> 無恥哉，劉會孟！（按，指劉辰翁）何見而定「著小冠」勝乎？此句既
> 定是冠，則上句既已開醅，何復有「誰給」之語哉。〔註59〕

檢閱仇兆鰲《杜詩詳註》，〈歸來〉一詩「洗杓斟新醅／低頭拭小盤」下有「一作著小冠」的夾注。此處我們並不希望將此處的爭議企圖帶向版本考古的稽證（雖然也可在一定程度上解決問題），可注意的是金聖嘆所以排斥「著小冠」，正因爲詮解之必要，而此詮解又幻化出一詩人極爲隱微的心志活動：此詩由乞酒不得而歸來，詩人卻「春夢未斷，只謂新醅已在。於是洗杓開埕，便將淺斟低酌」，至此說明既無酒何以有「洗杓開新醅」的動作。所謂「低頭拭小盤」何意？金批：「乃陡然定睛注視新醅何在，是誰所給，因而滿肚苦不足道，反是滿面羞不可當。於是低頭文過。念盤與杓是一例器皿，閑居無事，洗杓拭盤，便作清課。」詩人以爲有酒，於是拿起杓、盤要喝，但立即發覺其實無酒，因此羞愧難當，於是就將已拿在手上的杓、盤作當作例行公事般洗拭一番，意欲遮掩自己的失態。

　　如此鉅細靡遺描繪了詩人曲折隱微的心志與行動，而且金批完全扣緊詩

〔註58〕事實上，對金批的肯定與欣賞一直都在於「他讀出什麼」，因之出現希望金聖嘆晚生幾年，讓他讀讀《紅樓夢》的期望，實不令人訝異；狄平子：「余於聖嘆有三恨焉：一恨聖嘆不生於今日，俾使讀西哲諸書，得見近時世界之現狀，則不知聖嘆又作何感情。二恨聖嘆未曾自著一小說，倘有之，必能與《水滸》、《西廂》相。三恨《紅樓夢》、《茶花女》二書出現太遲，未能得聖嘆之批評。」引見〈小說叢話〉，陳平原、夏曉虹編：《二十世紀中國小說理論資料》（北京：北京大學出版社，1997 年 2 月），頁 85。這顯示：金批是創造的閱讀；但是也存在著對他相當排斥的看法，認爲他割裂作品，滿紙荒唐，這又說明他的評點極具侵略性，且威權的，導致某種程度的反彈。從接受層面看來，一直有著極端喜愛／排斥不容的兩派；就其理論內部視之，則不可避免的會有洞見／不見的問題。也就是說，順著一詮釋理路，固有其相應的見解，但是相同的這也讓他的認知往一方向前進，而導致某種程度上的不見。對於「上元二年成都作」的壓制，正說明他的洞見（妙批）下所排除的、甚至是相對緊張的關係。保羅‧德‧曼（Paul de Man）語：「洞見反而似是得自那推動批評家思想的負面運動及引導其語言離開本身所聲明的立場未道出原則，它敗壞、瓦解論點，甚而使其本質淪爲虛空，彷彿斷言主張的可能性早已受到質疑。」轉引自廖炳惠〈洞見與不見〉一文，見氏著《解構批評集》（臺北：東大圖書公司，1985 年 9 月），頁 53。

〔註59〕《金批杜詩》卷二，頁 621。

語並無一字或失（事實上，他一向如此），這是解詩者強大的敘事能量的迸發成果——對此，我們幾乎很難再置一詞。不過，就如同前例所分析的，在此洞見下的基礎，一是指寫作的時間爲淺人竄加，一是絕對地排除其他可能的詩語版本。至於後例，我們只須將金批與「著小冠」兩者比對，就不難理解金聖嘆何以必須大罵「無恥哉！」——如「著小冠」成立，金批即完全錯解，二者關係勢同水火。

　　金批〈宿青溪驛奉懷張員外十五兄之緒〉〔註60〕則出現另種巧妙的意義構築。首就題目「奉懷」二字作出「杜甫此日適在青溪驛，忽念及對自己無一日不懷的張之緒，可歎之緒必不知道所懷想的人，現正在青溪驛也。」的詮釋，因張十五先遙想杜甫，是以杜甫此念就是「奉懷」。再者，金批也注意到「既是奉懷張十五，卻只有『中夜懷友朋』五字，其餘並不更敘。」於是他進一步說：「通篇一氣呼應，總是借好友恩情寫自家流落。作懷張詩讀固非，作紀程詩讀亦非。全是一片靈幻搖動而成。」將「青溪驛」、「張之緒」的實有，完全置入杜甫一片精神活動之內，從而成爲「虛指」——進而鋪演出詩人藉實有之人事起興，幻化出種種起伏思潮與體悟。詩中有「月明游子靜／畏虎不得語」之句，金批：「非必青溪有虎，即使無虎，而我爲失群之人，即又何恃而不畏哉。既已甚畏，即又何敢出一語哉。」更跨過有虎無虎的眞假爭執，將詮釋重心投至詩人此刻憂懼徬徨的心情，將「青溪有虎」理解爲一不必指實的虛想語，既然只是一失群之人將心內感受具體化，則不必深求是否眞爲有虎。但是，這種詮解進路無非也是極爲靈動的，因爲其範疇並不妨礙「若青溪眞有虎」之可能；若此情景爲眞，只是再一次坐實了金批的解釋。金聖嘆顯然以一美學上的抽象統合了眞實上的可能對立，他也使得詮釋的場域更加寬闊。〔註61〕他一方面扣緊著文本，一方面又從文本轉出豐盈的意義詮釋。

　　「非少陵不能作，非唱經不能批也」。〔註62〕出入杜詩之間，金聖嘆顯然深有所得，「剜心抉髓，悉妙義之宏深」，以令人眩目的解釋「發明」作者之意。不過，金批自出機杼而看似高妙玄遠的詮釋，實憑藉著他對杜甫一份知心理解，「大抵少陵胸中具有百千萬億懸陀羅尼三昧，唱經亦如之」。〔註63〕

〔註60〕《金批杜詩》卷三，頁638。
〔註61〕同樣的，在杜詩〈北征〉：「猛虎立我前／蒼崖吼時裂」，對於是不是實有之虎，金聖嘆的說法亦同。
〔註62〕金昌序〈敍第四才子書〉，位於《金批杜詩》卷首。
〔註63〕同上注。

這是兩個主體之間親密的私語,由之使金聖嘆作出種種「合理」的理解。只是,這樣的成就卻也是透過對異己的排除與不見;甚至,必須對杜甫作出認識上的限定／確定。換言之,杜甫胸中所有之「百千萬億懸陀羅尼三昧」,乃是通過金聖嘆的設想與給定,其雖言「以彼證己」,其實就是「以己證己」;莫怪金聖嘆總能曲盡其妙,彌縫於無形。〔註64〕

　　作爲更後來的閱讀者,對於這緊貼著文本的詮釋,於讚嘆中有驚奇有欽服,似不能復置一詞;但是詮釋的進行卻總是帶有「詩人眞實如此」預設,並從而保證著詮釋的權威性,就很值得商榷了。在將現實實有事物以美學抽象統一之後、在迸發出強大的敘事能量之後,金聖嘆又回到眞實的迷霧中,求取著詩人的簽名與背書。然而,詩人斯不復起,詩人是不說話的。更何況,金聖嘆在閱讀中的創造活動,也似乎時時挑動著最後的防線,如金批〈瀼溪寒望〉(水色含群動／朝光切太虛):

　　　　「含」者謂仁,「切」者謂智,先生未必如此作,吾不可不如此讀。

　　　　〔註65〕

分明已經完全由讀者創發性的角度著眼,作出相應於詩句最好的讀解。又如金批〈水檻遣心二首〉:

　　　　昔所本無何必有,今所適有何必無。先生句不必如此解,然此解人

　　　　胸中固不可無也。且端木「切磋」之詩,亦斷章取義久矣。〔註66〕

詩人「昔所本無」,評點者「今何必有」,還是一籠罩在「作者中心」的談法;豈知下緊接著:評點者「今所適有何必無」,此言又已將作者吞沒。解詩者的詮釋活動及其敘事能量,已經遠非詩人所能限制。

　　申明讀者的創造詮釋全爲作者所有,是不可能也不必要的,強取詩人認同的金聖嘆,也不免有此「出格」。其意圖將讀到的詩人(paper-author)等同

〔註64〕 「中心的作用不僅是要引導、平衡、和組織結構……而最重要的,則是要保證結構的組織原則對或許可稱之爲結構的自由嬉戲現象加以限制……既作爲中心,它就成爲一個點,一切內容、構成成份的變更或轉化是被禁止的。」德希達,〈結構,符號,與人文科學話語中的嬉戲〉收入《最新西方文論選》(桂林:灕江出版社,1991年10月),頁133~134。在金聖嘆身上,我們看見此一不可質疑的中心就是建立在他對作者沁入心脾的通透理解。暫不論及他掌握的「所指」仍可能只是一「能指」的問題;作爲後來閱讀者的我們,已經發現此中心嚴密地排斥任何異質的、不受管轄的說法,並進行嚴厲的圍剿。

〔註65〕 《金批杜詩》卷四,頁685。

〔註66〕 《金批杜詩》卷一,頁568。

於現實面的杜甫（real-author），這才不得不對杜甫（real-author）作出某些限定，並申言以此爲眞。雖然他儘可如此，也不能改變敘述者與杜甫終究是不同的事實。再者，文本作爲一開放結構向讀者召喚，是閱讀者的詮釋活動使文本生動鮮活，使之擺脫物質的鉛字束縛，文本之中許多不爲人知的潛能，都將會於沈睡中被讀者喚醒，這一自質料外殼兔脫而出的種種，都是閱讀者主動的建構。

二、虛無——失落的作者環節

作爲一個閱讀者，金聖嘆將自己的評點文字緊緊纏繞著作者的言語，並試圖與之產生相互對等的交流。意義被建構——以他自己的創造力——並展示著其細膩的讀解與創造的詮釋，只是這一切又似乎必須經由作者肯認方有意義。但，殊不知作者永遠已經是不在場的，銘刻著他的只剩下語言文字。而文字永遠只以能指面世，其可能的所指將繼續在時空中漂蕩，直至有一天這個待訪的所指，將由一個閱讀者完成其面貌。〔註67〕而對於這一切，金聖嘆似乎終於若有所悟。

當我們翻開金聖嘆所批點的第六才子書《西廂記》，首先映入眼簾的兩篇序——〈序一曰慟哭古人〉、〈序二曰留贈後人〉，此二序隱隱然透出些不尋常的訊息。

首先他提出了此一疑問：

> 或問於聖嘆曰：《西廂記》何爲而批之刻之也？聖嘆悄然動容，起
> 立而對曰：嗟乎！我亦不知其然，然而於我心則誠不能以自已也。
> 〔註68〕

顯然，整篇文字都爲此一提問而設；但，值得注意的是，這一切又都是自己對自我的詰問；於是，這便有些不尋常了：看來一向是最有信心的批評家，卻在卷一就對自己的評點事業提出了質疑。續往後，文中反覆提到「我」的出現，人生在世不過數十爾爾，此「暫有之我」面對這廣闊的歷史長流，不免如「水逝雲卷、風馳電掣」般稍縱即逝，此其一；其二，此暫有之我既然將隨時間而逝去，則我所作所爲不也終將灰飛煙滅而一一盡去。因之，既有識於此肉身之輕若飛鴻，又恐終其一生不能留下吉光片羽，而果然輕若鴻羽，

〔註67〕不同的閱讀者，其所掌握的所指也是不同的。
〔註68〕《金批西廂》序一，〈慟哭古人〉，頁5。

此真是生命所不能承受之輕,金聖嘆試圖走出此一困局。

　　序裡接著這樣說:「無端而生一正是之我,又不容之少住,無端而忽然生之,又不容少住者,又最能聞聲感心,多有悲涼。」〔註69〕此最能「聞聲感心」之人,就是金聖嘆自己了。此真是千千萬萬之無奈——大地既生之,又不能長住之,不能長住之,又生我此一副「最能聞聲感心」之肝腸,使我日日思此「無端而生我」之大謬,又不得與先我所感之古人把臂同傷,這真是莫大之憾恨與無奈。

　　雖未嘗丐之於天地必生我,但天地無端而生又忽然是我,此身已存,既不能立時而逝而猶幸暫在,此時雖欲有所作為,又恐終不免與日俱逝,則這一切所為就都是「消遣」而已。此消遣之舉不是別有所指,就是一開始所提及的批書志業了。

　　這種「君子疾沒世而名不稱焉」的心理,復融合佛家肉身虛幻之說,遂使得其論述頗為曲折,而佛理欲喝破之人對肉身的狂妄的我執,金聖嘆並未就此放下,反而深體人生如白駒過隙,必須以此暫有之我儘速建功立業以垂名後世。因之,觀其所述,在軀殼敗壞後,其評點事業的隨之消亡,似乎才是金聖嘆真正的憂慮,是以此欲傳諸後世的評點事業,就被他目以為消遣——取其「輕」之意,以稍自寬解。

　　但是,既然如彼所說只是消遣,又何必窮思極慮,存著把自己的評點事業傳之後世的期望;既是消遣,又何以每每將此極不措意之舉與他人生命中極鄭重之事相提並論、彼此類比?金聖嘆於序裡這樣說:

> 得如諸葛公之躬耕南陽,苟全性命可也,此一消遣法也。既而又因感激三顧,許人驅馳,食少事煩,至死方已,亦可也,亦一消遣法也。或如陶先生之不願折腰,飄然歸來可也,亦一消遣法也。既而又為三旬九食,饑寒所驅,叩門無辭,至圖冥報,亦可也,又一消遣法也。天子約為婚姻,百官出其門下,堂下建牙吹角,堂後品竹彈絲,可也,又一消遣法也。日中麻麥一餐,樹下冰霜一宿,說經四萬八千,度人恆河沙數,可也,亦一消遣法也。

於是,此消遣果又非真消遣〔註70〕,而其實是一生命中不能承受之輕,消遣

〔註69〕同前,頁6。
〔註70〕張竹坡:「然則《金瓶梅》,我又何以批之也哉?我喜其文之洋洋一百回,而千針萬線,同出一絲,又千曲萬折,不露一線。……曰:如此妙文,不為之

自況充其量只是一無奈的逃遁之詞；而這些所有的自我說服，在這些鄭重之極的類比下，最後終究宣告徒勞。

　　金聖嘆對於自己掌握文字，進而與作品中的心靈交流對話的能力多有自覺（以「聞聲感心」來描述自己），也果欲以批書事業為自己留下歷史一席之地；只是在自己的強力批評之下，卻始終少了一個環節，導致這無數場的對話始終是一個人在說，他永遠是一個孤獨的獨白者，所以知音如鍾子期般的雅稱，也永遠只是自己的體會：

　　　　嗟乎！讀書隨書讀，定非讀書人，即又奚怪聖嘆之以鍾期自許耶？
　　　　〔註71〕

　　　　昔者伯牙有流水高山之曲，子期既死，終不復彈。後之人述其事，
　　　　悲其心，孰不為之嗟歎彌日！自云我獨不得與之同時，設復相遇，
　　　　當能知之。〔註72〕

批點的對象既然都已是逝者，古人已矣，這一切總歸成為夫子自道。因此，在極度自豪自得之外，又隱隱透出幾許蒼涼。這也便是既自認《西廂》批點有利後學，因此實欲留贈後人；但是對於自己批點古人文字，在有所得之外所生之幾許歷史蒼茫意識，其實無所排遣、也無法排遣；因此又不免必須將此極為鄭重珍視之批點，視為「消遣」之作。也就是如此，在留贈後人之前，就不可避免要先慟哭古人了──這是為自己終將成為古人而哭，非為古人而

遞出金針，不幾辜負作者千秋苦心哉！久之，心恆怯焉，不敢遽操管以從事。蓋其書之細如牛毛，乃千萬根共具一體，血脈貫通，藏針伏線，千里相牽，少有所見，不禁望洋而退。邇來為窮愁所迫，炎涼所激，於難消遣時，恨不自撰一部世情書，以排遣悶懷。幾欲下筆，而前後拮据，甚費經營，乃擱筆曰：我且將他人炎涼之書，其所以前後經營者，細細算出，一者可以消我悶懷，二者算出古人之書，亦可算我今日又經營一書。我雖未有所作，而我所以持往作書之法，不盡備於是乎！然則我自做我之《金瓶梅》，我何暇與人批《金瓶梅》也哉！」引自〈竹坡閑話〉，見《金瓶梅會評會校本》：（北京：中華書局，1998 年 3 月），頁 1482。照張竹坡此意則張氏自覺的把批書當作是一種「再創作」，這已經與金聖嘆「眼照古人」的意趣不同，當然，金聖嘆最後對此也有所調整，詳下：再者，二人雖都提到「消遣」，金聖嘆的消遣似不能止於張竹坡自稱的「消我悶懷」因為金聖嘆頗有想把自己的評點傳諸後世之志，將之視為自己一生的志業；張竹坡看來是沒有這個意思，所以才能把批書視為遣悶的個人抒發鬱結之舉。

〔註71〕《金批水滸》第十六回回首總評，頁 254。
〔註72〕〈與陸子載〉收入鐵琴樓主編《金聖嘆尺牘》（臺北：廣文書局，1989 年 9月），頁 57。

慟哭。

　　評點者的這個「我」——作爲知音的這個我，永遠只在字裏行間與文字相互對話，而斯人終究不能復起，斯人不起，又有誰能知今日有一知音金聖嘆耶！因此，這個「我」——這失去著力點的我——便就要迷失於此蒼茫之歷史時空裡，迷迷濛濛，蹈虛履空。如此一來，這極莊重之評點事業，只因永遠無法求得作者／當事人之肯認，豈不是要陷入鏡花水月之境，這不免逼使金聖嘆連連轉化「我」／「非我」，將一切批書之自得拱手交給「非我」，力圖抗拒／掙脫此一永恆虛無。

> 於是而以非我者之日月，誤而任我之唐喪〔註73〕，可也；以非我者之才情，誤而供我之揮霍，可也。以非我者之左手，誤爲我摩非我者之腹，以非我者之右手，誤爲我撚非我者之鬚，可也。非我者撰之，我吟之；非我者吟之，我聽之；非我者聽之，我足之蹈之，手之舞之；非我者足蹈而手舞之，我思有以不朽之，皆可也。

既然一切皆是「非我」所爲，則後世君子，則不妨也以消遣心情讀之；這「非我」想把這評點事業傳諸萬代的妄想，也是可以原諒的了。種種矛盾困苦、窮思竭慮的託／脫辭，讓我們看見一個掙扎的靈魂，正試圖尋找一可能的安頓／出路。

　　而作爲一個也終將成爲古人的自己，既知前者無可追、也不可追，自己所留下評點事業的雪泥鴻爪，後人又將如何思我今日之所爲？於是，就在轉換自己當作一個客體來思考時，他眞正意識到了，後人無論如何是無法眞正纖毫不差的完全瞭解今日之我：

> 蜂穿窗而忽至，蟻緣檻而徐行，我不能知蜂蟻，蜂蟻亦不知我；我今日而暫在，斯蜂蟻亦暫在，我倏忽而爲古人，則是此蜂亦遂爲古蜂，此蟻亦遂爲古蟻也。我今日天清日朗，窗明几淨，筆良硯精，心撰手寫，伏承蜂蟻來相照證，此不世之奇緣，難得之勝樂也。若後之人之讀我今日之文，則眞未必知我今日之作此文時又有此蜂與此蟻也。夫後之人而不能知我今日之有此蜂與此蟻，然則後之人竟不能知我之今日之有此我也。〔註74〕

後人不能知我捌筆時身旁之古蜂古蟻，實屬必然；既如此，若在同樣的情形

〔註73〕「誤而任我之唐喪」，非「誤而任我之唐突」，此處應爲手民誤植，故逕改之。
〔註74〕序一，頁7。

下，我又如何能宣稱自己對古人之瞭解爲「全知」呢？當這樣的懷疑落於自己身上，落在一個自認能夠鉅細靡遺還原古人心境的評點者身上，金聖嘆也不禁開始動搖，那就再一次努力的要把評點視爲「消遣」，不過這一次是請後人以消遣之心讀此《西廂》之批，再次以「輕」來試圖安頓自己。

　　不過，這種壓力畢竟還是逼得他有時不免要認清此一事實：

　　　　聖嘆批《西廂記》是聖嘆文字，不是《西廂記》文字。〔註75〕

也因此在〈留贈後人〉序中，這種強烈的宣稱己見爲眞的口氣不免稍有緩和，雖然仍舊強調自己願化身爲「知心青衣」常伴後人，顯然仍對「知音」帶有一廂情願的想法，不過最後他終於懷疑了：

　　　　我眞不知作《西廂記》者之初心，其果如是，其果不如是也。設其
　　　　果如是，謂之今日始見《西廂記》可；設其果不如是，謂之前日久
　　　　見《西廂記》，今日又別見聖嘆《西廂記》可。總之，我自欲與後人
　　　　少作周旋，我實何曾爲彼古人致其矻矻之力也哉！〔註76〕

這一道作者的魔咒，或許他終於意識到了，但是觀其言語，要他放棄「作者之初心」如是的不甘，並且雖然於序裡有此一語，但是我們明白他始終沒有掙開此一枷鎖。而金聖嘆將這個「領悟」擺在批點《西廂記》的最前面，非常弔詭的——其實也先行解構了自己在後文評點裡，屢屢將自己所有的閱讀建構都視爲作者有意的操作。

　　金聖嘆於《西廂》二本四折裡，首先分說了「前〈請宴〉一篇止用一紅娘，他卻是張生、鶯鶯兩人文字。」視作者用心如何的曲折，而遠非俗眼可見，續即又分說此篇：「此〈琴心〉一篇，雙用鶯鶯、張生，反走過紅娘，他卻正是紅娘文字。」〔註77〕紙面上最明顯可見者，反而並非作者苦心孤詣之處。在這整段批語之前端端正正的擺著這幾字：「作《西廂記》人，吾偷相其用筆，眞是千古奇絕。」金聖嘆始終認定其一語所道破的，便是作者眞實意圖，這令他再次深體這「空虛」的知心愉悅：

　　　　寄語茫茫天涯，何處錦繡才子，吾欲與君挑燈促席，浮白歡笑，
　　　　唱之，誦之，講之，辨之，叫之，拜之。世無解者，燒之，哭之。
　　　　〔註78〕

〔註75〕〈讀第六才子書西廂記法〉第七十一則。
〔註76〕見序二〈留贈後人〉，頁9。
〔註77〕上引皆見《金批西廂》二本四折，頁112。
〔註78〕註同上。

於此得心滿臆之際，作者並不能有贊一詞，金聖嘆可謂退而求取當（後）世的理解——理解他與作者的心心相印。雖不能稍解其憾恨，總是另一種可堪快慰之情。

要不要留贈後人其實答案一直都是肯定的，因此，評書的七寶樓台繼續搭建，然而此一終極憂慮，就不免逼迫他要慟哭古人了，因為此評點事業卻似建築在一永恆虛無之上，而始終籠罩著陰影——因為，作者已經死亡；而此最能聞聲感心的我，在茫茫時空裡，也終將繼續孤獨下去。〔註79〕

金聖嘆永遠在等一個肯認，一個永遠也得不到的安頓。他向著被他在各處以不同方式所放逐的作者繼續發聲——當然，是以獨白的方式。〔註80〕

〔註79〕龔鵬程先生〈細部批評導論〉一文對此亦有提及，佟錄於下：「然而作者有大悲生於心，批者又何獨不然？人生如夢的空虛感一旦激起，批者整個批書的活動，便落在一蒼茫浩蕩的人生悲感之中，前不見古人，後不見來者，獨愴然而涕下。〈序一曰慟哭古人〉〈序二曰留贈後人〉。慟哭古人者，是了悟到天地間一切皆將如水逝雲卷，俱歸泯滅，現在所有者只是暫時偶存。我的生命存在及一切作為，亦將頃刻盡去。所以我既幸而暫得有此生命，又對生命及一切作為之終將消逝感到無可奈何……批書的行動，就是在這無可奈何與慟哭中的一種消遣，所謂不為無益之事，何以遣有生之涯。至於留贈後人，是說古人不見我，後人也不見我，但我現在思古人，後人應當也會思我，這是歷史蒼茫中的一點真情，故批書便是留贈後人以酬其思我之情。前者聊以消遣，後者用存慰藉。」前引書，頁431～432。此意顯然與本文論述稍有不同，況且龔先生意把「前者聊以消遣，後者用存慰藉」置入「此即細部批評者的歷史意識」中，筆者私意覺得可能未及妥適。據筆者的觀察，金聖嘆以己之意籠罩於作者之心的詮釋活動，在後出的《西廂》評點與杜詩評點中到達最高峰，不過這也令他倍感虛無，因此此評點得如此興高采烈的《西廂》全書裡，卻終於於序中微露其悲涼之音；這已與他評點《水滸》神采飛揚的意趣大不相同，他自始至終並未脫離作者中心論的自覺；雖然最後有些搖擺。然而，龔先生卻是挑了一個金聖嘆可能是最為特殊的精神意趣，試圖概括中國的細部批評的精神，這一步跨得似嫌稍大，不免為筆者所不安。當然，黃錦樹先生對此亦有提醒：基本上龔先生與筆者所著眼層次互有不同，筆者由於鎖定在金聖嘆本人，因之著重在詮解其何以在留贈後人之際要先慟哭古人，從作者——文本——閱讀者的框架來分析其批評精神意趣；但是龔先生之意則試圖以金聖嘆之批評意識涵括中國評點學裡實際上以讀者為中心的獨特閱讀心理，此舉固無不可，但其所需面對的問題，就是在以金聖嘆之例的論述下能有多大的涵括性。問題果真是沒完沒了的問題，此處與前文「無」的爭執是類似的，當龔先生試圖將金聖嘆的某些論述安置於他所提出的框架時，就令筆者感到些許不安。

〔註80〕作為一個閱讀者的金聖嘆，實其詮解帶有極為強大的創造力，此殆無疑問；他唯一要做的，也是他沒有做的，便是如羅蘭巴特一般宣布「作者已死」。不過，儘管差了這一步，就他的詮釋活動看來，作者確乎已是「名存實亡」了。

第六章　金聖嘆想像

人是在霧中前行的人。但是當他向後望去，判斷過去人們的時
候，他看不見道路上任何霧。他的現在，曾是那些人的未來，他
們的道路在他看來完全明朗，它的範圍全部清晰可見。朝後看，
人看見道路，看見人們向前行走，看見他們的錯誤，但是霧已不
在那裏。

——〈道路在霧中〉，米蘭·昆德拉。〔註1〕

　　跟隨著金聖嘆的閱讀，放顧四下，來到一處無以名狀之地。當我們闔上
才子書最後一頁，引領我們到此的金聖嘆也隨即翩然逝去，昔人已遠，留下
的永遠只是「有待」；而遙望茫茫前景，下一步要往何處去？

一、空白：隱匿的書寫慾望

　　金聖嘆於杜甫〈登兗州城樓〉題下批：

杜詩題，有以詩補題者，如〈游龍門奉先寺〉是也；有以題補詩者，
如〈宇文晁尚書之甥崔彧司業之孫尚書之子重泛鄭監前湖〉是也；
有詩全非題者如〈江上值水如海勢聊短述〉；有題全非詩者，此等
（按：指〈登兗州城樓〉此詩）是也。其法甚多，當隨說之，茲未能悉
數。〔註2〕

〔註1〕　米蘭·昆德拉（Milan Kundera）著，孟湄譯：《被背叛的遺囑》（香港：牛津
　　　　大學出版社，1994年），頁239。
〔註2〕　《金批杜詩》卷一，頁536。

於金聖嘆所言之「其法甚多，當隨說之，茲未能悉數」的諸法，在第四章裡我們曾經談過〈游龍門奉先寺〉如何的「以詩補題」，金聖嘆意指詩人藉著詩與題有所落差的設計，傳達出「教人作詩不得輕易下筆也」〔註3〕的深意。在這一層次上還有所謂的「以題補詩」——〈宇文晁尚書之甥崔彧司業之孫尚書之子重泛鄭監前湖〉。

　　由於詩題字數頗多，乍看之下斷句似乎都不甚容易，金批：「此詩是崔姓一人重邀先生泛湖而作。」〔註4〕根據此意，我們可以句讀如下：「宇文晁尚書之甥、崔彧司業之孫、尚書之子，重泛鄭監前湖。」金聖嘆繼續考慮詩人何以製題若此，又說：「書名書官，及書行次，各不相等。『宇文晁尚書』、『崔彧司業』云者，非所親厚之人，而其人足重，故既書官，必書名也。『尚書之子』云者，尚書當是崔彧子，或名彼不名，以其人無足重，故但書官，不書名也。」

　　歸結其意有二：與杜甫一起泛舟者姓崔，因為他是崔彧司業之孫，二者是直系血親關係；另，題中又交代了此崔姓之人和宇文晁尚書是甥舅關係，而其父為尚書，所以又稱他「尚書之子」。第二層意思，便是由書與不書之間，透露出杜甫對這些人的評價，人名與官名皆出者，自是代表杜甫十分推崇之意，而崔彧之子，由於只有出現官名（尚書），就表示杜甫有稍不樂之意；最後，是這個與杜甫同游的崔氏，由於通篇「乃不著姓名，而特溯其遙遙華胄，復其外家」，顯示杜甫對此人可謂是「不然之極」，故用「《春秋》詳略之法，以寓抑揚」。

　　此「以題補詩」法，由題目反生出另一詮釋空間（「不書」），是以接下來金聖嘆對詩的解說，就要往此處擺動。首起四句：

　　　郊扉俗遠長幽寂，野水春來更接連。錦席淹留還出浦，葛巾　側未
　　回船。

金批：「『淹留』二字妙。既無酬和之樂，自覺流連之苦。」「『欹側』二字妙，無有風範可親，不覺簡傲自恣。」所有的解讀，就成了詩人對崔氏不滿的暗喻。但是，這樣的言外之意的指責，並非全然無據，只因金聖嘆指出了題目所留下的「空白」——何以不言明其人何指？套入中國經書傳統之解釋條例，杜甫的不甚樂意、略顯不耐的微詞便昭然若揭。

〔註3〕　《金批杜詩》卷一，頁526。
〔註4〕　《金批杜詩》卷四，頁704。下引皆據此，不另註。

事實上根據楊倫《杜詩鏡詮》引仇兆鰲的註解，詩題或應為如此：

　　宇文晁尚書之甥崔或司業之孫□尚書之子重泛鄭監審前湖

換言之，尚書之甥、司業之孫、尚書之子皆是小注，用以標明身份，□則表示可能有不止一字的闕文，脫一人之姓名。若此解，則與杜甫同游者應有三人。〔註5〕而全詩其實頗富野趣，詩人泛寫湖景山色，顯得意味悠然。

　　這與金聖嘆的閱讀相差可謂十萬八千里，遑論金聖嘆繼續又據此稱賞杜甫雖心甚不樂，畢竟表達得甚為迂迴，這是「渾厚自然，真《三百篇》之遺也。」〔註6〕又以形式上的吞吐曲折、閃爍不定，歸結至杜甫溫柔敦厚不忍明言的忠厚天性。金聖嘆言：「吾於杜詩乃無間然，猶孟子之於孔子，所謂願學斯在者也。吾不敢以願學之人之手，而下上於所願學之人之詩也。」〔註7〕仇兆鰲言：「註杜者必反覆沉潛，求其歸宿所在，又從而句櫛字比之，庶幾得作者苦心於千百年之上，恍然如身歷其世，面接其人。」〔註8〕二人皆認為自己能夠準確無間的反溯意逆，已然與杜甫尚論快友——誰是見道、誰又是光景呢？

　　且暫擱下是非的判斷，再看金聖嘆如何解說「有詩全非題者：〈江上值水如海勢聊短述〉」，原詩如下：

　　為人性癖耽佳句，語不驚人死不休。老去詩篇渾漫興，春來花鳥莫深愁。新添水檻供垂釣，故著浮槎替入舟。焉得思如陶謝手，令渠述作與同游。

金聖嘆首先問了一個問題：「則八句現在曾有一字及江海乎？」——果是沒有，既如此，接下來他就要讀者深思何以杜甫用了「江上值水如海勢聊短述」作題；換言之，詮釋空間再度由題與詩之間的空白／落差產生，金聖嘆認為此一空白便是反映詩人出作詩深意所在。

　　金批：「觀乎江之於海，則我一生為人如是，多生為人亦只如是。今日縱是春來，他年定當老去；今日既已老去，他年還計春來。」直言之，這是杜甫由江之於海所徹悟的文字，金批：「江有往來之迹，海則無邊無際。」江的渺小與海的恆久，二者給杜甫極大的啟示——世間萬物不就像江水一般快速流轉，終不能如海一般亙古長存；而既有如此一念，則我又何必刻意於詩篇

〔註5〕　楊倫輯《杜詩鏡詮》（臺北縣：漢京出版社，1980年7月），頁324。
〔註6〕　《金批杜詩》卷四，頁705。
〔註7〕　見〈魚庭聞貫〉。
〔註8〕　仇兆鰲《杜詩詳註·序》（北京：中華書局，1995年4月），頁2。

經營，但陶情花鳥，自在過日即可。由是，少年時候的性癖耽佳句之習，至此（老年）也不攻自破。〔註9〕而杜甫把這一覺悟以短短幾個字寫成一詩，這便是詩題「聊短述」之謂；經由他的詮解之後，空白被補足了，而且詩意詩題準確的互卿，無有或漏，閱讀金批至此，實不能不佩服他的「精嚴」。

又有「題全非詩」。金聖嘆於杜甫〈登兗舟城樓〉詩下批：

> 此詩全是憂時之言。若不託之登樓，則未免涉於譏訕，故特裝此題，
>
> 以見立言之有體也。〔註10〕

即使杜詩中有「臨眺獨躊躇」之句〔註11〕，在金聖嘆看來也非實寫，這是因為有題目「登樓」之偽託，而不得不帶此一筆，此「臨眺」就不必是詩人真的登樓遠望。在金聖嘆的詮釋之下，詩人於此不免是有所狡黠的，他既要傳達自己切身的真實感受，卻又必須假託有登樓之事，將個人心志巧妙的隱藏起來。

金聖嘆意味深長的說：「每嘆先生作詩，妙於製題。此題有此詩，則奇而尤奇者也。」〔註12〕此說恐與八股（破題、承題）脫不了干係，不過，在與八比聯繫之前，文評家所選擇的詮釋角度尤其值得我們繼續深思。

就殷迦登（Ingarden）與伊瑟爾（Iser）雙雙指出的文本空白觀之，讀者唯有將這些縫隙補足，方能確定文本的意義，而不同的讀者所調動的閱讀技術、美學準備都各自不同，因之所具體化的文本也就獨一無二。後者，只需比照金聖嘆與仇兆鰲雙方的詮釋就可以發現，二者所完成的杜詩面貌可以有多大的差異；至於空白，就金聖嘆的閱讀看來，讀者已不再是消極的補足而已，基本上他是一個對空白高度敏感的讀者，也充分將自己的閱讀詮釋的特長建築在文本空白之上，並認為這是作者有意的留白，就在這些「不書」裡，搭造出詮釋的七寶樓台。

換言之，文評家金聖嘆喜歡尋找空白、甚至創造空白〔註13〕，不管是以詩補題、以題補詩，或詩非全題、題全非詩，藉著指出詩—題之間的差異／落差，其中所透出的無言沈默，這個空白向他召喚，他由此釋放出自己莫大的創造力。「不書」之處就是一個「虛」境而非實境，唯有「虛」處，方可不

〔註9〕 引文皆見《金批杜詩》卷二，頁 616～617。
〔註10〕 註同前。
〔註11〕 杜甫〈登兗舟城樓〉：「東郡趨庭日，南樓縱目初。浮雲連海岱，平野入青徐。
　　　　孤嶂秦碑在，荒城魯殿餘。從來多古意，臨眺獨躊躇。」
〔註12〕《金批杜詩》卷二，頁 616。
〔註13〕 這其實也隱喻著自身評點事業便是建立在書頁空白之處。

斷的塡補，恣意的述說，文評家無窮的書寫慾望在此滿足。

據此回視金聖嘆在《西廂記》裡所揭出的「無」：「《西廂記》是何一字？《西廂記》是一無字。」〔註14〕「無」是作者有意的「不書」，亦即才子文心極致之曲折，是以文評家獨獨標舉此一「無」字。但，何以恰恰是一個「無」？金聖嘆爲《水滸》所作的〈序一〉，大談文章之最高境界所謂：「夫文章至於心手皆不至，則是其紙上無字、無句、無局、無思者也，而獨能令千萬世下人之讀吾文者，其心頭眼底乃宿宿有思，乃搖搖有局，乃鏗鏗有句，而燁燁有字」〔註15〕何以又是一無字，「無」之於金聖嘆確實頗堪玩味。

無字爲文評家留下了有待詮釋的場域；無字也反映出金聖嘆隱匿的、無盡的書寫慾望，藉著「無」，才有需要，這一切才能夠發生。無字所代表的匱乏與空缺，吸引金聖嘆對之投注以莫大關注，他的評點文字一方面再三致意力圖塡補這一空白，另一方面，無字闢設出文本語境之外的詮釋場域，容納／吞噬了金聖嘆自身對文字無盡的熱情與夢想。

詮釋者擇定一處開始發言，他的立論或許眞的不盡然正確〔註16〕，不過我們更關心的，是他所踩的位置——一個空白、一個賦予自身施展時最大自由度的位置，一個「有待」，就如同他在《西廂》裡的說法——「當其無，有文之用」，因爲「無」所以方才爲「有」，這是一個對詮釋者發言最有利的位置。

金聖嘆所執定的這一套閱讀技術——所謂的「法」。藉著此套技術，他施展如庖丁解牛般的工夫，深入文本而毫無窒礙，據此無入而無不自得。只是，這一套法，卻始終只能是文本方域之內——因爲在閱讀，所以他讀懂。讀者之所以能理解，是因爲他內化了一個解釋規則與規範系統，文本的意義並非先在的擁有，而發生於一個掌握了這些語句的加工方法的讀者的開始閱讀。事實上，金聖嘆的法也無非都是落於這一層面，對字句有意的調整、扭曲，敘述時的跳接、錯位，經由對這些痕跡的辨認，讀者承接文本，繼續擔負起意義創造的任務。

還是一名純粹的結構主義者時的羅蘭巴特這麼說：「（文學科學）……是一種關於內容狀況的科學，也就是形式的科學。它感興趣的，是由作品產生的生成意義，也可以說是可生成（engendrables）意義的變異。它不詮釋象徵，

〔註14〕〈讀第六才子書西廂記法〉第卅一則，頁15。
〔註15〕《金批水滸・序一》，頁5。
〔註16〕是非很難驗證——尤其是文學。許多「反常」語言就紛紛被視爲文學。

而只是指出象徵的多方面功能。總而言之,它的對象並非作品的實義,相反地,是負載著一切的虛義。」〔註17〕建立一個所以能產生種種文學效果的潛在系統,這樣的企圖必然是與語言學分不開的,在一個層面上我們彼此都共享了一套詮釋語境,因此能用以創作,也能施之以閱讀;但遺憾的是,以上說法畢竟是太偏向「共時」層面的理想設計,我們可以設想金聖嘆與杜甫可以被一個更大的語言/詩學體系所容納,但是,卻很難確定杜甫、金聖嘆都使用了完全一致的操作系統。

此處不在意指金聖嘆所詮釋的杜甫爲非——即使是他鉅細彌遺還原詩人的心志而言——他的詮釋仍是扣緊文本,就這點看來,他與其他注家並無二致,但詮釋的成果卻如是異樣。這說明了閱讀最終是一種創造,無待作者的簽名背書,與我們一同嬉戲的,是這些漂浮的能指。文本內符號星羅棋佈,我們走進的是一個符號的世界,當閱讀開始,我們也調動體內所積累儲備的閱讀技術加以因應,最終——也一直是如此——我們所看到的,將一直是我們所能看到的。

二、歷史中的金聖嘆

李漁有言:

> 自有《西廂記》以迄於今,四百餘載,推《西廂》爲塡詞第一者,不知幾千萬人,而能歷指其所爲第一之故者,獨出一金聖嘆。是作《西廂》者之心,四百餘年未死,而今死矣,不特作《西廂》者之心死,凡千古上下操觚立言者之心,無不死矣。〔註18〕

> 聖嘆之評《西廂》,其長在密,其短在拘,拘即密之已甚者也。無一字一句不逆溯其源而求其命意之所在,是則密矣,然亦知作者於此有出於有心,有不必盡出於有心者乎?〔註19〕

李漁說金聖嘆「其長在密,其短在拘」,而二者其實意指同一件事情,李漁所指出的「逆溯」作者此點,說明他或許是第一位能平心靜氣的瞭解、並看出金聖嘆詮釋重心的後來者。作者—讀者必須在文本裡交會,文本是彼此賴以

〔註17〕 羅蘭・巴特(Roland Barthes)撰,溫晉儀譯:《批評與眞實》(臺北:桂冠圖書公司,1998 年 2 月),頁 52。

〔註18〕 李漁〈塡詞餘論〉,見於《閒情偶記》(杭州:浙江古籍出版社,1998 年 6 月),頁 64~65。

〔註19〕 同上註,頁 65。

接觸的媒介，也是相隔他們的障礙。

　　但是，是否金聖嘆的解讀一出，果然真的令「凡千古上下操觚立言者之心，無不死矣」？這是可以繼續追問的。斯人已遠，但後人的詮釋仍不斷繼續生產。

　　胡適〈《水滸傳》考證〉：

> 聖嘆常罵三家村學究不懂得「作史筆法」，卻不知聖嘆正為懂得作史筆法太多了，所以他的迂腐氣比三家村學究更可厭！
>
> 我最恨中國史家說的什麼・作史筆法」，但我卻有點「歷史癖」；我又恨人家咬文嚙字的評文，但我卻又有點「考據癖」！因為我不幸有點歷史癖，故我無論研究什麼東西，總喜歡研究他的歷史。因為我又不幸有點考據癖，故我常常愛做一點半新不舊的考據。現在我有了這個機會替《水滸傳》做一篇新序，我的兩種老毛病——歷史癖與考據癖——不知不覺的又發作了。〔註20〕

　　商韜〈再論金聖嘆批改《水滸》的思想立場〉：

> 在對待農民起義的態度方面，我認為金聖嘆是反對的，易名同志則認為是同情、讚美的。這的確是一個重要的分歧……在易文中分作「讚美梁山英雄之金批」、「讚美武裝鬥爭之金批」、「讚美農民起義之金批」。〔註21〕

　　葉朗《中國小說美學》：

> 有人看到金聖嘆稱讚李逵「有忠恕心胸」、「真正仁人孝子」，稱讚武松「大仁大慈」等等，就說金聖嘆不過是在梁山泊英雄身上貼了一些封建道德的標籤，因此不值得肯定……還有的人說，金聖嘆對於梁山泊英雄的稱讚，只限於「天真」、「爽直」這樣一些抽象的性格和品質，他並沒有肯定和稱讚梁山泊英雄的起義行為……金聖嘆雖有些否定《水滸》英雄的言論，但這些言論並不代表金聖嘆評點的主要傾向……金聖嘆的評點就是把這樣一個矛盾擺到讀者前面。從這個矛盾，不可避免地要得出一個十分革命的結論，那就是封建法律和封建道德是荒謬的，不合理的，因此

〔註20〕見胡適〈《水滸傳》考證〉，《水滸傳與紅樓夢》〔作品集5〕（臺北：遠流出版社，1994年2月），頁67。

〔註21〕商韜〈再論金聖嘆批改《水滸》的思想立場〉，《上海師範學院學報》（1982年第三期。）引自：《金聖嘆傳記資料1986～1994》（上海：上海師大圖書館）。

應該是否定的。〔註 22〕

莊練〈金聖嘆〈春感八首〉試釋〉：

> 金聖嘆與李寶弓有師生之誼，因其內召而作詩贈行，字裏行間充滿
> 歆羨嚮慕之情。由此嚮慕之情，可知金聖嘆決非忘情功名富貴之人，
> 與顯示在〈春感八首〉中那一份熱中官祿之情無異。李寶弓內召，
> 時在明崇禎十五年，金聖嘆以明朝之人而嚮慕明朝之官，自在情理
> 之中。但金聖嘆做〈春感八首〉之時，已經是明亡入清之後……漢
> 人中知識份子拋頭顱、灑熱血，以從事興復事業者不知凡幾，金聖
> 嘆何曾參與其中？……當明朝興復事業希望已經落空之後，漢族知
> 識份子猶有無數人不甘靦顏事清，而情願以布衣終老……金聖嘆與
> 這些人的志趣不同，更可知道他不是一個富有國家民族意識之人。
> 〔註 23〕

浦安迪（Andrew H. Plaks）《明代小說四大奇書》：

> 金聖嘆把有關虛構文章的這種嚴肅批評理論提到了一個空前透徹的
> 高度，為接踵而來的毛宗崗和張竹坡樹立了小說批評的榜樣……暫
> 且撇開金聖嘆對小說所作的闡釋在政治和意識形態方面引起的激烈
> 爭論，我認為他的主要貢獻在於他對構成小說小說精密文理的具體
> 敘述技巧所作深入研讀和精闢的文學分析……他借用「草蛇灰線」
> 這個文法術語……用一個一個點數某些章節中重現形象次數的方法
> 來顯示出他對正文這一方面的特殊興趣……他企圖精確鑑定某些重
> 現形象裡表現的異同程度……例如他區分所謂「正犯」和「略犯」
> 的文法……金聖嘆對於文中形象連鎖的興趣也反映在小說具體人物
> 的層次上……「背面鋪粉法」，即形容把一個角色作為另一個角色的
> 陪襯……作者如何用各種連接技巧設法把分立的敘事單位串連起
> 來，或者恰恰相反，在敘述的「百忙之中」有意插進一段使故事中
> 斷或延緩進程的「閒筆」。〔註 24〕

文學的讀者總是將讀到的東西與已內化於自己體內的文學能力〔註 25〕相

〔註 22〕 葉朗：《中國小說美學》（臺北：里仁書局，1994 年 11 月），頁 62～67。
〔註 23〕 莊練：〈金聖嘆〈春感八首〉試釋〉，本文轉引自朱傳譽主編：《金聖嘆傳記資料》（臺北：天一出版社，1982 年），頁 103～105。
〔註 24〕 浦安迪（Andrew H. Plaks）、沈亨壽譯：《明代小說四大奇書》（北京：中國和平出版社，1993 年 10 月），頁 258～261。
〔註 25〕 強納森・卡勒（Jonathan Culler）撰、盛寧譯：《結構主義詩學》（北京：中國

參，並試圖辨認、對它進行解釋。每個人所內化的解釋系統已然或有差異，而擴及至各個時代，「文變染乎世情」，則更是面貌紛呈了。我們永遠不知道文本可以有多少解讀方式，因爲文本始終等待讀者的繼續加入，未經閱讀的書籍僅僅空具物質意義。也就因爲讀者與作品保持著對話，不同的讀者就帶著不同的期望，投之以不同的視域〔註26〕，產生不同的理解。

在這一段對金聖嘆的閱讀裡，與其意氣揚揚指出論者各自的謬誤，倒不如關心何以在特定時空下不同的關注點的被議題化；毋寧讓我們瞭解歷史上金聖嘆的面貌始終是變動的，或關注他是否倡導農民起義、是否爲反動文人，或欣賞其狂傲不羈、或指出他熱切功名，或者如浦安迪一般，著眼於金聖嘆對小說理論的貢獻。在每一個詮釋者身後，時代巨輪隆隆滾動，有多少人能夠脫離整個時代的意識形態或美學趣味？當我們擇定一個研究對象始，這一片先行的研究資料不啻是一面折射的三稜鏡，我們藉此觸碰研究對象，並有了眞實的感覺。

哪一個是眞實的金聖嘆？或是，容我們這麼問：有所謂的眞實嗎？一切都有待於詮釋，一切詮釋都包含了一個解釋框架，也許我們所執定的眞實其實要與對象的關係要少一些，而不過往往在凸顯個人內在一個未明的期望。葛達瑪說：「誰想理解，誰就一開始便不能因爲想盡可能徹底地和頑固地不聽文本的見解而囿於他自己偶然的前見解中……誰想理解一個文本，誰就準備讓文本告訴他什麼。」〔註27〕實際的情形是，靜默的文本總是處於變形的狀態。

三、過度／標準詮釋

> 鞋匠可以穿上他自己剛做得的鞋，如果這雙鞋的尺碼適合他的腳，
> 建築師可以住在他自己建造的房子裡。然而作家卻不能閱讀他自己
> 寫下的東西。這是因爲，閱讀過程是一個預測和期待的過程。人們
> 預期他正在讀的那句話的結尾，預測下一句話和下一頁；人們期待

社會科學出版社，1991 年 10 月），頁 173～197。

〔註26〕葛達瑪（Hans-Georg Gadamer）：「一切有限的現在都有它的侷限……它表示了一種限制視覺可能性的立足點。因此視域概念本質上就屬於處境概念。視域就是看視的區域，這個區域囊括和包容了從某個立足點出發所能看到的一切。」洪漢鼎譯：《眞理與方法》（臺北：時報出版社，1996 年 11 月），頁 395。

〔註27〕前引書，頁 356。

它們證實或推翻自己的預測，組成閱讀過程的是一系列假設、一系
列夢想和緊跟在夢想之後的覺醒，以及一系列希望和失望。〔註28〕

作家永不能以讀者眼光來審視自己奔洩於筆下的每一個詞，閱讀之於讀者是
臆斷與預測；而之於作家只能是謀劃。沙特續說，讀者在喚醒每一個詞；作
者卻總是在檢查。而讀者開始進行第二次閱讀，預期開始降低，審視的意味
開始提高，「批評」就誕生了。

　　讀者的閱讀相對於作者的寫作過程，永遠是一個逆溯，但是由於作品已
經是一本付梓書籍，處於某種完成式的狀態，讀者所從事的活動，自是不必
自拘於作者經緯的象限內，因為鉅細彌遺的還原是不可能、也不必要的。而
讀者閱讀的歡愉經驗，也是作者永不能親身感知的，這是作為閱讀者的天賦
特權，準此，就某種閱讀角度而言，作者當然也可以視為一身分極為特殊的
讀者，閱讀始終是親密而個人化的活動。

　　藉著一場討論會，我們試著再思考詮釋的問題。對作品的意義，誰能宣
稱擁有它的解釋權呢？艾科（Umberto Eco）問了這個問題──以一個作者的
身分。問題開始變得十分有趣，提出這個問題的何以特定是一個作者呢？艾
科是這樣說的：

> 本文被創造出來的目的是產生其「標準讀者」（the model Reader）……
> 標準讀者並不是那種能做出「唯一正確」猜測的讀者。隱含在本文
> 中的標準讀者能進行無限的猜測。「經驗讀者」（the Empirical Reader）
> 只是一個演員，他對本文所暗含的標準讀者類型進行推測。既然本
> 文的意圖主要是產生一個標準讀者以對其自身進行推測，那麼標準
> 讀者的積極作用就在於能夠勾勒出一個標準的作者（model
> Author），此標準作者並非經驗作者（empirical author），它最終與本
> 文的意圖相吻合。〔註29〕

質言之，讀者的閱讀始終與文本是分不開的，所有的感受、理解無一不出於
此，所以這個文本本身就蘊涵有一完全能對它透徹掌握的理想，這便是「標
準讀者」。而實際上在作品裡作者是不現身的，所以讀者所能掌握的只是一套
語義策略，進而由此構築心目中作者的圖像，以與自己所閱讀到的文本意圖

〔註28〕薩特（Jean Paul Sartre）著、施康強譯〈什麼是文學〉，《薩特文學論文集》（合
　　　　肥：安徽文藝出版社，1998 年 4 月），頁 96。

〔註29〕艾科（Umberto Eco）等、王宇根譯《詮釋與過度詮釋》（北京：三聯書店，
　　　　1997 年 4 月），頁 77～78。

相吻合，既若此，標準讀者所構築的就是標準的作者了。因此，所謂的「作者意圖」，實際上是對一種「語義策略」（a semiotic strategy）的確認。

標準讀者的提出，事實上在用以區隔所有經驗讀者的「不完全」閱讀，因為任一讀者都是懷帶著自己極為個人化的背景來對文本加以接受，而或者／必然不能吻合於包藏於文本之內的「作品意圖」。如果，作品的目的事實上就懷有產生出能夠以它應該被閱讀的方式來閱讀文本的讀者，這個界說確立之後，於是，何謂「過度詮釋」（overinterpretation）的區域也被畫出來了——相對於「作品意圖」而言，我們可以很快的發現哪些閱讀者沒有充分尊重了作品意圖——全部的——而僅僅就其中一部分發言。

艾科作品意圖的說法，不禁想起金聖嘆所掌握的「法」，同樣也是形式層面的，金聖嘆所構築出的作者圖像，更是與他所掌握的法緊密聯繫，方有以才子名之的舉動。還有一處的聯繫，我以為也可以與之並觀的，艾科在帶入對作品意圖的討論之前，他先回顧了西方歷史上人們總是對一種顯而易見的意義，採取了輕蔑懷疑的態度，這種驅力要求有一種不為人知的祕密隱藏於字裏行間：

> 祕密使人處於一種特殊的位置……它本質上與其所守護的語境相獨立……祕密遮蔽著所有深層的、有意義的東西；從這種觀念裡面滋生出一種典型的錯誤看法：一切神祕的東西都是重要的和本質性的東西。在未知的東西面前，人們想實現自己目的的自然衝動與其對未知的自然恐懼結合在一起，試圖共同達到一種目的：通過想像的方式確認出這種未知的東西。〔註30〕

讓我們暫時先懸擱正確與否的判斷（滋生出一種典型的錯誤看法），這種永遠以曲折型態為正解，對深層詮釋流露出無可自抑的熱情，目光灼灼不斷的追問言外之意——即是金聖嘆稱之的「異樣」。而每有此解，批語中就波動著他強烈的情緒：

> 嗟乎！文章之事，通於造化。當世不少青蓮花人，吾知必於千里萬里外遙呼聖嘆，酹酒於地曰：汝言是也！汝言是也！聖嘆亦於千里萬里外遙呼青蓮花人，酹酒於地曰：先生，汝是作得《西廂記》出人也。〔註31〕

〔註30〕艾科引格奧爾格・西美爾（Georg Simmel）語，前引書 46 頁。
〔註31〕《金批西廂》一本二折，頁 52。

作《西廂記》人，吾偷相其用筆，眞是千古奇絕。前〈請宴〉一篇止用一紅娘，他卻是張生鶯鶯兩人文字；此〈琴心〉一篇，雙用鶯鶯、張生，反走過紅娘，他卻正是紅娘文字。寄語茫茫天涯，何處錦繡才子，吾欲與君挑燈促席，浮白歡笑，唱之、誦之，講之，辨之，叫之，拜之。世無解者，燒之，哭之。〔註32〕

原來王宰此圖，滿幅純畫大水……。此是王宰異樣心力畫出來，是先生異樣心力看出來，是聖嘆異樣心力解出來。王宰昔日滴淚謝先生，先生今日滴淚謝聖嘆。後之錦心繡口君子，若讀至此篇，拍案叫天，許聖嘆爲知言，即聖嘆後日九泉之下，亦滴淚謝諸君子也。〔註33〕

顯然，就後者看來，金聖嘆或者就是艾科焦慮的過度詮釋者了。不過，金聖嘆卻自認爲他能夠完全掌握作品的形式層面，其意趣頗符合前述之「本文意圖」，不過自然是抵不過只存在於概念裡的「標準讀者」。這不免讓我們反省，也許對隱藏意義的抉發的執著，確實容易導致一種蒙昧，反而造成處處過於深求，只是即使認清此點，我們仍很難在實際的閱讀中向標準讀者趨近。〔註34〕易言之，每個人似乎都在打造自己的本文意圖。

參與這場討論的還有卡勒（Jonathan Culler）將艾科的問題引導至這樣一個關心點，先不急著探討是否有過度詮釋的問題，他這樣說：

諾思羅普・弗萊（Northrop Frye）在其《批評的解剖》中將視闡明本文的意圖爲文學批評的唯一目的的這種批評觀念稱爲「小傑克・霍納式」批評觀：認爲文學本文就像一個餡餅，作者「勤勉地往裡面填入大量的美的東西或美的效果」，而批評家們則像「小傑克・霍納」（Little Jack Horner）那樣揚揚得意地將填入的東西一個一個地抽出來，邊抽邊說：「啊！我多棒哪！」……對弗萊而言，解決這一問題的方法自然是建立一種詩學體系，這種詩學體系能夠描述出本

〔註32〕《金批西廂》二本四折，頁112。
〔註33〕《金批杜詩》卷二，頁601。
〔註34〕艾科：「怎樣對「作品意圖」的推測加以證明？唯一的方法是將其驗之於本文的連貫性整體。還有一種觀點也很古老，它來源於奧古斯丁的宗教學說（《論基督教義》）：對一個本文的某一部分的詮釋如果爲同一本文的其他部份所證實的話，它就是可以接受的；如不能，則應捨棄。」〈過度詮釋本文〉，前引書，頁78。釋義的過程是不斷的瞻此顧彼，務求前後通貫，局部與整體的諧和，當所有的不安與矛盾被消弭，詮釋循環也告達成。

文爲了實現其目的而使用了哪些策略。〔註35〕

卡勒隨後舉了語言學的例子,「語言學家的任務並不是去詮釋語言中的具體句子,而是去重建這些句子得以構成並發揮作用的規則系統。」〔註36〕有趣的是,卡勒將問題稍稍轉向了,也就是說,詮釋不必、也不應被視爲文學唯一的目的——也許更多的詮釋者他們在努力從事的,不是「文本說了什麼」,而是「文本怎麼說」,以及「它將什麼東西視爲理所當然」。前者關乎的是修辭、敘事的問題;後者就與意識形態分不開了。

前者,也是金聖嘆最感興趣的層面,不斷的要精確描述出作者使用了哪些策略,所謂的「背面敷粉」、「月度回廊」、「橫山斷雲」、「弄引」、「獺尾」都是這樣的產物,而對於「琢字」、「安句」的關注便涉及修辭方面,但是即使如今聖嘆不懈的刮垢磨光、不遺餘力分析,仍有一不安:這些所有的努力,尚不能回答「文本說了什麼」。或者就如同金聖嘆一般,把這些形式分析繼續擴大至作者意圖,認爲作者不過就是運用這些技巧以成絕世奇文,並以之自娛,作者是一個身負文采的才子,這些文法非得找一處故事安身方能展現,於是借用了《大宋宣和遺事》,由於這些人都是強盜土匪,不免有些小小遺憾,但大醇小疵古來若此——「十五〈國風〉淫污居半;《春秋》所書,弒奪十九」〔註37〕,只需「略其形跡,伸其神理」即可。

有一點是可以確定的:文評家金聖嘆強烈的覆蓋了作者,就如同艾科所說的,每個人在閱讀時都不可避免的根據文本,打造著他心目中的作者圖像,而事實上我們一直趨近的是文本分析,這裡是語言符號的世界,我們所建立的都是不同程度的文本意圖;吞噬金聖嘆的正是此一無盡但卻永不能企及的慾望。

卡勒意味深長的說了一句:「許多『極端』的詮釋無疑在歷史上不會留下什麼痕跡——因爲它們會被斷定沒有說服力、多餘、不相干或枯燥乏味——然而,如果它們果眞非常極端的話……有能揭示出那些溫和而穩健的詮釋所無法注意到或無法揭示出來的意義內涵。」〔註38〕也許眞的是如此,也許詮釋者只是個人被盲目的激情所驅使,所謂「無法揭示出來的意義內涵」又是得到誰的肯認,哪個時代才會肯認?詮釋一直是複雜的,這其中隱隱然極爲

〔註35〕卡勒〈爲過度詮釋一辯〉,前引書,頁142。
〔註36〕同上註。
〔註37〕《金批水滸・序三》,頁11。
〔註38〕卡勒〈爲過度詮釋一辯〉,前引書,頁136。

灰色的疆界，尚待閱讀者不斷的觸碰。

　　艾科想要爲詮釋設立一個界限，以此排除「不好的」以及「勉強的」詮釋，所以他提出文本意圖、理想讀者等概念，並輔以詮釋循環。文本意圖的提出，事實上容許了一個人多次反覆的不同解讀方式——因爲文本的結構都可以對之予以吸納，所有的解讀都是一種相對的客觀，並且是一種互動的關係，當閱讀者的期待視域改變，他的詮釋也自然發生變化。這可能發生在同一人身上，也可能發展成爲不同時代的互異詮釋。只是，也許詮釋本就是一個主觀的、自我中心的產物，每一個站在自己所搭造的七寶樓台上的詮釋者，都再也難彎下身來，平心靜氣的傾聽別人的詮釋，而即使他彎下身來也仍是高高在上。因此，判斷似乎一直是後人的專利，因爲前人已經難以發言；作品的解釋權也可以不斷的競爭，因爲作品已經寫就，我們永遠都想重塑，因爲我們生來就一直在理解（解釋）這個世界。

四、金聖嘆反思

　　金聖嘆的詩學約可概分爲兩個範疇，其一是頗類於結構主義敘事學的操作，以建立單一敘事作品所由出的龐大系統爲務，一如詹明信（Fredric Jameson）所質疑的偏往文本形式面的抉發，指明作者對敘事線索的跳接連貫，辨認著文本結構或隱或晦的骨架；其二，則一如傳統文人，始終以回答作者說了什麼爲批評宗旨，跨越語言文字的障礙，上接隱於文本之後的抒情主體，希冀成爲一跨越時空的知音。〔註39〕

　　這兩個範疇卻不是斷裂的彼此，且透過文評家的操作，巧妙的將二者接榫縮合，呈現出異樣的詮釋效果。批評最終既是回到作者，返回作者心中不得不吐之眞實情意，則此「擬結構主義」之建構並不能予之獨立，反而成爲

〔註39〕葉嘉瑩先生在評述杜甫的詩歌成就時，不止一次提及作者杜甫情感上的博大醇厚、健全正常（〈論杜甫七律之演進及其承先啓後之成就〉），歷來閱讀杜甫詩作也很難不被其詩作強大感染力量所震懾，由作品而回溯以建立作者圖像，想見其精神人格，原也是極爲自然之事。但，讀者與作者之間卻有一道文本的存在物——不知是作爲橋樑或障礙的存在。研究者既不能捨棄對文本的形式分析，卻也不能割裂作者與作品之間的臍帶，時至今日則更無法棄守讀者對文本的主觀感受，這一場三方角力的折衝拉鋸，其理論各有其解釋範疇，換言之，也各有不能企及之處。金聖嘆的詮釋是一個有趣的例子，他示範了讀者如何發揮其最大的閱讀創造力，透過對文本形式面的感知，以此反溯至作者幽微難明的情意。透過對這詮釋成品的描述，當可發現其邊界爲何。

金聖嘆所賴以準確反溯之橋樑——就他而言，他愈是對形式面有更細微的感知覺察，則愈能夠細膩體貼文本所署名的作者情感。但，可追問的是，在如此批評模式下所預設的作者、讀者之圖像為何，他們分別有什麼限定，以及該如何看待由此可能已經涉入的「中國敘事學」的理論建設，這種文學科學的建構，果然有其解釋效力嗎？

（一）類結構主義的重構

金批《水滸》第六十回回首總評云：

> 前寫吳用，既有卦歌四句，後寫員外，便有絹旗四句以配之，已是
> 奇絕之事。不謂讀至最後，卻另自有配此卦歌四句者，又且不止於
> 一首而已也。論章法，則如演連珠；論一一四句，各各入妙。〔註40〕

吳用假扮算命先生欲賺盧俊義上山落草，手卜一籤詩云：「蘆花灘上有扁舟，俊傑黃昏獨自游。義到盡頭原是命，反躬逃難必無憂。」詩句起頭暗用「盧俊義反」四字；盧俊義信以為真，為求避禍而路經梁山，卻不免自恃武藝高強而托大，手書一詩曰：「慷慨北京盧俊義，金裝玉匝來深地，太平車子不空回，收取此山奇貨去。」以之招搖過山，欲收捕宋江以顯自己本事；最後盧俊義隻身不敵梁山眾好漢，慌不擇路而為江水所阻，是一片英雄末路景象：只聽得右邊蘆葦叢裡搖出一隻小船，歌曰：「英雄不會讀詩書，只合梁山泊裡居，準備窩弓收猛虎，安排香餌釣鰲魚。」正在驚愕之餘，左邊又有船至，一人口裡也唱道：「雖然我是潑皮身，殺賊原來不殺人。手拍胸前青豹子，眼睃船裡玉麒麟。」〔註41〕最後中間一條小船，船上哨公居然就吟出了當日吳用卜卦歌詩。金聖嘆此處所言，便是指出此回裡前後數度以卦訣出現的四句詩，因為屢屢出現，是以「連珠」稱之，並認為這是作者有心安排的章法。

另外，在他的想法裡，此段以吳用之卜卦詩歌起，末又以此詩作結；根據之前揭出之對偶原則視之，這已經是極大章法；何況才子之文心仍不止此，其間又以盧俊義所作之歌詩（B）配之，至末則再以兩首詩（C、D）作陪襯。易言之，這一整段其實是一篇精巧複雜的對仗，金聖嘆事實上是由吳用之卦歌著眼，概括了這一回中的許多文字，這其實是一種出之於己意的對象重構，深鎖其中的就是對偶原則。

〔註40〕《金批水滸》第六十回回首總評，頁384。
〔註41〕以上皆引自《金批水滸》第六十回，頁387～398。

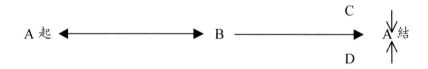

金聖嘆是這樣描述敘事作品的：

> 橫直波點聚謂之字，字相連謂之句，句相雜謂之章。兒子五六歲了，
> 必須教其識字。識得字了，必須教其連字為句。連得五六七字為句
> 了，必須教其布句為章。布句為章者，先教其布五六七句為一章，
> 次教其布十來多句為一章；布得十來多句為一章時，又反教其只布
> 四句為一章，三句為一章，二句乃至一句為一章。直至解得布一句
> 為一章時，然後與他《西廂記》讀。〔註42〕

作品按照一定原則結體，由字後句至章順序組合，這些層次彼此產生著聚合
力，按照一定程序組合後繼續上升至另一個層面，最終發展完成的全貌即是
我們所看見的小說。詮釋者面對這一客體，適才已經分析，金聖嘆是自覺的
予以重構──以他所揭出的「文法」為之，發現了文章內部固定的組合原則，
他所謂的「極大章法」，就是對偶原則。

　　擴及至更大的層面，以《水滸》一書來說就是「以詩起，以詩結，極大
章法。」〔註43〕、「晁蓋七人以夢始，宋江、盧俊義一百八人以夢終，皆極大
章法。」〔註44〕或「三個『石碣』字，是一部水滸傳大段落」〔註45〕，小至
於一回之中武松殺嫂之前請四位鄰居見證，金聖嘆也解析出作者有意安排
「酒、色、財、氣」的四種職業，以此再與愛鈔王婆、好色金蓮的情性映襯
點染，金批：「看他先只因虔婆愛鈔，便寫一銀鋪，因花娘好色，便寫一馬鋪。
後忽又思世人所爭，只是酒色財氣四事，乃今財色二者，已極言之，止少『酒
氣』二字，便隨手撰出冷酒餿餿兩鋪來，真才子之文也。」〔註46〕這些原是
小說內實有之事，但是金聖嘆在這些實有之事裡進一步說明了其結構原則─
─王婆對銀鋪、金蓮對馬鋪──是以每一情節事件之出現都有其獨特與必然

〔註42〕〈讀第六才子書西廂記法〉第廿七則，頁 15。
〔註43〕《金批水滸》第七十回夾批，頁 528。
〔註44〕《金批水滸》第七十回夾批，頁 527。
〔註45〕〈讀第五才子書法〉，頁 18。
〔註46〕《金批水滸》第七十回夾批，頁 409。

性。這已不是單純的對現象之描述，金聖嘆實際上是指出小說情節發展與人物塑造所必然遵循的原則，在此理路的解析之下，呈現在我們面前的其實已非客觀之自然物，而是文評家一主觀的創造物了。

> 單元提出之後，結構的人應該發現或確定它們的搭配規則：這便是繼稱謂之後的排列活動。我們知道，藝術和話語的句法關係是各種各樣的；但是，我們在任何帶有結構設想的作品中發現，它們服從於一些有規律的約束。〔註47〕

金聖嘆所做的正是這樣一個工作，他發掘了隱藏在小說繁複、精彩情節之內的結構原則——巴特稱之爲對「偶然性的鬥爭」——作品便是藉著這些單元與單元之間的組合規律方得以面世。

這個將原始的小說風貌轉爲文評家條分解之的閱讀物，在過程中加入了人的參與，「它反映了對象的一個新的範疇」，易言之，金聖嘆所揭出的結合規則正是作品的形式，對形式的拼綴連接，以及其內在理路的說明，強調作品並非是隨機偶然的組合。巴特說：

> （結構的人）……不是感受一些穩定的、完成的和「眞實的」意義。這是因爲，在結構的人看來，意義的這種製造比意義本身更主要，是因爲功能廣延至作品，是因爲結構主義本身也成爲了活動……只因爲它們被製作才被視爲對象……。〔註48〕

經過一番出之於己意的重構之後，金聖嘆宣稱他揭示了作品是如何構成的，所以才不時提到他已「金針盡度」，這其中因爲閱讀者的參與，使作品變成充滿「可理解性」。因之，金聖嘆所提出的文法，何以都在形式上著眼就不難索解了，他最大的興趣是在觀察並解析一部《水滸》如何搭造而出——這個製作物本身的結體方式。

結構的人所強調之結構都是客觀的實有，並非出之於己意的捏造〔註49〕，此等類似結構主義的重構活動，金聖嘆更是反覆宣稱《水滸》是文法之寶山，不要「只作事迹搬過去」，他分明認爲這一切都是實際存在的，《水滸·序三》就說：「非吾有讀《水滸》之法，若《水滸》固自爲讀一切書之法矣。」〔註50〕；

〔註47〕 羅蘭巴特撰〈結構主義活動〉，收入懷宇譯：《羅蘭巴特隨筆選》（天津：百花洲文藝出版社，1996 年 4 月），頁 296。
〔註48〕 巴特語，前引書，頁 298。
〔註49〕 如某些宣稱作品意義的評論者一般，意義在結構主義看來是附加上去的。
〔註50〕 《金批水滸·序三》，頁 10。

金聖嘆的閱讀曾被譏評為「八股餘毒」，殊不知當我們援引結構主義的概念以為闡明之際，卻能夠清楚的看出，金聖嘆所意識到的，正是敘事學最感興趣的範疇——敘事文類是如何被創造出來？有哪些不可或缺的因素於其中產生作用？金批：「夫固以為《水滸》之文精嚴，讀之即得讀一切書之法也……便以之遍讀天下之書，其易果如破竹也者。」（序三）善讀《水滸》者，正是能夠精確掌握敘事學規律（即金聖嘆屢稱之「文法」）的專家，因此在具備此等閱讀技術之後，就是對敘事作品其所由生的「文學系統」瞭然於胸，據此，再面對其他的作品就不免有勢如破竹之態勢。普洛普（Prop）就說：「童話具有二重性：一方面，它千奇百怪，五彩繽紛，另一方面，它如出一轍，千篇一律。」〔註51〕在金聖嘆看來，敘事作品型態不免是樣態紛呈而五彩繽紛，但是卻不能脫其本質規律，因之又是千篇一律的，準此，他屢屢稱道的「精嚴」，並不是指內容、題材或風格上的一致，而是一種對敘事作品之操作原則能有一完美的精確體現之謂。

　　金聖嘆閱讀理論的疆域既明，但是，其中卻不乏一些曖昧隱晦之處。巴特說：「（結構主義）……充分揭示了人類借以賦予事物以意義的人類自身的過程。」〔註52〕金聖嘆所未及意識到的是，這一切對小說文法的指認與辨別已經不能是「純客觀」的了，批評家的審美趣味充分於其中作用，並因此得出一圓滿俱足，得以自我說解的意義場域，在繼續辨認作品質素之際，也不斷的印證自己所持的審美判準。〔註53〕金聖嘆持之以觀《水滸》、《西廂》，不

〔註51〕 轉引自霍克斯（Terence Hawkcs）著、瞿鐵鵬譯：《結構主義和符號學》（上海：上海譯文出版社，1997年7月），頁67。

〔註52〕 前引書，頁297。

〔註53〕 此等方式可能產生的問題，我們也可以從浦安迪身上窺見一斑。浦安迪言：「《水滸傳》一書大體上也與《金瓶梅》和《西遊記》大同小異，基本上是以10回為一單位的節奏組成的。這種十進位的章法清楚地見於第1～11回（介紹史進、魯達、林沖等一連串人物；直至最初介紹梁山營寨）第22～31回（武松的英雄業績）、第61～70回（盧俊義入夥、盧活捉史文恭和爭取寨主地位的比武）以及第72～81回（與帝國當權者接觸以致終受招安）。這種模式也在『全傳』本的最後幾個部份出現：伐遼（第83～89回）、平田虎（第91～100回）、平王慶（第101～110回）、征方臘（第111～119回）都運用了這種章法。」見沈亨壽譯：《明代小說四大奇書》（北京：中國和平出版社，1993年10月），頁252～253。談結構的問題不可避免的必須投之以形式的關注，浦安迪所「發現」的奇書十回為一單位的結構，自不止此處所舉《水滸》，《三國》、《西遊》等也有類似的現象；而針對小說篇章內不能一眼明白看出的部份（如前述跳過的12～41回），同樣也做了分析，以證明自己所觀察的現象符合實際的運作的情形。說起來，這不免也與金聖嘆的問題相當，事實上雖

免時時看見他所期待的美學標準，在《水滸》讀法最後一則已經充分露出此意：「此本（按：指金聖嘆手批之後的評點本《水滸》）雖不曾增減一字，卻是與小人沒分之書，必要眞正有錦繡心腸者，方解說道好。」何以非特定人士（有錦繡心腸者）方能爲之？其中顯有閱讀者的積極主動建構；此意於批《西廂》裡又有發揮：「吾讀世間游記，而知世眞無善游人也。夫善游之人也者，其於天下之一切海山、方嶽、洞天、福地，固不辭千里萬里而必一至以盡探其奇也。然而其胸中一副別才，眉下之一雙別眼，則方且不必直至於海山、方嶽、洞天、福地，而後乃今始日：我且探其奇也。」〔註54〕質言之，夫善游人的別才、別眼，就足以於非名山勝景處，卻堪以抉發其洞天福地之勝處；是對象客觀所有，抑且是主體積極的建構，恐怕於金聖嘆而言，二者已近似一詮釋循環，在此封閉的疆域中，其可謂「無入而不自得」，任之所之而得以圓滿俱足，永遠得以作出「合理」的自我說解。不過，即使強調於此，從另一方面來說，我們也不能否定，正是這些才子書本身就具有一定程度上的這方面的特質，所以才能爲執定此一標準的金聖嘆所抉發欣賞。

但是當金聖嘆開始刪改《水滸》〔註55〕，他與結構主義就此分道揚鑣了。巴特說：「一部敘事作品……其中的一切都具有程度不等的意義。」〔註56〕讀者必須尊重作品存在的基本事實，由此展開敘事單位的切割以及考察單位之

然貌似「科學」分析歸納，卻仍有許多不合於十回的模式而被排除於其外的部份，甚至精確的考究其所舉之例說來，其實有些是九回、有些卻是十一回；另外，此等結構的考察不免是偏向共時的層面——將考察對象內部各單位組織視爲一同時性的現象，進而發現其中彼此之組合規律；而顯然不能有歷時的考量——以百廿回本《水滸》爲例，就不在得出田虎、王慶、方臘各十回的組成方式，而是追究其出現之原因，也許考慮小說之拼綴、潤色當時流傳的梁山故事的可能。是以，浦安迪的「發現」，與金聖嘆一般，實際上也只能說是一種形式「重構」，並非是全然客觀的討論，亦有其理論之效力範圍。

〔註54〕《金批西廂》二本二折，頁92。

〔註55〕毛宗崗《三國演義・凡例》：「俗本之乎者也等字，大半齟齬不通，又詞語冗長，每多複沓處。今悉依古本改正，頗覺直截暢快。」又：「《三國》文字之佳，其錄於《文選》中者……俗本皆闕而不載。今悉依古本增入。」又：「俗本題綱，參差不對，錯亂無章……今悉體作者之意而聯貫之。」毛評：《三國演義》，前引書，頁20。看來當時對版本之概念不似今日嚴謹，文人得出版之便，得享有與作者般極大的裁量權，得以在某個限度下調整文句，況《水滸》又是世代積累型的作品，本無定本可言。金本《水滸》與毛訂《三國》在某個意義上恐怕是相同的，只是後者明說而已。

〔註56〕〈敘事作品結構分析導論〉，張裕禾譯，收入《美學文藝學方法論》（北京：文化藝術出版社，1985年10月），頁535。

間的排列規律與聚合邏輯；金聖嘆所以改動文本，並不避諱處處指陳「與之俗本對照」，意欲凸顯所謂「古本」《水滸》行文之佳處，但，這個舉動毋寧是反映了文評家本人不可動搖的美學取向──只要與之有所衝撞扞格，必然就不再往「何以如此」推想，爲既存事實尋一存在根據；反而大筆一揮，逕自改動調整文句，此舉則是根本的暴露出自己的讀法中不可撼動的「中心」。

修飾更動過的文本，他逕以「古本」稱之，反正其時《水滸》果然也無固定一統的版本；但當杜詩不能爲其讀法所涵蓋，而頗有「溢中心」的危機之際，此刻他並不能擅改定本，於是轉而求助於另外可能的版本，待讀法的攀附完成，中心也就確立，粗暴的排擠就此展開，不斷的加以排除，欲去之而後快。

結構的中心既明，我們便可施之於檢視金聖嘆所建立起來的讀法，德希達言：「我從未說過不存在中心，沒有說過我們可以不要中心。我相信中心是一種功能。這種功能是絕對不可或缺的……問題是它來自何處，如何起作用。」〔註57〕於是，當金聖嘆的讀法上升至一般詩學（General Poetic）的高度時，其所能涵括以及所不能負載的，就是我們下一個議題了。

（二）讀法的解釋效力：金聖嘆閱讀理論作爲一般詩學的探討

這些實有之文法由於都是客觀存在，金聖嘆也有意將之上升爲閱讀批評之普遍原則，屢稱《水滸》爲一切文章之總持就是此意：

> 嗟乎！人生十歲，耳目漸吐，如日在東，光明發揮。如此書，吾即欲禁汝不見，亦豈可得？今知不可相禁，而反出其舊所批釋，脫然授之於手也。夫固以爲《水滸》之文精嚴，讀之即得讀一切書之法也。汝眞能善得此法，而明年經業既畢，便以之遍讀天下之書，其易果如破竹也者，夫而後嘆施耐庵《水滸傳》眞爲文章之總持。不然，而猶如常兒之泛覽者而已。〔註58〕

當金聖嘆的閱讀理論上升至一般詩學，其解釋效力能有多大？或，容我們這樣提問：什麼是他所能解釋的，以及他所不能解釋的又是何者？當批評家將敘事作品分解成數個不等單位，續尋其中彼此的組合邏輯，期間也不免經過一番揀選的程序，其執定之審美趣味自然尋找與之相互呼應的文本；以金聖

〔註57〕德希達〈結構，符號，與人文科學話語中的嬉戲〉，收入《最新西方文論選》（桂林：灕江出版社，1991 年 10 月），頁 154。
〔註58〕《金批水滸・序三》，頁 11～12。

嘆之對偶原則觀之，則敘事作品不免要屬於以情節人物爲主導的特質。

1、讀法的解釋範疇與脈絡之窒礙

　　就金聖嘆所擇定之「古本」《水滸》看來，固然其中有其意識型態的根本考量〔註59〕，以致出現其可能筆削七十回以後的故事；不過，文評家本人之美學趣味卻也在此展露無疑。目前《水滸》本子，除七十回的「金本」外，尚有百回本與百廿回本，金聖嘆將梁山故事中止於盧俊義驚惡夢處，使得七十回的金本，保持了不同於後二書的風貌。小說看起來是以這樣的方式進行的，作者選定一個人物（A）開始敘述起，接著由他的冒險經歷裡拖帶出幾個不那麼重要的次要人物，最後當這個人物的傳記稍告一段落後，他也會遇上故事裡另一個主角（B），由這個人物繼續推動故事的敘述，而後值得一提的是，也許在後來的故事中，會再次提到前一個人物（A），而將之縮合在一起。（A、B）

　　事實上排座次以前，小說幾乎都是以這個敘述套式進行，所以每一個主要人物的事蹟可以橫跨不等之數回，然後進入另一人的經歷。如二至六回是魯智深傳、六至十一回寫林沖受欺落草，十一至十六回寫晁蓋一干人等，十七至廿一回入宋江傳，廿二至卅一回爲武松之英雄事蹟，卅二至四十一回則再入宋江，並隨之吸附另一些次要人物；這些看似散漫彼此分立的章節，卻受著精密的控制而逐漸向中心收攏，作者最後一一將這些人逼上梁山——這就是金聖嘆最能夠欣賞的部份，各個大小不等結構單元皆受著統一主旨的控制，層次井然、一絲不苟；不僅如此，而人物的傳記裡由於不止單敘一人，也分賓主旁正，這又透出作者經營連貫的嚴密考量，不有自亂其例〔註60〕，於是《水滸》一文就成了金聖嘆口中的「精嚴」了。

　　百回本在伐遼（83～89回）之後止於平田虎之亂（91～100回），百廿

〔註59〕若果有招安之舉，不免大壞國家之法；又顯得朝廷無人，並且造成強盜居然成爲王師。金聖嘆此意見〈宋史目〉與《金批水滸·序二》。
〔註60〕金批：「稗官固效古史氏法也，雖一部前後必有數篇，一篇之中凡有數事，然但有一人必爲一人立傳，若有十人必爲十人立傳。夫人必立傳者，史氏一定之例也。而事則通長者，文人聯貫之才也。故有某甲、某乙共爲一事，而實書在某甲傳中，斯與某乙無與也。又有某甲、某乙不必共爲一事，而於某甲傳中忽然及於某乙，此固作者心愛某乙不能暫忘，苟有便可以及之，輒遂及之，是又與某甲無與。」《金批水滸》第卅三回回首總評，頁508。後者理由較爲牽強，實因金聖嘆此處以武松爲例，而金聖嘆對武松是有著特殊偏愛的；不過，金批實也有在一人傳裡欲分別賓主輕重之意，此殆無可疑。

回續有平定王慶之役（101～110 回），與征討自立爲君的方臘（111～119 回）。由這個可允許自由疊加的手法看來，繁本《水滸》的結構安排確實已經脫離之前的「蛛網式」結構，若以金聖嘆眼光檢視，則或出現第五個反賊也未嘗不可（只要延緩梁山英雄的死亡速度），這個隨意、自由因子的出現，這便不是金聖嘆所能欣賞的謹嚴之文，因此，我們可以這麼說，繁本《水滸》在七十回之後就進行對梁山泊的招安行動（72～82 回），此與金聖嘆的政治主張不合；招安之後的奉詔討賊，是二個還是四個，在情節接續上則無一定必然之理，不免顯得有些可有可無之意，這又與他的美學取向有所衝突。綜言之，金本的七十回《水滸》，就是最能夠體現其政治主張與美學趣味的代表。〔註61〕

　　另如《西遊記》一書，雖然也以取經隊伍人物爲中心，但其綴段式結構爲金聖嘆所不取，金聖嘆認爲其「讀之處處可住」，情節發展缺乏嚴謹的首尾相啣、發展扣合，亦無伏筆的呼應設計，是爲其美學標準所不能容納。《西遊》如《一千零一夜》般的結體方式，或三回一敘，或五回一節，有某種程度敘事自由，固非金聖嘆所謂「精嚴」之文，其在乎的是作品必須體現出「起—中—結」的敘述套式，也特別強調每一個環節所負擔的功能，因而不能有所失落；《西遊》就不同了，師徒四人的九九八十一難基本上是一個疊加過程，中間沒有任何因果必然關係，於金聖嘆看來不免散漫之極。再從人物來看：唐僧以及三位徒弟從離開東土踏上取經之途伊始，就沒有任何性格上的波動，也迥異林沖、宋江、武松等這些好漢們都經受著一受壓迫的過程，使得性格由守法良善轉爲某種拗執偏激，而終於不得不被逼上梁山。事實上這並不能簡約爲《西遊記》之藝術水平不敵《水滸傳》，而充分說明需要另一套閱讀技術方能開發此書的風貌。

　　另外，我們也可大膽推斷恐怕《儒林外史》也不能入金聖嘆法眼。〔註62〕

〔註61〕另外，爲金聖嘆所不取的《西廂記》第五本，基本上與《水滸傳》後五十回的原因相似，其稱：「只如章無章法，句無句法，字無字法。」（續之一回首總評），易言之，前四本十六折首尾俱足、結構嚴密，實在無須拼接上非己所出之個體了。另一原因則源於金聖嘆認爲末本的人物與前四本所塑造之性格邏輯有悖，以紅娘爲例，紅娘本是一不識字之人，金聖嘆就指出末本中紅娘每以拆字爲趣，顯是不通之極，金批：「想其意中，反以直書成語爲能，眞乃另一具肺肝。」又，「《西廂》寫紅娘云『我並不識字』卻愈見紅娘之佳；此寫紅娘識字，乃極增紅娘之醜。」（均見《金批西廂》續之三夾批，頁219。）
〔註62〕魯迅：「惟全書無主幹，僅驅使各種人物，行列而來，事與其來俱起，亦與其

全書雖有一「反科舉制度」貫串的中心主旨，但其此起彼落之人物卻頗似一篇篇分立的列傳，而無將之全盤收束的設計，此與金聖嘆的結構理型不免就有扞格了。

　　在此等閱讀進路下，顯然另外三本奇書：《三國演義》、《金瓶梅》、《紅樓夢》，應該是較能符合其閱讀期待的（人物情節爲主導）。金聖嘆對《金瓶梅》未有隻字片語的評論，於後出的《紅樓夢》則未及得見，不過此二書性質較近，則且稍按下，不妨先觀察他對《三國演義》的評論：

> 或問：題目如《西遊》、《三國》，如何？答曰：這個都不好。《三國》
> 人物事體說話太多了，筆下拖不動，趕不轉，分明如官府傳話奴才，
> 只是把小人聲口替得這句出來，其實何曾自敢添減一字。〔註63〕

金聖嘆之批駁《三國演義》的理由，一方面固然是其人物塑造的不甚成功，使得人物有如木偶一般只能照搬史書的對話，僅僅傳話而已，非是像《水滸》寫來，其聲口詡詡如生，金批頻以「活畫」稱賞之；另就一個更大層面來看，則可能必須追究至《三國演義》與其所據之《三國志》底本，並不能拉開更大的藝術距離所致。

　　就如同擺盪在《西遊》與《三國》的兩個極端之間，前者完全是虛構的，後者雖不無虛構成分，但畢竟受限於歷史上的眞實，其美學的操作就不能對之任意更動。有趣的是，就作家創作的自由度來說，《水滸》顯然是大於《三國》的，金聖嘆也一再表明：何必「張便是張，李便是李」，並申言才子之文心藉此卅六人之助而得以更加大肆拓展，此寬闊之場域就是《三國》所不能及。不過，就此看來則《西遊》的全然虛構性質，顯然提供才子一個更大的揮灑空間，不過金聖嘆對此卻又不甚欣賞，此處有一個更大的關注點覆蓋了這個部份的優勢：

> 《水滸傳》不說鬼神怪異之事，是他氣力過人處。《西遊記》每到弄
> 不來時，便是南海觀音救了。〔註64〕

金聖嘆認爲《西遊》題材不屬於人間之事，人間不脫情理二字，許多事情必有其合情合理的發展邏輯，《西遊》則不然，弄不來時機械降神一番，「便是

去俱訖，雖云長篇，頗同短製；但如集諸碎錦，合爲帖子，雖非巨幅，而時見珍異，因亦娛心，使人刮目矣。」《中國小說史略》，收入《魯迅全集》（北京：人民文學出版社，1991 年）v.9，頁 221。

〔註63〕　〈讀第五才子書法〉，頁 17。
〔註64〕　〈讀第五才子書法〉，頁 18。

南海觀音救了」，因應於其神怪性質，似也無可厚非。因此，他不喜歡這樣的奇幻題材，認為因為其敘事之不受限制，甚至有漫衍之虞，其藝術技巧反而容易有機械化，甚至是「經濟原則」的考量，以其過於漫無邊際之自由反而限制了作者的思考。

我們不難看到金聖嘆極為跳脫的論述，忽爾認為《三國》之實遜於《水滸》之奇，忽爾又聲稱《西遊》之幻不如《水滸》之眞；這其中《水滸》總是無懈可擊的，也不免透露出幾許批評家於此私心的鍾愛了。但批評家始終都是由作者立場發言，這是可以確定的，金聖嘆之分別《三國》、《西遊》，並不全然是由文心所能馳騁之場域大小而言，而是作者處於何種場域內方能將文心作出最好的表現。

不過其理論內部確實也隱藏著一個問題：若說才子應當藉難題以自顯筆力，所以不屑為神鬼妖魔之事，此執定衡量《西遊記》之標準，實不免與之前評論《三國》有些齟齬，毛宗崗已經充分意識及此，他就反駁金批說：「讀《三國》勝讀《水滸傳》。《水滸》文字之眞，雖較勝《西遊》之幻，然無中生有，任意起滅，其匠心不難。終不若《三國》敘一定之事，無容改易而卒能匠心之為難也。」〔註65〕若說才子要自找難題以自放奇絕氣力，凸顯才子之能，則順此理路以降，就必然逼出毛氏的看法：《三國》正因為其無容改動的歷史事實，而才子得以迴旋的空間更小，不妨又比《水滸》操作困難許多了。另外，我們也可再順此質問金聖嘆，類似《西遊》一般的神鬼謔怪題材，既然似易實難，則才子何又不妨選此以大展身手，眞正是氣力過人——發展出另一套書寫的新天地？

對這樣的失衡，所根本牽動的就是文評家極為個人閱讀感受了，他就是主觀認定《三國》寫來因為不能悖離史實，或不免失之拘滯；而《西遊》不必徵實的內容又導致作者不能收攝筆力，以致於往往求助於一個更大的權威來解決情節的困境——在作出評價的同時，就未及細細思考此與「文成於難」的理論是否衝突了。〔註66〕

〔註65〕〈讀三國志法〉，頁23。

〔註66〕對於金聖嘆之不喜《三國》確實是令人覺得訝異的，客觀來說此書仍然具備著才子書的基本條件（以情節為導向的），因之毛宗崗才能承繼金批開發出來的閱讀技術之後，並據此施之以《三國》，而得出類金聖嘆讀法所出現之風貌。是以對於他之不喜《三國》，就不得不令人懷疑當中也許有著更複雜的原因；據本文之前的分析，金聖嘆始終在閱讀《水滸》之際迴避了此書對當朝為官

2、逸出：以脂批為例

《紅樓夢》人物之多樣與情節之複雜，此固已具備能為金聖嘆讀法接受之絕佳型態，若果金聖嘆得讀《紅樓》，在此溫牀之上其所能著力之處約也不出以下數個層面：

一、辨認敘事的鋪展與推進：

> 不敘寶釵，反仍敘黛玉。蓋前回只不過欲出寶釵，非實寫之文耳；此回若仍緒寫，則將二玉高擱矣，故急轉筆仍歸至黛玉，使榮府正文方不至于冷落也。〔註67〕

> 不因見落花，寶玉如何突至埋香塚；不至埋香塚，如何寫葬花吟。〔註68〕

> 前回敘薔薇硝戛然便住，至此回方結過薔薇案。接筆轉出玫瑰露，引起茯苓霜，又戛然便住。著筆如蒼鷹搏兔，青獅戲毬，不肯下一死爪，絕世妙文。〔註69〕

者的批判，試圖純將此書視作才子文心自逞筆力的創作，並認為彼之以強盜之事作文乃大醇小疵、白璧微瑕，屢屢為之反覆申說；但《水滸》這一部份的批判又確實是存在的，因之對於他有意的忽略，不免要令人懷疑或許他便是不喜讀、（不願讀）類似這樣的故事設計，這或與他本身基本上並無強烈的要與中心威權體制為敵（自覺的居於邊緣）的意識有關，甚至明亡入清在得知順治皇帝賞識之餘，還希冀伴讀君側（雖然詩文裡不無易代黍離之悲，但顯然其內心有一更大的欲求覆蓋了這一部份），顯然他是完全不能同意梁山好漢們犯上作亂之舉，最後方在第七十回裡將這一千盜賊一一斬首，並藉盧俊義眼中看出「天下太平」四字，暗指不將這些當日誤走的妖星殺絕，天下寧有太平之日。金聖嘆為之安排的「驚惡夢」的結局，正表示他認同主流價值、不離當權者的立場，是以要大費周章安排「夢中殺人」，在讀法裡又說只是「獨惡宋江，亦是殲厥渠魁之意，其他人便都饒恕了」——巧為飾說，既要成為自己的立場又要兼及書裡客觀情節，使自己的說法也不免曲折之極，使人讀來亦頗為吃力。金聖嘆個性的這一部份既明，或許他便是因此排斥《三國》——書裡更是充斥著他所不喜內容——隱然在質疑負天命者的合理性，他所想迴避的正是《三國演義》裡拿來大作文章之事，這便非關閱讀技術，而牽動個人終極認同，三國之甘冒大不韙因為挑戰了這極為敏感的界線，所以為他所不取。不過，由於實在也沒有進一步的積極證據，是以這一部份的討論只能是推論，存之於註。

〔註67〕脂硯齋〔甲戌本〕第五回眉批，頁66。引自陳慶浩編著：《新編石頭記脂硯齋評語輯校》（臺北：聯經出版社，1986年10月增訂再版），下引脂批皆據此書，不另一一註出。

〔註68〕脂硯齋〔庚辰本〕第廿七回夾批，前引書，頁529。

〔註69〕脂硯齋〔有正本〕第六十回回前總批，前引書，頁662。

二、對全知敘事觀點的調整：

俱從劉姥姥目中看出。〔註70〕

從劉姥姥心目中設譬擬想，真是鏡花水月。〔註71〕

三、不直寫人物，巧借他人眼裡看出：

劉嫗一進榮國府，用周瑞家的，又過下回無痕，是無一筆寫一人文字之筆。〔註72〕

另磨新墨，搦銳筆，特獨出熙鳳一人。未寫其形，先使聞聲，所謂「繡幡開遙見英雄俺」也。〔註73〕

四、用襯染法以產生更多的訊息：

寫藥案是案度韞卿病勢漸加之筆，非泛泛閑文也。〔註74〕

寶釵詩全是自寫身分，諷刺時事，只以品行為先，才技為末。〔註75〕

五、賞鑑人物塑造之法：

這一「嚇」字方是寫世家夫人之筆。雖前文明書邢夫人之為人稍劣，然亦在情理之中，若不用慎重之筆，則邢夫人直係一小家卑污極之人輕賤之人已矣，豈得與榮府聯房哉。〔註76〕

六、對偶閱讀：

文有賓主不可誤。此文以芙蓉誄為主，以詭嬀詞為賓；以寶玉古歌為主，以賈蘭賈環詩絕為賓。文有賓中賓不可誤。以清客作序為賓，以寶玉出遊作詩為賓中賓，由虛入實，可歌可詠。〔註77〕

前文入一院，必敘一番養竹種花，為諸婆爭利渲染。此文入一院，必敘一番樹枯香老，為親眷凋零淒楚。〔註78〕

與前要打死寶玉遙遙一對。〔註79〕

王一貼又與張道士遙遙一對，特犯不犯。〔註80〕

〔註70〕脂硯齋〔甲辰本〕第六回夾批，前引書，頁148。
〔註71〕脂硯齋〔甲戌本〕第六回夾批，前引書，頁149。
〔註72〕脂硯齋〔甲戌本〕第六回回目後批，前引書，頁138。
〔註73〕脂硯齋〔甲戌本〕第三回眉批，前引書，頁66。
〔註74〕脂硯齋〔庚辰本〕第廿八回眉批，前引書，頁540。
〔註75〕脂硯齋〔己卯本〕第卅七回夾批，前引書，頁580。
〔註76〕脂硯齋〔庚辰本〕第七十三回夾批，前引書，頁691。
〔註77〕脂硯齋〔王府本〕第七十八回回前總批，前引書，頁713。
〔註78〕脂硯齋〔王府本〕第七十八回回末總評，前引書，頁721。
〔註79〕脂硯齋〔庚辰本〕第八十回夾批，前引書，頁728。

以上借脂硯齋批《紅樓夢》語點出金聖嘆閱讀小說的幾個關注點，中國這幾
個文評家所走的路子幾不能出金聖嘆閱讀之一副手眼。不過脂硯齋的特殊身
分卻使得他的閱讀產生另一層意義，從批語裡就不斷的流露出脂硯齋指認《紅
樓夢》部份情節素材的來源，以及對作者家庭狀況的熟稔，因此，其批語裡
便有訊息如此：

> 蓋此等事作者曾經，批者曾經，實係一寫往事，非特造出。（〔庚辰〕
> 七十四回夾批）
>
> 一段無倫無理信口開合的渾語，卻句句都是耳聞目睹者，並非杜撰
> 而有，作者與余實實經過。（〔甲戌〕廿五回夾批）

脂硯齋與作者的密切關係，其身分由之也成《紅樓》公案之一，張愛玲更是
推論：「寶玉大致是脂硯的畫像，但是個性中也有作者的成份在內。他們共
同的家庭背景與一些紀實的細節都用了進去，也間或有作者的親身經驗。」
〔註 81〕準此，脂批就小說的閱讀而言就開發出另一番天地了，脂硯齋的閱
讀感受由於本身對作者的熟悉以及生活經驗上的親炙，都將使他能夠據此準
確的還原作書者之意，作者雖透過小說而言說，有著轉折與隱藏，但脂硯齋
之逆溯可謂間不容髮、毫無落差，因為他的以意逆志實帶有雄厚的知人論世
之基礎。

我們所以擇定脂硯齋對《紅樓夢》的閱讀其意也正是在此，脂硯齋在某
種程度上絕對是作者之知音，其知人論世之基礎乃是兩人真實的相處經驗；
這遠非金聖嘆對杜甫只能是停留在傳記資料的熟悉而已，金聖嘆對杜甫的理
解雖號稱鉅細彌遺，能夠準確加以回溯，不過，與脂硯齋和曹雪芹的相知比
較起來卻畢竟仍有距離——兩人不僅年代相近，據悉曹雪芹還接受脂硯齋的
建議修改小說〔註 82〕；另外，金聖嘆對《水滸》、《西廂》之閱讀所以始終停
留在形式上的指認與抉發，其或恐與他在以意逆志的同時對作者生平並不能
有更多的了解與掌握有關，施耐庵、王實甫其人在歷史上根本是其名不彰的，
所以根本不能形成「知人論世」的條件，因之，金聖嘆面對文本的以意逆志
最終都還是只能停留在文法層面。

〔註80〕 脂硯齋〔庚辰本〕第八十回夾批，前引書，頁 729。
〔註81〕 張愛玲：《紅樓夢魘》（臺北：皇冠出版社，1996 年 7 月），頁 220。
〔註82〕 據此而言，脂硯齋實可謂作者之一，金聖嘆之改動本文之舉，其實也是一顆
　　　　類作者的意趣，不過不同的是，六才子書之作者並不能如曹雪芹一般能夠給
　　　　金聖嘆任何的回應，因之這種號稱知音的詮釋，最終仍只是獨白。

　　前引脂硯齋之數條批語，其果然也如金批一般，辨認著敘事線所的跳接與流動，鑑賞著人物的塑造與情節的推動，這些都是金聖嘆之長；但是脂評裡卻有更多的意趣是與「金批杜詩」味道更為接近的——也是金聖嘆在閱讀小說、傳奇所不能為的（非不為也，實不能也。）——那便是跨越過作者播弄形式、虛構故事內容的文字層面，真正體貼了作書者其胸口中不得不吐的真實情意，而開闢出非一般閱讀、評論者所能讀出的小說意境，還原了作者所思所感，以及其內在情感波動之最細微的震顫。脂硯齋之閱讀《紅樓夢》可說是包含金批《水滸》的文法抉發，再加上金批「杜詩」的心志還原之進路，此一閱讀型態，讓我們看到了金聖嘆在運用小說讀法之際，其所能開拓以及難以成就的部份。

3. 實際操作的危機

　　回到我們對金聖嘆閱讀理論的觀察來，更準確的說法是：雖然偏向形式面的分析與操作；但這些都還是被金聖嘆以「以意逆志」的型態收羅於作者的心志裡。（例：金批杜詩予人強為說解的部份）這些形式的操作全部源於作者心志的情感的波動與反應，所以〈游龍門奉先寺〉被指為詩人「有教於後學、欲使淺人不敢妄作」；此說雖然突兀，但是卻不陌生，這與金聖嘆在《水滸·序一》提到的：「才子之書出／遂使得一切不必作、已經作的惡書盡廢。」我們不免發現，閱讀最終不是回到作者，卻是閱讀者主動的建構。〔註83〕

　　而即使有「知人論世」的核實，似乎不會讓詮解蹈虛履空，流於批評家的自說自話，但是金聖嘆顯然只是將之作為策略之一，而非全部；況且知人論世的效力是可以被質疑的：到底能在多大的層面還原作者的生平事蹟，似從來沒有人在此反省，只是，以意逆志的同時必然滾動著「知人論世」，但是這個基礎的堅實與否，實在可以被檢討。

　　換言之，杜詩何以常常造成金聖嘆的「越位」呢？這便是因為在他所評點的：杜甫、王實甫、施耐庵三人裡；杜甫的生平事蹟是較為清晰的，客觀的來說其詩作就可以被編年處理；但是王、施二人就完全不行，甚至其生卒可說付之闕如，這使得金聖嘆在以意逆志的同時雖然也都使用著「知人論世」，卻不免造成彼此厚薄不均的現象。事實上，這可以追究至施、王二人根

〔註83〕易言之，金聖嘆如是的詮解最終所牽動的就是杜甫是否真實如此的問題，而不再是一種閱讀者對空白的補足，所以才會被稱為「越位」。例如，他對〈游龍門奉先寺〉的閱讀，至於推出杜甫「欲有教於後學」的心志細膩轉折，幾乎是代作者立言的進路，此際，批評家已然便是作者，二者渾為一體。

本沒有知人論世的基礎，方才造成從他們身上所形成、打造的才子形象，（必然）成爲一個在形式層面作特技表演的文人；但是就杜甫而言雖然也有這一方面的「文采」的特出，金聖嘆在詮釋的過程就可以帶上他的生平，甚至因應抒情主體的個性（詩語中直接的所思所感）有所勾勒。

　　但問題也就出來了，杜甫的形象對讀者而言也是不陌生的，金聖嘆所擁有的知人論世的部份，許多讀者未必陌生，既是如此，當他把自己閱讀所得強力的宣稱這完全是杜甫所爲，遂造成他要向已經故去的作者強索簽名背書，同時也讓我們這些對杜甫並不陌生的閱讀者，不能夠完全同意他的讀解了。〔註 84〕而儘管他對《西廂》、《水滸》的詮釋再如何高妙、特殊、離經叛道，由於建構者與閱讀者始終卻乏雄厚「知人論世」的部份，大家反而可以接受，但是針對杜詩（杜甫個人）大家就不免語帶保留；就金聖嘆而言，也正因爲實際的資料更多了，也加深他詮解之際自己虛無的感受──正因爲他始終不能完全離開作者中心所致。

　　此外，我們不妨從另一角度進行觀察。金聖嘆雖號稱善體作者之意，想來對作者手書自當極爲珍重，不過其於手批杜甫、施耐庵、王實甫三人的文本卻有著不同的操作態度，觀金聖嘆在詮釋杜詩之時往往採取的是爲其「彌縫」的說解態度，即使其態度是君臨天下，卻並不任意刪改詩句，充其量但會執定符合自己詮釋理路的版本，以據此攻擊其他的妄作，捍衛自己的說法；而面對《水滸》、《西廂》卻並不總是如是謙卑，即使「腰斬」之說未得公證，但是卻也不能掩其恣意剪裁調整文句之事實。

　　這兩種不自覺的批書態度，正好反映了他心裡才子（理想作者）圖像的確立過程，「理想作者」與「現實作者」本來便是會有差距，其二者互動激盪的過程實完成於讀者批評閱讀之際，以杜、施、王三人來說，眞實的杜甫可以由流傳下來的生平資料予以一定程度的還原，金聖嘆在以意逆志的過程中就必須尊重這些客觀的材料，是以其說解的態度就顯得謙抑，實際操作過程裡，雖不能說他對理想作者之降格以求，他自己卻眞的儘量由詩句的詮釋中求取杜甫與才子的完美結合，理想與現實的差距由金聖嘆自己補足完成；但是就施、王二人而言，由於彼二人幾無任何生平資料，換言之，削弱了眞實

〔註84〕更何況他對杜甫生平認識也未必然全面（金聖嘆認爲李白是杜甫的後輩），換言之，其知人論世的態度並不全面。這當然與文評家本身之批評策略有關，知人論世充其量是金聖嘆批評進路之一，而更多的時候則是由形式的層面作心志的反溯。

作者的一方，因此也大大增強了金聖嘆心目中理想作者的期待，他也就毫不客氣的將此二人鍛鍊成才子，不過不可避免的就要以刪改其書作爲代價。

（三）傳統與創新：新小說的被注入舊詩文傳統

金聖嘆的讀法無疑的是爲小說注入了一股新的活力，在沒有前例可循與可資援引的閱讀經驗下，爲了表明他不同於以往的感受體會，金聖嘆不得不創造出許多新的詞語爲其命名，《水滸》、《西廂》中的許多「文法」，就是這樣的產物。但是，這一切創造不可能是憑空而作，金聖嘆果也有取汲於傳統之處，在許多新穎的指稱裡，也頗帶有「舊式」痕迹：就一個較爲明顯的層面看來，談才子行文之高妙技巧，所謂的「將欲避之，必先犯之」，化用《老子》：「將欲歙之，必固張之；將欲弱之，必固強之；將欲廢之，必固興之；將欲取之，必固與之。」之句法；又如談作／讀書者「當其無，有文之用」的技術，也是化用自《老子》：「三十輻共一轂，當其無，有車之用。埏埴以爲器，當其無，有器之用。鑿戶牖以爲室，當其無，有室之用。故有之以爲利，無之以爲用」[註85]；爲《西廂》力辯之名句：「今後若有人說是妙文，有人說是淫書……文者見之謂之文，淫者見之謂之淫耳」，後二句出自《易·繫辭上》：「繼之者善也，成之者性也。仁者見之謂之仁，知者見之謂之知」；此外，將「春秋筆法」施之於小說之閱讀，同樣都可以看出他化用自傳統之處。

彼一再的談到《左傳》、《國策》、《史記》等書，並與通俗的小說加以比對，就充分說明了這一套閱讀技術其實與傳統文學訓練有著千絲萬縷的聯繫。只是，在新舊的過渡與交替之間，同樣的名詞或已經被注入了不同於以往的意識，其中的聯繫也顯得更爲隱晦；金聖嘆說：

> 詩與文雖是兩樣體，卻是一樣法。一樣法者，起承轉合也。除起承轉合，更無文法。除起承轉合，亦更無詩法也。[註86]

金聖嘆持「起承轉合」論律詩之詩體雖然特殊，卻並非獨創而是前有所承，元代楊載之《詩法家數》在「律詩要法」下，就以「起承轉合」談「破題、頷聯、頸聯、結句」，果然已經略發此意[註87]；不過，在金聖嘆的理路裡，起承轉合是爲分屬律詩四聯的各部擔負的功能，但就一個更抽象的層次看

〔註85〕 上引二則引文分見第三十六章與第十一章，見王弼本《老子》。引自樓宇烈校釋：《王弼集校釋》（臺北：華正書局，1992 年 12 月）。

〔註86〕 〈魚庭聞貫〉「示顧祖頌、孫聞、韓寶昶、魏雲條」。

〔註87〕 《詩法家數》，引自何文煥編訂：《歷代詩話》（臺北：藝文印書館，1983 年 6 月），頁數 471。

來，則又不妨簡約為「起—結」的對仗型態。〔註88〕

　　起承轉合的背後事實上體現的是一美感要求，其內在理路既明，透過考察，則金聖嘆用以施之於小說的閱讀，原也皆可視之為此項美感因素的積極作用：

> 凡人讀一部書，須要把眼光放得長。如《水滸傳》七十回，只用一目俱下，便知其二千餘紙，只是一篇文字。中間許多事體，便是文字起承轉合之法。若是拖長看去，卻都不見。〔註89〕

只是，從一美感所下降至實際的敘事文本閱讀層面，就會出現一些困難——相較於詩歌而言，因為詩歌的對仗要求是其形式一部分；小說則不然，我們似乎很難想像這種對偶要求如何體現在看來沒有一固定形式的敘事作品裡，金聖嘆顯然也有識於此——在他的評點裡的文法分析，就屢屢向此處擺動。

　　於是我們就不得不問這一問題了，這一套向傳統詩文借過來的觀念，其效力所及，到底能不能用之以閱讀新興小說呢？有趣的是，金聖嘆藉此居然就碰觸了小說幾個極為核心的概念，如伏筆的運用、敘事的跳接、人物的塑造等。小說裡充斥著人物與事件，不管是以事件或人物何者為主導，最終都必須有一起結的完成，而事件是不能只此一件的，小說裡大大小小的枝微末節，無一不是事件的起滅以產生敘事之動力，金聖嘆善於鑑定事件的起結，其實就已經是大抵掌握小說中最重要的質素了，經由辨認作者如何安排事件的開展，他便不能不發現敘事線被有意的跳接，幾個事件被交錯敘述，敘述者甚至若斷若續交代著情節的進行，精彩之餘，也展現著一種高明的說話技巧。看來，小說與詩文其雖不同源而出，但透過一強力閱讀就讓這兩者精密的結合在一起，以至於看來沒有此一先在的美學設定，就沒能對小說有更進一步的開發，而只能停留於「觸目賞心、拍案叫絕」了。

　　但是這樣的閱讀進路也不是全然沒有問題，根據前文以西方敘事學的分析看來，我們不免發現金聖嘆的閱讀理論在許多地方經不起科學嚴格的要求，顯得主觀而散漫，如人物塑造的不必然「正犯／略犯」；「橫雲斷山」看來也不止是敘事的跳接而已，還兼有讀者閱讀的接受心理；「弄引／獺尾」二法，由於基於閱讀者主觀感受而言，似也不能上升至一不得不然的文法要求。

　　所以會產生如此的批評結果，一方面是其天才橫溢的創造，所以許多不

〔註88〕第三章已經有所分析，此不贅。
〔註89〕〈讀第五才子書法〉，頁18。

必然之理都能透過閱讀者個人的強大創造力或巧為飾說、或為之彌縫，而終於曲折達致。我們只要略為回想金批所打造的才子形象便不難明白，才子概念完全為金聖嘆所意識到的形式層面而生，《水滸》《西廂》成為才子文心的展現的文法寶庫；一方面金聖嘆所執定的對偶閱讀法確也捕捉了若干敘事文本的部份特質，使得他在出之於己意對文本重構之際，能準確的分割出各個敘事單元〔註90〕，藉以形成作者如何安排整個文本的理路；前者，使他的閱讀理論不免帶著個人濃厚主觀的色彩；後者，使得他得以開發如《水滸》般的文本，而成就其經典地位，不過，當然另一方面就是也不得不排拒這個閱讀技術所不能涵蓋的其他性質之文本了。

> 故麗辭之體，凡有四對：言對為易，事對為難，反對為優，正對為劣。（《文心雕龍·麗辭》）

劉勰談對仗不免還是在一個修辭的層面所進行的討論，豈知時至晚明的金聖嘆卻居然就持之以讀新興的小說文體，鑑賞著才子如何在沒有固定形式的文章裡，如何的「化用」中國這一古老的美學概念。而這一套出之於傳統的美學質素，也正是張竹坡、毛宗崗、脂硯齋何以能無礙的接受，並繼續往下開發的原因——他們也都出之於傳統，同樣分享了同樣的詩文資源，對金聖嘆的創造，則更能捕捉出其所由來的脈絡。〔註91〕

> 夫說部之興，其入人之深，行世之遠，幾幾出於經史上，而天下之人心風俗遂不免為說部所持。〔註92〕

不必遲至民國，小說自宋明以來，就已經展現出其強大的感染力，這便也壓迫／催促著，逐漸要取得其作為一新文類的合法地位，以一改自己妾身未明的尷尬。不過其路途不免甚為坎坷，這是因為始終難以擺落作為小道的觀念所致；金聖嘆與當世之人不同之處，就是他不從小說「功能性」著眼，

〔註90〕 甚至更侵略了詩歌的不同文類，分成數「解」基本上也是這樣概念下的進路。

〔註91〕 毛宗崗：「文有正襯有反襯。寫魯肅老實以襯孔明之乖巧，是反襯也。寫周瑜乖巧，以襯孔明之加倍乖巧，是正襯也。譬如寫國色者，以醜女形之而美，不若以美女形之而覺其更美。寫虎將者，以懦夫形之而勇，不若以勇夫形之而覺其更勇。讀此可悟文章相襯之法。」《三國》第四十五回回首總評，前引書，頁552。金批於人物分析上已略顯此意，只是不能如毛宗崗般以概念分析說得如此明白，究其源，此語與劉勰〈麗辭〉所言對照起來幾無二致。

〔註92〕 幾道（嚴復）、別士（夏增佑）撰：〈本館附印說部緣起〉，刊於 1896 年《國聞報》，引自陳平原、夏曉虹編：《二十世紀中國小說理論資料》〔第一卷〕（北京：北京大學出版社，1997 年 2 月），頁 27。

卻透過精密的閱讀，指出小說之創作技術與經史同源而出，並聲稱其寫作技術亦足以與經史比肩，由之打破殘叢小語、不登大雅之堂的可有可無的「小」說印象。

只是，這一從傳統開發出來的閱讀技術，雖然在新小說身上大放異彩，卻也不能臻於完美之境界，因此毛、張、脂等諸人方有進一步開發的空間；此外，這卻也昭示著傳統詩文內部精神尚有其活力，其仍足以應付新文體的強勢挑戰——金聖嘆的閱讀正是體現了作為傳統的士大夫詩文如何的透過轉化創造，意欲「迴狂瀾於既倒」，使得傳統詩文能在文學舞台上繼續生存下去；而事實證明傳統仍有其生命力，所以金聖嘆將之移植至小說文體時，尚不至扞格而完全無所適用。

清代是中國傳統文學最後一次的回流／復興，此點我們已經能夠在金聖嘆身上窺得一斑了。

參考書目

一、古　籍

1. 〔梁〕劉勰撰、范文瀾註：《文心雕龍注》（臺北：臺灣開明書店，1993 年 5 月，臺 17 版。）
2. 〔宋〕朱熹：《四書章句集注》（臺北：大安出版社，1996 年 11 月）。
3. 〔宋〕朱熹：《朱子語類》（臺北：文津出版社，1986 年 12 月）。
4. 〔宋〕呂祖謙：《古文關鍵》，〔文淵閣《四庫全書》v.1351〕（臺北：商務印書館）。
5. 〔宋〕魏天應編、林子長註：《論學繩尺》，〔文淵閣《四庫全書》v.1358〕（臺北：商務印書館）。
6. 〔宋〕謝枋得：《正續文章軌範》（臺北：廣文書局，1970 年）。
7. 〔宋〕劉辰翁：《箋註評點李長吉歌詩》〔四庫全書珍本 v.225〕（臺北：商務印書館，1973 年）。
8. 〔元〕鍾嗣成、賈仲明著：《錄鬼簿正續編》（成都：巴蜀書社，1996 年 10 月）。
9. 〔明〕李贄：《焚書・續焚書》（長沙：岳麓出版社，1990 年 8 月）。
10. 〔明〕歸有光撰：《文章指南》（臺北：廣文書局，1972 年 4 月）。
11. 〔明〕孫鑛評點：《唐柳柳州全集》（臺北：新文豐出版社，1979 年 10 月）。
12. 〔清〕仇兆鰲：《杜詩詳注》（北京：中華書局，1995 年 4 月）。
13. 〔清〕王先謙：《詩三家義集疏》（臺北：明文書局，1988 年 10 月）。
14. 〔清〕永瑢等撰：《四庫全書總目提要》（臺北：藝文印書館，1997 年 9 月）。
15. 〔清〕何文煥編訂：《歷代詩話》（臺北：藝文印書館，1983 年 6 月）。

16. 〔清〕李漁:《閑情偶記》(杭州:浙江古籍出版社,1998 年 6 月)。

17. 〔清〕阮元校勘:《十三經注疏》(臺北:藝文印書館,1993 年 9 月)。

18. 〔清〕金聖嘆:《金聖嘆評點唐詩六百首》(杭州:浙江古籍出版社,1997 年 1 月)。

19. 〔清〕金聖嘆:《唱經堂彙稿》(臺北:老古出版社,1978 年 4 月)。

20. 〔清〕金聖嘆:《聖嘆外書‧才子杜詩解》(臺北:新文豐出版公司,1979 年 10 月)。

21. 〔清〕金聖嘆:《聖嘆外書‧增像第六才子書》(臺北:新文豐出版公司,1979 年 10 月)。

22. 〔清〕金聖嘆批:《水滸傳》(臺北:三民書局,1993 年 12 月再版)。

23. 〔清〕金聖嘆撰,朱一清、程自信校注:《天下才子必讀書》(合肥:安徽文藝出版社,1991 年 1 月)。

24. 〔清〕金聖嘆撰,艾舒仁編次、冉苒校點:《金聖嘆文集》(成都:巴蜀書社,1997 年 11 月)。

25. 〔清〕金聖嘆撰,林乾主編:《金聖嘆評點才子全集》〔全四卷〕(北京:光明日報出版社,1997 年 8 月)。

26. 〔清〕金聖嘆撰,施建中、隋淑芬校訂:《金聖嘆選批唐詩六百首》(北京:北京出版社,1989 年 6 月)。

27. 〔清〕金聖嘆撰,張國光選編:《金聖嘆詩文評選》(長沙:岳麓書社,1986 年 3 月)。

28. 〔清〕金聖嘆撰,張國光點校:《金聖嘆批才子古文》(武漢:湖北人民出版社,1994 年 3 月)。

29. 〔清〕金聖嘆撰,曹方人、周錫山校點:《金聖嘆全集》一~四冊(臺北:長安出版社,1986 年 9 月)。

30. 〔清〕金聖嘆撰,鐵琴樓主編:《金聖嘆尺牘》(臺北:廣文書局,1989 年 8 月)。

31. 〔清〕毛宗崗評訂:《三國演義》(濟南:齊魯出版社,1991 年 1 月)。

32. 〔清〕劉熙載:《藝概》(臺北:華正書局,1988 年 9 月)。

33. 〔清〕梁章鉅:《制義叢話》(臺北:廣文書局,1976 年 3 月)。

34. 〔清〕章學誠:《文史通義》,葉瑛校注本(臺北:里仁書局,1984 年 9 月)。

35. 〔清〕楊倫輯:《杜詩鏡詮》(臺北縣:漢京出版社,1980 年 7 月)。

36. 〔清〕蒲松齡:《聊齋誌異》〔會校、會註、會評本〕(臺北:漢京出版社,1984 年 4 月)。

37. 〔清〕脂硯齋評:《乾隆甲戌脂硯齋重評石頭記》(臺北:胡適紀念館,1975 年 12 月三版)。

38. 丁福保輯：《歷代詩話續編》（臺北：木鐸出版社，1988 年 7 月）。

39. 秦修容整理：《金瓶梅會評會校本》：（北京：中華書局，1998 年 3 月）。

40. 陳慶浩編著：《新編石頭記脂硯齋評語輯校》（臺北：聯經出版社，1986 年 10 月增訂再版）。

41. 陳曦鍾、侯忠義、魯玉川輯校：《水滸傳會評本》（北京：北京大學出版社，1981 年 12 月）。

二、近人專著（依照著者姓名筆畫遞增排列）

1. 不著編人：《水滸資料彙編》（臺北：里仁書局，1981 年 7 月）。

2. 不著編者：《金聖嘆傳記資料 1986～1994》（上海：上海師大圖書館，缺出版年月）。

3. 什克洛夫斯基（Viktor Shklovsky）著、劉宗次譯：《散文理論》（南昌：百花洲文藝出版社，1994 年 10 月）。

4. 巴赫金（Bakhtin）著，曉河等譯：《巴赫金全集》（山東：河北教育出版社，1998 年 6 月）。

5. 方珊編：《俄國形式主義文論選》（北京：三聯書店，1989 年 3 月）。

6. 王逢振、盛寧、李自修編：《最新西方文論選》（桂林：漓江出版社，1991 年 10 月）。

7. 王靖宇：《中國早期敘事文論集》（臺北：中研院文哲所籌備處，1999 年 4 月）。

8. 王靖宇著，多人合譯：《《左傳》與傳統小說論集》（北京：北京大學出版社，1989 年 5 月）。

9. 史蒂文・科恩（Steven Cohan）、琳達・夏爾斯（Linda M. Shires）著，張方譯：《講故事——對敘事虛構作品的理論分析》（臺北：駱駝出版社，1997 年 9 月）。

10. 弗朗索瓦・于連（François Jullien）、杜小眞譯：《迂迴與進入》（北京：三聯書店 1998 年 2 月）。

11. 皮亞傑（Jean Piaget）：《結構主義》（北京：商務印書館，1987 年 1 月）。

12. 艾恩・瓦特（Ian Watt）著，高原、董紅鈞譯：《小說的興起》（北京：三聯書店，1992 年 7 月）。

13. 伊瑟爾（Wolfgang Iser）著、金元浦、周寧譯：《閱讀活動——審美反應理論》（北京：中國社會科學出版社，1991 年 7 月）。

14. 托多洛夫（Tzvetan Todorov）著，王東亮、王晨陽譯：《批評的批評》（臺北：桂冠圖書公司，1997 年 9 月）。

15. 托多洛夫編，蔡鴻賓譯：《俄蘇形式主義論文選》（北京：中國社會科學出

版社，1989 年 3 月）。

16. 朱一玄、劉毓忱編：《水滸資料匯編》（天津：百花文藝出版社，1981 年 8 月）。

17. 朱傳譽主編：《金聖嘆傳記資料》（臺北：天一出版社，1982 年）。

18. 米克‧巴爾（Mieke Bal）著，譚君強譯：《敘述學：敘事理論導論》（北京：中國社會科學出版社，1995 年 11 月）。

19. 米蘭‧昆德拉（Milan Kundera）著，孟湄譯：《被背叛的遺囑》（香港：牛津大學出版社，1994 年）。

20. 艾科（Umberto Eco）等、王宇根譯《詮釋與過度詮釋》（北京：三聯書店，1997 年 4 月）。

21. 余英時：《歷史與思想》（臺北：聯經出版社，1992 年 4 月）。

22. 呂正惠、蔡英俊主編：《中國文學批評第一集》（臺北：學生書局，1992 年 8 月）。

23. 李維‧斯陀（Lévi-Strauss）著，王志明中譯：《憂鬱的熱帶》（臺北：聯經出版社，1998 年 4 月）。

24. 李維‧斯陀著，謝維揚、俞宣孟中譯：《結構人類學》（上海：上海譯文出版社，1995 年）。

25. 沈謙：《期待批評時代的來臨》（臺北：時報文化出版，1979 年 5 月）。

26. 周英雄：《結構主義與中國文學》（臺北：東大圖書公司，1992 年 8 月再版）。

27. 周棟：《劍膽琴心快哉人生——金聖嘆傳》（合肥：安徽文藝出版社，1997 年 11 月）。

28. 周劼：《金聖嘆的人生哲學》（臺北：揚智文化事業公司，1997 年 4 月初版）。

29. 拉瓦爾（Sarah N. Lawall）、馬樂伯（Robert R. Magliola）著，李正治譯《意識批評家》（臺北：金楓出版社，1987 年 8 月）。

30. 波利亞可夫（Полякова,М.Я）編，佟景韓譯：《結構—符號學文藝學——方法論體系和論爭》（北京：文化藝術出版社，1994 年 7 月）。

31. 施洛米絲‧雷蒙－凱南（Shlomith Rimmon-Kenan）著、賴幹堅譯：《敘事虛構作品：當代敘事學》（廈門：廈門大學出版社，1991 年 8 月）。

32. 約翰‧斯特羅克（John Sturrock）編、渠東等譯：《結構主義以來——從李維史陀到德希達》（瀋陽：遼寧教育出版社，1998 年 3 月）。

33. 胡經之、張首映主編：《西方廿世紀文論選》（北京：中國社會科學出版社，1989 年 5 月）。

34. 胡適：《水滸傳與紅樓夢》〔作品集 5〕（臺北：遠流出版社，1994 年 2

月）。

35. 郁愚：《金聖嘆的狂誕》（臺北：精美出版社，1985 年 11 月）。

36. 韋恩・布斯（Wayne C. Booth）著、華明等譯：《小說修辭學》（北京：北京大學出版社，1989 年 1 月）。

37. 徐立、陳瑜：《文壇怪傑金聖嘆》（長沙：湖南教育出版社，1987 年 11 月）。

38. 恩斯特・卡西勒（Ernst Cassirer）關子尹譯：《人文科學的邏輯》（臺北：聯經出版社，1994 年 12 月）。

39. 殷迦登（Roman Ingarden）：《對文學的藝術作品的認識》（臺北：商鼎文化出版社，1991 年 12 月），頁 50。

40. 浦安迪（Andrew H. Plaks）、沈亨壽譯：《明代小說四大奇書》（北京：中國和平出版社，1993 年 10 月）。

41. 浦安迪（北京大學講演錄）：《中國敘事學》（北京：北京大學出版社，1996 年 3 月）。

42. 索緒爾（Ferdinand de Saussure）著、高名凱中譯：《普通語言學教程》（北京：商務印書館，1996 年 4 月）。

43. 高辛勇：《形名學與敘事理論──結構主義的小說分析法》（臺北，聯經出版社，1987 年 11 月）。

44. 高辛勇：《修辭學與文學閱讀》（北京：北京大學出版社，1997 年 5 月）。

45. 高明誠：《金瓶梅與金聖嘆》（臺北：水牛出版公司，1988 年 7 月）。

46. 康來新：《晚清小說理論研究》（臺北：大安出版社，1990 年 8 月）。

47. 張大春：《小說稗類》（臺北：聯合文學出版社，1998 年 3 月）。

48. 張廷琛主編：《新批評》（成都：四川文藝出版社，1989 年 5 月）。

49. 張素卿：《敘事與解釋──《左傳》經解研究》（臺北：書林出版社，1998 年 4 月）。

50. 張高評、黃永武編：《宋詩論文選輯》〔一～三冊〕（高雄：復文書局，1988 年 5 月。）

51. 張國光：《水滸與金聖嘆研究》（河南：中州書畫社，1981 年 9 月）。

52. 張愛玲：《紅樓夢魘》（臺北：皇冠出版社，1996 年 7 月）。

53. 張裕禾譯：《美學文藝學方法論》（北京：文化藝術出版社，1985 年 10 月）。

54. 張漢良：《比較文學理論與實踐》（臺北：東大圖書公司，1986 年 2 月）。

55. 強納森・卡勒（Jonathan Culler）：《結構主義詩學》（北京：中國社會科學出版社，1991 年 10 月）。

56. 強納森・卡勒著、陸揚譯：《論解構》（北京：中國社會科學出版社，1998 年 11 月）。

57. 郭瑞：《金聖嘆小說理論與戲劇理論》（北京：中國文聯出版公司，1993年11月）。

58. 陳平原、夏曉虹編：《二十世紀中國小說理論資料》（北京：北京大學出版社，1997年2月）。

59. 陳平原：《中國小說敘事模式的轉變》（臺北：久大文化，1990年5月）。

60. 陳洪：《中國小說理論史》（合肥：安徽文藝出版社，1992年9月）。

61. 陳洪：《金聖嘆傳論》（天津：天津人民出版社，1996年12月）。

62. 陳國球、王宏志、陳清僑編：《書寫文學的過去——文學史的思考》（臺北：麥田出版社，1997年3月）。

63. 陳登原：《金聖嘆傳》（臺北：華世出版社，1976年2月）。

64. 喬治·普萊（George Poulet）著，郭宏安譯：《批評意識》（南昌：百花洲文藝出版社，1993年9月）。

65. 斯坦利·費什（Stanley Fish）著、文楚安譯：《讀者反應批評：理論與實踐》（北京：中國社會科學出版社，1998年2月）。

66. 華萊士·馬丁（Wallace Martin）、伍曉明譯：《當代敘事學》（北京：北京大學出版社，1991年5月）。

67. 楊松年：《中國文學批評論集》（臺北：文史哲出版社，1989年8月）。

68. 楊義：《中國敘事學》〔楊義文存第一卷〕（北京：人民出版社，1997年12月）。

69. 葉朗：《中國小說美學》（臺北：里仁書局，1994年11月）。

70. 葉國良、夏常樸、李隆獻合編：《經學通論》（臺北縣：空中大學出版，1996年1月）。

71. 葉嘉瑩：《王國維及其文學批評》（臺北：桂冠出版社，1992年4月）。

72. 葉嘉瑩：《迦陵談詩》（臺北：三民書局，1993年8月六版），頁97。

73. 葛達瑪（Hans-Georg Gadamer）著，洪漢鼎譯《真理與方法》（臺北：時報出版社，1996年11月）。

74. 詹明信（Fredric Jameson）著、李自修譯：《語言的牢籠》（南昌：百花洲文藝出版社，1995年5月）。

75. 廖炳惠：《解構批評集》（臺北：東大圖書公司，1985年9月）。

76. 趙謙：《唐七律藝術史》（臺北：文津出版社，1992年9月）。

77. 劉小楓編：《接受美學譯文集》（北京：三聯書店1986年）。

78. 劉元蓉、林棣：《金聖嘆傳奇》（合肥：黃山書社，1991年12月）。

79. 劉良明：《中國小說理論批評史》（臺北：紅葉文化公司，1997年1月）。

80. 劉若愚著、杜國清譯《中國文學理論》（臺北：聯經出版社，1993年11

月）。

81. 劉師古：《金聖嘆外傳》（中和：宋氏照遠出版社，1996 年 7 月）。

82. 蔡源煌：《從浪漫主義到後現代主義》（臺北：雅典出版社，1994 年 8 月，修訂 10 版）。

83. 蔡鎮楚：《中國詩話史》（長沙：湖南文藝出版社，1994 年 10 月）。

84. 鄭明娳：《古典小說藝術新探》（臺北：時報出版公司，1987 年 12 月）。

85. 鄭衛國：《文壇異才金聖嘆》（臺北：漢欣出版社，1995 年 5 月）。

86. 鄭樹森：《文學理論與比較文學》（臺北：時報出版社，1982 年）。

87. 鄭樹森：《從現代到當代》（臺北：三民書局，1994 年）。

88. 魯迅：《中國小說史略》，收入〔《魯迅全集》v.9〕（北京：人民文學出版社，1991 年）。

89. 錢鍾書：《管錐編》（臺北：書林出版社，1990 年 8 月）。

90. 顏崑陽：《李商隱詩歌箋釋方法論》（臺北：學生書局，1991 年 3 月）。

91. 羅伯特・休斯（Robert Scholes）著、劉豫中譯：《文學結構主義》（臺北：桂冠圖書公司，1992 年 5 月）。

92. 羅勃 C.赫魯伯（Robert C. Holub）、董之林譯：《接受美學理論》（臺北：駱駝出版社，1994 年 6 月）。

93. 羅蘭・巴特（Roland Barthes）撰，溫晉儀譯：《批評與真實》（臺北：桂冠圖書公司，1998 年 2 月）。

94. 羅蘭・巴特撰，懷宇譯：《羅蘭巴特隨筆選》（天津：百花洲文藝出版社，1996 年 4 月）。

95. 譚賢茂：《金聖嘆評傳》（成都：四川人民出版社，1998 年 1 月）。

96. 龔鵬程：《文學批評的視野》（臺北：大安出版社，1990 年 1 月）。

97. 龔鵬程：《文學與美學》（臺北：業強出版社，1995 年 1 月）。

98. 龔鵬程：《晚明思潮》（臺北：里仁書局，1994 年 11 月）。

99. 龔鵬程：《詩史本色與妙悟》（臺北：學生書局，1993 年 2 月增訂 1 版）。

三、期刊論文（依照著者姓名筆畫遞增排列）

1. 王琳：〈論金聖嘆的唐詩觀〉，《上海師範大學學報》第三期（1997 年 5 月），頁 56～60。

2. 王德勇：〈我國古代文學評點中的人物塑造理論〉，《古代文學理論研究》第十二期（1987 年），頁 295～303。

3. 王德威：〈「說話」與中國白話小說敘事模式的關係〉，收入鄭明娳編：《當代臺灣文學評論大系：文學理論卷》（臺北：正中書局，1993 年 5 月），

頁 115～146。

4. 朱振武：〈中國通俗小說批評的四次勃興〉，《上海師範大學學報》第四期（1995 年 7 月），頁 129～137。

5. 吳承學：〈評點之興——文學評點的形成和南宋詩文評點〉，《文學評論》第一期（1995 年 1 月），頁 24～33。

6. 吳華：〈對金聖嘆小說理論的理論探討〉，《文藝理論研究》第三期（1997 年 5 月），頁 2～16。

7. 呂致遠：〈再論《水滸》的反皇思想〉，《鄭州大學學報‧哲學社會科學版》第二期（1982 年 3 月），頁 78～84。

8. 谷斯范：〈關於金聖嘆的生年〉，《文藝理論研究》第五期（1990 年），頁 59～60。

9. 周書文：〈金聖嘆小說的藝術特徵〉，《文藝理論研究》第一期（1991 年 1 月），頁 51～59。

10. 周興陸：〈金聖嘆杜詩批解的文學批評學透視〉，《文學遺產》第三期（1998 年 5 月），頁 96～98。

11. 周錫山：〈金批《西廂》張生論〉，《古代文學理論研究》第十六輯（1992 年 12 月）。

12. 周嶺：〈金聖嘆腰斬《水滸傳》說質疑〉，《文學評論》第一期（1998 年 1 月），頁 73～82。

13. 林崗：〈論明清之際小說評點學的文學自覺〉，《文學遺產》第四期（1998 年 7 月），頁 95～110。

14. 林衡勛：〈試論明清評點派的典型思想〉，《古代文學理論研究》第十二輯（1987 年 11 月），頁 304～318。

15. 邵曼珣：〈金聖嘆詩歌評點中的美學問題〉〔第五屆「文學與美學」學術研討會論文〕收入《文學與美學第五集》（臺北：文史哲出版社，1995 年）。

16. 金玉田、劉洪岳、李成躍：〈對金聖嘆腰斬、評點《水滸》的探討〉，《鄭州大學學報》〔哲學社會科學版〕第二期（1982 年 3 月），頁 85～90。

17. 前野直彬著、吳璧雍譯：〈論明清兩種對立的小說理論——金聖嘆與紀昀〉，《中外文學》第十四卷第三期（1985 年 8 月），頁 71～97。

18. 姚文放：〈金聖嘆的美學思想與儒、佛、禪、道〉，《中國文化月刊》第 193 期（1995 年 11 月）頁 67～81。

19. 奚密譯：〈德希達論解構〉，《當代》第四期（1986 年 8 月），頁 18～43。

20. 徐朔方：〈論金聖嘆其人其業〉，《文藝理論研究》第一期（1989 年 1 月），頁 56～66。

21. 浦安迪（Andrew H. Plaks）：〈平行線交會何方：中西文學中的對仗〉，收

入樂黛雲編：《北美中國古典文學研究名家十年文選》（南京：江蘇人民出版社，1996年5月），頁285～310。

22. 浦安迪：〈中西長篇小說文類之重探〉，收入鄭樹森等編：《中西比較文學論集》（臺北：時報出版公司，1980年2月），頁171～196。

23. 祝肇年：〈怎樣評價金人瑞的文學理論〉，《文學遺產增刊》（未著年月，第九輯）。

24. 高友工著、劉翔飛譯〈律詩的美典〉〔上下〕，《中外文學》第十八卷二、三期（1989年7月、8月），頁4～34、頁32～46。

25. 陳洪：〈錢謙益與金聖嘆"仙壇唱和"透視〉，《南開學報》第六期（1993年11月），頁43～47。

26. 陳慧娟：〈論金聖嘆的"文事觀"〉，《河北師院學報·社會科學版》第一期（1996年1月），頁91～93。

27. 單德興：〈試論小說評點與美學反應理論〉，《中外文學》第二十卷第三期（1991年8月），頁73～101。

28. 楊玉成：〈劉辰翁：閱讀專家〉，《國文學誌》〔宋代文化專號〕第三期（1999年6月），頁199～248。

29. 楊志明：〈略談金聖嘆的鑑賞理論〉，《上海師範大學學報》第二期（1994年3月），頁83～86。

30. 廖文麗：〈金聖嘆小說評點中之虛實論〉，《竹北學粹》第二期（1994年10月），頁1～20。

31. 劉苑如：〈浪翻古今是非場——從作品接受過程看金聖嘆詩歌評點〉，《中華學苑》第四十四期（1994年4月），頁235～257。

32. 劉慶璋：〈金聖嘆與黑格爾：敘事文學理論的兩座高峰〉，《文藝理論研究》第三期（1997年5月），頁17～24。

33. 歐陽代發：〈論李贄對《水滸傳》的評點〉，《古代文學理論研究》第十二輯（1987年11月），頁319～334。

34. 潘知常：〈明清小說評點美學二題——明清文藝思潮札記〉，《雲南社會科學》第三期（1986年5月），頁86～90。

35. 鄭樹森：〈選擇／組合：類同性／接連性——雅可慎和語言的兩軸〉，《幼獅月刊》第四十八卷，第一期（1978年7月），頁60～61。

36. 鄭鐵生：〈明清小說評點對中國敘事學的意義〉，《南開學報》第一期（1998年1月），頁60～67。

37. 盧慶彬：〈八股文與金聖嘆之小說戲曲批評〉，《漢學研究》第六卷第一期（1988年6月），頁395～406。

38. 藍天：〈論金聖嘆《水滸》評點之矛盾〉，《南開學報》第六期（1991年11月）。

39. 顏天佑：〈從劇詩抒情特色看金批《西廂記》的人物心理分析〉〔第四屆清代學術研討會論文〕收入《第四屆清代學術研討會論文集》（國立中山大學中文系編印，1995 年 11 月）。

40. 譚帆：〈小說評點的萌興——明萬曆年間小說評點述略〉，《文藝理論研究》第六期（1996 年 11 月），頁 87〜94。。

41. 譚帆：〈中國古代小說評點的價值系統〉，《文學評論》第一期（1998 年 1月），頁 94〜103。

42. 譚帆：〈中國古代小說評點型態論〉，《文學理論研究》第二期（1998 年 3月），頁 74〜84。

四、學位論文（依照著者姓名筆畫遞增排列）

1. 李漢濱：《金聖嘆小說美學研究》（高雄：高雄師範大學國文研究所碩士論文，1994 年）。

2. 徐靜嫻：《小說評點中的人物塑造論》（臺北：輔仁大學中文研究所碩士論文，1991 年）。

3. 張曼娟：《明清小說評點之研究》（臺北：東吳大學中文研究所博士論文，1990 年）。

4. 陳淑滿：《金聖嘆評改《西廂記》研究》（高雄：高雄師範大學國文研究所碩士論文，1991 年）。

5. 陳萬益：《金聖嘆文學批評考述》（臺北：臺灣大學中文研究所碩士論文，1973 年）。

6. 黃暖瑗：《金聖嘆的《水滸傳》評點研究》（高雄：中山大學中文研究所碩士論文，1994 年）。

7. 廖淑惠：《金聖嘆詩學研究》（臺北：輔仁大學中文研究所碩士論文，1991年）。

8. 鄭光熙：《兩種《水滸》評點及其小說理論研究之小說理論研究之一（以袁無涯本與容與堂本為中心）》（臺北：政治大學中文研究所碩士論文，1991年）。

9. 鄭如玲：《論宋詩話源流》（臺北：輔仁大學中文研究所碩士論文，1993年）。

10. 駱水玉：《紅樓夢脂硯齋評語研究》（臺北：臺灣大學中文研究所碩士論文，1994 年）。

五、外文書籍

1. Roland Barthes, Stephen Heath translated, *Image, Music, Text* (19th printing).

New York: Hill and Wang, 1997.

2. Roland Barthes, Richard Howard translated, *Critical Essays* Northwestern University press, 1972.

3. Terry Eagleton. *Literary Theory: an introduction* (2nd ed.) Cambridge, Mass: Blackwell, 1996.

4. 單德興, *The Self-Ordained Ideal Reader: An Iserian Study of Three Hsiao-shuo P'ing-tien Critics*《自許的理想讀者：三位小說評點家的研究》（臺北：臺灣大學外文所博士論文，1986 年）。

附　錄

　　本文所討論金聖嘆所立文法名目以及其獨特之專有名詞，其所在章節、頁碼速見一覽表：

類別	名　　　　稱	所　屬　章　節	索引頁碼	備　註
文法	那輾法	第三章第二節	79～80	
	影燈漏月法	第三章第四節	102～103	
	倩女離魂法	第三章第四節	103～105	
	草蛇灰線法	第三章第五節	124～126	
	背面鋪（敷）粉法	第三章第五節	115	
	弄引法	第三章第五節	123～124	
	獺尾法	第三章第五節	123～124	
	橫雲斷山法	第三章第五節	122	
	月度回廊	第三章第五節	124	
	移堂就樹	第四章第二節	154～156	
	羯鼓解穢	第五章第一節	178	
	鸞膠續弦法	第五章第一節	181～182	
	正犯法	第五章第一節	183～185	
	略犯法	第五章第一節	183～185	
專有名詞	春秋筆法	第三章第一節	77	
	章法句法字法	第三章第三節	87～88	
	起承轉合	第三章第二節、第三節、第五節	96～99，126	

分解	第三章第三節、第五章第一節	99，174～175	
文	第四章第一節	133～135	
三境說	第四章第一節	139～142	
無	第四章第一節	142～148	
阿堵一處	第四章第一節	145	
以文運事；因文生事	第四章第一節	136	
格物	第四章第一節	149	
因緣生法	第四章第一節	150	
消遣	第五章第二節	196～199